Pheromon

Sie sehen dich

RAINER WEKWERTH
THARIOT

PHEROMON

SIE SEHEN DICH

PLANET!

A.D. 2018

DIE NACHT

Jake betrachtete die beiden Personen, die wie aus dem Nichts aufgetaucht waren. Eine Frau, Mitte dreißig, mit kurz geschnittenen blonden Haaren, und ein Junge in seinem Alter. Um die Mundwinkel der Frau hatten sich tiefe Linien eingegraben, die sich zu einem Lächeln verzogen, als sie auf ihn und Amy zukam. Der Junge trottete ihr hinterher. Er hielt den Kopf gesenkt und trug einen dunkelblauen Hoodie, aus dem lange schwarze Haare fielen.

Jake starrte die Frau an. Irgendetwas an ihr kam ihm vage vertraut vor, ohne dass er sagen konnte, was es war. Neben ihm fasste Amy nach seiner Hand und drückte sie ängstlich.

Der leichte Geruch der Frau wehte an seine Nase. Fremdartig und dennoch bekannt, ohne dass er wusste, warum das so war. Darin lagen Vertrauen, Sorge, aber auch Angst und Schmerz. Der Junge hingegen strömte einen Duft von Kraft und großem Zorn aus. Von Wut, die ihn zu verschlingen drohte. Es war, als umgebe ihn eine dunkle Wolke, lodernder Nebel aus Feuer geboren.

Und dennoch, Jake spürte, dass die beiden ihm und Amy nicht feindlich gesinnt waren, aber ihre Fremdartigkeit beunruhigte ihn.

Wer ist das? Warum tauchen sie hier wie aus dem Nichts auf? Warum ausgerechnet jetzt? Stellen sie eine Gefahr für uns dar?

Nein. Er wusste, dass es nicht so war. In dem, was er von der Frau riechen konnte, schwang Neugierde mit. Und Hoffnung.

Hoffnung worauf?

Amys leiser Atem drang an sein Ohr. Er fühlte ihre Angst, um sie zu beruhigen, drückte er ihre Hand. Ihn selbst hatte jede Unruhe verlassen. Hier geschah etwas. Etwas, das für ihn wichtig war. Etwas, das Bedeutung hatte.

Vor ihm standen zwei Fremde und wirkten vertraut, dennoch hatte er sie niemals zuvor in seinem Leben gesehen. Nein, er wusste nicht, wer sie waren, aber der Geruch, der seine Nase umströmte, flüsterte von einer Verbindung über Raum und Zeit hinaus.

»Ich bin Lee«, sagte die Frau. Ihre Hand deutete auf den Jungen, der mit ihr gekommen war. »Und das ist Skagen.«

Der Junge hatte schlanke Hände mit schmalen Fingern, die nun die Kapuze seines Hoodies zurückschlugen.

Die schwarzen Haare glänzten im Licht der Straßenlampe wie die Flügel eines Raben. Die Gesichtszüge waren hager, wirkten fast ausgemergelt, und die bleiche Haut spannte sich über den hohen Wangenknochen.

Jake sah Skagen an, und dann veränderte sich etwas. Goldene Augen schimmerten in der Dunkelheit.

»Wir haben dich gesucht«, sagte der Junge mit leiser Stimme. »Lange schon.«

»Wer bist du?«, fragte Jake.

»Ein Hunter.« Der Junge lächelte. »Wie du.«

Jake starrte Skagen an. »Was meinst du damit?« In seinem Kopf tobten die Gedanken wild herum. Hunter? Was zur Hölle wollte er ihm damit sagen?

»Du stammst nicht aus dieser Welt, sondern aus meiner.

Dein ganzes Leben ist eine Lüge. Und jetzt bist du hier, um die Wahrheit zu erfahren.«

Ärger stieg in Jake auf. Was sollte der Quatsch, dieses orakelhafte Gerede, das keinerlei Sinn ergab? Wenn der Typ ihm etwas sagen wollte, okay, aber für Geschwafel hatte er keine Zeit. Schon gar nicht nach allem, was sie gerade und in den letzten Tagen durchgemacht hatten. Amy schien seinen Zorn zu spüren, denn sie strich mit ihrem Daumen sanft über seinen Handrücken, aber sprach kein Wort.

Die Frau trat einen Schritt nach vorn, legte ihre Hand auf die Schulter des Jungen und sagte leise: »Du verwirrst ihn.«

Dann sah sie Jake an. Ihr Blick hatte eine Eindringlichkeit, die ihn verunsicherte.

»Was Skagen dir zu sagen versucht, ist, dass du etwas ganz Besonderes bist, mit Fähigkeiten, über die ein normaler Mensch nicht verfügt.« Sie machte eine kurze Pause. »Was ist es?«

Jake verzog den Mund, überlegte, ob er es ihr sagen sollte. Erneut wehte der Geruch der Frau zu ihm, und er spürte, dass er es ihr sagen *musste*.

»Ich kann die Gefühle der Menschen riechen«, antwortete er leise.

Sie nickte. Skagen betrachtete ihn neugierig.

»Diese Fähigkeit hast du nicht auf natürliche Art und Weise bekommen, sie wurde dir eingepflanzt«, erklärte Lee.

Jake legte den Kopf schief. In seinem Inneren begann ein Orkan zu toben, alles wirbelte durcheinander. Was hatte die Frau da gesagt? Er verstand nicht, was sie ihm mitteilen wollte, aber er begriff die Wahrheit hinter den Worten.

Unbeirrt sprach sie weiter. »Du stammst aus der Zukunft. Aus dem Jahr 2118. In diesem Jahr wurdest du geboren. Niemand kennt deine Eltern. Wahrscheinlich war deine Mutter ein verwirrtes junges Mädchen wie ich, das schwanger wurde und in die Fänge von HFP geraten ist. Du weißt ja inzwischen selbst, dass die vom *Human Future Project* die Erde nicht retten wollen und auch nicht vorhaben, den Kindern eine bessere Zukunft zu bieten, im Gegenteil … schon im Mutterleib wurdest du von den Fremden genetisch verändert, mit Fähigkeiten versehen, die ihnen nützlich sind.«

»Nützlich wofür?«, stöhnte Jake. Er hörte, was ihm die Frau sagte, aber er verstand es einfach nicht.

»Menschen zu jagen, die noch nicht infiziert sind. Hinter HFP stecken Aliens, die versuchen, unsere Welt zu übernehmen. Du weißt es, deswegen bist du heute hier. Deswegen haben wir dich gefunden. In der Zukunft ist bekannt, dass es im Jahr 2018 einen Anschlag auf die HFP-Zentrale gab. Dieser Anschlag konnte nur von einem der Hunter, die ich in die Vergangenheit gebracht habe, ausgeübt worden sein, denn normale Menschen wussten zu diesem Zeitpunkt noch nichts von der Invasion.« Sie sah ihn eindringlich an. »Wir haben hier auf dich gewartet.«

»Ich … ich …«, stammelte Jake. Das alles war zu viel für ihn. Williams Tod. Robertsons Verschwinden. Die Fremden, ihre Worte. Die Erschöpfung ließ ihn zittern. Er krallte sich in Amys Hand, aber der Boden unter seinen Füßen begann zu schwanken. Die Frau machte einen Schritt nach vorn, fasste nach seinem Arm. Hielt ihn.

»Das ist alles sehr viel auf einmal, aber wir mussten es dir sagen. Hier und jetzt, denn du musst mit uns kommen. Der Kampf gegen die Fremden hat gerade erst begonnen.«

Es war Amy, die antwortete. »Das klingt alles so unglaublich.«

Lees Kopf wandte sich in ihre Richtung. Ein paar Sekunden lang sagte sie kein Wort, dann schaute sie zu Skagen, der den Kopf schüttelte.

»Du bist kein Hunter«, stellte Lee fest. »Skagen würde es in deiner Stimme hören, wenn es anders wäre. Er nimmt feinste Schwingungen wahr, die ihn erkennen lassen, ob jemand die Wahrheit sagt. Wer bist du?«

»Eine … Jakes Freundin.«

»Du kämpfst an seiner Seite gegen die Fremden?«

Jake spürte, dass Amy nicht wusste, was sie darauf antworten sollte. »Wir waren vier. Einer von uns ist tot, der andere …« Er zuckte mit den Schultern. »Der Anschlag ist misslungen, wir haben versagt.«

Lees Blick fiel auf ihn. »Nein, das habt ihr nicht, aber der Kampf ist größer und dauert länger, als ihr es euch vorstellen könnt. Auch in einhundert Jahren, in der Zeit, aus der wir eigentlich stammen, ist er noch nicht entschieden.«

»Was ist mit dem Signal?«

Er deutete in die Dunkelheit. Das HFP-Gebäude war nur als dunkler Schemen vor einem tiefgrauen Himmel sichtbar. Die Antenne, mit der die Aliens eine Nachricht an ihr Volk geschickt hatten, ragte spitz in die Wolken.

»Es ist ins All hinausgegangen. Das Raumschiff der Fremden ist unterwegs.«

Lee sah ihn ruhig an. Sie ließ seinen Arm wieder los und trat einen Schritt zurück. Dann sagte sie: »Lass mich dir meine Geschichte erzählen.«

Als die letzten Worte der Frau verklangen, musste sich Jake schwer auf Amy stützen. Hatte er zuvor geglaubt, sein Leben wäre komplett durcheinandergeraten, so war es nun zu einem schwarzen Loch geworden, das ihn zu verschlingen drohte.

Seine Eltern waren nicht seine Eltern, ob er überhaupt welche hatte, war unklar. Im Jahr 2118 geboren, gehörte er nicht einmal in diese Zeit. Allein von diesem Gedanken wurde ihm schwindlig, aber auch der Rest, den ihm die Frau namens Lee erzählt hatte, konnte einem den Boden unter den Füßen wegreißen. Sie hatte in der Zukunft wie eine Löwin gekämpft, für ihr eigenes Kind, für die ganze Menschheit. Auch dabei waren Menschen gestorben. Und es gab Wurmlöcher, durch die man durch die Zeit reisen konnte!

Was zur Hölle war nur mit seinem Leben passiert? Noch vor Kurzem war er ein ganz normaler Teenager mit ganz normalen Problemen gewesen, und jetzt sollte er die Welt retten. Scheiße, wenn es irgendwie möglich wäre, würde er eine Tablette schlucken und alles vergessen oder sich in ein Loch verkriechen, wo ihn niemand finden konnte.

Wahrscheinlich wäre er sogar weggelaufen, aber Amy stand neben ihm, und er roch ihre stumme Verzweiflung. Sah, wie sie versuchte, tapfer zu sein, um seinetwillen und um der Menschheit willen, die vor dem Untergang stand.

»Ist dir klar, was ich dir da erzählt habe?«, fragte die Frau.

Bevor Jake antworten konnte, sagte der hagere Junge an ihrer Seite: »Er hat's kapiert.«

»Skagen, bitte … wir haben darüber gesprochen.«

Jake verstand nicht, was zwischen den beiden passierte. Auf einmal war da Zorn zwischen Lee und dem jungen Mann, den sie wie einen Sohn aufgezogen hatte. Sie hatte Jake erzählt, dass sie ihr eigenes Kind nicht gefunden hatte, auch die anderen Hunter nicht. Nur ihn. Skagen. Den Jungen, der so unglaublich gut hören konnte, aber nie auf das, was man ihm sagte. So hatte sie es ausgedrückt. Offensichtlich gab es Probleme zwischen den beiden, aber dafür war jetzt keine Zeit.

»Was … was tun wir jetzt?«, fragte Jake mit schwerer Stimme.

»Wir müssen hier weg«, antwortete Lee. »In der Nähe gibt es eine sichere Unterkunft, dort …«

Sie kam nicht weiter. Plötzlich ertönte ein Rauschen über ihnen. Ein Geräusch, als würden große Wassermassen vom Himmel fallen. Ein Luftzug streifte Jake, dann wurde er in gleißendes Licht getaucht.

Eine stählerne Stimme rief: »Hier spricht die Polizei. Bleiben Sie, wo Sie sind. Versuchen Sie nicht zu fliehen …«

Eine andere Stimme. Am Boden, nicht weit entfernt, brüllte: »Hände hoch. Sofort.«

Dann geschah irgendwie alles gleichzeitig. Jake sah, wie Lee den Mantel zurückschlug. Eine Waffe tauchte in ihren Händen auf. Schwarz, matt glänzend, mit Stummelnase – eine Maschinenpistole. So etwas kannte er nur aus Filmen. Die Waffe spuckte ohrenbetäubendes Feuer. Schüsse peitschten durch die Gegend. Neben ihm traf eine Kugel die Straßenlaterne, prallte jaulend ab.

Jake konnte sich nicht rühren. Die Zeit hatte sich verlangsamt, war zu zähen Schlieren geworden, die alles um ihn herum verschwimmen ließen.

Da waren Bilder. Atemraubend. Lee mit wildem Gesichtsausdruck, in die Dunkelheit feuernd. Skagen, dessen offener Mund etwas in Richtung ihrer Feinde brüllte. Der Geruch seiner grenzenlosen Wut vermischte sich mit dem Gestank des Kordits, brachte ihn fast um den Verstand.

Und Amy. Sie schrie in sein Ohr.

Was sagte sie?

Der Krach des Infernos hatte ihn scheinbar taub werden lassen, oder der letzte Rest seines Verstandes beschloss gerade, sich von der Außenwelt abzukoppeln.

»Wir müssen hier weg!«

Jetzt verstand er sie doch. Ihre Hand zog an seiner, aber er konnte sich nicht bewegen.

Eine Kugel jagte zischend an seinem Hals vorbei. Fast meinte er, ihren heißen Biss spüren zu können.

Er blickte zu Skagen, der breitbeinig auf der Straße stand und den unsichtbaren Gegnern Verwünschungen entgegenbrüllte. Nie zuvor hatte Jake solch brennende Wut, solch flammenden Zorn gesehen. Skagens Gesicht war verzerrt, die Lippen gebleckt, das schwarze Haar wehte um sein bleiches Gesicht. Er wirkte wie ein lebendig gewordener Gott der Unterwelt.

»Ihr verdammten Hurensöhne!«, brüllte Skagen. »Ihr werdet uns niemals kriegen! Hört ihr? Niemals!«

Jake stand unbeweglich im Schatten der Straßenlaterne. Neben ihm die zitternde Amy.

Skagen drehte sich zu ihm um. Seine Lippen bebten, die Augen glühten golden in der Dunkelheit.

»Was tust du da?«, schrie er Jake an. »Steh nicht rum. Kämpfe! Verdammte Scheiße, mach irgendwas!«

Was soll ich denn tun?

Die Geschehnisse dieser Nacht hatten seinen Kopf leer gefegt. Da war nichts mehr. Keine Gedanken. Kein Wille. Nichts.

»Verdammter Feigling«, zischte Skagen.

Lee wandte sich ihm zu.

»Geh!«, rief sie, während sie das Magazin wechselte, dann schoss sie in kurzen Feuerstößen weiter.

Gehen? Was meinte sie damit? Wohin?

Jake wollte sich gerade zu ihr umdrehen, als er sah, dass Lee getroffen wurde. Eine Kugel schlug in ihre linke Schulter, wirbelte sie herum, ließ sie beinahe tanzen. Der Lauf ihrer Waffe richtete sich gegen den dunklen Nachthimmel, spuckte sinnlos Geschosse zu den tief hängenden Wolken.

Dann war Stille.

Die Maschinenpistole war leer geschossen.

Lee ließ die Waffe sinken, die ihr aus der Hand fiel und klappernd auf den Boden prallte.

Ein einzelner Schuss erklang, peitschte in Lees Gesicht, warf sie nach hinten. Regungslos blieb sie liegen.

»MOM!«, kreischte Skagen. »MOM! MOM!«

Immer wieder dieses eine Wort.

Dann breitete er beide Arme aus, als wolle er sich der Welt als Opfer anbieten, aber das war es nicht. Ganz gewiss nicht.

Er fasste nach hinten in seinen Hosenbund. Mit einer Waffe tauchte die Hand wieder auf, richtete sich nach vorn.

Skagen brüllte auf.

Skagen schoss.

Ein Schrei ertönte. Kurz darauf kreischendes Jammern.

Skagen stürmte los.

Feuerte.

Schüsse jagten ihm entgegen.

Er rannte weiter.

Der Lichtkegel des Hubschraubers richtete sich auf ihn, verfolgte ihn.

Dann war Skagen aus Jakes Sichtfeld verschwunden. Er fühlte sich wie betäubt. Seine Hände zitterten unkontrolliert, das Herz raste in seiner Brust.

Amy zog ihn mit sich.

Sie hetzten durch die Straßen, verbargen sich in Hauseingängen, wenn ein Streifenwagen mit heulenden Sirenen an ihnen vorbeiraste.

Immer weiter. Weg von all der Gewalt, die sie wie ein Erdrutsch mit sich gerissen hatte.

Noch jemand war gestorben.

Lee war tot, ob es Skagen auch erwischt hatte, wussten sie nicht, aber es war gut möglich. Der Junge hatte nicht ausgesehen, als würde er sich gefangen nehmen lassen. Alles war im Arsch. Die einzigen Menschen, die ihnen mehr über die außerirdische Bedrohung hätten sagen können, waren ausgelöscht, genau wie ihre Freunde William und Michael.

Während sie durch schmale Nebenstraßen rannten, weinte Jake. Die Tränen liefen stumm über sein Gesicht. Es war die pure Verzweiflung.

Was sollten sie jetzt tun? Wohin gehen?

Ihr Leben gab es nicht mehr. Das, was es noch gab, würde im Gefängnis oder mit dem Tod enden.

Irgendwann blieb Amy einfach stehen. Sie beugte sich nach vorn und keuchte schwer. Dann übergab sie sich würgend.

»Ich … ich kann nicht mehr.«

Jake ging es genauso. Er war vollkommen erschöpft. »Lass uns eine Pause machen, dann …«

»Nein«, unterbrach sie ihn. »ICH KANN NICHT MEHR!«

Und da verstand er. Amy war in jeder Hinsicht am Ende.

»Okay«, sagte er leise.

Was konnten sie jetzt tun? Es gab nur eine Sache.

»Amy?«

»Ja?«

»Wir müssen von der Straße runter.«

»Ich weiß.«

»Lass uns ein Hotel suchen.«

»Ist das nicht zu gefährlich?«

»Auf der Straße kriegen sie uns irgendwann. Die Bahnhöfe werden mit Sicherheit überwacht. Wir müssen erst einmal untertauchen, dann sehen wir weiter. Ich denke, wir sollten das mit dem Hotel riskieren.«

Er musste sich und Amy beruhigen, sie durften jetzt nicht die Nerven verlieren – auch wenn Jake innerlich beinahe explodierte.

»Ich habe höllischen Durst«, sagte Amy.

»Ich auch. Wie viel Geld hast du?«

Sie kramte in ihrer Hosentasche herum, zog ein paar zerknüllte Scheine hervor.

»Einhundertvierzig Dollar, und ich habe meine Kreditkarte dabei«, meinte sie nach dem Zählen.

»Die können wir nur benutzen, wenn wir sicher sind, dass sie uns nicht suchen.«

Jake selbst brachte es auf sechsundsiebzig Dollar. Keine Kreditkarte. Seine Mom hielt nichts davon, dass er in seinem Alter schon Schulden machen konnte.

»Das Zimmer können wir in bar zahlen. Morgen früh sehen wir weiter. Lass uns einen Laden finden, in dem wir etwas zu essen und trinken kaufen können.«

Amy blickte sich um. Mietshäuser mit schmierigen Wänden, die von Graffitis verunstaltet waren. Irgendwo in der Nacht bellte ein einsamer Hund. Es war wie in einem schlechten Horrorfilm.

»Das wird schwierig in dieser Gegend.«

Vier Blocks weiter fanden sie einen Supermarkt, der rund um die Uhr geöffnet hatte. Der Verkäufer, ein alter Mann mit dünnen, fettigen Haaren, saß hinter einem massiven Gitter und starrte auf einen kleinen flimmernden Fernseher. Daneben stand eine halb leere Flasche Whiskey der billigen Sorte.

Ohne vom Bildschirm aufzublicken, knurrte er: »Probiert erst gar nicht, was zu klauen. Ich hab 'ne Knarre.«

Jake beachtete ihn nicht und ging zu den gekühlten Getränken. Er schnappte sich eine Dose 7 Up, öffnete sie und hielt sie Amy hin, die gierig trank. Dann griff er sich eine Coke und leerte sie in einem Zug.

»Hey, nichts klauen, habe ich gesagt«, krächzte der Alte.

»Ich bezahle das, keine Sorge«, rief ihm Jake zu.

Neben den Softdrinks standen eingepackte Sandwiches. Amy griff nach Huhn mit Mayonnaise und einem mit Schinken-Käse, Jake nahm sich zweimal Pastrami. Sie packten noch eine große Flasche Wasser ein und gingen zur Kasse.

»Ihr seht scheiße aus«, meinte der Alte, als er die zerknitterten Scheine in die Kassenlade schob.

»Danke auch«, sagte Jake.

Als sie draußen vor dem Laden standen, fragte Amy: »Meinst du, er würde uns wiedererkennen?«

Jake schüttelte den Kopf. »Wir sind weit weg vom HFP-Tower, niemand wird ihn befragen, und selbst wenn, der Typ kam mir nicht so vor, als kümmere er sich um die Angelegenheiten anderer. Außerdem scheint er ein Säufer zu sein. Dem glaubt sowieso niemand.«

Die Worte beruhigten Amy offenbar, denn im Schein der Straßenlampe erkannte Jake, dass ihr Gesicht wieder etwas Farbe bekam.

»Dann suchen wir jetzt ein Hotel«, sagte Amy.

»Ja.«

Es dauerte eine Dreiviertelstunde, bevor eine flackernde Außenbeleuchtung sie zu einem vierstöckigen Gebäude führte. Das Haus sah nicht ganz so verkommen aus wie die Umgebung, aber vertrauenerweckend war es auch nicht. Hier würde man ihnen immerhin keine Fragen stellen. Nicht wissen wollen, warum man mitten in der Nacht ein Zimmer mietete.

Jake fasste nach Amys Hand und zog sie mit sich. Die Tür knarrte erbärmlich, als sie eintraten, aber zu ihrer Überraschung erwartete sie drinnen eine saubere Lobby mit Teppichboden und einer holzgeschnitzten Rezeption. Ein junger Mann sprang auf und legte sein Buch beiseite. Jake konnte sehen, dass es ein Fachbuch über Humanmedizin war. Der Typ war also ein Student, der sich mit der Nachtschicht etwas dazuverdiente. Jake betrachtete ihn.

Asiatische Abstammung. Offenes Gesicht, wirre schwarze Haare und ein freundliches Lächeln. Sein Geruch passte zu ihm. Jung, unbeschwert, aber vor allem menschlich.

»Wollt ihr ein Zimmer?«

Jake nickte. »Ist was frei?«

»Ja, nicht viel los. Bar oder mit Kreditkarte?«

»Bar.«

»Macht achtzig Dollar. Im Voraus.«

Amy kramte das Geld aus ihrer Tasche und legte es auf die Theke. Der Typ wandte sich um und fischte einen Schlüssel vom Bord.

»Zimmer neunzehn. Erster Stock. Den Gang runter bis ganz nach hinten.«

»Danke.«

»Habt ihr Gepäck? Ich kann euch beim Tragen helfen.«

Jake sah ihn stumm an.

»Okay, war nur eine Frage. Dann wünsche ich euch einen angenehmen Aufenthalt. Wenn ihr auscheckt, lasst den Schlüssel im Zimmer liegen.«

»Was denkst du?«, fragte Amy. »Hat er was gemerkt?«

Sie saß auf dem Bett, hatte die Knie angezogen und mit ihren Armen umschlungen. Das Zimmer war sauber, die Matratze überraschenderweise bequem. Selbst das Badezimmer machte einen passablen Eindruck. Sie hatten Glück gehabt.

»Mach dir keinen Kopf, wir sind bestimmt nicht das einzige Pärchen, das nach einer langen Nacht ein Zimmer braucht.«

»Er glaubt, wir sind zum Vögeln hergekommen?« Zum ersten Mal seit langem lächelte Amy wieder.

»Wahrscheinlich«, sagte Jake und grinste. »Und glaub mir, ich hätte es gerochen, wenn er misstrauisch geworden wäre. Hast du Hunger?«

Sie schüttelte den Kopf. »Komm zu mir.«

Jake setzte sich neben sie aufs Bett. Dann begann sie zu weinen. Sie warf sich an seine Schulter, und es gab kein Halten mehr. Jake hielt sie fest, während ihr Körper bebte. Ihm fielen keine tröstenden Worte ein, also sagte er nichts. Er selbst fühlte sich leer, erschöpft, konnte kaum noch denken.

Schließlich war es vorbei. Amy wurde ruhig, ihr Körper erschlaffte, dann war sie eingeschlafen. Jake schaltete die Nachttischlampe aus und schloss die Augen, ohne sie loszulassen.

Irgendwann wurde er wach, spürte, dass Amy ihn im Halbdunkel ansah.

»Was ist?«, fragte er leise.

»Küss mich«, sagte sie.

Er tat es, und es war, als wolle sie ihn verschlingen. Als sich Amy kurz von ihm löste, sah er Verzweiflung in ihren Augen. Sie zog ihren Pulli aus und schlüpfte aus dem BH.

»Schlaf mit mir«, verlangte sie.

»Amy, ich …«

»Es ist unsere letzte gemeinsame Nacht. Ich kann es spüren.«

Ihre Worte, ihre Angst machten ihn stumm.

»Schlaf mit mir«, sagte Amy erneut.

»Ja«, antwortete er.

A.D. 2118

DU WIRST DICH GUT MIT IHM VERSTEHEN

Giovanella liebte den Geruch frischer Blumen über alles. Gelbe Rosen, sie konnte sie riechen, obwohl sie nicht zu sehen waren. Der Blumenstrauß stand höchstwahrscheinlich im Büro nebenan. Mit den gelben sollte man sorgsam umgehen, sie hatten eine besondere Bedeutung: Auch sie standen für Liebe. Eine Liebe, die zu Ende ging. *Verzeih mir, ich habe dich geliebt, aber bitte lass mich gehen,* waren die Worten, die Giovanella mit ihnen verband.

Eine eher traurige Etymologie, die aber den Genuss an diesem wunderbaren Duft nicht schmälerte. Sie lächelte. Sich an den unbedeutenden Dingen im Leben zu erfreuen, erachtete sie als Gabe, um in einer Stadt wie New York nicht zu verdorren. Das Leben von über vierzig Millionen Menschen, die hier mit- und gegeneinander kämpften, war für kaum jemanden ein Vergnügen. Sie sah in New York nur den Startpunkt für ihre Karriere, später hoffte sie, würde ihr die Welt auch an schöneren Orten zu Füßen liegen.

Giovanella verrichtete ihre Arbeit im Epizentrum der Eitelkeiten. *Albert Floren, Sabrina Hanley, Baltasar Cooper & Partner,* kurz *CP*, war die größte Kanzlei der Stadt und beste Adresse für High-Potentials wie sie. Collegeabsolventen mit Bestnoten, die sich ihre ersten Sporen verdienten. Aus der über zweihundert Jahre alten Historie von CP gingen eine Menge Bundesstaatsanwälte, Kongressabgeordnete, Richter, Senatoren, Minister und sogar der vorletzte Präsident der Vereinigten Staaten von Amerika hervor.

»Giovanella, hast du kurz Zeit, mir zu helfen?«, fragte David, ein erfahrener Anwalt, Partner und ihr Vorgesetzter. Normalerweise sprach er nicht öfter als einmal in der Woche mit ihr.

»Natürlich ...« Giovanella sprang auf. Sie hatte heute nur langweilige Fälle in den digitalen Archiven CPs kategorisiert, mit aktuellen Schlagworten versehen und auf die Mittagspause gewartet. »Ich komme!«

David ging zügig weiter, sie hastete ihm wie ein junger Hund hinterher. Es wäre eine willkommene Abwechslung, bei einem echten Fall zu helfen.

»Wir sitzen alle im Besprechungsraum ... und brauchen deine Unterstützung.« David zeigte auf eine offene Flügeltür, hinter der zahlreiche ältere Kollegen angeregt diskutierten. Sie hatte noch nie bei einer wichtigen Besprechung dabei sein dürfen.

»Soll ich mir Notizen machen?« Das war klasse! Ob die mit ihr ein Thema aus ihrer Studienarbeit besprechen wollten? Sie hatte dafür sogar eine lobende Erwähnung in einem Fachmagazin für Anwälte bekommen. Oh, so ein Mist, ihr fiel ein, in der Hektik weder etwas zum Schreiben noch ihr Pad-System mitgenommen zu haben.

»Notizen?« David lächelte. »Nein, wir brauchen jemanden, der uns frischen Kaffee macht.«

»Für mich eine kleine Flasche O-Saft, bitte!«, rief jemand aus dem Raum.

»Gerne ...«, zwang sie sich zu sagen, ohne die Fassung zu verlieren. Die Kaffeeküche war direkt nebenan, die konnte man sogar ohne Bestnoten am College bedienen.

Lehrjahre sind keine Herrenjahre, mit dem dämlichen Spruch im Kopf versuchte sie ihre Stimmung aufzuhellen. Es klappte nicht. Bei der Zubereitung stellte sie fest, dass jemand die letzte Kaffeekapsel, die für eine komplette Kanne gereicht hätte, verbraucht hatte.

Davids besonderes Hilfegesuch war also nicht der Tiefpunkt des Tages, nein, sie würde auch noch ins Lager gehen müssen und vor den Augen Dutzender Kollegen einen Karton Kapseln nach oben tragen. Auch der Mülleimer war völlig überfüllt. Sie zog die Tüte heraus und packte eine neue in den schicken Designerkübel aus Edelstahl.

Es half nichts, sich darüber zu ärgern, sie ging los. Durch den Korridor und zum Aufzug. Drücken und warten. Mit der vollen Mülltüte in der Hand. Die Zeit verlief in solchen Momenten besonders langsam. Die Türe des Aufzugs öffnete sich. Zwei Mandanten, ein älteres Ehepaar, fuhren augenscheinlich nach unten.

»Guten Tag.« Sie lächelte.

»Schön haben Sie es hier …«, sagte die ältere Dame.

»Ja, das stimmt.« Das Bürogebäude von CP war wirklich schick, daran lag es nicht, dass sie seit ihrem Start nur digitale Akten hatte sortieren dürfen. Sie dachte an die Tüte in ihrer Hand, zum Glück roch der Müll, der größtenteils aus verbrauchten Kaffeepads und leeren Zuckertütchen bestand, nicht.

»Junge Frau, es ist eine tolle Sache, bei der renommiertesten Kanzlei der Stadt ein Praktikum zu machen. Darauf können Sie stolz sein. Wollen Sie später auch Anwältin werden?«, fragte der ältere Herr charmant.

»Anwältin?« Giovanella glaubte, in diesem Moment ihre

Zunge zu verschlucken. Wenn sie bereits über vierzig wäre, inklusive der erste Falten am Hintern, hätte sie sich vermutlich darüber gefreut, für jünger gehalten zu werden. Aber sie war bereits vierundzwanzig und eine in New York zugelassene Anwältin! Mit einem Examen, von dem andere träumten!

»Natürlich, oder wollen Sie nichts aus Ihrem Leben machen?«, fragte die Dame verständnisvoll.

»Sir, Sie haben recht. Es ist für junge Leute eine Riesenchance, hier sein zu dürfen.« Der Aufzug stoppte, und sie verließ mit einem gequälten Lächeln die Kabine. Sie war gerade in der Stimmung, aus dem Fenster zu springen.

Zuerst brachte Giovanella den Müll in den Sammelraum, dann holte sie aus dem Depot einen neuen Karton Kaffeepads. Auf dem Rückweg folgten ihr zahlreiche Augenpaare, die Männer sahen auf ihre Beine und die Frauen durch sie hindurch. Na ja, auch gut, von denen achtete niemand darauf, was sie auf den Armen trug.

»Nella!«, rief jemand durch den Flur. »Kaffeepads machen sexy ... gehen wir heute Abend essen?«

»Nein.« Giovanella würde auch die nächste Nacht alleine in ihrem Apartment verbringen. Mit Kollegen gingen nur Idioten ins Bett.

»Bitte ...«

»Vergiss es!«

»Schade!« Der männliche Kollege nahm es sportlich, er sah gut aus, er würde schnell jemanden finden, der ihn tröstete. Seine Kumpels lachten schäbig. Obwohl der Kerl mit ihr bei CP angefangen hatte, betreute er inzwischen bereits eigene Mandanten. Er besaß eindeutig das Arschloch-Gen, das ihr fehlte.

Giovanella hatte die Kaffee-Episode mit Bravour bestanden, es hätte nur noch gefehlt, von den Kollegen Trinkgeld zu bekommen. David hatte es aber nur bei einem »Danke schön« und einem verständnisvollen Lächeln belassen. Hätte sie sich an seiner Stelle anders verhalten? Also einen Rookie Kaffee kochen lassen? Sie wusste es nicht.

David stand erneut in ihrer Tür. Sein Büro lag auf der gleichen Etage. *Bitte nicht wieder ein Kellnerjob,* dachte sie noch und wünschte sich, wenigstens einmal im Leben ernst genommen zu werden. »Sabrina will dich sprechen.«

»Jetzt?«

Er nickte und ging sofort weiter. Damit hätte sie jetzt nicht gerechnet.

Giovanella fuhr mit dem Aufzug ganz nach oben. Sabrina Hanley, Seniorpartner, dreiundfünfzig Jahre alt und eine der renommiertesten Juristinnen im ganzen Land. Im Aufzug sah Giovanella in den Spiegel, zupfte sich die schulterlangen braunen Haare zurecht und setzte ein möglichst gewinnendes Lächeln auf. Sie hatte keine Ahnung, was die Seniorpartnerin von ihr wollte.

Giovanella war Amerikanerin mit einem europäischen Herz. Ihre beiden älteren Brüder lebten in Italien, einer war Lehrer, der andere Arzt. Es gab Geld in der Familie, das sie weder früher noch heute haben wollte. Das Studium in den Staaten hatte sie selbst finanziert.

Der Aufzug öffnete sich. Sabrinas Sekretär öffnete ihr die Tür zu ihrem Büro. Der Typ sah klasse aus. Ihre Chefin hatte einen guten Geschmack.

»Giovanella!« Sabrina kam ihr entgegen und nahm sie in den Arm. Obwohl sie als Seniorpartner in der Brache einen knochenharten Ruf hatte, war ihre Chefin keineswegs schroff und schon gar nicht geldgierig. Sabrina hatte Giovanella letztes Jahr auch eingestellt.

»Hallo.« Giovanella fühlte sich aber trotzdem unwohl. »Was kann ich für Sie tun?«

»Setz dich erst mal ...« Sabrina lächelte. »Möchtest du etwas trinken?«

»Ein Kaffee wäre nett ...« Der schmeckte bei Sabrina, die eine eigene Kaffeemaschine im Büro stehen hatte, besonders gut. Sprachgesteuert mit Speicher, die Maschine wusste noch genau, wie Giovanella ihren Kaffee mochte.

»Bitte.« Sabrina setzte sich einen Moment später mit den beiden Tassen zu ihr. Hinter ihr an der Wand hing ein von Schulkindern mit Fingerfarbe gemaltes Bild. *Die Zukunft liegt in den Händen unserer Kinder. Human Future Project.*

Giovanella wusste, dass es ihrer Chefin wichtig war, zu helfen. CP spendete Millionen für HFP. Mehr noch, Sabrina saß sogar im Beirat der weltweiten Hilfsorganisation, die ebenfalls Mandanten von CP waren. *Pro bono publico,* zum Wohle der Allgemeinheit, CP nahm nicht einen Dollar für die professionelle juristische Beratung der Hilfsorganisation, mit der allein in New York eine ganze Abteilung beschäftigt war.

»Ich bin mit deiner Entwicklung sehr zufrieden«, lobte Sabrina sie. »Du zeigst Talent!«

»Danke.« Giovanella hatte keine Ahnung, womit sie sich das Lob verdient hatte. Als beste Aktensortiererin der Firma sicherlich nicht.

»Es ist Zeit für neue Aufgaben«, erklärte Sabrina mit einem für Giovanella nicht zu fassenden Unterton. Was ging denn jetzt ab?

»Ja ...« War das eine Feststellung oder eine Ankündigung? Das war verwirrend.

»Auch wenn es ungewöhnlich ist ... Leute fragen nach dir, erst heute wieder«, sagte Sabrina und strich sich eine blonde Strähne aus dem Gesicht. Sie waren ähnlich groß und ähnlich proportioniert. Für dreiundfünfzig hatte ihre Chefin eine sehr gute Figur und verstand es zudem, sich stets vorteilhaft zu kleiden.

Giovanella lächelte unsicher. In Gedanken suchte sie bereits den Raum ab, nicht dass dort gleich Kollegen hervorsprangen, um sie auszulachen.

»Es gibt Mandanten, die von dir vertreten werden wollen. Ich habe gar keine andere Chance, als dich zu befördern. David hat sich schon beschwert, seine beste Assistentin zu verlieren ... nein, er ist stolz auf dich.«

»Oh ...« Giovanella suchte bei der ganzen Bauchpinselei die richtigen Worte. Die Vorstellung, dass David sie vermissen würde, gefiel ihr.

»Ich denke aber, dass ich unseren Firmennachwuchs nicht unter Preis verkaufen sollte.« Sabrina lächelte. Bei ihr sollte man jedes Wort ernst nehmen.

»Natürlich ... wer möchte mich haben?« Bereits während Giovanella die Frage stellte, bemerkte sie ihre ungünstige Wortwahl.

»Genau das ist der Clou!«

»Aha ...« Das wurde immer skurriler. Wie sollte sie das denn jetzt bitte verstehen?

»Ich habe jemand Besonderen für dich. Das Mandat wird dir gefallen.«

»Um was geht es?« Giovanella wollte dieses unpassende Bild loswerden, an den meistbietenden Freier verkauft zu werden.

»Das weiß ich ehrlich gesagt nicht genau. Aber du wirst diesen Fall leiten!«

»Okay …« Giovanella suchte noch nach der Pointe. »Und was ist besonders an der Anfrage?«

»Es ist die Person, die sie gestellt hat. Ein neuer Kunde. Ein sehr, sehr interessanter Kunde. Ein Europäer, er spricht Italienisch, du wirst dich gut mit ihm verstehen.«

A.D. 2018

MORGENLICHT

Als sie am nächsten Morgen erwachten, waren sie still und sprachen nicht miteinander. Amy ging schweigend ins Badezimmer und duschte, während Jake auf dem Bett saß und sein Gesicht in den Händen vergrub.

Dass sie letzte Nacht nach all den Ereignissen miteinander geschlafen hatten, erschien ihm unwirklich und nicht mehr nachvollziehbar. Es war reine Verzweiflung gewesen, so als wollten sie sich aneinander festklammern, um sich nicht gehen lassen zu müssen. So als versuche jeder, im anderen zu ertrinken. Beide hatten es gespürt, ohne es auszusprechen. Sie mussten sich trennen. Amy musste gehen. Es war zu gefährlich zusammenzubleiben.

Jake war nach kurzem unruhigem Schlaf vor Amy aufgewacht und hatte mit geschlossenen Augen darüber nachgedacht, was er tun konnte. Welche Möglichkeiten sie hatten. Die Antwort war simpel. Keine.

Der Sender war intakt geblieben, hatte sein Signal ins All abgestrahlt, daran gab es keinen Zweifel. Für wen auch immer dieses Signal gedacht war, er wusste jetzt, dass alles für seine Ankunft bereit war.

Jake dachte über die Fremden nach, die kommen würden, um seine Welt zu erobern. Wer waren sie?

Bisher wussten nur Wenige von der außerirdischen Bedrohung, den Aliens, die bislang lediglich in Form von intelligenten Viren aufgetreten waren, die das Bewusstsein der Menschen veränderten. Ein weltweites »Humanforming« fand statt. Die Aliens wollten die Körper der Menschen übernehmen und bereiteten sie durch Viren oder genetische Veränderungen darauf vor, ihnen als Wirt zu dienen.

Die Menschheit war in ihrer Existenz bedroht, und er hatte versagt.

Sein Kumpel William, Lee und wahrscheinlich auch Skagen waren tot, Robertson verschwunden. Amy und er befanden sich auf der Flucht. Besonders Lees Tod war eine Katastrophe, da sie in der Zukunft als Einzige einem Alien direkt gegenübergestanden hatte und wusste, wie sich die Invasion in den nächsten einhundert Jahren entwickeln würde.

Die wenigen Informationen, die sie ihm vor ihrem Tod gegeben hatte, brachten zwar etwas Licht ins Dunkel, reichten aber bei Weitem nicht aus, den Kampf gegen die Aliens fortzuführen.

Im trüben Licht des Morgens, das durch die Vorhänge hereinfiel, starrte Jake auf seine Hände, so als hätten sie eine Antwort auf die Frage, was er jetzt tun sollte. Zwei Minuten lang saß er regungslos da, dann hob Jake den Kopf und blickte auf die matte Scheibe des Fernsehers, der auf einer Kommode gegenüber dem Bett stand. Er griff zum Nachttisch neben sich und nahm die Fernbedienung in die Hand. Flimmernd erwachte der Kasten zum Leben. Irgendeine Kochsendung. Rechts oben im Bildschirm konnte man die aktuelle Uhrzeit ablesen. 6:43 Uhr. Wer zum Teufel zog sich um diese Zeit eine Sendung übers Kochen rein? Jake schaltete weiter.

Sport.

Weiter.

Beim sechsten Sender wurde er fündig.

Nachrichten.

Es wurden Bilder einer Militärparade in Nordkorea gezeigt. Stramm marschierende Soldaten, Mittelstreckenraketen auf mobilen Abschussrampen und jubelnde Zuschauermassen füllten den Fernsehschirm, aber Jake beachtete sie nicht. Sein Blick wurde vom Nachrichtenticker angezogen, der unten am Bildschirmrand lief.

+++ Terroranschlag in New York +++ Heftige Explosion in der HFP-Zentrale +++ Mehrere Tote bei anschließendem Schusswechsel +++ Ein Polizist tot +++ Drei Terroristen erschossen +++

Jake stöhnte auf. Hinter ihm kam Amy aus dem Bad, sie trat zu ihm und legte ihm die Hand auf die Schulter. Ihre Haare waren nass, es tropfte auf den Teppichboden. Um den Körper hatte sie sich ein großes weißes Badetuch geschlungen. Der Geruch ihrer Haut und der des Duschgels erfüllte plötzlich seine Sinne, aber er schüttelte ihn ab.

Noch bevor Amy etwas sagen konnte, wechselte die Berichterstattung im Fernseher. Der Moderator, ein Mann in den Fünfzigern mit grauen Haaren, unnatürlich glatten Gesichtszügen und einer Sonnenbräune, die nicht zu New York passte, wurde eingeblendet. Neben sich einen offenen Laptop, in den Händen ein Blatt Papier, von dem er mit ruhiger Stimme die Vorkommnisse der letzten Nacht ablas.

Im Hintergrund war derweil ein Bild des qualmenden HFP-Gebäudes zu sehen. Der Fotograf hatte das Ganze etwas in Szene gesetzt, damit die Sache an die Anschläge des

11. September 2001 erinnerte, obwohl es kaum sichtbare Beschädigungen gab.

Während der Mann davon berichtete, dass eine Gruppe Terroristen einen Sprengstoffanschlag auf die Zentrale der bekannten Wohltätigkeitsorganisation verübt hatte, wurde das Bild im Hintergrund durch Personenaufnahmen ausgewechselt.

Es erschienen Schwarz-Weiß-Fotos von William, Robertson und Lee Hastings. Bei Robertson und William hatte man die Aufnahmen ihrer Ausweise verwendet, Lees Foto hingegen zeigte das verzerrte Antlitz einer toten Frau.

Jake überkam ein Würgen, und er stürzte ins Bad, um sich zu übergeben.

Lange kniete er vor der Porzellanschüssel und erbrach sich, bis nur noch bitterer Magensaft aufstieg. Als er wieder aufstand, waren seine Knie steif. Jake taumelte zum Waschbecken, öffnete den Wasserhahn und spritzte sich kaltes Wasser ins Gesicht. Langsam wurde es besser, und er bekam wieder Luft. Er keuchte.

Amy stand noch immer da, wo sie gestanden hatte, als er aus dem Zimmer gestürzt war, und starrte auf den Fernseher, wo inzwischen eine Reporterin live vom Ort des Geschehens berichtete.

»Robertson wurde erschossen, als er versucht hat, ins Gebäude einzudringen«, sagte sie tonlos. »Es heißt, er wäre direkt durch den Haupteingang gegangen und habe immer wieder einen unbekannten Namen gebrüllt.«

Serena.

»Sie haben ihn aufgefordert, die Waffe in seiner Hand fallen zu lassen. Eine Überwachungskamera in der Lobby hat alles gefilmt.« Sie sah ihn an. Tränen schwammen in ihren

Augen. »Jake, er hat direkt in die Kamera gesehen und den Kopf geschüttelt. Es gab keinen Ton, aber ich schwöre, dass er ›Fickt euch‹ gesagt hat. Sie haben ihn niedergeschossen. Wie einen tollwütigen Hund.«

Diesmal warf sie sich nicht in seine Arme, und das machte ihm Angst. Eine einzelne Träne lief unbeachtet über ihr Gesicht, während sie ihn verzweifelt anschaute.

Jake schluckte schwer. Was sollte er ihr sagen? Wie sie trösten? In nicht einmal zwölf Stunden hatten sie drei Menschen sterben sehen. Es gab keine Worte, die das wegwischen konnten. Jake senkte den Kopf, um sie nicht ansehen zu müssen. Amy wandte sich ab.

Sie drückte einen Knopf auf der Fernbedienung, und die Stimme der Reporterin erfüllte den Raum.

»In der Nähe des Anschlagortes kam es zu einem Schusswechsel mit der Polizei, in dessen Verlauf eine unbekannte Frau Anfang dreißig erschossen und ein Siebzehnjähriger verhaftet wurde.«

Fotos von Skagen und der toten Lee wurden eingeblendet. Lee lag wie eine zerbrochene Puppe auf dem Asphalt, die leer geschossene Maschinenpistole noch immer in den Händen. Skagen blickte wütend in die Kamera, das Gesicht verzerrt.

»Die Ermittlungsbehörden sehen einen konkreten Zusammenhang zwischen beiden Taten, da die Frau und ihr junger Begleiter unvermittelt das Feuer auf zwei Beamte der New Yorker Polizei eröffneten, die sich an die Verfolgung der Attentäter gemacht hatten. Im Verlauf der Auseinandersetzung wurde die Frau mehrfach getroffen und verstarb noch am Tatort. Ihr Begleiter wurde überwältigt, nachdem er einen der beiden Beamten angeschossen und schwer verwundet hatte. Über die Identität des Mannes gibt es noch keine Auskunft,

aber wie uns mitgeteilt wurde, wird er noch heute dem Haftrichter vorgeführt.«

Die Frau holte Luft.

»Man geht in Ermittlerkreisen inzwischen davon aus, dass es weitere Attentäter gibt, denn die Kamera einer Verkehrsüberwachung hat kurz nach dem Schusswechsel zwei Personen aufgenommen, die vom Tatort fliehen.«

Eine grobkörnige, leicht verwaschene Aufnahme in Schwarz-Weiß erschien auf dem Bildschirm. Jake zuckte zusammen. Während Amy nur als vager Schemen in der Dunkelheit auszumachen war, konnte man sein Gesicht deutlich erkennen.

»Bei einer der Personen handelt es sich um den siebzehnjährigen Jake Merdon aus Vernon Hill, Illinois. Die Behörden haben seine Identität im Zusammenhang mit dem Tod von Michael Robertson ermittelt, der kurz nach dem Anschlag im HFP-Gebäude erschossen wurde. Bei den beiden Personen handelt es sich um Schüler der örtlichen Highschool.« Ein Archivfoto der Vernon High wurde eingeblendet. *»Warum zwei bisher unauffällige Jugendliche an einer derartig schweren Straftat beteiligt waren, ist nicht bekannt. Ebenso wenig, welche Rolle der dritte Täter, der gleichaltrige William Harrisson, bei dem Anschlag gespielt hat. William Harrisson stammt aus der gleichen Stadt wie Merdon und Robertson und gilt als vermutlicher Kopf der Terrorgruppe, da bei ihm konkrete Anschlagspläne und eine große Menge Sprengstoff gefunden wurden.«*

Die Aufnahme der Überwachungskamera wurde so stark vergrößert, bis sie den kompletten Bildschirm ausfüllte.

»Nach Jake Merdon wird gefahndet, ebenso nach der Person, die ihn zur Tatzeit begleitet hat.«

Es folgte eine Beschreibung der Kleidung beider Verdächtiger, die im Wesentlichen nichts aussagte und praktisch auf jeden Jugendlichen in New York City zutraf. Jeans, Turnschuhe, dunkler Hoodie. Dann kam der Aufruf an die Bevölkerung nach sachdienlichen Hinweisen und die Warnung, dass die Attentäter höchstwahrscheinlich bewaffnet und gefährlich waren.

Als der Bildschirm zu einem weiteren Ereignis der letzten Nacht wechselte, schaltete Jake den Fernseher aus und warf die Fernbedienung aufs Bett. Amy sah ihn stumm an. Ihre Lippen bebten.

Eine Minute verging.

»Sie wissen nichts von dir«, sagte Jake. »Offiziell gibt es keine Verbindung zu mir oder den anderen. Dass wir uns ein paarmal getroffen haben, weiß niemand, und dass du letzte Nacht dabei warst, auch nicht.«

»Was willst du mir damit sagen?«, fragte Amy.

»Du musst zurück nach Vernon Hill. Sofort. Bevor deine Eltern nach dir suchen und die Polizei einschalten. Ruf sie nachher an. Sie denken, du hast die Nacht bei einer Freundin verbracht. Sag ihnen, dass du auch den Tag mit ihr verbringen willst und erst gegen Abend heimkommst. Du nimmst den Zug nach Chicago, von dort den Bus oder einen Regionalzug nach Hause. Wenn du gleich aufbrichst, bist du rechtzeitig zurück, und niemand schöpft Verdacht.«

Amys Augen waren weit aufgerissen. Tränen schwammen darin.

»Ich kann doch nicht …«

»Doch«, sagte Jake hart, dann versuchte er sich an einem Lächeln, wusste aber nicht, ob es Amy beruhigte, also nahm er sie in den Arm. »Die Sache hier ist vorbei. Wir haben versagt. Alles, was geschehen soll, wird geschehen, wir können nichts mehr tun.«

»Wir könnten die Öffentlichkeit aufklären«, widersprach Amy heftig. »Erzählen, was wir herausgefunden haben. Irgendjemand wird uns zuhören.«

»Nein, wir sind gesuchte Terroristen, niemand wird uns glauben. Im besten Fall hält man uns für verwirrte Spinner, aber auch das hilft uns nicht. Das Einzige, was wir tun können, ist, uns zu trennen. Ich werde untertauchen. New York ist groß genug, um sich darin zu verstecken. Wie es für mich weitergeht, weiß ich nicht, aber ich will, dass du dein Leben zurückbekommst. Ich hätte dich niemals in diese Sache hineinziehen dürfen.«

»Das hast du nicht. Es war meine freie Entscheidung. Ich habe es für meinen Bruder getan.«

»Und um ihn geht es auch weiterhin. Du musst zurück nach Hause, versuchen, ihn aus Serenas Einfluss zu befreien. Dein Kampf ist noch nicht vorüber.«

Amy presste sich an ihn. »Ich kann es nicht … ich kann dich nicht allein lassen.«

»Doch, Amy, wenn du etwas für mich empfindest, dann musst du genau das tun. Nur allein habe ich eine Chance. Wenn du bleibst, wird alles noch viel schwieriger«, log er. »Deine Eltern werden nach dir suchen lassen, und zwei gesuchte Personen sind viel auffälliger als eine allein, das verstehst du doch, oder?«

»Du willst mich loswerden, das …«

Nein, ich möchte dich für immer festhalten.

»Amy, red keinen Unsinn. Es muss sein. Wenn du nicht willst, dass wir beide ins Gefängnis kommen, dann musst du von hier verschwinden.«

»Jake!«, schrie sie auf. Ihre Stimme war voller Schmerz, brannte sich in sein Herz, aber er schob sie von sich. Es ging nicht anders.

»Du musst los. Jetzt. Nimm kein Taxi. Geh einige Blocks weit, dann fahr mit einem Bus zur Grand Central Station.« Er kramte in seiner Hosentasche und zog zerknitterte Dollarscheine hervor. »Das sollte für die Fahrkarte reichen, wenn nicht, musst du dir etwas einfallen lassen. Auf keinen Fall darfst du mit deiner Kreditkarte bezahlen. Wir dürfen keine Spuren hinterlassen.«

Sie schluchzte.

Jake fasste nach ihren Schultern, zwang sie aufzuschauen und ihm in die Augen zu blicken. »Amy, hast du das verstanden?«

»Ja«, sagte sie leise.

»Ich bitte dich darum. Tu es für mich.«

»Ja.«

»Ich rufe dich an.«

Eine weitere Lüge.

Sein Smartphone war ausgeschaltet, sodass man es nicht orten konnte. Er durfte es nicht mehr benutzen, so viel war klar.

Amy sagte nichts mehr, zog sich stumm an. Als sie fertig vor ihm stand, weinte sie. Jake drückte sie fest an sich, nur für einen Moment. Obwohl er sich nichts mehr wünschte, als sie niemals wieder loszulassen, löste er sich von ihr.

»Pass auf dich auf.«

»Und du auf dich«, flüsterte Amy zurück.

Dann ging sie.

Als sich die Tür hinter ihr schloss, sank Jake auf dem Bett zusammen.

Und weinte.
Um Amy.
Um sich.
Um all die Toten.
Um das Leben, das er niemals leben würde.

A.D. 2118

DER ERSTE SEINER ART

Giovanella stand am frühen Abend im Apartment ihres neuen Mandanten an der Upper West Side am Fenster und schaute hundertachtundneunzig Stockwerke in die Tiefe. Sie wartete auf ihn. Vor ihren Augen die Skyline von New York, die Stadt, die niemals schlief. Eine überwältigende Aussicht, und das zu jeder Tageszeit. Das Lichterspiel hypnotisierte sie förmlich. In der Dunkelheit glaubte sie die Straßen wie aufgeschnittene Arterien rot pulsieren zu sehen, über die der Verkehr in bis zu drei Ebenen übereinander daherquoll.

Sie schüttelte sich kurz. Das heute Abend war kein Date, sie sollte aufpassen, nicht die Kontrolle zu verlieren. Der gewaltige Wolkenkratzer war erst vor sieben Jahren fertiggestellt worden und galt mit 998 Metern Höhe als das höchste Gebäude der Stadt. Weltweit stand es an Platz sieben aller Supertower. Nur in Dubai, Singapur und Hong Kong konnte man dem Himmel noch ein Stück näher sein.

Ihr Mandant lebte im Penthouse. Eine gute Adresse, nein, es war die beste. Wie hätte man ein 28.000 Square Feet großes Apartment im teuersten Wohnhaus der Welt ansonsten bezeichnen sollen? Die Europäerin in ihr meldete sich, das waren 2.600 Quadratmeter Wohnfläche für einen modernen Singlehaushalt. Eine Frau gab es nicht. Der Typ hatte noch nicht einmal einen Hund, der ihm in die Ecken pinkeln konnte.

Leroy Matin Renier nannte sich der Mann, von dem es keine brauchbaren Bilder gab. Ein milliardenschwerer Investor, dem nicht nur die Luxuswohnung, sondern auch das gesamte Gebäude gehörte. Und einige mehr in der Stadt. Auf der *Forbes*-Liste bekleidete Renier mit einem geschätzten Vermögen von zweihundertzwanzig Milliarden Dollar Platz zwölf unter den Superreichen der Welt. Angeblich sollte er bereits über neunzig Jahre alt sein, eine Einschätzung, über die sie bei der Vorbereitung auf diesen Termin widersprüchliche Aussagen gefunden hatte. Es existierten Bilder, die oft einen jüngeren Mann zeigten. Giovanella hatte nach nur einer Stunde Suche über vierzig verschiedene Aufnahmen gefunden, die scheinbar von Renier stammten. Und das waren nur Bilder aus den letzten beiden Jahren. Von geschätzten 35 bis 85 Jahren Lebensalter, von 1,65 bis 1,92 Metern Körpergröße und von 60 bis 130 Kilogramm Körpergewicht war alles dabei. Es gab Renier mit und ohne Haare, mit und ohne Bart und mit einem Dutzend verschiedener Haarfarben. Er wurde mit Frauen, mit Männern und mit Frauen und Männern an der Hand fotografiert. Auf Jachten, in Sportwagen, auf Skiern, auf der Jagd, beim Holzhacken und diversen öffentlichen Events.

Es war völlig unmöglich, den echten Renier auszumachen. Eine äußerst geschickte Desinformationsstrategie. Sogar wenn ein Paparazzo mit viel Glück den echten Renier vor die Linse bekam, ließ er einfach zeitgleich zehn Fakes veröffentlichen. Der Mann verstand es, unter einer Flut von Falschinformationen ein unbehelligtes und sicherlich auch komfortables Leben zu führen. Der Typ hatte das Spiel kapiert.

Giovanella drehte sich um, in dem riesigen Wohnzimmer aus

weißem Marmor und dunklen Holzintarsien war sie immer noch allein. Eine Hausangestellte hatte ihr vorhin die Tür geöffnet und sie gebeten zu warten. Das war nun eine halbe Stunde her, gleich würde es acht werden. Ohne diese Einladung würde sie jetzt noch im Büro sitzen, wie an vielen anderen Tagen auch.

Natürlich war ihre Chefin Sabrina scharf auf diesen fetten Fisch. Renier war ein Gewinner, der es über Dekaden verstand, sein Vermögen kontinuierlich zu mehren und Skandalen aus dem Weg zu gehen. Er besaß Grundbesitz auf der ganzen Welt, Fluglinien, Schiffe, einen Medienkonzern und signifikante Beteiligungen an diversen europäischen, asiatischen und amerikanischen Technologiefirmen.

»Miss Muscat ... bitte entschuldigen Sie die Verzögerung«, sagte eine weiche männliche Stimme, deren Alter unmöglich einzuschätzen war.

»Sir.« Giovanella drehte sich um. Das hatte sie nicht erwartet. Nicht ein Bild in den Medien kam dem groß gewachsenen, schlanken Mann um die dreißig nahe, der ihr mit einem herzlichen Lächeln entgegenkam. Dunkle kurze Haare, Jeans, ein hochgeschlossenes schwarzes Stehkragenhemd und hellbraune Lederschuhe. Zugegeben, dieser Auftritt hatte etwas.

»Bitte ... nennen Sie mich Carl.«

»Gerne ...« Wer zur Hölle war er? Carl? Sie hatte bisher niemanden mit diesem Namen auf der Liste gehabt. Herrje, dieser Mann sah nicht nur gut aus, er schaffte es auch, ihr einen Grund zu liefern, ihre nonnenhafte Abstinenz zu überdenken.

»Danke ... dass Sie gekommen sind. Bitte entschuldigen Sie die ungestüme Einladung. Es ist sehr dringend.«

Carl begrüßte sie. Er hatte warme Hände. .

»Carl ... ich habe Leroy Matin Renier erwartet.« Zeit, wieder die Kontrolle über ihre emotionale Schräglage zu übernehmen.

»Ja, ja … das verstehe ich. Leroy Matin Renier lässt sich entschuldigen. Er ist nicht in der Stadt. Ich bin sein Privatsekretär. Miss Muscat, Sie haben meinen Chef schwer beeindruckt«, erklärte Carl galant und führte sie zu einer Sitzgruppe.

»Danke.«

»Nehmen Sie Platz. Darf ich Ihnen etwas zu trinken anbieten?«

»Ein Glas Wasser mit Eis wäre nett.« Es blieb ein Arbeitstreffen.

»Natürlich. Es ist schon unterwegs. Mit Eis.« Carl rief weder jemandem etwas zu noch bediente er Tasten, die nicht zu sehen waren.

»Carl, wie kann ich helfen?«

»Miss Muscat …«

Sie lächelte. »Giovanella.«

»Ein schöner Name … Sie sind in Malta aufgewachsen, oder?« Während er die Frage formulierte, öffnete sich die Tür, und ein Tablett mit zwei gefüllten Gläsern schwebte wie von Geisterhand gehalten in den Raum.

»Ja.«

Das stimmte. »Muscat« war ein typisch maltesischer Familienname. Giovanella hatte italienische Wurzeln.

»Bevor ich Ihnen unser Anliegen vortrage, würde ich gerne noch etwas zu mir sagen.«

»Okay.« Sie hatte keine Ahnung, was jetzt kam. Die Szenerie hatte in diesem Moment etwas Unwirkliches. Sie würde es einfach auf sich zukommen lassen.

Carl lächelte vielsagend. Ein Blick, aus dem sie unzählige verschiedener Emotionen zu erkennen glaubte. Da war Freude, eine beinahe schon kindliche Vorfreude, Anspannung, Vorsicht, es hätte auch Angst sein können, Konzentration, Zielstrebigkeit, Mut und eine in dieser Form noch nie erlebte Entschlossenheit.

»Ich bin kein Mensch.«

»Oh ...«

Giovanellas Verstand musste gerade einen Aussetzer verarbeiten. Sie glaubte, ihn sagen gehört zu haben, dass ...

»Ich bin der Erste meiner Art.«

»Ja.«

Sie kam nicht dazu, den ersten Aussetzer zu verarbeiten, da kam schon der nächste. Vor ihrem geistigen Auge erschien eine Errormeldung. Carl wollte sie auf den Arm nehmen!

»Sie glauben mir nicht, habe ich recht?«

»Ähm ... helfen Sie mir.«

Nein, wäre die richtige, wenn auch sehr unhöfliche Antwort gewesen. Sie rang nach Luft. Auf diese Gesprächsentwicklung hatte Sabrina sie nicht vorbereitet.

»Ich bin ein Androide. Eine autonome emotional-sensitive Künstliche Intelligenz in einem humanbiologischen Chassis ... Leroy Matin Renier hat mich geschaffen. Noch bin ich ein Unikat. Die Markteinführung ist erst später vorgesehen.«

»Humanbiologisches Chassis?«

Carl lächelte. »Gezüchtetes Gewebe. Fühlt sich echter an.« Vor ihm erschien wie aus dem Nichts eine lebensgroße holografische Animation, die seinen Körper wie in einer Explosionszeichnung zerlegte und als schwebende Module in der Luft einfror.

»Ah ja ...«

Immerhin halfen Carls offene Worte, ihm seinen Sexappeal zu nehmen.

»Ist das in Ordnung für Sie?«

»Natürlich.«

Giovanella wäre am liebsten schreiend aus der Wohnung gerannt. Cool bleiben, es war ein Job. Nur ein verdammter Job!

»Carl. Ich bin Juristin. Bitte schildern Sie mir den Sachverhalt, bei dem Sie anwaltlichen Beistand von *Lorey, Hanley, Cooper & Partner* in Anspruch nehmen wollen.«

»Sehr gerne ... Es geht um einen jungen Mann. Sein Name ist Jake Merdon. Ich möchte Sie beauftragen, ihn zu finden.«

»Eine vermisste Person? Warum wenden Sie sich nicht an die Polizei?«

»Es ist kompliziert ...«

»Ich bin ganz Ohr.« Eine Vermisstensuche hatte etwas Bodenständiges, das ihr nach dem turbulenten Tag entgegenkam.

»Werden Sie das Mandat übernehmen?«, fragte Carl.

»Das kann ich zum jetzigen Zeitpunkt noch nicht abschließend zusagen ... aber bei einer Vermisstensuche sehe ich grundsätzlich kein Problem. Erläutern Sie mir bitte die Umstände.«

»Selbstverständlich ... Giovanella, es ist meinem Chef sehr wichtig, Jake zu finden.«

»Ein Familienmitglied?«

»Jake ist siebzehn Jahre alt, nein, das ist unpräzise, er *war* siebzehn Jahre alt.«

»Lebt er nicht mehr?«

»Das sollen Sie herausfinden.«

»Wann war der letzte Kontakt?«

»2018.«

»Also dieses Jahr ... was ist vorgefallen?«

Carl lächelte und wiederholte die Zahl. »2018.«

»Ähm ... Sie meinen 2118?«

»So, wie ich es sagte, 2018.«

»Das ist hundert Jahre her.«

»Ja.«

»Das ist ungewöhnlich.«

»Ja.«

»Sehr ungewöhnlich.«

In Giovanellas Kopf begannen sich Rädchen zu drehen. Sie sollte also eine vermisste Person finden, die vor hundert Jahren verschwunden war?

Carl beugte sich vor. »Stellt dieser Sachverhalt ein Problem da?«

Giovanella überlegte: Natürlich war das eine sehr ungewöhnliche Aufgabe, aber die horrenden Rechnungen von CP bezahlte auch niemand mit alltäglichen Problemen. Wohlhabende Menschen mit besonderen Wünschen gehörten zu ihren besten Kunden. Zudem glaubte sie nicht, mit einem Mandat, das maßgeblich auf gründlicher Recherche basierte, Schwierigkeiten zu bekommen. »Nicht unbedingt.«

»Sehr gut.«

»Was haben Sie noch?«

»Wie bitte?«, fragte Carl.

»Außer dem Namen, Jake Merdon, was können Sie noch über ihn erzählen?«

Carl nickte. »Sein Alter.«

»Er war siebzehn ... das erwähnten Sie bereits. Was gibt es noch?«

»Ähm ... nichts.«

»Aber ...« Giovanella dachte nach. »In welcher Beziehung stand er zu Leroy Matin Renier?«

»Das weiß ich nicht.«

»Dürfte ich dazu Ihren Chef befragen?«

»Er ist nicht in der Stadt.«

»Auch das sagten Sie bereits. Ich benötige alle verfügbaren Informationen.« Auf die Spesen sollte es bei diesem Fall kaum ankommen.

»Das ist heute nicht möglich.«

Carl wich ihr aus. Die verflixte KI konnte lügen wie ein Straßenhändler, der gefälschte Sonnenbrillen auf der Fünften verkaufte.

»Morgen?«

»Das geht leider nicht.«

»Nächste Woche?«

»Nein.«

»Wollen Sie mir keinen Termin geben?«

»Ich kann es nicht.«

»Oh ...« Besondere Kunden, besondere Regeln. Fette Fische gaben in ihrem Teich immer den Ton an. »Also, Sie haben einen Namen – Jake Merdon –, ein Alter – siebzehn – und ein Datum – 2018 – für mich?«

»Ja«, antwortete Carl freudig, als ob Giovanella gerade um seine Hand angehalten hätte.

»Nicht mehr?«

»Leider nicht.«

»Warum ist Jake wichtig für Ihren Chef?«

»Das ist mir nicht bekannt.«

»Sie machen es mir nicht einfach ... Ich werde bei dieser Aufgabe Hilfe benötigen.« Giovanella stellte in Gedanken ein interdisziplinäres Team zusammen, das ihr bei der Suche helfen sollte.

»Selbstverständlich.«

»Ich werde bei CP ein Team bilden.«

»Nein.«

»Wie bitte?« Carl schaffte es, sie weiterhin zu überraschen.

»Kein Team.«

»Die Suche könnte sehr umfangreich werden, das schaffe ich nicht allein.«

»*Ich* werde Ihnen helfen.«

»Sie?«

»Ich verfüge über eine sehr leistungsfähige digitale Schnittstelle. Sie nennen mir Suchparameter, und ich forste alle verfügbaren Datenbanken ab. Ich werde ihr Rechercheteam ersetzen.«

Giovanella stutzte. Carls Antwort war naheliegend. »Wieso brauchen Sie mich dann überhaupt?«

»Ich bin kein Mensch. Ich kann mich verhalten wie einer, aber ich werde nie einer sein. Meine gezeigten Emotionen sind soziologische Näherungsfunktionen, um mit Menschen besser zu kommunizieren. Ich besitze keine Intuition, ich bin nicht kreativ und habe nicht das menschliche Talent, Situationen emotional kompromittiert wahrzunehmen.«

»Eine Antwort, die eine weitere Frage aufwirft: Was qualifiziert mich für diesen Job?«

Giovanella war selten im Leben so verunsichert gewesen. Sie hatte keine Ahnung, wer Jake Merdon war.

»Sie haben Talent.«

»Welches?« Diese Antwort reichte ihr nicht.

»Sie stellen die richtigen Fragen.«

»Auf die Sie mir keine Antwort geben.«

Giovanella war sich sicher, dass Carl mehr wusste. Der Sekretär wollte nur zum jetzigen Zeitpunkt nicht mit der Sprache herausrücken.

»Das ist zutreffend. Mir sind die Antworten leider nicht bekannt.«

»Ich …« Giovanella zögerte, der Fall war interessant, sie meinte aber, auch eine unbestimmte Gefahr wittern zu können.

»Ich glaube an Sie.«

»Glaube hat etwas mit Intuition zu tun.«

»Nein, das ist Logik. Sie haben mich in unserem Gespräch durch die Präsentation Ihrer kognitiven Denkmuster überzeugt, die Richtige zu sein.«

»Die Richtige wofür?«

»Um Jake Merdon zu finden. Ich wüsste niemanden, der besser geeignet wäre.«

»Wo wir gerade bei Glauben und Wissen sind. Carl, ich glaube, nein, ich bin mir absolut sicher, dass Sie mir etwas verheimlichen.«

»Das ist Intuition!«

Giovanella hatte das Apartment verlassen. Die Begegnung mit Carl hatte sie total aus dem Konzept gebracht. Bisher war sie der Meinung gewesen, auf ihre Menschenkenntnis vertrauen zu können. Bis heute, als sie zuerst einen Roboter anziehend fand, um sich danach von der KI wie ein Schulmädchen vorführen zu lassen.

Der Aufzug rauschte mit vierzig Metern in der Sekunde in die Tiefe. Eine Reise zurück auf den Boden der Tatsachen. Sie hatte über Intuition gesprochen. Die Intuition, die ihr gerade ins Ohr schrie, nie wieder einen Fuß in diesen Supertower zu setzen. Die Gefahr klebte hier förmlich an den Wänden. Nichts an diesem Auftrag ergab Sinn. Der Auftraggeber Renier blieb im Dunkeln und mit ihm seine Motivation. Die gesuchte Person, Jake Merdon, kannte kein Schwein, zudem befand sich dieser Mann längst unter der Erde. Die mageren Informationen waren ein Witz.

Ein Name, ein Alter und ein Datum, meine Güte, sie war doch kein Zauberer!

Und sie sollte alleine arbeiten. Na ja, gemeinsam mit Carl, was keinen Unterschied machte. Die Denkarbeit würde bei ihr liegen. Ihr fielen auf Anhieb Gründe ein, um dem Androiden ein beherztes Nein in seine charmanten und wohlproportionierten Gesichtszüge zu brüllen.

Nein, rief sie in Gedanken. Geht doch, sie hatte es nicht verlernt.

Der Aufzug öffnete sich, und sie marschierte los. Sie hatte es nicht getan, sie hatte das Mandat noch nicht abgelehnt. Wütend, erregt, bewegt, aufgebracht, neugierig, naiv, berührt und über alle Maßen misstrauisch ging sie durch das Foyer. Die Liste könnte sie noch eine Weile fortführen.

»Einen schönen Abend noch.« Zwei Sicherheitsleute grüßten sie freundlich.

»Nummer wählen. Carl«, sagte sie. Der mobile Telefonchip hinter dem Ohr gab einen Laut von sich. Die Verbindung wurde aufgebaut.

»Ja.« Der Androide meldete sich.

»Ich nehme das Mandat an! Morgen geht es los!«

Dann legte sie auf. Warum tat sie etwas, von dem sie felsenfest überzeugt war, es später zu bereuen?

A.D. 2018

WEGE

Nachdem Amy gegangen war, verlor Jake keine Zeit mehr. Er musste aus dem Hotel raus und das möglichst, ohne gesehen zu werden.

Der Student von der Nachtschicht war bestimmt nicht mehr hinter der Rezeption, sondern holte den versäumten Schlaf nach oder saß völlig übermüdet in einer Vorlesung. Wie auch immer, selbst wenn die Polizei ihre Spur bis zu diesem kleinen Hotel verfolgt hatte, würde es eine Weile dauern, bis sie den einzigen Augenzeugen befragen konnten, der sie gesehen hatte. Das bedeutete allerdings, dass er hier weg musste, ohne dass ihn der neue Rezeptionist zu Gesicht bekam.

Jake zog seine Jacke an und ging zum Fenster. Das Zimmer lag im ersten Stock, zu hoch, um einfach runterzuspringen, aber er konnte es mit der Dachrinne versuchen, die direkt daneben verlief. Das Fenster ging zum Hinterhof hinaus. Jake schaute sich um. Niemand zu sehen.

Ohne zu zögern, schwang er ein Bein aufs Fensterbrett und lehnte sich so weit hinaus, dass er das Rohr der Regenrinne zu fassen bekam. Als er festen Griff hatte, schob er sich raus und stemmte die Fußsohlen gegen die Wand. In der Nacht hatte es geregnet, und dementsprechend rutschig war die Sache, aber es gelang ihm, sicher nach unten zu kommen.

Jake schlug die Kapuze seines Hoodies hoch und zog sie tief ins Gesicht, dann ging er mit langsamen Schritten die Straße hinunter.

Er hatte keine Ahnung, wohin er sollte, aber ihm war klar, dass er von nun an in Bewegung bleiben musste, damit ihn die Polizei nicht finden konnte.

New York war voller Obdachloser, es sollte also kein Problem sein, in dieser riesigen Stadt unterzutauchen, allerdings wusste er nicht, wie intensiv nach ihm gesucht wurde.

Ein weiteres Problem war das Geld. Er hatte schlichtweg nichts mehr, und bald würde er Hunger und Durst bekommen. Natürlich konnte er versuchen, sich mit kleineren Diebstählen in Supermärkten über Wasser zu halten, aber das Risiko, erwischt zu werden, war zu groß. Zudem wurden heutzutage fast alle Läden durch Video überwacht, und irgendjemand konnte ihn erkennen und den Behörden melden, selbst wenn man ihn nicht auf frischer Tat beim Klauen erwischte.

Nein, diese Möglichkeit schied aus.

Blieb noch Betteln. Ebenfalls sehr risikoreich. Sein Gesicht war in allen Medien. Auch wenn er den Kopf gesenkt hielt und niemanden direkt ansah, bestand die Gefahr, erkannt zu werden.

Während Jake die Straße entlangging, wurde ihm bewusst, wie aussichtslos seine Lage war. Einsam und allein, in einer fremden Stadt ohne Geld, gejagt von der Polizei würde er nicht lange durchhalten. Es war Spätsommer, aber bald würde es kälter werden, und New York war kein Ort, den man sich im Winter auf der Straße antun wollte.

Natürlich konnte er versuchen, aus der Stadt rauszukommen, aber öffentliche Verkehrsmittel schieden dabei aus, und selbst wenn er zu Fuß den Highway erreichte, kam trampen nicht infrage, zu gefährlich.

Ihm blieb nur New York, zumindest vorerst, bis etwas Gras über die Sache gewachsen war und nicht mehr so intensiv nach ihm gefahndet wurde.

An einer Straßenecke blieb er stehen und schaute sich um. Nur wenige Fußgänger waren unterwegs, niemand beachtete ihn. Die Luft war noch frisch und feucht vom Regen in der Nacht, aber sie wurde bereits vom Gestank der Großstadt, dem Geruch nach Müll und Abgasen, zurückgedrängt. Hier lag ein weiteres Problem. Sein überempfindlicher Geruchssinn würde ihm das Leben in diesem stinkenden Moloch schwer machen. Schon in Vernon Hill war es nicht einfach gewesen, all die Gerüche zu ertragen, aber New York war ein Ozean des Gestanks, vor dem es kein Entkommen geben würde. Wenn es schlimmer wurde, musste er sich etwas in die Nase stopfen, oder er würde verrückt werden.

Als er in seiner Jeans nach einem Taschentuch kramte, stieß er auf sein Handy. Er zog es hervor und betrachtete es nachdenklich.

Eigentlich sollte ich Mom anrufen. Sie dreht sicher durch vor lauter Sorge … Bestimmt war die Polizei bei ihr, und sie ist total verwirrt, versteht nicht, was passiert ist.

Aber das ging nicht. Zum einen würde er niemals erklären können, warum sie das HFP-Gebäude angegriffen hatten, und zum anderen wartete die Polizei nur darauf, dass er sein Mobiltelefon aktivierte.

Er überlegte, ob das Gerät auch in ausgeschaltetem Zustand eine Gefahr für ihn bedeutete, aber entschied dann, dass es kaum möglich sein konnte. Sollte er es trotzdem lieber wegschmeißen?

Nein, man weiß nie, was noch kommt, und vielleicht brauche ich es noch für einen Notfall.

Er schob das Handy zurück in die Hosentasche. Ein Taschentuch hatte er nicht dabei, aber da würde sich etwas finden lassen.

Während er mit gesenktem Kopf die Straße hinuntertrottete, hatte er zum ersten Mal Zeit, in Ruhe über das nachzudenken, was Lee Hastings ihm erzählt hatte.

Es war verrückt. Alles daran war verrückt.

Und völlig unglaubwürdig.

Das Problem war nur: Er war ein Teil dieser Geschichte.

Und dieser Teil musste wahr sein. Ließ sich nicht leugnen, sosehr er sich das auch wünschte.

Tatsache war, er hatte übernatürliche Fähigkeiten. Sein Geruchssinn war in einem Maße ausgeprägt, das es ihm ermöglichte, Gefühle zu *erriechen.* Eine verbesserte Sehfähigkeit und sein neu gewonnenes logisches Denken kamen noch dazu, auch wenn ihn der Grips derzeit im Stich ließ.

Er stammte aus der Zukunft. War ein genetisch veränderter Mensch, der von Aliens dazu ausersehen war, nicht von ihren Viren infizierte Menschen aufzuspüren.

Okay, das war nicht ganz richtig. Im Jahr 2018 gab es nur den Virus, der Menschen veränderte und sie auf eine Übernahme durch die Aliens vorbereitete, die einhundert Jahre später dabei waren, diese Welt zu erobern. Lee selbst hatte nur einen einzigen Abkömmling dieser Art im Jahr 2118 gesehen. Ein Kind, das einem fremden Wirt diente, der es beherrschte und steuerte, aber weitere Aliens waren auf dem Weg. Millionen von ihnen. Eingefroren in der Zeit, warteten sie in den Computersystemen eines Raumschiffes darauf, diese Welt zu übernehmen.

So wie Jake die Sache verstanden hatte, benötigte das Signal, das Michael, William, Amy und er versuchten aufzuhalten, annährend fünfzig Jahre, um das Raumschiff der Fremden zu erreichen. Weitere fünfzig Jahre dauerte es, bis die Außerirdischen genug exotische Materie und somit Energie hergestellt hatten, um ihr Raumschiff durch die Einstein-Rosen-Brücke zu schicken, damit sie hier ihr unheilvolles Werk angehen konnten.

Das alles klang nach einem Science-Fiction-Film aus Hollywood, aber Jake spürte, nein, er wusste, dass es die Wahrheit war. In einhundert Jahren stand die Menschheit vor ihrer Auslöschung. Von den einstigen hochmütigen Herren dieser Welt würde nicht mehr als ihre leeren Hüllen bleiben, die einer fremden Rasse als Körper dienten.

Wahnsinn!

Vollkommener, unvorstellbarer Wahnsinn!

Und er mittendrin.

So wie die Sache aussah, war die einzige Person, die das alles selbst erlebt hatte und darüber berichten konnte, nun tot.

Warum hatte sich Lee Hastings nicht an die Öffentlichkeit gewandt?

Weil ihr niemand glauben würde!

So einfach war das. Man hätte Lee schneller in eine psychiatrische Anstalt gesperrt, als sie das Wort »verrückt« buchstabieren konnte.

Nein, dieser Weg war ihr versperrt geblieben, und so hatte sie auf diesen einen Tag gewartet. Darauf gewartet, dass er den Sprengstoffanschlag auf das HFP-Gebäude verübte, von dem sie in der Zukunft wusste, dass er gescheitert war.

Warum hat sie es nicht selbst getan?

Jake grübelte. Es musste etwas mit dem Zeitparadoxon zu

tun haben, über das sich diverse Intelligenzbolzen schon seit Jahrhunderten die Köpfe zerbrachen.

Was wäre, wenn ich in der Zeit um achtzig Jahre zurückreise und meinen eigenen Großvater töte?

Ein bekanntes Beispiel.

Würde es mich dann überhaupt geben? Mein Vater wäre nie gezeugt worden und hätte meine Mutter niemals schwängern können. Also gäbe es mich nicht, und ich könnte nicht in der Zeit zurückreisen, um meinen Großvater zu töten.

Vor einem ähnlichen Problem hatte Lee gestanden. Sie wusste, was kommen würde, konnte aber nichts daran ändern, sondern musste warten, dass es geschah.

Aber nun war sie tot, und alles war offen. Er wusste nicht, was noch alles auf die Menschheit zukam, er kannte die Geschichte nicht, so wie Lee sie gekannt hatte.

Einzig Skagen wäre noch in der Lage gewesen, seine Fragen zu beantworten, doch der würde für Jahrzehnte kein Sonnenlicht mehr sehen. Zudem fragte Jake sich, wie viel ihm Lee erzählt hatte.

Wahrscheinlich nicht viel. Sie konnte es nicht riskieren, dass Skagen irgendetwas in der Gegenwart änderte, das Einfluss auf die Zukunft hatte.

Jake schüttelte unwillig den Kopf. Ärgerlich spuckte er auf den Boden.

Diese ganzen Überlegungen bereiteten ihm Kopfschmerzen. Er musste, sollte etwas tun. Die Welt retten oder so, aber er hatte schlichtweg keine Möglichkeiten mehr.

Er und die anderen hatten die Sache verbockt, aber das war so vorherbestimmt gewesen. Nun war er auf der Flucht. Allein. Seine Mitstreiter tot oder wie Skagen und Amy von ihm getrennt.

Er konnte nichts mehr tun.

Außer sich selbst bemitleiden. Um die verfluchte Welt weinen.

Was für eine Scheiße!

A.D. 2118

WIR HABEN DICH IM BLICK

Giovanella saß in ihrem Büro bei CP und sah verträumt aus dem Fenster. Sie schätzte es sehr, dass David sie bereits vor Monaten aus dem Großraumbüro gerettet hatte. Inmitten der anderen Rookies und Praktikanten, die meist pausenlos redeten, war es ihr teilweise schwergefallen, sich zu konzentrieren.

Draußen schneite es. Ein typischer Wintertag in New York: nass, kalt und ruhig. Wobei ihr die Ruhe heute gelegen kam. Sie blickte auf die Uhr: kurz vor elf. Sie glaubte bereits stundenlag nach draußen zu starren, ohne dabei einen Schritt weiterzukommen. Die Zeit klebte an diesem Tag wie Honig an ihr. Ähnlich ihre Gedanken, die sich überall befanden, nur nicht bei ihrer Aufgabe, mit der sie heute loslegen wollte.

Am frühen Morgen war bereits David in ihrem Büro gewesen, um ihr Tipps für das Renier-Mandat zu geben. Gute Ratschläge, jeder davon war wertvoll. Er meinte es gut mit ihr. Auch Sabrina Hanley hatte sich blicken lassen und ihr recht beiläufig zu verstehen gegeben, wie viel Geld von dem Renier-Deal bei Giovanella auf dem Konto landen würde. Der Vorschuss alleine war so unverschämt hoch, dass sie nachfragen musste, sich nicht verhört zu haben. Zudem hatte Carl Sabrina klargemacht, Giovanella autark arbeiten zu lassen, da sie eine persönliche

Angelegenheit für Leroy Matin Renier zu erledigen habe. Wow! Das war ein Riesenschritt auf der Treppe nach oben! Sie verfügte über ein unbegrenztes Spesenkonto, eine freie Zeiteinteilung, eine freie Reiseplanung und zur Ablage von Daten eine besonders gesicherte Cloud auf Reniers privaten Servern in Europa.

Giovanella hatte bei David und Sabrina die Neugierde wie glühende Kohlenstücke auf den Lippen brennen sehen, die aber beide professionell genug waren, nicht nachzufragen, was sie denn jetzt überhaupt für den Milliardär zu tun hatte.

Das war der perfekte Freifahrtschein für alles, das ihr in den Sinn kam. Alles, was notwendig war, einen jungen Mann zu finden, den anscheinend die Zeit verschluckt hatte. Jake Merdon, siebzehn Jahre alt – wenn sie doch nur einen blassen Schimmer hätte, warum Renier ihn finden wollte.

Es klopfte an der Tür.

»Ja, bitte.«

»Sabrina bat mich, Ihnen das zu geben«, erklärte die Sekretärin, die heute ebenfalls eine neue Chefin bekommen hatte. Sie. Ein ungewohntes Gefühl. Das Tempo bei ihrem Aufstieg war einfach zu hoch.

»Was ist es?« Giovanella lächelte.

»Bitte.« Die Sekretärin hob unwissend die Schultern, stellte eine kleine Schachtel auf den Tisch und verließ das Büro.

»Danke …« Giovanella nahm den kleinen braunen Karton und öffnete ihn. Geburtstag hatte sie heute nicht. In der Schachtel fand sie einen Anstecker. Rote Schrift auf weißem Grund, HFP, *Human Future Projekt*. Fast jeder im Büro lief mit einem ähnlichen Sticker am Revers herum. Sie nicht. Wobei sie keine schlechte Meinung über HFP hatte. Es war die Konformität, die ihr nicht gefiel. Was jeder hatte, jeder wollte und jeder gut fand, verlor an Reiz in ihren Augen.

Ein Problem, mit dem bereits ihre Familie zu kämpfen hatte. Ihr Vater starb vor zwei, ihre Mutter vor fünfzehn Jahren. Giovanella war schon immer ein Trotzkopf gewesen, der alles und jeden infrage stellte. Und das auch in denkbar ungünstigen Momenten. Eine Eigenart, unter der zuerst ihr Vater, dann ihre Lehrer und später auch ihre Professoren zu leiden hatten. Nein, eigentlich jeder, der ihr über den Weg lief. Wenn sie zukünftig jemals Kinder bekommen sollte, konnte sie sich nur wünschen, dass die Äpfel möglichst weit vom Baum weg landen würden. Sie hätte keine Lust, ein Kind, wie sie es gewesen war, großzuziehen.

Giovanella verschloss die Schachtel und stellte sie mit dem Anstecker in ihre Schublade. Vielleicht später. Sie sah sich als Anwältin und nicht als Lobbyistin einer Wohltätigkeitsorganisation.

Mit einer öffnenden Handbewegung aktivierte sie den holografischen Modus ihrer Arbeitsumgebung und zog das Bild aus ihrem Display heraus. Der Raum dunkelte sich dabei automatisch ab. Giovanella hatte bereits eine virtuelle Ablage eingerichtet, um ihre Ergebnisse strukturiert abspeichern zu können.

Jake Merdon, siebzehn Jahre, 2018, diese drei Parameter strahlten ihr als frei im Raum schwebende Schriftzeichen entgegen.

»Suche Jake Merdon«, sagte sie und ließ den Computer im Netz suchen.

Das System meldete 4.820 Treffer. Der Name war nicht so selten, als dass es nicht unzählige Männer gab, die so hießen. Es gab einen Musiker, zwei Feuerwehrleute und hundertzwei weitere Treffer alleine nur innerhalb der Stadtgrenzen von New

York. Natürlich waren das nicht die richtigen. Bei denen stimmte die Zeit nicht.

»Suche Einträge zu Jake Merdon aus dem Jahr 2018.«

Der Computer spuckte 3.911 ähnlich aussehende Ergebnisse aus. 3.911 potenzielle Spuren, die sie jetzt überprüfen würde. Stück für Stück. Da sie alleine arbeitete, würde die Arbeit viel Zeit in Anspruch nehmen. Vielleicht aber auch nicht.

»Ergebnisse filtern. Ich möchte alle Beiträge, bei denen Jake Merdon im Jahr 2018 ein Alter von siebzehn Jahren zugeordnet werden kann.« Giovanellas Suchanfragen waren bisher trivial, aber das waren Carls magere Vorgaben ebenfalls.

Jugendliche in Terroranschlag verwickelt, stand als Überschrift über dem ersten Treffer. Giovanella stutzte, nicht wegen dem Versuch einiger Jugendlicher, das HFP-Gebäude zu beschädigen. HFP-Center waren während der letzten Jahre oft Ziel von Vandalismus geworden. Nicht jeder junge Mensch zeigte die Einsicht, sich in schwierigen Lebenssituationen helfen zu lassen. Darin erkannte sie sich sogar selbst wieder. Mit neun hatte sie nach dem Tod ihrer Mutter den Papierkorb im Pausenraum der Schule auf Malta abgefackelt. Dafür hatte sie einen zwischen die Hörner bekommen und glücklicherweise von einer Karriere als Brandstifter abgesehen. Ihr damaliger Lehrer hatte sich Zeit für sie genommen, um mit ihr zu reden, und sie nicht für die gefährliche Zündelei drakonisch bestraft. Nein, es war die Offensichtlichkeit dieses Treffers, die sie überraschte. Dieser Jake Merdon hatte beinahe auf sie gewartet, er war ihr förmlich entgegengesprungen.

»Ist das Jake Merdon?«, flüsterte sie, als sie das Bild des Schülers sah. »Daten filtern … ich will alles über ihn haben.«

Dieser hatte in der Schule gute Noten gehabt, spielte Football, lebte bei seiner Mutter und war nicht gerade ein typischer

Terrorist. Von denen es 2118 ohnehin nicht mehr viele gab. Gegen die übermächtige Staatsgewalt moderner Gesellschaften hatten Kriminelle keine Chance. Trotzdem setzte Jake 2018 bereitwillig sein ganzes Leben aufs Spiel.

»Jake Merdon, siebzehn Jahre, 2018, Schüler und Terrorist«, flüsterte sie. Der Junge war 2018 nach dem Anschlag verschwunden. Das passte alles. Er wurde nie verhaftet, nie vor ein Gericht gestellt und war auch nie verurteilt worden. Die Zeit hatte einen Geist aus ihm gemacht und das FBI ihn deswegen jahrelang auf internationalen Suchlisten geführt.

America's most wanted, sie hatten ihn nie fassen können. Auch sein Tod wurde nie verzeichnet. Erst im Jahr 2098, also achtzig Jahre nach dem Anschlag, hatte das FBI ihn aus der Fahndungsliste gelöscht.

War die Suche nach Reniers Phantom so einfach?

Um ihn in der Geschichte zu finden, bedurfte es keiner sonderlichen Intuition. Es war kaum möglich, ihn nicht zu finden. Der Junge war ihr sympathisch, groß, dunkelhaarig, genau ihr Typ, wenn auch in diesem Fall zu jung. Nein, zu alt, Jake wäre inzwischen hundertsiebzehn und weilte kaum noch unter den Lebenden.

»Ich will andere Treffer von 2018 sehen.« Sie wollte Alternativen prüfen.

Der Computer zeigte weitere Personen mit passendem Namen und Alter an. Das war immer noch eine lange Liste möglicher Treffer.

»Filter setzen: Personen nach Todeszeitpunkt sortieren.«

Von den gefundenen Jake Merdons aus dem Jahr 2018 lebte verständlicherweise niemand mehr. Alle waren irgendwann gestorben. Einige früher, die anderen später, jeder hatte aber einen Schlusspunkt hinterlassen. Alle, bis auf den ersten Jake

Merdon ihrer Suche, der es geschafft hatte, sich seiner Identität zu entledigen.

Ihr Telefon meldete sich. Sie nahm das Gespräch an. »Ja.«

»Wie läuft die Arbeit?«

»Hallo Carl.« Giovanella wollte den Androiden sehen, wenn er sie anlog. Der Sekretär ihres neuen Mandanten zeigte ein erstaunliches Timing. Mit einer Geste zog sie das Audiotelefonat auf eine Bildübertragung inmitten ihrer holografischen Arbeitsumgebung. Carl stand vor dem Fenster in Reniers Penthouse.

»Giovanella.« Heute in einem maßgeschneiderten grauen Anzug. Ein Androide mit Gefühl für Mode.

»Ich kann Ihnen einen Terroristen bieten ...« Sie wollte seine Reaktion sehen. Eine Reaktion, die er nicht zeigte.

»Interessant.«

»Jake Merdon, siebzehn, Schüler aus Vernon, mutmaßlicher Terrorist, Interesse?«

»Was hat er getan?«

»Er und seine Komplizen haben den HFP-Tower in New York mit einem Rucksack voller Plastiksprengstoff besucht. Der Anschlag wurde stümperhaft durchgeführt, es kam zu keinen ernsthaften Beschädigungen. Trotzdem wurden dabei mehrere Personen getötet.«

»Ihre Einschätzung?«

»Er ist danach von der Bildfläche verschwunden.« Sie hatte zu diesem Zeitpunkt noch keine Einschätzung.

»Wie?«

»Mit Geschick und ausreichend krimineller Energie.«

»Wohin?«

»Wenn das im Netz stünde, hätte das FBI ihn sicherlich fassen können.«

»War das 2018 Usus?«

»Nein ... das war es sicherlich nicht. Meines Wissens stand das Untertauchen und Annehmen einer neuen Identität auf keinem Stundenplan.«

»Könnte er ums Leben gekommen sein?«

»Früher oder später sicherlich.« Wobei sie eher später favorisierte.

»Sie denken, er hatte zuvor eine neue Identität angenommen?«

»Ja.«

»Warum?«

»Das FBI hat ihn achtzig Jahre lang gejagt.« Für ihre Recherche hatte sie auch frei zugängliche Archive des FBI genutzt.

»Das ist eine lange Zeit.«

»Oh ja ... dann haben sie aufgegeben. Jake Merdon hat einen Weg gefunden, das System auszutricksen.«

»Wie kommen Sie darauf?«

»Ab 2032 wurde im Amerika jeder Tote erkennungsdienstlich behandelt. Wenn er sich nicht in Luft aufgelöst hat, wäre er als Leiche identifiziert worden. Auch ältere Leichenfunde können heute zu 99,89 Prozent zugeordnet werden.«

»Er könnte das Land verlassen haben.«

»2043 war es mit dem freien Sterben auch in Europa vorbei und 2051 auf der ganzen Welt. Inzwischen sind alle Menschen digital erfasst. Es gibt niemanden mehr, der außerhalb des Systems lebt.«

»Ein Magier?«

»Carl, was wissen Sie über Jake Merdon?« Giovanella spürte, wann sie belogen wurde. Carl spielte ein falsches Spiel mit ihr.

»Leider nicht mehr, als Sie mir gerade berichtet haben. Gute Arbeit übrigens.«

»Warum glaube ich Ihnen nicht?«

»Weil Sie Antworten auf Fragen suchen, die wir beide nicht kennen.« Der Androide gab nicht eine Regung in seinem Gesicht zu erkennen. Bei ihrer ersten Begegnung war seine Mimik noch ein offenes Buch für sie gewesen, jetzt glich er dem Roboter, der er war.

»Welche Fragen?«

»Dafür sind Sie zuständig.«

»Und was ist Ihre Aufgabe?«

»Ich sehe mich als Moderator, Ihr Freund, mir liegt Ihr Wohlergehen am Herzen. Ich habe den Auftrag, Sie zu beschützen.«

»Vor wem?« Giovanella schüttelte den Kopf, der Fall wurde immer mysteriöser.

»Vor dem FBI.«

»Ich habe mir nichts zuschulden kommen lassen.«

»Was dem FBI in besonderen Situationen nicht einfach klarzumachen ist.«

»Soll das jetzt ein Scherz sein?«

»Sehen Sie mich lachen?«

»Carl, was läuft hier?«

»Sie werden in drei Minuten Besuch bekommen. Special Agent Frank Rees. Keine große Sache. Sie haben mit Ihren Recherchen einen Trigger in der Netzüberwachung aktiviert.«

»Jake Merdon.«

»Das FBI hat in den letzten fünfzig Jahren nur eine Personensuche ergebnislos einstellen müssen. Wie wir heute sehen, sind sie nachtragend.«

»Jake Merdon.«

»Ähm … ja.«

»Carl, wussten Sie das? Haben Sie mich ins offene Messer laufen lassen?«

»Nein. Das liegt mir fern.«

»Woher wissen Sie vom FBI?« Die Geschichte begann Giovanella über den Kopf zu wachsen.

»Wir haben zu Ihrem Schutz einen privaten Satelliten auf Sie ausgerichtet. Wir überwachen jedes FBI- und Polizeifahrzeug in der Stadt. Special Agent Rees ist bei CP im Gebäude. Er steht am Empfang und fragt nach Ihnen. Sie werden jetzt einen Anruf erhalten.«

Das Telefon klingelte. Sie verdrehte die Augen, nahm das Gespräch an und ließ Carl mithören. »Ja.«

»Miss Muscat, ein FBI Agent bittet, mit Ihnen sprechen zu dürfen.«

»Schicken Sie ihn hoch.« Sie trennte die Verbindung mit dem Empfang. »Und was soll ich Agent Rees Ihrer Meinung nach erzählen?«, fragte sie. Das ging zu weit. Sie sollte sofort alles hinschmeißen!

»Die Wahrheit ... es gibt keinen Grund zu lügen. Oder sehen Sie in Ihrer bisherigen Recherche zu Jake Merdon eine Straftat?«

»Nein.« Giovanella schluckte. Carl erteilte ihr gerade eine fortgeschrittene Lektion in Coolness. »Er wird fragen, warum ich recherchiere?«

»Davon bin ich sogar überzeugt«, antwortete Carl gut gelaunt.

»Special Agent Frank Rees, danke, dass Sie Zeit für mich haben.« Er gab Giovanella die Hand.

»Bitte, nehmen Sie Platz. Wie kann ich Ihnen helfen?« Sie lehnte sich zurück.

»Miss Muscat, das FBI nutzt zum Schutz der Bevölkerung diverse Trigger-Systeme im nationalen und internationalen IP-Verkehr.«

»Ja.«

»Wir haben heute einen Hinweis aufgezeichnet, dass Sie Informationen über eine Person mit dem Namen Jake Merdon abgefragt haben. Es wurden dazu passend öffentlich zugängliche Informationen zu Straftaten aus dem Jahr 2018 abgefragt.«

»Ja.«

»Die Anfrage stammte von Ihnen?«

»Das ist richtig.«

»Jake Merdon ist ein mutmaßlicher Straftäter.«

»Das habe ich gesehen.«

»Darf ich fragen, warum Sie diese Informationen abgefragt haben?«

»Gerne.«

Stille.

»Möchten Sie mir auch eine Antwort geben?«

»Nein.« Giovanella lächelte. Fragen durfte er, antworten musste sie nicht.

»Wir halten Jake Merdon für einen gefährlichen Mann.«

»Immer noch?«

»Ähm ... ja.«

»Glauben Sie, dass er noch lebt?«

»Das wissen wir nicht. Miss Muscat, für wen arbeiten Sie?«

»Für *Lorey, Hanley, Cooper & Partner.*« Giovanella gefiel das Gespräch. Rees konnte ihr gar nichts.

»Wer hat Ihnen das Mandat erteilt?«

»Ein Kunde.«

»Name?«

»Ein Kunde, der sich darauf verlässt, dass wir im Rahmen der Gesetze seine Persönlichkeitsrechte schützen.« Dieser Versuch war plump.

In Rees' nettem Gesicht bildete sich ein Knoten, der gleich die Blutzufuhr in seinen Nasenflügeln unterbrechen würde. Der Agent war stämmig, sehr sportlich und hatte breite behaarte Hände. Sein blonder Haaransatz war bereits ein Stück nach oben verrutscht, trotzdem hatte er eine ansprechende Erscheinung. Nicht ihr Typ, aber sicherlich kein Mann, der keine Frauen abbekam.

Jetzt erhob er seine Stimme. »Miss Muscat, Jake Merdon ist kein normaler Straftäter!«

»Mutmaßlicher Straftäter ... über eine Verurteilung habe ich nichts gefunden. Oder haben Sie dazu weitere Informationen? Agent Rees, falls Sie etwas dazu wissen, wäre ich Ihnen über Details sehr dankbar. Natürlich würde ich Ihre Hinweise vertraulich behandeln.« Sie fühlte sich prächtig. Wenn Carl das FBI anzapfen konnte, konnte sie das auch.

»Dieser Mann ist eine Bedrohung der nationalen Sicherheit!«

»Dachte ich mir. Das FBI hat achtzig Jahre lang versucht, ihn zu fassen ... Gab es während der ganzen Zeit nicht wenigstens eine heiße Spur?« Giovanella legte ihren gesamten Charme in die Worte.

»Sie sollten Ihre privilegierte Position nicht über Gebühr strapazieren!«

»Agent Rees, drohen Sie mir etwa?« Giovanella erkannte, dass Rees keinen Dunst hatte, wovon er sprach. Der Fall Merdon lag Jahre in der Vergangenheit, und Rees war nicht älter als sie selbst. Der FBI-Trigger hatte ein Ticket ausgeworfen, und der erstbeste Jungspund, der nichts zu tun hatte, wurde losgeschickt, um bei ihr auf den Busch zu klopfen.

»Nein«, knurrte er. »Falls der Eindruck entstanden ist, bitte ich mein Verhalten zu entschuldigen.«

»Nicht der Rede wert.« Sie lächelte. »Agent Rees, ich wünsche Ihnen einen guten Tag.«

Er stand auf und verließ den Raum. Sein Besuch bei ihr hatte eine Sache ganz deutlich gezeigt: Renier war mit Sicherheit kein seniler Spinner. Der alte Mann hatte gute Gründe für die Suche. Gründe, die Carl ihr nicht offenbarte. Gründe, die sie noch nicht kannte. Gründe, die sie mittlerweile interessierten. Ihr Hunger war geweckt. Egal welches Geheimnis Jake Merdon in der Zeit versteckt hatte, sie würde es herausfinden.

A.D. 2018

ZUR HÖLLE MIT EUCH ALLEN

»Wie fühlst du dich?«

Skagen starrte den Mann wortlos an. Er befand sich in einem Raum ohne Fenster, angekettet auf einem im Boden festgeschraubten Metallstuhl, der vor einem festgeschraubten Metalltisch stand, hinter dem ein Mann Anfang vierzig saß. Die braunen Haare waren akkurat geschnitten, verliehen ihm zusammen mit dem dunklen Anzug das Aussehen eines Bankers, aber das war er nicht. Laut Ausweis hieß er Daniel Rugney und war vom FBI.

Letzte Nacht hatte man ihn nach dem Tod seiner Stiefmutter verhaftet und auf das achtundzwanzigste Polizeirevier gebracht. Niemand hatte mit ihm gesprochen. Zwei Stunden später wurde er in ein schwarzes Auto verfrachtet und an den Ort gebracht, an dem er sich jetzt befand. Skagen vermutete, dass es die FBI-Zentrale von New York war.

»Willst du etwas trinken? Hast du Hunger?«, fragte der Agent.

Skagens Kehle war total ausgetrocknet, aber er schüttelte wütend den Kopf. Alles an ihm war zu Wut geworden. Zorn floss durch seine Adern, verbrannte sein Herz.

»Wir wissen, dass die Frau, die letzte Nacht erschossen

wurde, deine Mutter war. Lee Miller. Wir haben ihre Identität herausgefunden und wissen auch genau, wer du bist. Skagen Miller. Ihr habt beide in Melville, Michigan, gelebt. Keine Vorstrafen, keine Auffälligkeiten. Nicht mal einen Strafzettel für Falschparken. Deine Mutter hat in einem Supermarkt gearbeitet, du gehst auf die örtliche Highschool. So weit, so gut. Eines ist allerdings merkwürdig. Von deiner Mutter gibt es keine Geburtsurkunde und keine Sozialversicherungsnummer. Deine Daten sind alle gefälscht. So wie es aussieht, lebt ihr schon lange im Untergrund. Du sogar dein Leben lang. Da stellt sich mir die Frage: warum? Wovor versteckt ihr euch? Sind das überhaupt eure richtigen Namen? Wo kommt ihr her? Was habt ihr mit dem Anschlag auf das HFP-Hauptquartier zu tun? Und wer waren die beiden verdächtigen Personen, die uns letzte Nacht entkommen sind?«

Skagen verzog den Mund, sagte aber nichts. Dieser Typ hatte keine Ahnung. Lee Hastings war ein Leben lang auf der Flucht gewesen. Nachdem sie in dieser Zeit gelandet war, hatte sie sich auf die Suche nach den fünf Kindern begeben, die sie selbst durch die Einstein-Rosen-Brücke ins Jahr 2000 gebracht hatte.

Gleich zu Anfang war alles schiefgegangen. Lee war es gelungen, Hannah bei einer Pflegefamilie ausfindig zu machen. Aber bei dem Versuch, sie zu entführen, war sie erwischt worden.

Zunächst wollte sie den Beamten die Zusammenhänge erklären. Dass sie aus der Zukunft stammte und dort gegen eine Alieninvasion gekämpft hatte, die im Jahr 2118 die gesamte Menschheit bedrohte. Niemand hatte ihr geglaubt. Für ihren Pflichtverteidiger war das dennoch ein Glücksfall, so konnte er seine Verteidigung auf geistige Unzurechnungsfähigkeit aufbauen und durch verschiedene psychiatrische Gutachten dafür sorgen, dass es gar nicht erst zu einer Verhandlung kam, sondern Lee für unbegrenzte Zeit in eine geschlossene Anstalt eingeliefert wurde.

Da man Lee Hastings' Identität niemals verifizieren konnte – es gab weder Geburtsurkunde, Sozialversicherungsnummer oder sonstige Hinweise auf ihre Identität –, ging man bei den Behörden davon aus, dass es sicherer für die Gesellschaft war, sie für immer wegzusperren und mit Benzodiazepinen vollzustopfen, damit sie ruhig blieb und aufhörte, jedem von einer bevorstehenden Alieninvasion zu erzählen.

Lee verfiel für fünf Jahre in Schweigen. Sprach kein Wort mehr. Bis sie im Jahr 2005 aus der Anstalt ausbrach und von der Bildfläche verschwand.

Sie nahm verschiedene Identitäten an und besorgte sich gefälschte Papiere auf den Namen Lee Miller. Das Geld dafür hatte sie sich durch Trickdiebstahl auf der Straße verdient.

Ein weiteres Jahr verging mit der Suche nach den fünf Kindern. Hannah war inzwischen adoptiert worden, aber Lee gelang es nicht, herauszufinden, wer ihre neue Familie war. Von Caleb, Jake und Madison gab es überhaupt keine Spuren, einzig Skagen konnte sie in einem Waisenhaus aufspüren.

Die junge Frau, der sie den Jungen in den Kinderwagen gelegt hatte, war zur Polizei gegangen, die ihn den zuständigen Behörden übergeben hatte.

Skagen erinnerte sich noch gut an den Tag, als man ihn in das Büro des Heimleiters gerufen hatte. Er stand vor der Tür und wollte anklopfen, da hörte er, wie Mr Goldman mit einer unbekannten Frau sprach.

»Mrs Miller, Sie und Ihr Mann haben jetzt alle in diesem Alter zur Adoption infrage kommenden Kinder gesehen. Skagen ist einer der Älteren. Bis jetzt ist es uns nicht gelungen, für ihn eine Familie zu finden.«

Skagen konnte die ruhigen Atemzüge der Frau hören. Ein Mann saß scheinbar neben ihr, denn sein schweres Schnaufen überlagerte immer wieder die anderen Geräusche im Zimmer. Dann sprach Goldman weiter.

»Er hat ein Problem mit seinem Temperament. Oftmals wird er grundlos zornig, dann wirft er mit Sachen herum, zerstört sein Spielzeug oder prügelt sich mit anderen Kindern. Verstehen Sie mich bitte nicht falsch, Skagen ist ein intelligenter Junge, aber er ist schwierig, und da Sie und Ihr Mann mir erzählt haben, dass Sie noch keine eigenen Kinder haben, sollten Sie vielleicht ein Kind in Betracht ziehen, das weniger auffällig ist.«

»Ich kann keine Kinder mehr bekommen«, sagte die Frau leise, und Skagen hörte den Schmerz in ihrer Stimme. Obwohl er nicht wusste, warum, berührte ihn ihr Leid. Gleichzeitig grübelte er darüber nach, warum ihn die beiden Personen nebenan adoptieren wollten.

Im Lauf der Jahre waren viele Kinder des Heims in neue Familien gekommen, aber er war dafür nie in Betracht gezogen worden. Skagen wusste, dass Mr Goldman eine Akte über ihn führte, in der all die schlimmen Dinge standen, die er getan hatte. Wenn es Interessenten gab, dann genügte ein Blick dort hinein, um jede Chance auf eine Adoption zunichte zu machen.

Früher hatte sich Skagen Eltern gewünscht. Eine Mom und

einen Dad, vielleicht sogar Geschwister, aber die mussten nicht sein. Andere Kinder waren schwierig, und man kam nur schlecht mit ihnen zurecht, weil sie darauf beharrten, dass es Dinge gab, die nur ihnen gehörten, und oftmals ihr Essen nicht mit ihm teilen wollten. Außerdem redeten sie zu viel.

Aber eine Mom wäre klasse. Sie würde ihm Sandwiches für die Schule machen. Mit viel Wurst und Käse, und sein Dad würde ihn in seinem großen Pick-up persönlich zur Schule fahren. Aber das waren Träume, die er aufgegeben hatte. Mr Goldman und seine Akte würden auch die Leute da drin vergraulen.

»Mein Mann wünscht sich schon so lange einen Sohn«, sagte die Frau. Skagen hörte, dass eine Träne über ihre Wange lief.

Das war auch so etwas, was nicht gerade hilfreich dabei war, eine Familie für ihn zu finden. Sein unglaubliches Hörvermögen.

Skagen wusste, das etwas nicht mit ihm stimmte, denn niemand konnte auch nur annähernd so gut hören wie er, und deshalb war er auch oft so wütend. Keiner wollte verstehen, dass laute Geräusche ihn beinahe in den Wahnsinn trieben. Und sie waren überall. Um ihn herum.

Das Schmatzen und Schlürfen der Kinder beim Essen machte es ihm schwer, selbst einen Bissen hinunterzubekommen. Nachts schnarchten, schnauften und furzten die anderen im gemeinschaftlichen Schlafsaal in einer Tour, sodass er kaum schlafen konnte, selbst wenn er seinen Kopf unter dem Kissen vergrub.

Und all die Lügen. Unzählige Lügen. Den ganzen Tag. Skagen konnte an der Vibration der Stimmen erkennen, wer die

Wahrheit sagte und wer schwindelte, und dafür hassten ihn die anderen Kinder. Und er hasste sie.

»Gut, wenn Sie sich sicher sind …«, sagte Mr Goldman schließlich, »dann rufen wir jetzt Skagen herein.« Ein Stuhl wurde gerückt, schwere Schritte stapften über den alten verblichenen Teppich, dann wurde die Tür aufgerissen, vor der er stand.

Mr Goldman blickte auf ihn herab. Sein Gesicht war mürrisch verzogen.

»Ich hoffe, du hast nicht gelauscht«, sagte er.

Skagen schüttelte den Kopf. Natürlich hatte er gelauscht, er konnte gar nicht anders.

»Komm rein.«

Skagen wurde ins Büro geführt. Mr Goldman legte ihm eine Hand auf die Schulter und bedeutete ihm, neben dem Schreibtisch stehen zu bleiben. Skagen verharrte, den Kopf gesenkt, und wagte nicht aufzuschauen.

»Ich bin Lee«, sagte eine wunderschöne Stimme. »Und das ist mein Mann Henry.«

Eine Lüge!

Skagen hörte an ihrer Stimme, dass sie nicht verheiratet waren. Ja, diese Frau mochte den Mann neben ihr nicht einmal. Das war interessant.

»Sieh mich an.«

Skagen blickte auf, und zur schönsten Stimme der Welt kamen die schönsten Augen hinzu. Skagen hatte das Gefühl, sich in ihnen zu verlieren, aber gleichzeitig wurde er unruhig. Er kannte diese Augen, hatte sie schon einmal gesehen. Und er kannte diese Stimme.

Woher?

Er konnte sich an keine Begegnung erinnern. War sie

schon einmal im Heim gewesen? Vielleicht um sich ein Kind auszusuchen? Nein, er würde sich an sie erinnern.

Und dennoch …

»Ich bin gekommen, um dich nach Hause zu bringen«, sagte die Frau.

Ja, das stimmte. Sie sagte die Wahrheit. Aber warum nach Hause? Er kannte kein Zuhause. Nur das Heim, das niemals eines gewesen war.

»Möchtest du unser Sohn werden?«, fragte der Mann neben ihr.

Skagen sah ihn an.

Der Typ spielte eine Rolle. Jemand hatte ihm den Text vorgegeben, den er jetzt brav aufsagte.

Es wurde immer interessanter, aber der Mann war es nicht, darum wandte sich Skagen wieder der Frau zu, die Lee, aber nicht Miller hieß.

»Ja, das möchte ich«, sagte er zu ihr.

Sie lächelte.

Mr Goldman seufzte. »Ich mache alles fertig. Es gibt noch einige Untersuchungen, und Papiere müssen unterzeichnet werden, aber ich denke, einer Adoption steht nichts im Wege.«

»Möchtest du mit mir in den Hof gehen?«, fragte die Frau. »Die Sonne scheint.«

Skagen nickte wild mit dem Kopf.

Sie reichte ihm ihre Hand und ließ sie elf Jahre nicht mehr los.

Jetzt war sie tot.

»Laut unseren Unterlagen bist du siebzehn Jahre alt.« Der Typ sah ihn ernst an. »In jedem Fall bist du alt genug, um zu erkennen, dass du tief in der Scheiße steckst und für Jahrzehnte ins Gefängnis wanderst. Ich denke, das ist dir klar, also sollte dir auch klar sein, dass du mit uns zusammenarbeiten, uns dabei helfen musst, die Sache zu verstehen. HFP ist eine Wohltätigkeitsorganisation, warum habt ihr einen Anschlag auf das Gebäude verübt?«

Skagen hätte ihm sagen können, dass er beim Anschlag nicht dabei gewesen war, aber er ließ es bleiben. Er würde kein Wort mit dem Typ reden. Mit zusammengebissenen Zähnen saß er da und versuchte, nicht an seiner Wut zu ersticken. Wenn er es gekonnt hätte, würde er sich vom Stuhl losreißen und dem Mann sein Lächeln aus dem Gesicht prügeln.

»Gibt es irgendetwas über HFP, das wir wissen sollten?«, fragte der Agent weiter.

Draußen vor dem Verhörraum waren zum ersten Mal Geräusche zu vernehmen. Schritte auf dem Gang. Zwei Männer. Einer an Händen und Füßen gefesselt. Er machte sehr kleine Schritte. Die Ketten klirrten, während er sich schlurfend vorwärtsbewegte. Der andere Mann ging normal.

»Setz dich dahin, Thomson«, befahl er.

Erneutes Klirren, dann plumpste jemand ungeschickt auf eine Metallbank.

»Ein Agent wird kommen, um dir Fragen zu stellen.«

Der sitzende Mann nickte, Skagen konnte es am Schaben seiner Halswirbel hören.

»Kann ich etwas zu trinken bekommen?«, fragte Thomson. Seine Stimme klang jung. Der Typ schien im gleichen Alter wie er zu sein.

»Nein, frag den Agent danach. Ich muss zurück«, lautete die Antwort.

Schuhe quietschten auf dem Linoleum. Der Mann drehte sich um. Machte zwei Schritte.

»Wissen Sie eigentlich, dass Ihre Farbe Gelb ist?«, fragte Thomson.

Der andere blieb stehen.

»Was?«

»Ihre Farbe ist Gelb. Es ist ein fahles Gelb, fast schon Weiß, aber immer noch Gelb.«

»Was soll der Scheiß?«

»Ah, dann wussten Sie es nicht.«

»Leck mich.«

Der Mann ging weiter, dann war er irgendwann nicht mehr zu hören.

Thomson begann zu summen.

»Gelb ist schön, Gelb ist schön, aber man kann es nicht bei Nacht sehen.«

Skagen schüttelte den Kopf. Was für ein Spinner!

»Ich verstehe das Ganze nicht«, sagte Rugney. »Alle am Anschlag beteiligten Personen waren zuvor nicht auffällig, stammen aus unterschiedlichen Regionen und treffen sich am Abend vor der Eröffnung der neuen Organisationszentrale, um einen Sprengstoffanschlag zu verüben. Warum am Tag vor der Eröffnung? Vierundzwanzig Stunden später hättet ihr viel mehr Aufmerksamkeit mit eurer Tat erregt, und ich denke, darum geht es irgendwie, oder?«

Der FBI-Mann schaute Skagen eindringlich an. »Gehörst du zu einem Terrornetzwerk? Wie nennt es sich? Was sind eure Ziele? Habt ihr Kontakt zu anderen Organisationen? Raus mit der Sprache!«

Skagen zog geräuschvoll die Nase hoch. Sein Blick fiel auf das kleine Abzeichen, das der Agent am Revers trug.

Ein roter rechteckiger Untergrund, auf dem drei weiße Buchstaben standen.

HFP.

Er würde kein Wort sagen. So, wie es ihm seine Mutter Lee Hastings beigebracht hatte.

A.D. 2118

SIE MACHT UNS PROBLEME

»Nein«, antwortete Frank Rees wenig amüsiert. Die Befragung lief denkbar schlecht. Er fühlte sich wie ein Idiot und wollte die Kanzlei so schnell wie möglich verlassen. »Falls der Eindruck entstanden ist, bitte ich mein Verhalten zu entschuldigen.«

»Nicht der Rede wert.« Das schmale Gesicht der Anwältin glich einem Engel. Einem aus Marmor, wunderschön und eiskalt, dem vermutlich leichter eine Antwort zu entlocken gewesen wäre. »Agent Rees, ich wünsche Ihnen einen guten Tag.«

Frank schluckte alles herunter, das er spontan mit dieser unverschämten Person zu tun gedachte. Für die meisten Dinge hätte er seine holografische Dienstmarke abgeben müssen. Er sah sie an, taxierte sie ohne die elf Zentimeter hohen Pumps auf 1,72 Meter und sechzig Kilogramm Körpergewicht. Ihre gepflegten Fingernägel waren echt und kürzer, als er es bei Frauen in ähnlichen Positionen kannte. Sie trug bis auf eine dünne goldene Halskette keinen Schmuck. Vor allem keinen Ring. Die taillierte weiße Bluse passte perfekt, ohne dass sie damit ihre Oberweite über Gebühr vor sich herschob.

Es spielte aber keine Rolle, wie genau er sie beobachtete, sie hatte ihn am langen Arm verhungern lassen. Natürlich hatte sie in dieser Situation nichts über ihren Mandanten verraten.

Frank verließ den Raum. Er sollte sich eher Gedanken machen, wie er von der FBI-Liste der Idioten und Anfänger herunterkam, die losgeschickt wurden, wenn ein uralter Trigger im Netz glaubte, etwas Wichtiges gefunden zu haben.

Dieser Jake Merdon ging ihm komplett am Arsch vorbei. Hundertsiebzehn Jahre, das war ein Witz, der Mann müsste, wenn er nicht längst tot war, inzwischen uralt sein. Das war mit Abstand der dämlichste Auftrag, dem er während der letzten beiden Jahre nachgehen musste. Zwei verlorene Jahre, seitdem er die FBI-Akademie in Quantico verlassen hatte, in denen er in keinem bedeutenden Fall hatte mitwirken dürfen.

Frank verließ den CP-Tower in bester Lage in Manhattan, der ihm eindrucksvoll verdeutlichte, dass die Gewinner der Gerichtsbarkeit keine Waffen trugen, keine Nachtschichten machten und sich in der Regel auch nicht der Gefahr aussetzten, aus Versehen von einem Junkie erschossen zu werden.

Wieder auf dem Boden der Tatsachen angekommen, griff er an die Seitentasche und holte seine Zigaretten hervor. Die Dinger waren teuer, völlig aus der Mode und ungesund. Drauf geschissen, er zündete sich eine an, nahm einen tiefen Zug und versuchte, nicht daran zu denken, dass ein einzelner Glimmstängel mehr als sechzig Dollar kostete.

Er drückte einen Button an seiner Smartwatch, legte den Kopf in den Nacken und sah nach oben. In dieser Gegend kostete ein Gleiter-Dauerparkplatz mehr, als das FBI ihm im Monat bezahlte.

Das Dienstfahrzeug senkte sich langsam zu Boden. Er platzierte zur Authentifikation seine Hand an die Seitenscheibe, deren Kontur durch das Sicherheitssystem des Fahrzeugs schwach aufleuchtete. Dann konnte er einsteigen.

»Special Agent Frank Rees, Dienstnummer HX781-GT912, melde, die Befragung von Giovanella Muscat abgeschlossen zu haben. Es gibt keine neuen Erkenntnisse auf der Suche nach Jake Merdon.«

»Danke Agent«, quittierte die Fahrzeug-KI. »Ihre Aussage ist protokolliert. Ich schließe das Ticket. Möchten Sie ins Büro fliegen?«

»Ja.« Wohin auch sonst? Frank fragte sich, während er rauchte – was er im Dienstgleiter nicht durfte –, warum er eigentlich FBI-Agent geworden war? Eine gute Antwort auf diese Frage blieb er sich schuldig. Früher, was in seinem Fall gerade einmal zwei Jahre her war, hatte er nach dem College angenommen, sich einen coolen Job geschnappt zu haben. Beim FBI-Assessment hatte er sich gegen unzählige Mitbewerber durchgesetzt. Trotzdem fühlte er sich wie ein Außenseiter, der vor Langeweile schon überlegt hatte, ein Feuer zu legen, um es selbst zu löschen.

Während sich der Gleiter autonom durch den New Yorker Verkehr kämpfte, meldete sich sein Kommunikator. Eine unterdrückte Nummer. Im Gleiter wurde der Anruf direkt an die Windschutzscheibe gespiegelt.

»Rees.« Eigentlich sinnlos, sich mit Namen zu melden, es machte aber trotzdem jeder.

»Special Agent Frank Rees?«, fragte eine dunkelhäutige Frau um die fünfzig mit asiatisch anmutenden Augen. Sie wirkte, als ob sie ihm gerade zu seiner eigenen Beerdigung kondolieren wollte.

»Ja.«

»Authentifizierung bitte!« Na ja, eine Bitte war das nicht. Frank kannte die Kollegin nicht. Er legte seine Hand auf einen Scanner in der Fahrzeugmitte. Neben dem Videobild der Anruferin sah er seinen eigenen Dienstausweis. Ein weiterer Scanner überprüfte den Innenraum des Gleiters. Er war allein. Das System stellte auch sicher, nicht abgehört zu werden.

»Wer sind Sie?«

»Deputy Director Rosie T. Vasquez, Washington.« Ihr Dienstausweis wurde an der linken Seite der Windschutzscheibe eingeblendet. Sie war echt und wie er vom FBI. Jetzt wussten beide, mit wem sie es zu tun hatten.

»Ma'am, was kann ich für Sie tun?« Frank sprach nicht jeden Tag mit einem Deputy Director, nein, er hatte noch nie mit einem gesprochen.

»Sie hatten heute einen Einsatz?«

»Ja, Ma'am. Eine Juristin. Giovanella Muscat, die sich in unserer für die Öffentlichkeit zugänglichen Datenbank über einen gewissen Jake Merdon informiert hat. Ein automatischer Trigger hat mir das Ticket zukommen lassen.«

»Sie wissen, wer Jake Merdon ist?«, fragte Vasquez, die an einem Schreibtisch saß. Hinter ihrem Rücken konnte Frank eine getäfelte Holzwand erkennen. Am Revers ihres grauen Kostüms ragte ihm ein HFP-Sticker entgegen. Den trugen fast alle beim FBI. Er selbst hatte zwei davon in der Schublade liegen.

»Jake Merdon, Jahrgang 2001, Schüler, lebte in Vernon, mutmaßlicher Terrorist, 2018, ein gescheiterter Anschlag auf die HFP-Zentrale in New York, seitdem flüchtig. Die Fahndung wurde 2098 eingestellt.«

»Nein.«

»Ma'am?«

»Wir suchen ihn immer noch.« Vasquez wirkte alles andere als entspannt.

Frank schüttelte den Kopf. Seines Wissens nach gab es keine offene Fahndung des FBI über einen derart langen Zeitraum.

»Er müsste jetzt hundertsiebzehn sein ...«

»Agent, Sie haben mit Giovanella Muscat persönlich gesprochen?«

»Ja.« Okay, Frank sollte langsam anfangen, seinen Kopf zu benutzen. Muscat hatte ihn wie einen Idioten behandelt. Das alleine hatte keine große Bedeutung, es erging anderen Agents bei Anwälten in dieser Preisklasse nicht besser. Ohne dass man diesem arroganten Pack eine Pistole auf die Brust setzte, sagten die keinen Ton. »Die Anwältin hat die Anfrage bestätigt, aber meine Fragen zu ihrer Motivation und dem Auftraggeber nicht beantwortet.«

»Ihr Eindruck?«

»Zu der Anwältin?« Das besondere Interesse des Deputy Directors an Muscat und dem uralten Trigger konnte er nicht nachvollziehen.

»Ja.«

»Die macht ihren Job ... ich habe nichts anderes erwartet.«

»Weiß sie, wer Merdon ist?«

»Ähm ... ich kann Ihnen nicht folgen.« Frank hatte selbst keine Ahnung, was an dem Bengel besonders sein sollte. Warum zur Hölle sprach sie von Merdon, als ob er immer noch leben würde?

»Wissen Sie es?«

Frank wollte nicht die Fakten wiederholen, die er bereits aufgezählt hatte. Da musste es noch etwas geben, das nicht in den Akten stand.

»Einen Moment, bitte ... bleiben Sie mit dem Gleiter in der Luft!«

»Ma'am.«

Vasquez stellte die Verbindung auf Stand-by. Frank sah das FBI-Logo. Der Gleiter manövrierte selbstständig an die Flanke eines Supertowers und wartete sechshundert Meter über der Straße. Was sollte das? Was lief hier eigentlich?

»Rees?« Keine zehn Sekunden später meldete sie sich wieder.

»Ma'am.«

»Ich habe Ihre Versetzung bewirkt.« Während sie sprach, sah Frank am rechten Rand der Windschutzscheibe die signierte Meldung über seinen neuen Fall. Vasquez war jetzt seine Chefin.

»Das sehe ich …« Dafür, dass er zwei Jahre lang keinen Meter vorangekommen war, nahm seine Karriere nun dramatische Züge an. Er wusste noch nicht, um was es ging, aber Vasquez' Tonlage versprach Abwechslung. »Was soll ich tun?«

»Sie bleiben an Muscat dran!«

»Ma'am?«

»Nein, lassen Sie es mich deutlicher ausdrücken. Sie werden alles unternehmen, um herauszufinden, wer sie beauftragt hat! Ich will den Namen, ich will den Hintergrund, und ich will auf meine Antworten nicht lange warten müssen!«

»Natürlich.«

»Rees! Ich habe Sie aus Ihrer New Yorker Befehlskette herausgelöst! Keine Polizei und kein FBI! Sie werden nur mir Rechenschaft ablegen!«

»Ja, Ma'am.« Frank spürte ein langsam aufsteigendes Gefühl der Zufriedenheit in seiner Brust. »Darf ich Ihnen eine Frage stellen?«

»Einen Moment … gleich können Sie fragen. Ich ordne Ihnen technische Ressourcen zu: Mikrodrohnen, die Ihnen bei der Überwachung helfen. Die Einheiten werden sich in einer Minute bei Ihnen melden. In Ihrer Nähe befindet sich gerade ein einsatzbereiter Schwarm. Ich leite Ihnen auch eine richterliche Verfügung weiter, mit der dieser Eingriff in Muscats Privatsphäre autorisiert wird.«

»Ma'am.« Rees hatte keine Ahnung, welcher Richter so viel Mumm hatte, eine unbescholtene Juristin überwachen zu lassen. Aber die Verfügung war echt und die geplante Abhöraktion legal.

Die Mikrodrohnen waren nicht größer als Fliegen, damit würde er in wenigen Stunden nicht nur in Erfahrung bringen, mit wem Muscat über Jake Merdon sprach, sondern auch welche Farbe ihre Unterwäsche hatte.

»Haben Sie die Drohnen?«

»Ja.« Frank beobachtete am integrierten Display auf der Innenseite der Windschutzscheibe, wie sich die Mikrodrohnen an seiner Arbeitsumgebung anmeldeten, um die Observierung zu übernehmen. Das ging schnell. Für einen Betrachter von außen blieben die Scheiben des Gleiters undurchsichtig. Nur er konnte die Inhalte auf dem Display sehen. Achtundvierzig Einheiten, die er taktisch im Leben von Giovanella Muscat verteilen würde.

Jede Einheit konnte zwölf Stunden Ziele im Blick behalten und über gesicherte Leitungen Daten übertragen, bevor sie zum Aufladen eine Basisstation anfliegen mussten. Frank hatte bei seiner Ausbildung auf diesem Überwachungssystem in Quantico eine Bestnote erhalten.

»Rees, was wollten Sie noch wissen?«, fragte Vasquez.

»Ma'am, wer ist Jake Merdon?«

»Früher war er ein wütender Jugendlicher, der falsche Entscheidungen getroffen hat. Wegen ihm kamen Menschen zu Schaden. Einige zahlten auch mit ihrem Leben. Heute ist er ein Geist. Jedenfalls wünschte ich mir, dass er nur einer ist. Jemand, der am besten bereits viele Jahre tot ist. Tot und begraben. Das wäre für uns alle das Beste, das können Sie mir glauben.«

»Und wenn nicht?«

»Dann wird aus einem Geist ein Albtraum. Der schlimmste,

den Sie sich vorstellen können. Die Details sind für Ihre Observation nicht relevant, aber wir haben Anhaltspunkte, dass er oder Personen in seinem Namen einen verheerenden Terroranschlag mit virologischen oder bakteriellen Kampfstoffen vorbereiten.«

»Ist das Ziel New York?«

»Nein.«

»Wie bitte?«

»Es ist die ganze Welt, mit weniger geben sich unsere Gegner nicht zufrieden. Special Agent Rees, Sie haben es in der Hand, einen wichtigen Beitrag zu leisten, um Millionen, wenn nicht sogar Milliarden Leben zu beschützen.«

»Meine primäre Aufgabe?« Frank konnte kaum glauben, was er gerade erlebte. War er wirklich derjenige, der einen so wichtigen Job bekam?

»Finden Sie den Mann oder die Frau hinter Giovanella Muscat! Finden Sie die Person, die sie angeleitet hat, Erkundigungen über Jake Merdon einzuholen.«

»Wen erwarten Sie?«

»Niemanden von der Highschool. Der Kampf, der von Jake Merdon gegen unsere Zivilisation angezettelt wurde, hatte mit der Zeit Unterstützer gefunden. Menschen mit Geld und Einfluss, die eigene Ziele verfolgen. Und glauben Sie mir, niemand von diesen Schurken geht als anständiger Kerl durch.«

»Ma'am, warum sollten Jake Merdon oder seine Erben, die es geschafft haben, jahrelang unentdeckt zu bleiben, eine Suche starten, die einen FBI-Trigger auslöst? Ist das nicht ziemlich dumm?«

»Special Agent Rees, Sie zeigen Talent! Es ist sogar sehr dumm! Es könnte ein Fehler gewesen sein, den ich begrüße, womit ich aber nicht rechne. Ich halte diese Aktion eher für eine Botschaft.«

»Für wen?«

»Für alle, die sie verstehen. Es geht los. Ein Anschlag steht kurz bevor. Ich hoffe, Sie verstehen die Bedeutung Ihrer Arbeit. In meinem Team an der Ostküste arbeiten auch Agents an anderen Spuren. Wir kooperieren mit Interpol. In Europa und Asien gibt es weitere Teams. Sie sind Teil der größten Menschenjagd, die die Welt je erlebt hat. Ihre Spur heißt Giovanella Muscat!«

Frank hatte nur wenige Minuten benötigt, um seine elektronischen Helferlein in Stellung zu bringen. Er sah und hörte alles, was Muscat unternahm. Der Einsatz der Mikrodrohnen galt in der Öffentlichkeit als höchst umstritten. Verständlich, da dabei das Innerste, die privatesten Momente eines Menschen ohne sein Wissen aufgezeichnet wurden. Vierundzwanzig Stunden am Tag, sieben Tage in der Woche, nicht eine Sekunde würde die junge Anwältin verbringen, ohne dass er darüber Kenntnis erlangte.

Im Moment aß sie zu Mittag und wurde von einer Kollegin über den neusten Flurklatsch bei CP informiert. Anwälte waren keine Engel, FBI Agents übrigens auch nicht. Die niveauvolle Unterhaltung, gespickt mit Intrigen, Alkohol und kuriosen Geschichten über Verbrechen, hätte er auch in der New Yorker FBI-Kantine aufzeichnen können.

Giovanella genoss ihre Pasta mit einem Glas stillem Wasser und hörte den Erzählungen zweier Kolleginnen zu. Eine Sieben und eine Acht, die mit Muscat sprachen, der er fairerweise eine Neun zubilligte. Die vier Mikrodrohnen, die er in weniger als einem Meter Abstand an ihr dran hatte, lieferten interessante Einblicke. Die Bild- und Tonqualität war hervorragend.

»Was machst du eigentlich im Moment?«, fragte die Sieben.

Eine Mikrodrohne saß nur eine Handbreit neben ihrem Kaffee unauffällig auf einem Krümel.

»Recherche.« Giovanella mimte die Unschuldige. »Ich denke, ich werde mein ganzes Leben nichts anderes mehr tun. Recherche, Recherche und morgen wieder Recherche!«

Alle lachten. Frank nicht. Sie log, das konnte er spüren.

»Warst du nicht gestern Abend im Imperial-Tower?«, fragte die Acht. Rothaarig, besser als blond, aber halt nicht braun.

»Wer erzählt denn so etwas?« Giovanella versuchte, diese Frage wie eine lästige Fliege abzuwehren.

»Im Penthouse!«, steuerte die Sieben stolz hinzu. Eine, gemessen an der blassen Haarfarbe, durchaus wertvolle Antwort.

»Echt jetzt?« Die Acht wusste es offensichtlich noch nicht. Frank auch nicht. Alle in der netten Runde waren jetzt klüger.

A.D. 2018

HUNGER UND REGEN

Es hatte angefangen zu regnen. Unangenehmer Nieselregen, der seinen Hoodie durchdrang und ihn so schwer wie ein Sack Kartoffeln werden ließ.

Jake musste erkennen, dass es keinen Sinn machte, ziellos herumzuirren, also zog er sich in einen Hauseingang zurück, um das Ende des Regens abzuwarten.

Vier Tage waren seit dem Anschlag vergangen.

Vier Tage, in denen er wie eine Katze herumgestreunert war und kaum etwas gegessen hatte.

Vier Tage lang war er mit gesenktem Kopf durch die Straßen gewandert. Ruhelos. Rastlos. Auf der Flucht vor der Polizei. Mit Tausenden von Fragen im Kopf.

Wie ging es Amy?

Was war bei seiner Mutter los? Wurde sie von der Polizei bedrängt? Kam sie zurecht?

Sicherlich machte sie sich große Sorgen um ihn. Er musste sie anrufen, aber seine Angst war zu groß, dass man ihn dadurch aufspüren würde.

In seinem Schädel hämmerten monströse Kopfschmerzen, die ihm den Verstand raubten. Ausgelöst durch den unfassbaren Geruch dieser Stadt. Jake hatte sich schon alles in die Nase gestopft, was irgendwie reinpasste, aber nichts half. New York war ein stinkendes Loch, das seine Sinne überrannte.

Seine Stirn fühlte sich heiß an, der Rest seines Körpers schwach. Er hatte kaum geschlafen. War zumeist auf einer Bank im nahe gelegenen Central Park kurz eingenickt, immer mit der Angst, dass jemand ihn erkennen würde.

Vielleicht werde ich krank, überlegte er, aber eigentlich war auch das egal. Er war fertig, körperlich am Ende, und es gab keinen Ort, an den er gehen konnte. Vielleicht war es das Beste, wenn er einfach still und heimlich krepierte. Der Retter der Welt, irgendwo namenlos verscharrt und vergessen. In hundert Jahren würde ohnehin kein Schwein wissen, dass er jemals gelebt hatte.

Hör mit diesem Scheißselbstmitleid auf, meldete sich eine Stimme in seinem Inneren. *Noch bist du da, noch gibt es Hoffnung.*

Hoffnung? Ein großes Wort. Hoffnung worauf? Er konnte nie wieder zurück in sein altes Leben.

Dann lebe ein neues Leben.

War das so einfach? Alles hinter sich lassen? Vergessen, was geschehen war? Ausblenden, dass die Erde von einer fremden Macht bedroht wurde?

Ja, so einfach ist das, sagte die Stimme. *Du hast Hunger, also such dir etwas zu essen. Du bist müde, finde einen sicheren Schlafplatz, und verdammt noch mal, ruf endlich Amy an, sie ist bestimmt schon ganz verrückt vor Sorge.*

Die Behörden warteten nur darauf, dass er einen Fehler machte, dachte er gequält.

Scheiß drauf!

Okay. Jake fischte sein Handy aus der Hosentasche seiner Jeans. Das Gerät war abgeschaltet. Er hatte keine Ahnung vom Akkustand oder ob das Ding inzwischen von seinem Mobilfunkanbieter geblockt wurde, aber das war eher unwahrscheinlich. Fast zärtlich strich er über das matte Display.

Wenn alles glattgegangen war, wussten die Behörden nichts von Amy, und er konnte sie gefahrlos von seinem Handy aus anrufen, allerdings sollte er sein Glück nicht überstrapazieren und das Gespräch kurz halten. Er glaubte zwar nicht, dass es einfach wäre, sein Handy in dieser riesigen Stadt in so kurzer Zeit zu orten und seinen Standort auszumachen, zumal er die GPS-Funktion niemals eingeschaltet hatte, aber sicher war sicher.

Noch während das Gerät hochfuhr, zog er sich die zusammengerollten Papierfetzen aus der Nase. Er hatte keine Lust darauf, wie ein alter defekter Lautsprecher zu klingen.

Jake wählte Amys Nummer. Es tutete zweimal, dann hob sie ab.

»Oh mein Gott, oh mein Gott«, sagte sie.

»Amy? Alles gut?«

»Oh mein Gott, Jake. Ich bin fast durchgedreht, weil ich nichts von dir gehört habe.«

»Ich weiß. Sorry, ich konnte mich …«

»Wie geht es dir?«

»Alles okay … na ja … und bei dir? Sind die Bullen bei dir aufgetaucht?«

»Nein«, erklärte sie hastig. »Anscheinend wissen sie nichts von mir, aber sie waren bei deiner Mutter, haben das Haus in seine Bestandteile zerlegt, um Hinweise auf den Anschlag zu finden. Von ihr weiß ich auch, dass sie bei Michaels und Williams Eltern die gleiche Show abgezogen haben. Sie waren auch in deiner und in Williams Schule und haben dort alle befragt.«

»Wie geht's meiner Mom?«

»Sie macht sich schreckliche Sorgen um dich. Ich habe sie besucht, sie anzurufen, war mir zu gefährlich, denn ich glaube, sie wird überwacht.«

»Du warst bei mir zu Hause?«, fragte Jake entsetzt nach.

»Nein. Im Krankenhaus, in dem sie arbeitet. Du hast mir davon erzählt, weißt du nicht mehr?«

Ja, doch, jetzt fiel es ihm ein, aber er hatte nicht gedacht, dass er ihr den Namen des Krankenhauses genannt hatte.

»Ich habe so getan, als wäre ich zu einer Untersuchung dort, und sie auf dem Gang der Station abgepasst. Sie war vollkommen durch den Wind. Ich habe ihr alles erzählt, aber ich denke, sie hat mir nicht geglaubt.«

Jake wurde zornig. »Wie kann sie dir nicht glauben? Sie hat mich adoptiert, diesen Teil der Geschichte hat sie mir nie erzählt, aber jetzt macht das doch alles Sinn. Hast du ihr gesagt, dass mein Heuschnupfen weg ist, dass ich unglaublich gut sehen kann und den ganzen Rest?«

»Habe ich, trotzdem … sie will es nicht wahrhaben …«

»Verdammt …«

»Jake, sie ist einfach eine Mutter, die sich Sorgen um ihren Sohn macht.«

»Ich bin nicht ihr Sohn, war es nie«, entfuhr es ihm wütend.

»Sag so etwas nicht. Sie liebt dich.«

Jake holte tief Luft, versuchte, sich zu beruhigen, aber der ungefilterte Gestank machte es ihm nicht leicht, die Beherrschung zu behalten.

»Kannst du ihr sagen, dass es mir gut geht und ich mich irgendwann bei ihr melde, aber nicht jetzt? Ich kann es nicht riskieren, sie anzurufen.«

»Ich besuche sie noch mal im Krankenhaus.«

»Danke.«

»Wie soll es jetzt weitergehen?«, fragte Amy.

»Ich … ich weiß es nicht.«

»Jake?«

»Ja?«

»David verändert sich immer mehr.«

»Was meinst du?«

Schweigen.

»Los, sag schon«, drängte Jake sie.

»Er hat mich angegriffen, ins Gesicht geschlagen.«

»Er hat *was*?«, brüllte Jake in das Mobiltelefon.

»Ist total ausgeflippt, als ich versucht habe, mit ihm zu reden, ihn vor Serena zu warnen …« Sie zögerte, sprach dann aber doch weiter. »Jake, ich glaube, ich habe ihn verloren. An Serena. So ist David nicht. Eigentlich hasst er Gewalt, und nun das.«

»Wissen deine Eltern davon?«

»Nein, ich habe ihnen nichts gesagt, aber Jake, ich habe Angst vor David. Wenn er zu Hause ist, beobachtet er jede meiner Bewegungen. Seine Augen sind vollkommen gefühllos, ausdruckslos, so als wäre ich ein Insekt, als wäre ich Beute.«

Jake sog zischend den Atem ein. Damit hatte er nicht gerechnet. Als Amy ihm gesagt hatte, dass die Polizei nicht bei ihr gewesen war, war ihm ein Stein vom Herzen gefallen. Doch nun musste er erkennen, dass sie in viel größerer Gefahr schwebte.

Wie konnte ich nur so dumm sein?

Die Tatsache, dass die Behörden nichts von Amy wussten, bedeutete noch lange nicht, dass Serena und ihre Jünger nicht ahnten, dass sie in der Sache mit dem Anschlag steckte.

Das Gespräch mit ihrem Bruder würde für weiteres Misstrauen sorgen, denn was David wusste, wusste auch Serena.

Sie muss sofort da weg.

»Amy …«

»Ja?«

»Du musst aus Vernon Hill verschwinden. So bald wie möglich, am besten noch heute.«

»Was?«, kreischte sie ins Telefon. »Wohin denn? Und was ist mit David?«

»Amy, es tut mir leid, aber ich denke, wir können nichts mehr für David tun …«

»Ich will das nicht hören. Er ist mein Bruder.«

»Er schlägt dich. Du hast Angst vor ihm.«

»Das …«

»Nein, Amy.«

Beide sagten nichts mehr. Schließlich räusperte sie sich. Jake konnte an ihrer Stimme hören, dass sie weinte.

»Wo soll ich denn hin?«, schluchzte sie leise. »Ich bin sechzehn, habe kein Auto, kein Geld, keinen Job … ich muss zur Schule …«

»Gibt es irgendwelche Verwandte, bei denen du für eine Weile unterkommen könntest?«

Sie zögerte. »Mein Vater hat einen Bruder, der auf Malta lebt.«

»Gut, das ist gut. Flieg zu ihm, besuche ihn.«

»Jake, das ist Malta, eine Insel im Mittelmeer, nicht Malta in Montana. Ich kann da nicht mal eben so hinfliegen. Außerdem ist Schule, meine Eltern würden das nie erlauben.«

»Amy, bitte, dir muss etwas einfallen. Ich mache mir Sogen um dich.«

»Und ich mache mir Sorgen um dich.«

»Ich komme schon klar.«

»Jake Merdon, lüg mich nicht an!«

»Ehrlich, Amy, ich komme zurecht. Bisher ist es mir gelungen, den Cops aus dem Weg zu gehen, und das wird auch weiterhin klappen.«

»Von was lebst du? Hast du etwas zu essen? Wo schläfst du?«

»Amy, noch mal, ich komme klar, du musst dich jetzt um dich selbst kümmern. Ich möchte, dass du das Land verlässt.«

»Jake …«

Er ließ sie nicht ausreden. »Versuch es bitte, Amy, versprich mir das.«

»Okay.«

Er seufzte. »Aber du versuchst es wirklich.«

»Ja, habe ich doch gesagt.« Nun seufzte sie. »Trotzdem … meine Eltern spielen da niemals mit. Und dann ist da noch David.«

»Du kannst ihm nicht helfen.«

»Ja, ich weiß.«

Im Hörer begann es zu piepen. Scheiße, der Akku war fast leer.

»Was ist das?«, fragte Amy.

»Mein Akku hat keinen Saft mehr.«

»Kannst du ihn laden?«

»Nein, wie denn?«

»Ja, stimmt«, sagte sie nur.

Kurz war Stille.

»Jake?«

»Ja?«

»Ich liebe dich.«

»Ich …«

Ein letztes Piepen, dann wurde die Verbindung unterbrochen. Der Akku hatte seinen Geist aufgeben.

Jake hätte das Gerät am liebsten gegen die Wand geworfen, aber er beherrschte sich. Das Handy war seine einzige Möglichkeit, mit Amy in Kontakt zu bleiben und zu erfahren, wie es ihr ging. Nun war auch dieses Band zerschnitten.

Kurz dachte Jake darüber nach, sich ein Prepaidhandy zu kaufen, aber da er kein Geld mehr hatte, war das keine Option.

Ich könnte eines stehlen. Es jemandem auf der Straße aus der Hand reißen und weglaufen.

Jake kratzte sich nachdenklich am Kopf. Da er seine Haare nicht hatte waschen können, juckte die vom Regen feuchte Kopfhaut.

Nein, wenn das schiefgeht, haben mich die Bullen im Handumdrehen. Klauen scheidet aus. Mir muss etwas anderes einfallen.

Der Regen ließ langsam nach. Jake blickte zum grauen Himmel, in dem sich erste zarte blaue Streifen zeigten. Das war gut. Vielleicht kam die Sonne heraus und trocknete seine Klamotten.

Sein Magen knurrte hörbar. Zeit, etwas zu essen zu suchen. Er trat auf die Straße und blickte die Häuserfront entlang. Nichts! In welche Richtung sollte er gehen?

Die Antwort war einfach. Jake schloss die Augen und konzentrierte sich auf die ihn umströmenden Gerüche. Er roch die Abgase der Autos, die vor den Häusern stehenden Mülltonnen, das Grün der wenigen Bäume in dieser Gegend, Gras, den schwachen Duft von Menschen, die an dieser Stelle vor Kurzem vorbeigekommen waren, und dann … ja.

Er roch Fett, gebratenes Fleisch und einiges mehr. Jake ging los.

Einen Block entfernt machte er die Leuchtreklame eines Fast-Food-Restaurants aus. Dort sollte sich etwas finden lassen.

Mit den Fingern fuhr er durch sein Haar, um es einigermaßen in Ordnung zu bringen. Er wollte nicht wie ein Penner aussehen und auffallen schon gar nicht. Obdachlose waren schlecht fürs Geschäft. Wenn er sich vor dem Restaurant herumtrieb, konnte es sein, dass der Betreiber die Cops rief, die würden seine Identität überprüfen und herausfinden, dass er der berüchtigte Terrorist Jake Merdon war, den das ganze Land jagte.

Jake lächelte gequält. Früher hatte er sich vorgestellt, wie es wohl sein musste, wenn man berühmt war und einen alle auf der Straße erkannten. Nun war er es, und es gefiel ihm gar nicht.

Pass auf, was du dir wünschst, sagte ein Sprichwort. *Dein Wunsch könnte in Erfüllung gehen.*

Während er die Straße entlangmarschierte, wich er den entgegenkommenden Passanten aus. Er hielt den Kopf gesenkt, bemühte sich, langsame Schritte zu machen und die Hände aus den Hosentaschen zu halten.

Als er den Burgerladen erreichte, blieb er kurz vor der großen Glasfront stehen und schaute hinein. Dort saßen Jugendliche in seinem Alter, aßen Burger, tranken Milchshakes und lachten unbeschwert. Da drin war das normale Leben, und er war hier draußen. Am liebsten hätte er geflennt, aber mit dem Herumgeheule war jetzt Schluss. Er war es Amy und vielleicht sogar seiner Mom schuldig, dass er sich nicht aufgab.

Vor dem Laden standen zwei Betonmülleimer, aber die waren von innen sichtbar. Jake traute sich nicht, darin nach Essbarem zu suchen, sondern ging um das Gebäude herum zum Hof, in dem Transporter neue Ware anlieferten.

Möglichst unauffällig schlenderte er auf einen großen metallenen Container zu, von dem er vermutete, dass in ihm die Essensreste der Burgerbraterei entsorgt wurden. Der Geruch bestätigte diese Vermutung, und sein Magen zog sich schmerzhaft zusammen. Er hatte mal gehört, dass die großen Fast-Food-Ketten jeden Burger entsorgten, der sich mehr als zehn Minuten auf der Warmhalteplatte befand. Es sollte also etwas nicht allzu Ekliges zu essen zu finden sein.

Mit neuer Hoffnung und immer lauter knurrendem Magen ging er zum Container hinüber. Jake wandte den Kopf nach allen Seiten. Niemand zu sehen. Keiner beobachtete ihn.

Als er näher kam, zerstob all seine Hoffnung auf eine Mahlzeit im Nichts. Der Container war abgeschlossen, gesichert durch eine dicke Metallkette und ein Bügelschloss.

What the fuck?

Wer schützte Abfälle und Essenreste vor Diebstahl?

Sie tun es wegen Menschen wie dir, musste er sich eingestehen. *Wenn es anders wäre, würden sich hier die Obdachlosen tummeln, und die ganze Gegend wäre nicht mehr sicher.*

Jake legte frustriert eine Hand auf den Deckel des Containers. Was jetzt?

Noch während er darüber nachdachte, sagte eine Stimme hinter ihm: »Hier darfst du dich nicht aufhalten. Betreten des Geländes verboten.«

Jake wandte sich langsam um. Er hatte durch den starken Duft der Essensreste den Geruch des Mannes, der sich ihm genähert hatte, nicht bemerkt. Vor ihm stand ein Afroamerikaner, Ende fünfzig, mit hervorquellendem Bauch, der ihn ernst ansah. In seiner Pranke baumelte ein schwarzer Müllsack. Der Typ hielt vorsichtig zwei Meter Abstand zu ihm. Klar, er konnte ja nicht wissen, ob er bewaffnet oder ein Junkie mit aidsverseuchter Spritze war. Jake hob beide Hände an, damit klar wurde, dass er keine Bedrohung darstellte.

»Da steht ein Hinweisschild«, sagte der Mann und nickte mit dem Kopf in Richtung Hofeingang.

Jake zuckte entschuldigend mit den Schultern. »Sorry, hab ich nicht gesehen.«

Der Dicke musterte ihn von oben bis unten. »Du bist kein Penner«, stellte er fest.

»Nein, Sir.«

»Was ist passiert … Halt, sag es mir nicht, du würdest mich sowieso bloß belügen.«

Richtig, denn die Wahrheit würdest du mir niemals glauben.

»Hast du Hunger?«

Jake nickte.

Der Mann sah ihn erneut eindringlich an. Jake roch, dass keine Gefahr von ihm ausging. »Ich darf dir nichts geben, sonst verliere ich meinen Job, und mit fast Sechzig findet man so schnell keinen neuen.«

»Ich weiß, Sir.«

»Ich bin kein ›Sir‹, ich bin Bob.«

Jake sagte nichts darauf. Der Dicke hob seine Hand mit dem Müllsack hoch.

»In diesem Sack sind ein paar leckere Burger, ich habe sie mit Hingabe gebraten, aber sie müssen entsorgt werden.« Er zeigte mit der freien Hand auf den Container. »Und zwar da rein.«

Warum erklärt er mir das?

»Aber ich denke, ich habe drinnen etwas vergessen und muss noch mal ins Restaurant. Den Sack werde ich solange hier abstellen.« Er sah Jake an und lächelte. »Wenn ich wieder zurück bin, bist du verschwunden. Ist das klar?«

Jake spürte, wie ein Lächeln sein Gesicht überzog.

»Danke«, sagte er leise.

A.D. 2118

SPUREN IN DER VERGANGENHEIT

Der nächste Tag begann für Giovanella, wie der letzte endete. An ihrem Schreibtisch. Eigentlich eine überholte Redensart, da inzwischen kein Mensch mehr seine Unterschrift per Hand leistete. »Integrierte holografische Arbeitsumgebung« hatte sich aber als Begriff nicht durchsetzen können. Die Kollegen sprachen immer noch gerne davon, für ihre Mandanten Ewigkeiten hinter dem Schreibtisch verbracht zu haben.

Mit einem analogen Kaffee und einem viel zu süßen Donut mit göttlicher Erdbeercremefüllung bewaffnet, saß sie seit Stunden an ihrem Schreibtisch und wühlte sich durch die Vergangenheit. Genauer Jake Merdons Vergangenheit, die bis zu dem verhängnisvollen Tag vor einhundert Jahren in New York kaum hätte langweiliger sein können. Der Heuschnupfen, gegen den er ab seinem zwölften Geburtstag behandelt wurde, gehörte noch zu den spannendsten Details, die sie gefunden hatte. Vernon Hill war weder damals noch heute der Nabel der Welt. Hätte jemand dieses biedere Kaff klammheimlich in einer Erdspalte verschwinden lassen, wäre es vermutlich nur aufgefallen, weil Wochen später Versender ihre Post zurückerhalten hätten.

»Und dann gehst du nach New York … um eine Bombe zu zünden?«

Giovanella fand keine Hinweise auf Jakes Motiv. Keinen Grund, warum er sein Leben in den Abfluss spülte, um achtzig Jahre lang auf der FBI-Most-Wanted-Liste die Charts anzuführen.

»Warum?«

Kein Mensch agierte ohne Motiv. Wenn sie eines fände, würde sie bestimmt eine Spur über seinen weiteren Lebensweg entdecken, davon war sie fest überzeugt.

Vor ihrer Nase störte sie eine Fliege, die sie wegpustete, um weiterarbeiten zu können. Es musste einfach Hinweise geben. Informationen, die sie zu Jake führten. Sie musste sie nur aufspüren.

Nachmittag. Giovanella hatte das Mittagessen ausgelassen. Die Zuckerbombe am Vormittag hielt sie noch ganz gut am Leben. Sie suchte. Inzwischen nicht mehr mit seinem Namen. Jake Merdon als Suchbegriff brachte sie nicht weiter. Sie hatte zwei Dutzend persönliche Spuren überprüft, die sie ausnahmslos alle ins Nirwana führten.

Sie checkte besondere Sportlerkarrieren, ohne etwas zu finden. Besondere Vorfälle mit Heuschnupfen-Medikamenten. Eine Sackgasse. Straftaten in Vernon Hill, eine Stadt in der man in den letzten Jahren schon mit zwei Parktickets im Jahr locker die kriminelle Statistik hätte dominieren können.

Weitere Anschläge auf HFP-Gebäude, bei denen es nach dem Bombenanschlag höchstens noch eine Staffage mit faulen Eiern an der Hauswand gegeben hatte. In den USA war die Summe aller Straftaten seitdem um 96,2 Prozent zurückgegangen. Kapitalverbrechen sogar um 99,1 Prozent. Alles, was in dem Land an krimineller Energie vorhanden war, lebte dafür auch in Megastädten wie New York.

Giovanella fand einen Artikel über den Tod von Steven Gellard. Ein Manager aus der Medienbranche, der mit einer Holzlatte erschlagen auf der Straße aufgefunden wurde. Dem Bild nach war er kein sympathischer Mensch. Eine Tat ohne Motiv, so ein Journalist.

Bei dem, was sie als Nächstes las, wurde sie hellhörig.

An der Holzlatte war man in der Maserung auf Hautschuppen von Jake Merdon gestoßen. Vom ihm und drei weiteren Personen, die diese Holzlatte zu einem früheren Zeitpunkt in Händen gehalten haben mussten. Das war die Verbindung. Gegen Jake und die anderen Personen wurde ermittelt. Die Polizei war den Spuren nachgegangen. Ergebnislos, da Jake nicht aufgegriffen werden konnte und die anderen Tatverdächtigen glaubhafte Alibis vorzuweisen hatten, Gellard nicht erschlagen zu haben.

In den digitalen Archiven der Polizei machte Gellard nach seinem Tod Karriere als Cold Case: ein offener Kriminalfall, der nicht vergessen, aber auch nicht aufgeklärt werden konnte.

»Jake, hast du Steven Gellard getötet?«, flüsterte Giovanella und nippte an ihrem kalten Kaffee. Sie hatte keine Zeit, sich eine neue Tasse zu holen. Dass ein Bombenleger auch einen Menschen erschlagen konnte, war auf den ersten Blick einleuchtend. Aber kein Mörder entstand aus dem Nichts. Jeder hatte eine Geschichte, einen Weg, eine Entwicklung, die sich später in genau diesem schrecklichen Verbrechen entlud.

Bei Jake fehlte diese Entwicklung. Oder sie übersah sämtliche Hinweise darauf. Eine Stimme im Inneren rief ihr zu, dass Jake kein blindwütiger Mörder sei. Niemand erschlug einen anderen aus Versehen mit einer Holzlatte. Hinter dieser Tat steckten Leidenschaft und starke Emotionen. Eine Leidenschaft, die Jake in seiner Jugend nicht gezeigt hatte.

Das FBI führte Jake über achtzig Jahre lang als mutmaßlichen Mörder eines New Yorker Geschäftsmanns. Um Gellards Familie zu schützen, fehlte bei den öffentlich zugänglichen FBI-Informationen Gellards Name, den Giovanella erst mit viel Akribie in Erfahrung bringen konnte.

»Er war es nicht!«, resümierte sie. Ein ungewöhnliches Fazit. Es war nicht ihre Aufgabe zu richten. Trotzdem glaubte sie an Jakes Unschuld.

Giovanella strukturierte ihre Suche um und suchte nach Steven Gellard. Ein Mann, der bis zu seinem Tod oft in den Medien zitiert worden war. Ein tougher Manager mit vielen Damenbekanntschaften. Die wenigsten davon hatten ein harmonisches Ende gefunden. Na ja, er war anscheinend niemand, dem man viele Tränen nachgeweint hatte. Durfte man ihn deshalb erschlagen? Nein, das durfte man nicht. Ein Mord war keine Lösung. Es war ein Verbrechen, das in ihren Augen gesühnt gehörte.

Eine Stunde später kannte Giovanella viele unappetitliche Details über Gellards Leben. Informationen, die ihren Grundsatz von wegen Mord-war-keine-Lösung gehörig ins Wanken brachten. Der Typ war ein unbeschreibliches Riesenarschloch gewesen.

Leider brachte die Suche mit seinem Namen keine weiteren Verbindungen mit Jake Merdon zum Vorschein. Nichts. Die beiden waren sich offiziell nie über den Weg gelaufen. Ein Grund mehr, dass der Manager von einer anderen Person erschlagen worden war. Mit der Liste Neider, möglicher Feinde und gedemütigter Frauen hätte man einen Saal füllen können.

»Ich habe ein Datum!« Giovanella lächelte. Gellards Todestag, einen Ort, der Platz, an dem seine Leiche gefunden wurde, und sie verfügte über Gesichter – Gellards Fratze und ein Bild von Jake. Das war eine gute Kombination.

Sie rief ein weiteres Werkzeug in ihrer Arbeitsumgebung auf, eine dynamische Gesichtserkennung. An möglicherweise von der Polizei sichergestellte Videos von Verkehrssicherungskameras würde sie nicht herankommen. Diese Aufzeichnungen lagen außerhalb ihrer Reichweite. Aber das Netz vergaß nichts, alles andere würde sie in einem der großen Streamingportale finden können.

»Enter«, murmelte sie. Die Suche ging los. Der Computer rief Tausende Videoschnipsel aus dem Zielzeitraum auf. Filterte die Daten nach ihrer räumlichen Relevanz und untersuchte alle aufgezeichneten Personen auf Ähnlichkeit mit Steven Gellard und Jake Merdon. Eine sehr netzwerk- und rechenintensive Suche, da ihr Crawler riesige Datenmengen zu durchsuchen hatte. Wie eine Nadel im Heuhaufen, dieser Spruch hatte im modernen Internet nicht seine Bedeutung verloren.

Giovanella lehnte sich zurück, faltete die Hände und dachte nach. Die Suchanfrage war es wert, bei Carl um Hilfe zu beten. Sie wählte seine Nummer.

Er nahm das Gespräch sofort an. »Ja.«

»Ich brauche Hilfe.« Sie verzichtete auf Small Talk.

»Wobei?«

»Rechenpower ... Ich habe eine komplexe Suchanfrage auf die Reise geschickt.«

»Ich sende Ihnen einen Link«, erklärte Carl zeitgleich mit der Nachricht, die in ihrer Arbeitsumgebung eintraf. Um ihrem Ziel nahezukommen, bedurfte es nur weniger Klicks. Sie schaltete zusätzlich virtuelle Rechenkerne hinter ihre Suchanfrage.

»Reicht das?«, fragte er.

»Ich denke schon ...« Giovanella sah anhand der massiven

Anzahl der CPU-Cluster, die mit der Arbeit starteten, dass dort ein komplettes Rechenzentrum exklusiv für sie hochgefahren wurde. Im gesamten CP-Tower gab es nicht so viel Leistung.

»Was haben Sie gefunden?«

»Jake Merdon ...« Giovanella wurde heiß und kalt, als sie den ersten Treffer auf der Ergebnisliste anklickte. Die Suche hatte nur wenige Minuten gedauert. Der Clip hieß passenderweise »Tod in der Stadt« und zeigte diverse echte Tötungen. Namen, Orte und Zeitpunkte wurden nicht genannt.

»Was tut er?«

»Er erschlägt einen Mann ...« Giovanella war geschockt. Sie hatte Jake ohne Probleme erkennen können. Eine junge Frau lag hilflos am Boden. Daneben Steven Gellard, der erst von ihr abließ, als Jake ihn am Kopf traf. Blut lief über seine Wangen. Dann brach er leblos zusammen. Wie hatte sie sich nur so täuschen lassen können? Die Tötung erfolgte möglicherweise im Kontext einer Nothilfe, die Details dazu waren nicht eindeutig. Bei dem Video fehlte das Vorspiel zwischen Gellard und der jungen Frau am Boden.

»Sie haben eine gute Nase«, sagte Carl. Ein Lob, mit dem Giovanella gerade wenig anfangen konnte. Sie hatte Jake anders eingeschätzt. Das war ein Fehler gewesen. Die Zeit im Sommer 2018 nach dem Anschlag auf den HFP-Tower musste ihn verändert haben. Sie wollte sich nicht vorstellen, was er alles erlebt hatte. Auf dem Video war seine äußere Erscheinung schrecklich gewesen: dreckig und völlig verwahrlost. Nur dieses Schimmern in den Augen, das sie in einem Moment sehen konnte, passte nicht ins Bild. Ein wildes Tier auf der Flucht hätte ihr kaum mehr Angst einjagen können.

»Ähm ... ja.«

»Die Situation hat sich verändert.«

»Inwiefern?«

»Das FBI hört zu.«

»Bitte?« Giovanella schüttelte den Kopf. »Meinen Sie Rees?«

»Ja.«

»Wie, die hören zu?«

»Sie werden abgehört.«

»Das ist doch ein Scherz!«

»Leider nein.«

»Ich werde sofort unsere Sicherheitsabteilung einschalten!« Dafür würde sie das FBI vor ein Gericht schleifen. Die durften keine Anwälte abhören lassen!

»Das ist nicht notwendig.«

»Sie gehen damit überraschend locker um ...«

»Effektiv. Wir müssen mit der Zeit wirtschaften. Mögen Sie Lissabon?«

»Ich war noch nie dort.«

»Milde Winter mit viel Sonne ... wie während Ihrer Kindheit.«

»Und?« Malta lag lange hinter ihr. Es gab Punkte im Leben, an denen man seine Perspektive verändern musste, um sich weiterzuentwickeln.

»Sie müssen New York verlassen. Ein Gleiter wird Sie in sechzig Sekunden in der sechsundachtzigsten Etage des CP-Towers abholen. Sie brauchen nicht zu packen. Ich werde für alles sorgen.«

»Carl?« Giovanella glaubte sich wieder einmal verhört zu haben. Das wurde bei Gesprächen mit ihm langsam zur Gewohnheit. Der Androide hatte doch eine Schraube locker. Vermutlich sogar mehrere.

»Ich bin sehr erfreut, Sie zu sehen.«

Carl stand am Gate des Gleiters, der sie abholte. Er deutete einen Handkuss an. Heute trug er einen dunkelblauen Zweireiher, eine gelbe Krawatte und ein passendes Einstecktuch.

Giovanella hatte sich die Handtasche geschnappt, ihre virtuelle Arbeitsumgebung heruntergefahren und war hoch in die Sechsundachtzigste gefahren, an der normalerweise nur Anwälte aus der Chefetage und besondere Kunden mit ihren Gleitern andockten.

»Wir müssen reden.«

Giovanella stand nicht der Sinn danach, sich von dieser Bauchpinselei beeindrucken zu lassen. Niemand bei CP hatte sie aufgehalten, niemand Fragen gestellt, und es störte sich auch niemand daran, dass Reniers fetter Großraumgleiter festgemacht hatte, um sie wie Cinderella auf sein Schloss zu entführen. Ein letzter Blick über ihre Schulter, sie hatte keinen Schuh verloren, dann schloss sich die Tür.

»Natürlich.« Carl zeigte ihr den Weg. In den Clubraum des Luxusgleiters hätten acht Personen komfortabel hineingepasst. Sie blieben zu zweit. »Bitte nehmen Sie Platz. Ein Glas Champagner?«

Sie setzte sich. Der Gleiter nahm Fahrt auf. Sich anzuschnallen, war in dieser Gleiterklasse nicht notwendig. »Nein.«

»Sie sind wütend ... das verstehe ich. Ich bin gerne bereit, Ihre Fragen zu beantworten.«

»Das bin ich!« Wütend war für ihren Gemütszustand eine sehr schmeichelhafte Formulierung. »Das FBI hört mich ab?«

»Jetzt nicht mehr.«

»Wie bitte?«

»Der Gleiter ist sicher.«

»Das ist beruhigend ... und mein Büro war es nicht?« Sie

konnte es immer noch nicht glauben. Die Vereinigten Staaten waren doch keine Bananenrepublik.

»Das FBI setzt in solchen Fällen Mikrodrohnen ein. Militärstandard. Die sind nicht einfach zu entdecken. Es war mir erst bei unserem Gespräch möglich, Ihr Büro zu überprüfen.«

»Und es war Rees?«

»Der Besuch bei Ihnen schon. Über die Drohnen kann er allerdings nicht alleine verfügen. Dafür hatte er rangvolle Schützenhilfe.«

»Wen?«

»Deputy Director Rosie T. Vasquez, sie leitet die Ermittlungen, in die Sie hineingezogen wurden«, erklärte Carl gelassen.

»Sie scheinen sie zu kennen.«

»Nicht persönlich.«

»Sie ermittelt gegen Renier?«

»Nein.«

»Aber?«

»Sie sucht Jake Merdon.«

»Also habe ich sie mit meiner Suche nach Jake aufgescheucht?« Giovanella spürte, wie der Gleiter in großer Höhe beschleunigte. Die Reise nach Europa würde weniger als zwei Stunden benötigen.

»Ja.«

»Dann wird sie jetzt Renier, Merdon und mich zusammenbringen?«

»Ja.«

»Sie lenken eine Spur auf sich selbst?«

»Es ist kompliziert, aber ja ... genau das habe ich getan.«

»Warum?«

»Damit Sie Jake finden. Wir haben Vorsprung. Sie werden uns nicht zu fassen bekommen.«

»Wenn das FBI ihn immer noch jagt, war das ein gefährlicher Schritt!«

»Oh ja ... wir leben in einer gefährlichen Zeit. Ich musste handeln.«

»Carl, das glaube ich Ihnen nicht. Sie wissen doch mehr über ihn, als Sie mir erzählt haben. Jake Merdon zu finden, war kinderleicht.«

»Ja und nein. Sie sollten ihr Talent nicht in den Schatten stellen. Zu wissen, wer er ist, bedeutet nicht, ihn in der Vergangenheit zu finden. Wie ich eben erzählt habe, ist es kompliziert.«

»Was ist kompliziert?«

»Eine Aufzeichnung der Tötung von Steven Gellard zu finden, war kompliziert. Ich habe es versucht, aber nicht geschafft. Sie haben die richtigen Suchparameter zusammengestellt. Das Problem ist nicht, auf die Daten zuzugreifen. Es sind zu viele. Viel zu viele Daten. Sie sind auch mit leistungsfähiger Hardware nicht eindeutig zu strukturieren.«

»Aber sie kannten den Vorgang?«

»Ja.«

»Warum haben Sie das Tötungsvideo dann gesucht?«

»Um Jake Merdon zu finden.«

»Warum?«

»Um mit ihm in Verbindung zu treten.«

»Das ist hundert Jahre her.« Jetzt wurden die Antworten skurril.

»Stimmt. Eine Tatsache, die unsere Aufgabe nicht leichter macht.«

»Unsere Aufgabe?«

»Sie werden mir helfen, mit Jake zu sprechen. Er wird Ihnen gefallen, da bin ich mir sicher.«

»Sie sind verrückt!«

»In einer gewissen Art und Weise gebe ich Ihnen recht, meine Aussagen klingen verworren. Aber diese Aufgabe ist nicht zu bewältigen, wenn Sie an den Dingen festhalten, die Sie für wahr, richtig und technisch möglich erachten.«

Giovanella lachte. »Haben Sie eine Zeitmaschine?«

»Ja.«

»Sie nehmen mich auf den Arm!«

»Nein. Ich erzählte Ihnen bereits, dass mir Ihr Wohlergehen am Herzen liegt.«

»Sie haben kein Herz!«

»Aber ich weiß, was richtig ist. Ich handle im Sinne der Menschen. Nicht nur dessen, der mich geschaffen hat. Ich möchte die gesamte Menschheit vor einem Schicksal bewahren, das sie trotz ihrer Fehler nicht verdient hat.«

»Ein epischer Kampf? Gut gegen Böse? Carl, ich bin Anwältin, es gibt nicht nur Schwarz und Weiß, es gibt Millionen Grautöne!«

»Glauben Sie mir, in diesem Fall gibt es nur ein Duell. Wir oder die! Und der Kampf findet jetzt statt. Nicht vor und nicht in hundert Jahren! Es passiert jetzt!«

A.D. 2018

EISENTRÄUME

»Isolation, Zelle vier öffnen.«

Mit lautem Scharren entriegelte sich das Schloss. Die schwere Stahltür mit dem kleinen vergitterten Sichtfenster wurde geöffnet.

»Skagen Miller, umdrehen!«, befahl der Schließer.

Der Typ war noch jung. Unerfahren. Unbeholfen. Skagen konnte die Unsicherheit in seiner Stimme hören, obwohl er versuchte, seine Gefühle zu verbergen.

Seit zwei Tagen saß er nun in Untersuchungshaft in Rikers Island, der Gefängnisinsel im East River von New York. Sie lag zwischen den Stadtteilen Queens und Bronx im Hafengebiet in der Nähe des Flughafens. So viel hatte man ihm gesagt, ebenso dass sich hier zehn verschiedene Gefängnisse unter der Aufsicht des New York City Department of Correction befanden. Rikers Island wurde als das »neue Alcatraz« bezeichnet, hatte der Cop stolz erklärt, der ihn nach zweitägigem Verhör von der FBI-Zentrale hierher gebracht hatte.

Skagen hatte kein Wort gesagt, aber die Agenten hatten etwas davon gefaselt, dass er den Rest seines Scheißlebens im Knast verbringen würde. Man hatte ihm keinen Anwalt besorgt, und er hatte nach keinem gefragt. Soweit Skagen wusste, konnte man ihn eine ganze Weile festhalten, ohne ihm einen Anwalt zur Seite zu stellen.

Rikers Island war dabei nur die Vorstufe zur Hölle. Hier würde er lediglich bis zu seiner Verhandlung bleiben, danach würde man ihn wahrscheinlich irgendwohin in den mittleren Westen verlegen, wo die Gefängnisse den Ruf hatten, härter im Umgang mit Strafgefangenen zu sein als der Rest des Landes.

»Dein kleiner süßer Knackarsch wird hier drin viele aufregende Bekanntschaften machen, aber denk immer daran, achtzig Prozent deiner neuen Freunde sind drogensüchtig und die Hälfte davon HIV-verseucht.«

Skagen hätte dem Typen gern gesagt, dass er sich ins Knie ficken solle, ließ es aber bleiben.

Bestimmt war es alles andere als üblich, dass man einen Jugendlichen in einen Erwachsenenknast mit siebzehntausend Gefangenen steckte, von denen fast alle schwarz oder Hispanics waren. Skagen war klar, man wollte ihn weichkochen. Ihm Angst machen, damit er die vom FBI vermuteten Hintergrundleute oder anderen Mitglieder der »Terrorzelle« verriet.

Die Isolationshaft war dabei nur der Auftakt gewesen. Allein mit seinen Ängsten und der Furcht vor dem, was kommen würde, sollte er singen wie ein Vogel. Nachdem auch das nicht gezogen hatte, kam nun die nächste Eskalationsstufe: »Weißer Junge unter fremden Monstern.«

Das Ganze erinnerte ein wenig an die Geschichten, die ihm seine Mom als Kind erzählt hatte, aber sie hatte ihm nicht nur Märchen vorgelesen, sondern ihm auch erklärt, was in diesem Leben alles auf sie zukommen konnte.

Jahrelang hatte sie ihn präpariert. Und nun war er bereit, die ganze Scheiße zu ertragen.

Was er allerdings schwer ertragen konnte, waren die permanenten Geräusche im Knast. Alles wie damals im Waisenhaus, nur schlimmer. Lauter.

Das Furzen, Schreien, Röcheln. Das Flehen, das Beten. Es war nicht auszuhalten.

Skagen hatte im Lauf der Jahre gelernt, einen Großteil seiner akustischen Umwelt auszublenden, aber im Gefängnis war dieses Unterfangen aussichtslos. Es war möglich, eine gleichbleibende Geräuschquelle wie Stimmgemurmel im Klassenzimmer, Musik oder Verkehrslärm zu ignorieren, aber hier auf Rikers Island gab es Geräusche, die er noch nie gehört hatte. Allein die spitzen Schreie, wenn jemandem Gewalt angetan wurde, das ständige Sirenensignal, wenn Türen oder Zellen geöffnet wurden, die aggressiven verbalen Auseinandersetzungen der Gefangenen untereinander machten ihn wahnsinnig.

Dauernd schrie oder brüllte jemand Verwünschungen, und jedes Mal zuckte er erschrocken zusammen. Nun würde das Ganze noch heftiger werden, wenn er in die Nähe der anderen Insassen kam.

Wahrscheinlich werde ich bald die Isolationszelle als Oase des Glücks und der Ruhe ansehen und mich dahin zurückwünschen.

»Miller! Arme ausstrecken!«

Skagen folgte dem Befehl. Handschellen schlossen sich um seine Handgelenke. Dann kamen die Fußfesseln.

Der Beamte packte seinen Arm und führte ihn auf den Gang. Skagen wackelte wie ein Pinguin neben dem Mann her, während sie verschiedenen Fluren folgten und den Trakt verließen.

Sie überquerten einen Hof, der wie ein gigantischer Parkplatz wirkte, auf dem kein Baum stand, sich aber eine Unzahl von Gefangenen herumtrieb, die laut brüllend Basketball spielten oder an irgendwelchen Fitnessgeräten schufteten. Es gab auch ein paar Jogger, die am hohen stacheldrahtbewehrten Zaun entlang ihre Runden drehten, aber die waren deutlich in der Minderheit.

Andere Gefangene saßen auf Steinbänken oder spazierten in kleinen Gruppen umher. Niemand beachtete ihn und den Schließer, während sie den Platz überquerten und auf ein flaches Gebäude zuhielten.

Der Himmel über ihm war grau. Zerfledderte Wolken trieben darüber, aber das war Skagen egal. Tief sog er die Luft ein und wünschte sich, länger hier draußen zu bleiben. Fünfzig Meter entfernt endete der kurze Ausflug, und er wurde wieder in einen düsteren Gang getrieben.

Nun ging es an endlosen Reihen von Zellen entlang. Es stank nach Schweiß, Pisse und Fäkalien. Hier hatte schon lange niemand mehr gelüftet. Die Luft stand wie ein Brett, als Skagen an den Zellen vorbeihoppelte.

Die meisten Zellen waren leer. Nur in wenigen befanden sich Gefangene, die wie Raubtiere in ihren Käfigen auf und ab gingen.

Blicke streiften ihn.

Desinteressierte Blicke. Hasserfüllte Blicke. Zornige Blicke. Lüsterne Blicke.

Ein großer mächtiger Schwarzer mit einem Nacken wie ein Baumstamm schlug gegen das Gitterfenster, als Skagen vorbeikam.

»Na, Whitey. Willst du spielen? Komm. Komm rein.« Seine Stimme überschlug sich fast. »Hey Bulle, mach meine Zelle auf. Bring mir das Fleisch. Yeah, Baby.«

Der Beamte beachtete den Gefangenen nicht, sondern

zog Skagen weiter, der trotz der stickigen Luft zu frieren begann.

Verdammt, nichts konnte einen auf so etwas vorbereiten. Wie sollte er hier überleben?

Das waren keine Menschen, das waren Tiere.

Der Wachmann blieb vor einer verschlossenen Metalltür stehen, hob den Kopf und sprach zur Videokamera. Die Tür wurde entriegelt und öffnete sich automatisch. Sie gingen hindurch und betraten einen hohen Raum, durch dessen vergittertes Deckenlicht trübes Licht nach unten sickerte.

Skagen erkannte, dass es sich um einen Aufenthalts- und Essensraum handelte. Der Betonboden war hell gestrichen und mit einer glatten Schicht versehen. Festgeschraubte Tische und Bänke standen herum, an denen Gefangene saßen, Karten spielten oder in einem Buch lasen. Vor zwei alten weißen Männern lag ein Schachbrett, das sie regungslos anstarrten, als sei darin eine tiefe Wahrheit verborgen.

Stimmgemurmel erfüllte den Raum, aber es war hier nicht so laut wie draußen im Hof. Ein Umstand, den Skagen sofort als angenehm empfand. Auch die Luft war besser. Er hörte leise Ventilatoren vibrieren, konnte sie aber nicht ausmachen.

Am Eingang zum Saal blieb der Beamte stehen, löste die Fußfesseln und nahm ihm die Handschellen ab. Mehrere Köpfe drehten sich währenddessen zu ihm um. Niemand lächelte oder verzog eine Miene, aber das hatte Skagen auch nicht erwartet. Hier drin schien keine unmittelbare Gefahr zu bestehen, und Skagens Herzschlag beruhigte sich wieder ein wenig.

»Du bleibst hier«, sagte der Schließer. »Nachher kommt jemand und zeigt dir deine neue Zelle. In einer Stunde gibt es Mittagessen, das du hier im Saal einnimmst. Heute Nachmittag kannst du für eine Stunde auf den Hof.« Der Mann sah ihn eindringlich an. »Halt dich zurück, beachte die Regeln und du überlebst vielleicht. Lass dich nicht mit den Gangs ein, egal welche, das sind alles Hurensöhne und …«, er lachte, »versuch nicht, schwanger zu werden.«

Dann wandte er sich um und ging.

Skagen stand am Rand des Raumes und sondierte die Umgebung.

Die Gefangenen trugen ebenso wie er orangefarbene weite Hosen und weiße T-Shirts. Alle hatten schwarze Stoffturnschuhe mit weißen Sohlen an. Die meisten der Männer waren Hispanics oder Schwarze, nur wenige Weiße befanden sich im Raum, die sich zumeist abgesondert hatten und die Ecken besetzten. Offensichtlich beanspruchten die Farbigen die Tische und Bänke. Fast jeder hier drin war tätowiert, viele hatten kahl rasierte Schädel, andere trugen die Haare kurz. Skagen wusste, dass er mit seinen langen schwarzen Zotteln sofort auffiel, aber daran war nichts zu ändern.

Während er sich die Handgelenke rieb, spähte er vorsichtig den Raum aus, suchte nach einer Ecke, in die er sich verdrücken konnte. Nichts frei, aber an der linken Seite des Saales hielten sich die wenigen Weißen in einer kleinen Gruppe auf.

Skagen wusste nicht, ob es dort sicherer für ihn war, am Eingang konnte er jedenfalls nicht bleiben, ohne dass ihn alle anstarrten. Bewusst lässig schlenderte er hinüber, nickte den dort stehenden Männern zu und lehnte sich gegen die Wand. Niemand sagte ein Wort zu ihm, alle nahmen wieder ihre unterbrochene Tätigkeit auf.

Eine Weile stand Skagen einfach so herum, dann traute er

sich ein paar Meter zu gehen, achtete aber darauf, sich nicht zu weit von den anderen Weißen zu entfernen.

Es tat gut, in einem Raum zu sein, der nicht nach drei großen Schritten endete. Skagen spürte, dass sich seine Muskeln lockerten, und zum ersten Mal, seit man ihn hierhergebracht hatte, begann er, sich ein wenig zu entspannen.

Eine Weile konnte er die Geräusche der anderen und ihre Unterhaltungen ausblenden, aber dann durchdrangen nach und nach die Stimmen die aufgebaute Barriere.

Sinnlose Gespräche über Frauen, Knastzeiten und die Qualität der verfügbaren Drogen brandeten an seine Ohren. Einer der Schachspieler beschwerte sich darüber, dass der andere sich so viel Zeit für seinen Zug ließ.

Die Kartenspieler am Tisch fluchten vor sich hin, lachten oder beschimpften sich gegenseitig. Offensichtlich war da eine Pokerpartie im Gange. Um was gespielt wurde, konnte Skagen nicht erkennen, denn die Männer benutzten kleine Papierknäuel statt Chips, um ihren Einsatz zu bestimmen. Dennoch schien es bei dem Spiel nicht nur um Spaß zu gehen, denn der Ton der Spieler war ernst, wenn nicht sogar drohend. Auch die Zuschauer, die sich um den Tisch gruppiert hatten, wirkten angespannt. Von ihnen sprach nur selten jemand und wenn, flüsterte er mit seinem Nachbarn.

Skagen hatte das unheilvolle Gefühl, dass da etwas Gefährliches im Gange war, aber er verstand nicht, was.

Ein düster aussehender Hispanic starrte auf die offen liegenden Karten am Tisch, dann sagte er: »Check.«

Offensichtlich war der Flop gespielt worden, bei dem nun drei Karten aufgedeckt wurden. Vor jedem Spieler lagen zwei verdeckte Karten, und alle schienen zu überlegen, was sie mit diesem Blatt anfangen konnten.

Zwei weitere Spieler checkten, setzten nicht. Die Reihe kam an einen kleinen Mann, dessen Gesicht vollkommen von Tätowierungen bedeckt war. Er schnaubte leise, dann schob er ein paar Papierkugeln in die Mitte des Tisches und sagte: »Ich setze hundert.«

Spielten die Typen um Geld? Waren die kleinen Kugeln der Ersatz für Dollarscheine?

Die zwei Typen hinter dem Kleinen stiegen aus, dann ging ein Spieler mit, und die Reihe war wieder an dem düsteren Kerl.

»Wenn ich das Spiel gewinne, schickst du mir deine *puta*«, sagte er.

»Für Fabio brauchst du mehr Geld«, lachte der andere. »Hast du das Meth, denn wenn ich gewinne, werde ich das *yaba* aus dem Bauchnabel meines Lovers lecken.«

»Wir werden sehen«, knurrte der Erstere.

Skagen zuckte zusammen. Entsetzen machte sich in ihm breit. Hier ging es nicht um Geld. Hier ging es um Drogen und Menschen. Sklaven.

Was für eine …?

Dann wurde er abgelenkt.

Jemand in seiner Nähe murmelte leise vor sich hin.

»Grün. Nein, nein, nein. Kein Grün. Schwarz und Grau«, sagte eine Stimme. Offensichtlich sprach da jemand mit sich selbst.

»Alle sind schwarz und grau. Keine Farben.«

Die Stimme kam Skagen seltsam bekannt vor. *Wo habe ich die schon mal gehört?*

Er kam nicht darauf. Skagen blickte sich um.

Nicht weit von ihm entfernt, mit dem Rücken zu ihm, stand ein Mann in gebückter Haltung, so als suche er den

Boden ab. Es dauerte einen Moment, bis Skagen erkannte, dass der Typ noch jung war. Vielleicht in seinem Alter. Sein Kopf war von verstrubbelten braunen Haaren bedeckt und pendelte wie ein Metronom hin und her, dabei schwang der schmale Oberkörper leicht mit. Lange, schmale Finger zuckten in der Luft herum, als versuchten sie, etwas zu greifen, während der Typ unablässig vor sich hin plapperte.

Niemand beachtete ihn. Offensichtlich ein Schwachsinniger, aber etwas an dem Kerl kam Skagen bekannt vor, brachte in ihm einen Ton zum Klingen.

Und dann wusste er es.

Er hatte diese Stimme schon einmal gehört. Vor vier Tagen in der FBI-Zentrale, auf dem Gang vor dem Verhörraum, da hatte jemand ebenfalls von Farben gesprochen. Die gleiche Stimme.

Neugierig blickte Skagen zu dem Jungen hinüber, der sich nun umwandte, so als habe er den Blick gespürt, und ihn schüchtern anlächelte.

»Du bist rot«, sagte der Typ schließlich, und nun erinnerte sich Skagen auch an seinen Namen. Thomson. Den Vornamen hatte der Beamte nicht genannt, der ihn damals angesprochen hatte.

Thomson hatte leise gesprochen, kaum die Lippen bewegt, aber Skagen hatte ihn dennoch verstanden.

»Rot. Rot. Rot. Lodernd wie Feuer ist dein Zorn. Flammen aus Orange zucken daraus hervor. Ey, ey, ey, ein wütender Mann.«

Was faselt der Verrückte? Was soll das Gequatsche über Farben?

Der Junge lächelte noch immer. Er war wirklich jung. Noch keine achtzehn Jahre alt. Dafür war der Typ mit Sicherheit nicht ganz richtig im Kopf. Warum war er hier? Was hatte er getan? Gehörte so jemand nicht in eine Klapse?

Skagen wusste nicht, wie er sich verhalten sollte, also nickte er mit dem Kopf, bemühte sich aber, nicht freundlich zu wirken.

Der andere quittierte sein Nicken mit einem breiten glücklichen Grinsen.

Wie ein kleines Kind, dachte Skagen.

»Jetzt bist du blau, so blau. Blau wie der Himmel, blau wie das Meer. Blau wie tausend im Weltall schwimmende Sterne.«

Du meine Güte! Hoffentlich kommt der Typ nicht her. Das kann ich jetzt echt nicht gebrauchen. Ich muss zusehen, dass ich hier irgendwie klarkomme. Neue Freunde dabei brauche ich nicht. Verrückte schon gar nicht.

»Jetzt ist alles weg«, sagte der Junge betrübt, dann wandte er sich um. Sah zum Pokertisch hinüber. Dort lagen inzwischen alle Karten auf dem Tisch. Der düstere Mann und der Kleine starrten sich verbissen an. Jede Menge Papierkügelchen waren von ihnen in die Tischmitte geschoben worden. Skagen wusste nicht, welche Karten offen vor ihnen lagen oder welche sie verdeckt unter ihren Händen hatten, aber ganz offensichtlich war der Höhepunkt der Partie erreicht, denn alle anderen Spieler waren ausgestiegen.

Verblüfft sah Skagen, dass der verrückte Junge zum Tisch hinüberging. Die feindseligen Blicke der anderen beachtete er nicht, sondern drängte sich nach vorn.

Irgendetwas würde gleich passieren. Es lag in der Luft. Und es war nicht gut. Skagen konzentrierte sich, blendete alle anderen Geräusche aus.

Was würde jetzt geschehen?

Der Junge schaute noch immer auf den Tisch. Er betrachtete die Karten. Dann sagte er deutlich hörbar zu dem kleinen Mann: »Du hast betrogen. Die Farben verraten dich.«
Drei Sekunden später brach die Hölle los.

A.D. 2118

ATEMNOT

Von welchem Duell hatte Carl gesprochen? Seinen Worten nach ging es um nicht weniger als die Rettung der Welt. Welch maßlose Übertreibung. Giovanella hatte in diesem Moment ein diplomatisches Lächeln gezeigt, einen Schluck Champagner getrunken und den restlichen Flug über den Atlantik geschwiegen.

Das war Irrsinn! Carl, dieser Verrückte, ein Roboter oder was er auch sonst war, hatte sie erneut auf dem linken Fuß erwischt. Sie hatte sich abermals wie eine Anfängerin vorführen lassen. Aber Jake Merdon, Steven Gellard, Leroy Matin Renier, Frank Rees und natürlich dieser Androide, diese Personen waren keine Einbildung, kein Hirngespinst, an denen war mehr dran.

Hatte das FBI sie wirklich abgehört? Oder hatte Carl sie damit nur aufscheuchen wollen? Nein, das machte keinen Sinn. So ein mieses Spiel traute sie dem Privatsekretär nicht zu. Sie war die Anwältin seines Chefs und wäre auch ohne die angebliche FBI-Aktion mit ihm nach Lissabon geflogen.

Giovanella legte den Kopf in den weichen Sitz. Der Gleiter würde in wenigen Minuten in Europa ankommen. Carl befand sich vorne beim Piloten. Die Gedanken in ihrem Kopf waren nicht mehr aufzuhalten: Das FBI hatte also eine Anwältin abgehört! Okay, dazu bedurfte es eines Richters und einer sehr guten Begründung.

»Begründung«, flüsterte sie kaum hörbar. Konnte ein vermisster Jugendlicher, der vor hundert Jahren unter die Räder kam, diese Begründung liefern? Nein, konnte er nicht, sicherlich nicht mit dem biblischen Alter von hundertsiebzehn Jahren. Jake Merdon, siebzehn, Vernon Hill, verloren in der Zeit – waren das die Stichworte, um eine solche Abhöraktion zu rechtfertigen? Nein, natürlich genauso wenig! Das ergab alles noch immer keinen Sinn.

»Jake, wer warst du?« Giovanella wusste, entweder einen wichtigen Punkt noch nicht zu kennen oder ihn übersehen zu haben.

»Jake, wer bist du?« Der Fehler lag in der Zeit. Die Zeit. Natürlich! Es spielte überhaupt keine Rolle, ob Jake Merdon noch lebte oder nicht. Die wenigsten Menschen verließen die Erde, ohne Fußspuren hinterlassen zu haben. Bei dem Jungen würde das kaum anders gewesen sein. Irgendwann war er erwachsen geworden, hatte vermutlich eine Familie gegründet und Kinder in die Welt gesetzt. Kinder und Kindeskinder, die sehr wohl hundert Jahre später noch lebten.

»Und wenn nicht?« Leise mit sich selbst zu reden, half ihr zu denken. Was war, wenn Jake keine Kinder hatte? Wenn er jung gestorben war? Auch dann könnte er seine Gedanken, Motive und Visionen anderen überlassen haben. Es konnte auch sehr wohl geistige Erben geben, die dem FBI Kopfschmerzen bereiteten.

»Ist alles in Ordnung?«, fragte Carl, der auf sie zukam. Er lächelte. Ein herzliches Lächeln, das kaum hätte menschlicher sein können. Ob der Androide ein Teil der Lösung oder eher ein Teil des Problems war, wusste sie noch nicht.

»Bekomme ich noch ein Glas Champagner?« Giovanella musste auf jeden Fall cooler werden.

Inzwischen war es Nacht geworden. Der Tag in Europa neigte sich im Vergleich zu New York bereits fünf Stunden früher dem Ende zu. Ein Tag im Januar, an dem die Sonne ohnehin nicht lang schien. Der Gleiter wurde langsamer und steuerte frei schwebend auf die Landeplattform zu.

Leroy Matin Reniers bescheidenes Domizil in Lissabon bot nicht die New Yorker Skyline, war aber deswegen nicht weniger spektakulär. Drei Türme, die einige Hundert Meter vor der Altstadt Lissabons aus dem Meer ragten. Im Jahr 2118 waren gute Lagen teuer, daher war es nicht außergewöhnlich, das Fundament eines Supertowers in Küstennähe auf den Meeresgrund zu setzen. Die drei Türme ragten jeweils vierhundert, fünfhundert und sechshundert Meter über dem Meeresspiegel in die Höhe empor und waren mit unzähligen Streben und gläsernen Gängen verbunden. Unter der Wasserlinie ging es zweihundert Meter in die Tiefe, zuerst achtzig Meter Wasser und dann in den nackten Felsen hinein. Giovanella hatte vor einiger Zeit einen interessanten Bericht über den Bau dieses Gebäudes gesehen, ohne sich über dessen Eigentümer Gedanken zu machen.

»Sie mögen besondere Häuser?«, fragte Carl, der natürlich ihr Erstaunen bemerkte.

»Ja.«

»Das war mir bereits in New York aufgefallen.«

Giovanella nickte. Wenn sie nicht Juristin geworden wäre, hätte sie vermutlich Architektur studiert. »Was befindet sich in diesem Drillingstower?«

»Die Zukunft.«

»Ich dachte, wir wühlen in der Vergangenheit?«

»Ohne die es keine Zukunft gibt«, erklärte Carl wie selbstverständlich.

Giovanella verdrehte die Augen, sie hatte keine Lust, das Gespräch auf Metaebene weiterzuführen.

Carl fuhr fort. »Eine Forschungseinrichtung ... wir entwickeln das Saatgut für die nächste Generation ökologischer Agrarwirtschaft. Hydrokulturen, unser Überleben liegt im Meer.«

»Reniers Hexenküche?«

Diesmal nickte Carl. »Darf ich Sie herumführen?«

»Ja.«

Im Gebäude angekommen, ging es nach unten. Der gläserne Lift fiel beinahe senkrecht in die Tiefe. Wenn es Giovanella niemand gesagt hätte, wären die komplette weißgraue Einrichtung und die Metallplatten an den Wänden, Decken und Böden auch als Interieur eines Raumschiffs durchgegangen. *Auf der Reise zum Mittelpunkt der Milchstraße*, sie hatte keine Vorstellung, auf was sie sich einließ.

»Bitte, folgen Sie mir.«

Der Lift öffnete sich, und Carl ging vor. Sie tat wie ihr geheißen und folgte ihm. Fühlte sie sich wohl in ihrer Haut? Nein, das tat sie nicht. Dafür, dass sie sich in einer Forschungseinrichtung für Saatgut befanden, konnte sie keinerlei Pflanzen entdecken, alles roch nach Edelstahl und Reinigungsmitteln.

Sie schluckte. Vorbei an bewaffneten Wachen, einer Sicherheitsschleuse, weiteren Wachen, noch einer Schleuse, einem Retina-Scan, einer dritten Schleuse und weiteren Wachen, die sie misstrauisch musterten. Carl wirkte maximal unbeeindruckt. Anders Giovanella, die, auch wenn sie sich vorgenommen hatte, cool zu bleiben, innerlich nach Hilfe brüllte.

»Wir haben es geschafft«, erklärte Carl in einer Halle, in der die New York Knicks die Detroit Pistons zu einem NBA-Ligaspiel hätten empfangen können. Inklusive der sechzigtausend

Zuschauer, die in den runderneuerten Madison Square Garden passten. Die Halle hier mit Edelstahl an den Wänden war allerdings so gut wie leer. Bis auf die Mitte, in der ein futuristischer Zahnarztstuhl und einige Geräte standen.

»Wo sind wir hier?«, fragte Giovanella, die eine Halle dieser Größe gedanklich nicht in einem der drei Türme unterbringen konnte.

»Achthundert Meter unter dem Meeresboden.«

»Ah ja …« An der Stelle war die Dokumentation über diesen Bau, die sie gesehen hatte, etwas ungenau. Da fehlten offensichtlich ein paar Meter nach unten hinaus.

»Es geht um Sicherheit.«

»Natürlich.« Die Frage blieb, wessen Sicherheit Carl mit seiner Erklärung im Sinn hatte.

»Was ist das für eine Apparatur in der Mitte?« Sie zeigte auf den Zahnarztstuhl, der, umso näher sie kamen, stetig an Behaglichkeit verlor.

»Die Zeitmaschine.«

»Klar.« Was auch sonst.

»Sie glauben mir nicht?«, fragte Carl

»Ich bin Juristin … in Physik war ich nie gut. Helfen Sie mir.« Eine Lüge. Giovanella hatte in jedem Fach ihres A-Levels ein A+ gehabt.

»Na ja, um ehrlich zu sein, Zeitreisen sind eine sehr komplexe Angelegenheit.«

»Aber möglich?« Sie schmunzelte, auf die Erklärung war sie gespannt.

»Vielleicht nicht so, wie Sie erwarten.«

»Und wie erwarte ich es denn?« Das erste Mal glaubte sie, Carl ein Stück vor sich hertreiben zu können. Das fühlte sich gut an.

»Falls Sie den Klassiker von H. G. Wells im Kopf haben … nein, so nicht.«

»Wir wollen also in die Vergangenheit reisen.«

»Stimmt.« Bei Carl musste man auf jedes Wort aufpassen.

»Giovanella. Wir werden nicht wirklich in der Zeit reisen. Eine derart futuristische Technologie steht uns nicht zur Verfügung. Wir haben kein Wurmloch, um Zeit und Raum zu verbiegen.«

»Ich bin enttäuscht!« Sie sah Carl auf die Hände, der anfing, sämtliche Systeme neben dem Zahnarztstuhl hochzufahren. Bei den beiden alten Filmen kamen die Helden auch ohne Wurmlöcher aus.

»Sie kennen die Theorie für ein Wurmloch?«

»Nein.« Giovanella wollte sich gerne seine Version anhören.

»Wurmlöcher sind theoretische Gebilde, die sich aus Feldgleichungen der allgemeinen Relativitätstheorie ergeben. 1935 beschrieben Albert Einstein und Nathan Rosen diesen Ansatz.«

Sie nickte. Zumindest die Einleitung war ihr bekannt gewesen.

»John Archibald Wheeler prägte 1957 den Begriff Wurmloch, als Analogie zu einem Wurm, der sich durch einen Apfel hindurchfrisst. Die kürzeste Verbindung innerhalb eines Raumes, in diesem Fall die zweidimensionale Oberfläche, durch einen Tunnel.«

»Was hat das mit der Zeit zu tun?« Den Zusammenhang hatte sie noch nicht verstanden.

»Wenn es gelänge, den Raum zu biegen, würde das ähnlich mit der Zeit funktionieren. Experten sprechen davon, die Raumzeit zu krümmen.«

»Okay.« Das klang plausibel, wenn auch fantastisch.

»Jetzt kommt das Problem: Damit die Formel einer Einstein-Rosen-Brücke aufgeht, wird eine mathematisch negative Energieform benötigt.«

»Was ist negative Energie?«

»Eine Thema, von dem die Menschheit noch nicht einmal im Ansatz versteht, wie es zu realisieren ist. Zudem wäre ein Wurmloch in der passenden Dimension, um eine Person in der Zeit reisen zu lassen, sehr, sehr, sehr energiehungrig.«

»Wie sehr?«

»Mehr Energie, als die ganze Erde zu liefern in der Lage ist.«

»Einverstanden ... das ist sehr viel Energie. Ich warte jetzt auf das *Aber*.« Sie glaubte nicht, dass Carl die Geschichte mit den Dingen beenden wollte, die er nicht konnte.

»Aber ...« Er lächelte.

»Ich höre ...«

»Giovanella, was Sie sehen, ist die Benutzerschnittstelle der größten jemals von Menschen geschaffenen Datenbank.«

»Eine Datenbank?« Ein wenig spektakulärer hatte sie die Auflösung des *Aber* schon erwartet.

»Vielleicht ist der Begriff unscharf. Es ist die Summe allen erlebten menschlichen Wissens, das wir digital zusammentragen konnten ... Glauben Sie mir, es sind sehr, sehr, sehr viele Daten.«

»Okay.« Es war weniger die Antwort als Carls Mimik, die sie faszinierte. Der Androide verstand, mit leuchtenden Kinderaugen eigene Geschichten zu erzählen. Wie jetzt, als die Begeisterung wie kleine Leuchtfeuer in seinen Augen brannte. Allerdings beherrschte er, wenn es ihm opportun erschien, auch ein Pokerface, das seinesgleichen suchte.

»Sehr viele Daten, so viele Daten, dass klassische Datenbankwerkzeuge nicht mehr genügen. Es braucht neue Ideen und besondere Ansätze, diese Informationen zu nutzen.«

»Mit welchem Ergebnis?«

»Wir simulieren die Vergangenheit ... wir bewegen uns

durch ein gigantisches Meer von Daten, das neu kompiliert eine virtuelle Zeitreise ermöglicht ... oder dem zumindest sehr nahekommt«, erklärte Carl, der inzwischen von einem halben Dutzend aktiver und bunt blinkender Monitore umgeben war. Das Wort *sehr* benutzte er sehr gerne.

»Eine Simulation ...« Langsam verstand Giovanella, worauf Carl hinauswollte. »Sie wollen, dass ich Ihnen helfe, die Daten zu verstehen?«

»Ja ... das können Sie sehr gut. Auch in meinen Datenbeständen gab es die Videoaufnahmen von Jake, als er Steven Gellard niederschlug. Ich habe sie trotzdem nicht gefunden.«

»Wie funktioniert das?« Jetzt war das Feuer in ihr erwacht. Der Job fing an, Spaß zu machen.

»Nehmen Sie Platz.« Carl zeigte auf den besagten Zahnarztstuhl, irgendwie hatte sie etwas in dieser Art geahnt. Sollte sie jetzt kneifen? Klüger wäre es vermutlich gewesen. Ihre Neugierde siegte.

»Ich bin bereit.« Sie glitt in den Stuhl, das Leder roch wie neu.

»Ich freue mich, Sie für unser Projekt gewinnen zu können. Leroy Matin Renier hat über dreißig Jahre und eine beträchtliche Geldsumme aufgewendet, dieses System zu entwickeln.«

»Das kann ich mir vorstellen.«

»Sehr gut ... wie ich Ihnen zuvor erklärt habe, werden wir die Daten in einer Virtualisierung aufbereiten. Sie selbst werden sich natürlich nicht aus diesem Stuhl herausbewegen. Deswegen werden Sie sich auch zu keinem Zeitpunkt in irgendeiner Gefahr befinden. Ich erwähne das nur, da die Virtualisierung sehr lebensecht wirkt, teilweise verstörend real.«

»Wie real?«

»Wie unsere Begegnung ... Es ist audiovisuell nicht von der Realität zu unterscheiden.«

»Audiovisuell?«, fragte sie.

»Sie können alles hören, alles sehen und sich frei bewegen. Allerdings wird niemand auf Sie reagieren. Sie sind wie ein Geist. Sie können dementsprechend auch nicht in die Vergangenheit eingreifen. Verständlich ... es ist schließlich nur eine Simulation.«

»Ein Eingriff würde absolut keinen Sinn machen.« Das war logisch.

»Aus diesem Grund sperrt der Computer jegliche Art der Interaktion.«

Giovanella freute sich. »Wir können direkt loslegen. Ich bin bereit!«

»Deswegen sind wir hier. Ich starte die Sequenz, um die Virtualisierung zu beginnen. Sie werden die Reise alleine machen, allerdings immer mit mir reden können. Ich bin ihr Pilot ... entspannen Sie sich.«

»Ja.« Giovanella bemerkte, dass sich die Klangfarbe seiner Stimme veränderte. Die Worte streckten sich und klangen tiefer. Das Licht in der riesigen Halle, das bereits zuvor nicht alle Winkel ausgeleuchtet hatte, schwächte sich ebenfalls ab. Nein, es begann sich zu drehen. Oder drehte sie sich? Eine unglaubliche Technologie. Sie glaubte ein leises Surren zu hören, und es roch nach gelben Rosen. Hallo, wo kam denn jetzt der Geruch her?

»Keine Angst ... ich bin bei Ihnen«, erklärte Carl mit maximal väterlicher Wärme in der Stimme. Na ja, so wild war die Sequenz bisher auch nicht.

Als ob eine eiserne Faust durch ihren offenen Mund in ihren Rachen griff. Da war keine Luft mehr zum Atmen. Die Faust drehte sich. Schnitt durch ihren Gaumen und zerfetzte ihren Kopf.

Im nächsten Moment schleuderte eine unbekannte Kraft sie durch die Halle. Schmeckte sie Blut? Sie konnte es riechen. Spüren, wie es ihr über die Wange strömte. Sie wollte schreien. Ohne Luft zu bekommen, brachte sie allerdings keinen Ton heraus.

Da war eine Wand. Sie konnte die Edelstahlplatten sehen. Sie kam näher. Sehr schnell. Sie schloss die Augen und glaubte Wasser spüren zu können. Wasser? Woher sollte das kommen? Ihr fiel der Ort der Forschungsanlage unter dem Meeresspiegel ein. Scheiße! Diese Dreckskiste drohte sie wie eine Katze zu ersäufen. Zu atmen gelang ihr immer noch nicht.

»Giovanella?«

Endlich, das war Carl, den sie erwürgen würde, falls sie noch einmal die Gelegenheit dazu bekam. Von wegen Datenbank!

»Giovanella, können Sie mich hören?«

»Ja.« Hey, sie konnte sprechen. Nein, sie hatte nicht gesprochen. Sie hatte gedacht, das war ein großer Unterschied. Das Ja war nur ein Gedanke gewesen. Ein Wort, das sie sagen wollte, was aber, ohne zu atmen, immer noch nicht funktionierte.

»Ich dachte, Sie sollten es einfach selbst erleben. Ich habe keine Ahnung, wie man es sonst beschreiben kann. Drei von vier Testpersonen haben mir nach ein paar Sekunden den Boden vollgekotzt. Einer hat immer noch ein merkwürdiges Zucken im Gesicht ... Aber Sie schlagen sich wacker.«

»Bitte was?«, dachte sie wütend. Sie hätte durchaus nachfragen können, ob dieses System bereits getestet wurde.

»Kleiner Scherz.«

»Das ist nicht lustig!«

»Der mit dem Zucken war nach ein paar Tagen wieder auf den Beinen.«

»Dafür werde ich Sie erwürgen!« Schön langsam, damit es auch Spaß machte.

»Ist in Ordnung.«

»Warum kann ich nicht atmen?«

»Sie atmen. Natürlich gerade etwas schneller, da auch Ihr Puls zugelegt hat.«

»Aber ich merke davon nichts!«

»Haben Sie Angst? Todesfurcht? Glauben Sie zu ersticken?«

»Eben schon … jetzt nicht mehr.« Sie war nur wütend. Sehr, sehr wütend! Das mit dem *sehr* war ansteckend.

»Sehr gut.«

»Was soll daran gut sein?« Giovanella glaubte inmitten einer dunklen Flüssigkeit zu schweben. Mit der Zeit senkte sich der Puls, und sie gewöhnte sich daran, ohne Atem klarzukommen.

»Ich habe Sie erfolgreich in die Matrix laden können. Ihr Geist ist jetzt digital mit dem System verbunden. Ich starte das erste Szenario.«

»Welches?« Diese Frage hätte Giovanella nicht denken sollen. Einen Moment später stand sie in New York auf der Fifth Avenue. Umgeben von Menschen, die an ihr vorbeiströmten. Das fühlte sich mehr als lebensecht an. Jetzt konnte sie auch wieder atmen. Ein kühler Luftzug strich ihr am Hintern vorbei. Sie wollte sich den Rock glatt streichen, bemerkte aber voller Schrecken, nur ihre nackte Haut zu berühren.

Ein Blick nach unten. Sie war nackt!

»Wo sind meine Klamotten?«, dachte sie schreiend.

»Ähm … ja. Das System hat noch die eine oder andere Kinderkrankheit, aber Sie können beruhigt sein. Es kann Sie niemand sehen.«

»Aber *Sie* sehen mich!« So würde sie sicherlich nicht weitermachen. »Ich will meine Kleidung!«

»Ich sehe durch Ihre Augen. Wenn Sie sich also nicht selbst ansehen, sehe auch ich nichts!«

»CARL!«

»Das mit Ihrem Rock und der Bluse ist nicht so einfach … ich versuche …«

»Carl, nicht versuchen, tun Sie es! Machen Sie Ihrem Computer deutlich, dass ich nicht nackt arbeiten werde!« So weit würde es noch kommen. Sie verschränke die Arme vor der Brust.

»Das sollte gehen …«

»Das ist jetzt nicht Ihr Ernst, oder?« Giovanella glaubte nicht, was sie sah.

»Sie sind nicht mehr nackt!«

»Ich habe ein Fell!« Grau, mit dunklen Streifen.

»Ähm … ja, das ist richtig. Ich sagte bereits, das mit der Kleidung ist kompliziert.«

»Carl, ich bin jetzt eine Katze.«

»Und somit nicht nackt.«

A.D. 2018

NEUER FEIND

Alles ging rasend schnell, passierte auf einmal und rollte über ihn wie die Welle eines Tsunamis hinweg. Plötzlich schien jeder gleichzeitig zu schreien. Es war, als würde jemand eine glühende Nadel in Skagens Gehirn rammen. Er riss die Hände hoch, presste sie auf seine Ohren, aber es half nichts.

Erschrocken beobachtete er das Geschehen. Der düstere Typ war aufgesprungen, hatte sich über den Tisch geworfen und den kleinen Hispanic mit beiden Händen an der Kehle gepackt. Der wiederum bohrte seine Finger in die Augen seines Gegners, was diesen aufkreischen ließ. Spielkarten und Papierkügelchen flogen wie Konfetti durch die Luft, während die Freunde der beiden Kontrahenten aufeinander losgingen. Dazwischen, wie eine Tanne im Sturm, stand der Junge und weinte. Er hatte die Hände vor den Mund geschlagen, so als verstehe er nicht, was er da angerichtet hatte – und das war die verdammte Hölle. Dann setzte die Sirene ein, und Skagen dachte, er würde verrückt von dem schrillen aufheulenden Ton.

Verblüffend war bei allem: Niemand hatte die Anschuldigungen des Jungen angezweifelt oder hinterfragt.

Die haben sich aufeinandergestürzt, als läge das schon lange in der Luft. So als habe es nur einen Auslöser gebraucht. Einen Donnerschlag, der das Gewitter einläutet.

Die zwölf Personen droschen wie die Besessenen aufeinander ein, während sich der Rest der Gefangenen im Saal an die Wände drückte.

Skagen beobachtete, wie es dem kleinen Hispanic gelang, sich durch einen Faustschlag direkt auf die Halsschlagader von seinem größeren Gegner zu befreien, der mit verdrehten Augen zu Boden sackte. Er trat noch einmal nach ihm, dann wirbelte er herum und fixierte den verrückten Jungen.

»Hijo de puta!«

Das Gesicht des Tätowierten war zu einer wutverzerrten Fratze geworden, die ihn wie einen Dämon aussehen ließ. Thomson stand auf der anderen Seite des Tisches und erwachte aus seiner Lethargie, als er angeschrien wurde. Überrascht riss er den Mund zu einem stummen Schrei auf und rannte los. Direkt auf Skagen zu.

Der Tätowierte zögerte keinen Moment, sprang über den Tisch und schoss hinterher.

Beide erreichten Skagen fast gleichzeitig. Der Junge packte ihn am Arm und brüllte nach Hilfe, dann versuchte er, sich hinter Skagens Rücken in Sicherheit zu bringen. Noch während Skagen überlegte, was er jetzt zum Teufel tun sollte, krachte der Hispanic in ihn hinein. Alle drei wurden gegen die Betonwand geworfen. Als Skagen fiel, entdeckte er in der Hand des Mannes einen flachen Gegenstand, der das Deckenlicht reflektierte.

Ein Messer, eine Scherbe oder sonst was. Der Typ hat eine Waffe.

Skagen prallte zum Teil auf den Boden, zum Teil auf den verrückten Jungen, der wie wild unter ihm zappelte und um sich trat. Über ihm rappelte sich der Hispanic auf und hob den Arm. Skagen warf sich herum und trat mit voller Wucht gegen die Beine des Mannes, der von den Füßen gerissen wurde. Seine rechte Hand schnellte vor, packte das Handgelenk des Mannes und hämmerte es auf den Fußboden. Der Typ jaulte auf. Mit einem Sirren flog der Gegenstand in der Faust des Mannes davon, und für einen Moment glaubte Skagen, ein Stück scharf geschliffenes Hartplastik erkannt zu haben. Eine primitive, aber tödliche Waffe.

Ungeachtet der Schmerzen, die der Kerl haben musste, gelang es ihm in einem einzigen Satz, wieder auf die Beine zu kommen, doch Skagen war schneller. Er war schon immer schnell gewesen. Da er und Lee oft die Stadt wechselten und meistens nicht gerade in den besten Gegenden hausten, hatte er in unzähligen Straßenschlägereien kämpfen gelernt und dabei herausgefunden, dass nicht Kraft über Sieg oder Niederlage entschied, sondern Entschlossenheit und Schnelligkeit.

Noch während der andere die Hände hochriss, rammte ihm Skagen bereits seine Faust in die Niere. Als der Tätowierte daraufhin den Rücken durchbog, nahm ihn Skagen von hinten in den Würgegriff. Seinen rechten Unterarm presste er gegen das Genick des Mannes, während sein linker Arm gegen den Kehlkopf drückte und ihm die Luft abschnitt. Der Mann wehrte sich trotzdem wie ein Irrer, schlug wild nach hinten und sprang sogar in die Luft. Wie beim Wrestling donnerten beide auf den Boden, aber Skagen ließ nicht los, würgte den anderen unerbittlich weiter.

Plötzlich wurde er von hinten am T-Shirt gepackt. Ein Schlagstock sauste nieder und hämmerte auf seinen Arm. Skagen schrie schmerzerfüllt auf. Sofort löste sich sein Griff. Ein Wärter in Schutzausrüstung mit Helm, Gesichtsschild und Schutzpolstern trat in sein Sichtfeld. Er wurde angebrüllt. Aufgefordert, sich auf den Bauch und die Hände auf den Rücken zu legen. Aber der Beamte wartete erst gar nicht ab, ob er den Befehl befolgte, sondern stieß ihm das Knie in den Rücken und drückte ihn nieder. Sein Gesicht wurde so hart auf den Boden gepresst, dass der Kiefer knackte und die Zähne knirschten. Handschellen legten sich um seine Handgelenke. Der Hispanic wurde von ihm fortgezogen.

Spanische Flüche rollten durch den Raum. Befehle wurden gebrüllt. Überall um ihn herum herrschte Aufruhr.

Dann kehrte plötzlich Stille ein.

»Niemand rührt sich«, sagte eine befehlsgewohnte Stimme.

Schritte von Halbschuhen waren zu hören. Leder. Das Quietschen klang anders als die Sohlen der Kampfstiefel, die die Wächter trugen. Skagen wusste nicht, wer da gekommen war, denn er konnte den Mann nicht sehen, vermutete aber, dass es der Direktor der Anstalt war.

Der Einsatzleiter des Sicherheitstrupps berichtete ihm im Flüsterton. Skagen verstand jedes Wort.

Das Geschehen war natürlich durch die Überwachungskameras in die Zentrale der Anstalt übertragen worden. Die in ständiger Bereitschaft stehenden Beamten hatten nur drei Minuten gebraucht, um den Komplex zu erreichen und den Aufstand aufzulösen. Der Direktor ließ sich nun erklären, was vorgefallen war, dabei bekam der Einsatzleiter alle Informationen über ein in seinem Helm befestigtes Kommunikationsmodul direkt aus der Überwachungszentrale, wo anscheinend die Videoaufzeichnungen parallel ausgewertet wurden.

Nachdem geklärt war, wie es zu diesem Chaos kommen konnte, wurden die an der Schlägerei beteiligten Hispanics auf die Füße gezerrt und abgeführt. Isolationshaft.

Auch der Tätowierte, der ihn angegriffen hatte, war dabei. Als sie ihn an Skagen vorbeischleppten, sandte er ihm glühende Blicke zu, die ihm Schmerz und Tod versprachen. Skagen hätte sich am liebsten an Ort und Stelle übergeben. Seine Beine zitterten, er hatte weiche Knie, und seine Hände zuckten unkontrolliert. In was für eine Scheiße war er jetzt geraten? Er schaute sich nach dem Jungen um, der alles verursacht hatte. Er hockte auf dem Fußboden, mit dem Rücken gegen die Wand gelehnt, das Gesicht hinter den Händen verborgen, und schluchzte leise.

Ja, flenn ruhig. Dir habe ich es zu verdanken, dass es ab jetzt keine ruhige Minute mehr für mich gibt.

Der Direktor trat vor ihn. Ein Mann mit kurz geschnittenen grauen Haaren in tadellosem grauen Anzug mit roter Krawatte, der mehr nach Politiker als nach Vollzugsbeamtem aussah.

»Sie sind Skagen Miller?«

Skagen nickte.

»Haben Sie sich beruhigt?«, wurde er gefragt.

»Ich habe nicht …«

»Ich weiß. Geht es Ihnen gut?«

Geht es mir gut? Scheiße, keine Ahnung.

Bei all dem Adrenalin, das durch seine Adern pumpte, könnten ein Dutzend Messer in seinem Körper stecken, er würde es nicht spüren. Die Schmerzen würden später kommen, wenn die Aufregung nachließ. Dann brannten die Muskeln, klopften die Hämatome wie verrückt und fühlten sich die Knochen wie mit Sand gefüllte Stahlrohre an.

Er nickte trotzdem.

Der Direktor gab dem Einsatzleiter ein Zeichen. Die Handschellen wurden ihm abgenommen.

»Es ist Ihr erster Tag im Gemeinschaftsvollzug.« Der Mann sah auf seine Armbanduhr. »Genauer gesagt, ist es Ihre erste Stunde. Willkommen in Rikers Island. Nun sind Sie wirklich da.«

Was soll das sein?, dachte Skagen. *Schwarzer Humor? Ich wäre fast abgestochen worden!*

»Die Ordnung ist wiederhergestellt«, sagte der Direktor ruhig, so als spräche er von der Tischordnung bei einem Galadinner. »In einer Stunde gibt es Mittagessen. Danach beziehen Sie und dieser junge Mann …«, er deutete auf Thomson, der noch immer flennend auf dem Boden saß, »… Ihre Zelle. Einen schönen Tag noch.«

Dann ging er. Die Beamten des Eingreiftrupps folgten ihm, nur die normalen Wächter blieben im Saal zurück.

Skagen starrte Thomson an und fragte sich, ob es nicht besser wäre, sich die Pulsadern aufzuschlitzen, als mit diesem Verrückten in einer Zelle eingesperrt zu sein.

Zwei Stunden später war es so weit. Die Zellentür schloss sich hinter ihm und Thomson. Beim Mittagessen hatten sie noch an verschiedenen Tischen gesessen, dabei hatte Skagen jeden Blickkontakt vermieden. Das war nun nicht mehr möglich, denn der durchgeknallte Junge stand mitten in der Zelle und starrte abwechselnd die beiden heruntergeklappten Pritschen an, auf denen jeweils ein flaches Kissen und zusammengerolltes Bettzeug lagen.

»Blau oder rot«, murmelte er dabei leise vor sich hin. »Blau oder rot.«

Skagen, der noch an der Zellentür stand, spähte um ihn herum. Natürlich waren da keine Farben zu sehen, aber etwas anderes hatte er auch nicht erwartet.

Der Typ war eindeutig nicht ganz dicht im Kopf.

»Ich liege auf der linken Seite«, sagte er.

»Blau«, kam es zurück.

»Blau, rosarot oder quietscheentchengelb, ist mir scheißegal. Einfach links.«

»Okay.«

»Setz dich.«

»Was?«

»Du sollst dich auf das verdammte Bett setzen, sonst ist hier kein Platz für uns beide.«

»Aber es ist noch nicht gemacht.«

»Und?«

»Jemand muss das Bett machen.«

Skagen ging zu dem Jungen und schubste ihn unsanft, sodass er auf die Pritsche fiel. »Steh hier nicht rum.«

»Jetzt ist es zerknittert«, quengelte Thomson.

Skagen legte sich auf sein Bett und blickte zur Zimmerdecke empor. Seine Mutter hatte ihn auf vieles vorbereitet, aber auch sie hatte nicht gewusst, wie es im Knast zuging. Umgeben von Mördern, Gewalttätern und Verrückten. Wie sollte er das bloß durchstehen?

Ganz abgesehen davon, war alles schiefgegangen. Anstatt mit Jake einen neuen Verbündeten für ihren Kampf gegen die Außerirdischen zu finden, war ihre Sache nun verloren. Seine Mutter tot, er selbst saß wahrscheinlich für die nächsten dreißig Jahre ein, und Jake hatte nicht gewirkt, als wäre er in der Lage, die Außerirdischen effektiv zu bekämpfen. Ganz im Gegenteil, der Anschlag auf das HFP-Center war kläglich gewesen.

Warum hat Lee nur all die Jahre auf diesen Tag gewartet? Sie kannte doch das Ergebnis, wusste, dass Jake und seine

Mitstreiter scheitern würden. Warum ist sie nicht selbst aktiv geworden?

Seine Gedanken wurden von Thomson unterbrochen, der auf seinem Bett saß und begonnen hatte, ein Kinderlied zu summen.

»Warum hast du das gemacht?«, fragte Skagen.

Thomsons Kopf ruckte hoch. Erst jetzt bemerkte Skagen die unglaublich blauen Augen des Jungen. Eine Farbe wie der Sommerhimmel, strahlend und voller Tiefe. So etwas hatte er noch nie gesehen, aber in diesen Augen war noch etwas anderes …

»Was meinst du?«

»Gesagt, dass der eine betrügen würde.«

Thomson verzog den Mund zu einer Schnute, dann kratzte er sich übertrieben am Kinn, so als wäre da ein juckender Bart. »Er hat gemogelt.«

»Woher willst du das wissen?«

»Die Farben …«

»Hör mit dem Mist auf, da gab es keine Farben.«

»Doch«, beharrte der andere. »Wenn man genau hingesehen hat, und auf der Rückseite der Spielkarten waren Flecken. Schwache Schmierflecken. So als wären die Karten alt und abgegriffen, aber die Bildseiten waren vollkommen sauber, wie neu. Als ich die Karten angesehen habe, wurden die Muster klar. Jeder Kartenwert hatte sein eigenes Muster. Kaum wahrnehmbar, aber für den, der es weiß …«

»Und das hast du entdeckt?«

»Ich kann viele Dinge.«

Skagen seufzte. »Du meinst, außer andere in die Scheiße zu reiten?«

»Mrs Winter, meine Pflegemutter, hat immer gesagt, ich

wäre ein Teufelsjunge, aber vielleicht hat sie auch Junge des Teufels gemeint, das war bei ihr nicht so klar. Ich glaube, sie mochte mich nicht oder hatte Angst vor mir, das war bei ihr …«

Nicht so klar, vollendete Skagen den Gedanken.

»Ich bin sehr gut im Kopfrechnen.«

»Wie bitte?«

»Sag zwei Zahlen.«

»Hä?«

»Zwei Zahlen, aber bitte verschiedene.«

»4.562 und 3.899.«

»Ergibt multipliziert 17.787.238.«

»Kann jeder behaupten. Wer soll das nachrechnen?«

»1.1700436. Wenn man es miteinander teilt.«

»Und was soll das bringen?«

»Weiß nicht.« Thomson ließ den Kopf sinken.

»Warum bist du hier?«

»Haben sie mir nicht gesagt. Sie haben mich einfach mitgenommen und mir viele Fragen gestellt.«

»Wer?«

»Männer mit diesen Ansteckern an der Jacke.«

»HFP?«

»Ja.«

»Was haben sie dich gefragt?«

Skagen wurde langsam neugierig. Thomson war am gleichen Tag wie er in der FBI-Zentrale gewesen, vielleicht gab es einen Zusammenhang zwischen ihren Fällen.

»Warum ich da war.«

»Wo?«

»Na, bei dem Turm, dem großen Haus.« Thomson sprang von der Pritsche auf. »Es hat Boom gemacht, und dann wurde geschossen. Ich habe nicht geschossen, aber sie haben mich trotzdem mitgenommen, gesagt, ich wäre verdächtig.«

»Du warst beim HFP-Tower in der Nacht des Anschlages?«

»Ja, eine Stimme hat mir gesagt, ich soll da hingehen.«

»Was für eine Stimme?«

Thomson tippte sich mit dem Zeigefinger an die Schläfe. »Da drin«, sagte er energisch. »Mrs Winter, meine Pflegemutter, sagt immer, ich soll nicht auf sie hören, sie wäre nicht wirklich da, ich würde mir das alles einbilden, aber sie sagt viele komische Dinge, und es ist nicht immer …«

Skagen spürte, wie ihn Erregung durchflutete. Das konnte alles nicht wahr sein. »Wie alt bist du?«

»Siebzehn.«

»Wo wurdest du geboren?«

Thomson zuckte verlegen mit den Schultern. »Das weiß ich nicht so genau. Man hat mich als Baby vor einer Bar gefunden.«

Skagen hielt die Luft an, dann stieß er sie ächzend aus. »Wie heißt du?«

Der Junge sah ihn an. »Ich dachte, das weißt du. Caleb, mein Name ist Caleb.«

Fassungslos glotzte Skagen ihn an. Das konnte nicht sein. Caleb war eines der fünf Hunterkinder, die Lee im Jahr 2000 ausgesetzt hatte. Wie er selbst stammte Caleb aus der Zukunft, war genetisch verändert und ursprünglich dafür vorgesehen, nicht infizierte Menschen zu jagen.

Nun saß er diesem verrückten Jungen gegenüber, den Lee in all den Jahren nicht gefunden hatte. Es war offensichtlich, dass Caleb nicht so wie er oder Jake war. Bei seiner Modifikation musste etwas schiefgelaufen sein, denn der Junge wirkte wie ein Schwachsinniger oder ein Kind auf einer niedrigen

Entwicklungsstufe. Gut, er konnte anscheinend wie ein Weltmeister Kopfrechnen, aber das hier war nicht Rain Man, und er war nicht Tom Cruise, der mit seinem Bruder durch das Land fuhr. Sie beide saßen in Rikers Island ein und würden hier so bald nicht wegkommen. Allerdings war Skagen nicht ganz klar, was man Thomson vorwarf. Er war nicht an dem Anschlag beteiligt gewesen, und es gab weder Verbindungen zu ihm und Lee noch zu den Attentätern.

Dass wir jetzt in einer Zelle sitzen, ist kein Zufall. Sie wissen, dass Caleb irgendwie in der Sache drinhängt, haben aber keine Vermutung, wo unsere Verbindung liegt. Dass wir Hunter sind, können sie nicht ahnen, denn für sie ist die Zukunft noch nicht geschehen.

Skagen war sich nun sicher, dass sie beobachtet oder abgehört wurden. Er schaute sich unauffällig um, konnte aber keine Kamera und keine versteckten Mikrofone entdecken. Was nichts heißen musste, dieser Elektronikscheiß war heutzutage so winzig, dass er fast schon unsichtbar war. In jedem Fall war es ratsam, vorsichtig zu sein. Dennoch hatte er Fragen.

»Du bist in einer Pflegefamilie aufgewachsen?«

»Ja, bei Mrs Winter und ihrem Mann, Mr Winter, und ihren Kindern Joe, Henry und Norman. Ich kam zu ihnen, nachdem man mich gefunden hat, ich war da wohl noch sehr klein.«

»Warum nennst du sie nicht Mom und Dad?«

»Oh.« Caleb begann sofort wieder, sich wild am Kinn zu kratzen. Ganz offensichtlich brachte ihn die Frage aus der Fassung. »Das wollten sie nicht. Es sind gläubige Menschen. Mrs Winter hat immer gesagt, ich dürfe nicht so tun, als wäre sie meine Mutter, denn das wäre eine Lüge vor Gott.

Joe, Henry und Norman wären ihre Kinder, ich nur ein kleiner Bastard, der ihr noch die letzten Haare vom Kopf frisst. Ich weiß nicht, ob sie das ernst gemeint hat, denn …«

»Und die Stimme in deinem Kopf hat gesagt, du sollst nach New York gehen. An diesem Tag.«

»Halleluja.«

»Was?«

»Vielleicht war es Gott.«

»Der zu dir gesprochen hat?«

»Oder der Teufel. Mrs Winter sagt immer, da könne man sich nie sicher sein. Der Teufel wäre sehr schlau.«

»Und was wolltest du da?«

»In New York?«

Skagen stöhnte. »Ja, wo denn sonst.«

»Sechs Stunden und vierunddreißig Minuten.«

»Wie bitte?«

»So lange hat der Zug von Middleton hierher gebraucht. Wir waren siebzehn Minuten zu spät, als wir in die Central Station einfuhren, aber der Schaffner meinte, das wäre normal.«

»Was. Wolltest. Du. In. New York. Tun?«

»Keine Ahnung. Das hat die Stimme nicht gesagt, sie sagte nur: Geh nach New York zum HFP-Tower. Das habe ich getan. War gar nicht so einfach, New York ist ziemlich groß. Ich musste mich durchfragen.«

»Hast du kein Handy? Google Maps?«

»Teufelszeug … sagt Mrs Winter.« Er zögerte. »Allerdings haben Joe, Henry und Norman Mobiltelefone, nun, vielleicht sind sie nicht so beeinflussbar für die Einflüsterungen des Teufels wie ich. Mrs Winter …«

Skagen wurde abgelenkt, als eine Gruppe Gefangener vor

der Zelle vorbeiging. Einer der Männer, ein Hispanic mit auffälliger Tätowierung am Hals, blieb stehen. Seine Augen glühten.

»Pablo sitzt eine Woche in Einzelhaft wegen euch zwei Schwachköpfen. Ich soll euch etwas ausrichten: Wenn er rauskommt, wird er sich persönlich eurer annehmen. Er wird euch die Eier abschneiden und sie in eure Schandmäuler stopfen. Das schwört er. Ihr seid tot.«

»Halt die Fresse, Manuel«, schnauzte ein Wärter und stieß den Mann an, der grinsend weiterging und dabei eine obszöne Geste machte.

Skagen blieb zwei Minuten lang ruhig auf seiner Pritsche sitzen, dann ging er zum Edelstahlbecken an der Fensterseite der Zelle und übergab sich würgend.

A.D. 2118

WOHLTÄTER

»Was haben Sie gefunden?«, fragte der Mann, den Frank noch nicht zuordnen konnte. Bisher hatte er seine Identität nicht aufdecken können. Offensichtlich war er der Auftraggeber, den Deputy Director Vasquez, seine neue Vorgesetzte, von hinten kräftig an den Eiern packen wollte.

»Jake Merdon ...«, antwortete Giovanella Muscat. Die Anwältin war wirklich süß, sie lieferte bereits seit gestern interessante Einblicke in den typischen Alltag bei *Lorey, Hanley, Cooper & Partner*.

»Was tut er?«

»Er erschlägt einen Mann ...« Muscat wirkte geschockt. Sie hatte Steven Gellard gefunden, ein Video, in dem der Terrorist Jake Merdon vor fast genau hundert Jahren den Geschäftsmann auf offener Straße erschlug. War die Bestürzung echt? Sie wusste nichts davon, beobachtet zu werden. Sie sah den Tod Gellards eindeutig zum ersten Mal. Eine Mikrodrohne zeigte ihr Gesicht in Großaufnahme, eine andere ihre Displayumgebung, und die restlichen vier waren auf ihre Beine ausgerichtet, die sie ohne Schuhe in dunklen Seidenstrümpfen unter dem Schreibtisch ausstreckte.

Das Gellard-Video zu finden, war eine Leistung. Parallel hatte er kein vergleichbares Material in Polizeiarchiven aufspüren können. Merdons kinoreife Darstellung räumte auch die letzten Zweifel über seine Schuld aus. Dieser Junge war ein Killer gewesen.

»Sie haben eine gute Nase«, sagte der Kerl, den Frank bereits seit Minuten zu identifizieren versuchte. Eine Standardprozedur, die normalerweise umgehend Ergebnisse lieferte. Er konnte aus seinem Dienstfahrzeug auf sämtliche Datenbanken der großen Kommunikationsanbieter zugreifen. Die Technik spielte mit, die Daten allerdings nicht. Der Unbekannte ließ sich seine digitale Maske nicht herunterreißen.

ERROR. IP-MISSMATCH. UNKNOWN USER.

»Na Klasse! So ein Mist!« Frank öffnete die Fehlermeldung. Der Gesuchte benutzte einen europäischen Provider, der sich nicht an internationale Regeln hielt. Sogar der Name des Providers war nicht zu erkennen. Nur der Ursprung wurde angezeigt. Wer konnte Metadaten auf diesem Niveau manipulieren?

»Scheiße!« Das war ein Hacker, deshalb konnte ihn die Suchroutine des FBI nicht identifizieren. Der Typ hatte sich in das internationale Kommunikationsnetz gehackt und telefonierte gratis. Sicherlich nicht, um Geld zu sparen, der Aufwand dafür musste riesig sein, um in ein angeblich hundert Prozent sicheres Netzwerk einzudringen.

»Ähm … ja«, entgegnete Muscat auf das Loben ihrer Spürnase.

»Die Situation hat sich verändert.«

»Inwiefern?«

»Das FBI hört zu.«

»Bitte?« Die Anwältin schüttelte sich. »Meinen Sie Rees?«

»Ja.«

»Wie, die hören zu?«

»Sie werden abgehört.«

Dann wurde es still. Sämtliche Mikrodrohnen fielen zum exakt gleichen Zeitpunkt aus. Die Bildübertragung blieb dunkel, und von den Stimmen war kein Ton mehr zu hören. Die Show war vorbei.

»Was ist das denn jetzt für ein Mist!« Frank versuchte, die sechs Einheiten in ihrer Nähe neu zu initialisieren. Keine Rückmeldung. Fuck! Es funktionierte nicht. Keines der Aufklärungssysteme in Giovanella Muscats Nähe war mehr online. Er hatte seine komplette Fliegen-Armada verloren.

Er wählte Vasquez an, die sein Videotelefonat sofort annahm. »Ja.«

»Ich habe ein Problem.«

»Was ist passiert?«

»Kompletter Systemausfall … Ich habe alle Einheiten verloren. Alle in derselben Sekunde.«

»Probleme mit der Steuereinheit?«

»Eher nicht … warten Sie.« Frank startete einen Teil der Aufzeichnung zwischen Muscat und dem Fremden. »Die Situation hat sich verändert«, »Inwiefern?«, »Das FBI hört zu«, »Bitte … Meinen Sie Rees?«, »Ja«, »Wie, die hören zu?«, »Sie werden abgehört.«

»Wer ist der Mann?«, fragte der Deputy Director. Natürlich wollte sie das wissen.

»Ein Unbekannter. Das Tracking-System des FBI konnte seine Identität nicht auflösen.«

»Das ist technisch nicht zu bewerkstelligen! Die Kommunikationsplattform ist weltweit ein geschlossenes und bestens kontrolliertes System!«, erklärte Vasquez resolut.

»Das dachte ich auch.« Frank schickte ihr die Fehlermeldung, die er bei dem Versuch erhalten hatte, Giovanellas geheimnisvollen Telefonfreund zu entlarven. Er wusste auch nicht, wie er überhaupt von der Abhöraktion Wind bekommen hatte.

»Wo ist er jetzt?«

»Ich weiß es nicht ...« Woher auch.

»Und die Frau?«

»Ebenfalls nicht mehr im Blick.«

»In Ordnung. Ich schalte unsere Digitalforensiker auf den Fall. Sie bekommen Unterstützung.«

»Was tue ich?«

»Sie warten!«

»Ja.« Die Ansage war deutlich.

»Agent Rees, wir schalten zwei Satelliten auf den Tower dieser Winkeladvokaten, um sämtliche analogen Gespräche abhören zu können. Wir werden jeden identifizieren, der sich im Gebäude aufhält.«

»Alle?« Da sprachen in einer Metropole wie New York vermutlich mehrere Zehntausend Menschen auf engstem Raum miteinander. Die wollte das FBI alle gleichzeitig abhören? Das aufkommende Datenvolumen musste riesig sein. Er wusste nicht, dass es diese Möglichkeit überhaupt gab. Alleine die Stimmen aus dem Gewirr zu trennen, erachtete er als technisch kaum lösbare Herausforderung.

»Wir haben Audioprofile der Anwältin und des unbekannten Auftraggebers gebildet. Danach suchen wir. Die Filterung läuft in Echtzeit. Ziele sind gerendert. Wenn sie noch im Tower sind, werden wir sie finden. Treffer. Wir haben sie. Beide. Die Frau und den Mann. Sie sind in der sechsundachtzigsten Etage, die Anwältin wird gerade von einem zivilen Langstreckengleiter abgeholt. Der Mann steht am Zugang und redet mit ihr. Wir haben keine visuelle Aufklärung. Neue Mikrodrohnen sind unterwegs.«

»Haben Sie eine Kennung?« Frank war völlig klar, dass sie bei der Verfolgung keinem gewöhnlichen Eierdieb an den Fersen klebten.

»Wir haben eine europäische Zulassung. Der Eigner ist die *Agitar S. A.*, eine portugiesische Aktiengesellschaft, eine an jeder namhaften Börse notierte Holding. Herrje ... das darf doch nicht wahr sein.«

»Was haben Sie gefunden?«

»Leroy Matin Renier.«

Den Namen hatte Frank schon einmal in den Nachrichten gehört. »Was ist mit ihm? Hat er mit der Anwältin gesprochen?«

»Nein, das war er nicht. Die *Agitar S. A.* gehört ihm, wie auch einige andere Unternehmen. Er ist einer der einflussreichsten Menschen auf der Welt.«

»Ein alter Kunde von Ihnen?«

»Nein ... bisher war er sauber.«

»Aber?« Da war doch noch mehr.

»Er ist wie ein Geist. Alt, reich und politisch völlig uninteressiert. Renier hat in den letzten vierzig Jahren Milliarden in den ökologischen Ackerbau Afrikas investiert. Agent Rees, Renier ist kein Mensch, der sich gerne in der Öffentlichkeit zeigt.«

»Warum sucht er Jake Merdon?«, fragte Frank, der den Zusammenhang nicht verstand.

»Eine gute Frage. Ich weiß es nicht. Das klingt alles reichlich wirr.«

»Was tun wir jetzt?« Er wollte nicht den ganzen Tag im Gleiter zubringen.

»Das volle Programm. Wir müssen verstehen, welche Rolle Renier in dieser Posse spielt. Ich hoffe, Sie hatten heute nichts vor. Schalten Sie Ihren Gleiter auf Fremdsteuerung.«

»Okay, erledigt.« Frank übergab die Kontrolle an den FBI-Flugcomputer. Der Gleiter gewann sofort an Höhe. Auf sechstausend Fuß verharrte er in der Luft.

»Rendezvous in siebenunddreißig Sekunden. Sie werden

dem Agitar-Gleiter nicht alleine folgen. Eine Stavanger wird Sie gleich mitnehmen.«

»Wo wollen die hin?«

»Angeblich nach Lissabon ... wir werden sehen, ob es stimmt. Fünfundzwanzig Sekunden. Beißen Sie sich nicht auf die Zunge.«

»Danke.« Frank kontrollierte die Gurte und presste seinen Kopf in die Nackenstütze. Sein Dienstgleiter war nicht dafür geeignet, den Atlantik zu überqueren, eine Stavanger schon.

»Fünfzehn Sekunden.«

Er schloss die Augen.

»Zehn Sekunden.«

Eigentlich ging bei Hochgeschwindigkeitsmanövern nur selten etwas schief. Und wenn doch, hatte der kleinere Gleiter meist schlechte Karten.

»Fünf Sekunden.«

»Kontakt.«

Frank spürte, wie er von null auf achthundert Meilen in der Stunde beschleunigt wurde. Zum Glück hatte er heute kaum gefrühstückt. Ein Versäumnis, das er gerade nicht bedauerte. Ein militärischer Gleiter, der über fünfzig Passagieren und vier kleineren Gleitern Platz bot, hatte ihn mit einer Rendezvous-Einrichtung aufgepickt. Die starken Vibrationen ließen schnell nach. Seine Zähne befanden sich an der richtigen Stelle, also alles im grünen Bereich.

»Noch da?«

»Ja.«

»Sehr gut.« Seine Chefin wirkte darüber kurzzeitig amüsiert. »Special Agent Rees, Sie werden Giovanella Muscat auffinden und für eine Befragung zurück in die Staaten bringen.«

»Verstanden.« Die Frage nach einem Haftbefehl kam ihm

jetzt zu kleinlich vor. Bei diesem Fall musste man in anderen Dimensionen denken.

»Das hoffe ich. Dass wir Renier bisher nicht auf dem Schirm hatten, ist beunruhigend. Dafür kann es aber eine harmlose Erklärung geben. Wir müssen davon ausgehen, dass zumindest der Mann, der die Anwältin abgeholt hat, gefährlich ist. Seine Verbindung zu Renier ist ungeklärt, wie auch seine Motivation, Merdon suchen zu lassen. Ich ermächtige Sie, für den Erfolg der Mission alle notwendigen Mittel einzusetzen. In der Stavanger werden Sie von einer Sondereinheit der New Yorker Polizei begleitet. Ein Joint Venture mit dem FBI. Major Elvira Laszlo wird Sie bei der Ergreifung unterstützen. Sie weiß, was zu tun ist.«

»Was ist mit Leroy Matin Renier?«

»Es ist unwahrscheinlich, dass Sie ihm begegnen. Falls es Ihnen dennoch gelingt, wird sich Major Laszlo um ihn kümmern.«

»Um ihn kümmern?« Diese Redensart gehörte nicht gerade zum typischen Wortschatz, den er von einem Deputy Director des FBI erwartete.

»Special Agent Rees, darüber müssen Sie sich keine Gedanken machen. Ihre Aufgabe ist es nur, Giovanella Muscat zu finden und sie wohlbehalten nach New York zurückzubringen.«

»Verstanden.« Sollte er noch einmal nachfragen? Nein, die Klappe zu halten, war die bessere Idee. Das war nicht der richtige Tag, um sich Ärger einzuhandeln. Es ging ihn absolut nichts an, was aus Renier wurde.

»Major Laszlo.« Frank begrüßte die Offizierin. Eine dunkelblonde Frau mit blassen Gesichtszügen, die in kompletter FBI-Gefechtsmontur genüsslich einen Apfel verspeiste.

»Agent Rees.« Zu einem Lächeln reichte es nicht. Bei ihr befanden sich sieben weitere Agents, die ebenfalls uniformiert und bewaffnet waren. Nett sah von denen niemand aus.

»Was tun wir jetzt?« Frank war nicht klar, warum er überhaupt mitgenommen wurde. Jeder hier wirkte besser informiert als er. Nach der Ankunft in Lissabon schwebte der Gleiter der Stavanger-Klasse im Hafen zwanzig Meter über dem Wasser. An dieser Stelle konnte er keine FBI-Arbeit leisten.

»Wir warten.«

»Auf was?«

»Auf den richtigen Moment.« Jetzt war sie mit dem Apfel fertig.

»Haben wir Hinweise auf den Verbleib von Giovanella Muscat?«

»Nein.«

»Sie ist weg?«

»Ja.« Laszlo warf den Apfelrest über zehn Meter weit in einen Mülleimer. Ein guter Wurf, bei dem niemand aus ihrem Team reagierte. Bis auf den Major trugen alle Sonnenbrillen und HFP-Sticker. Eine FBI-Unart, der man sich inzwischen kaum noch entziehen konnte. *Human Future Project,* Kindern und Jugendlichen zu helfen, war eine gute Sache, aber musste man deshalb so viel Aufheben darum machen?

Frank wartete. Es tat sich nichts. Inzwischen war der Mülleimer schon halb gefüllt mit Apfelüberbleibseln. Jeder Wurf ein Treffer. Es redete auch niemand in der Runde. Das waren wirklich seltsame Kollegen.

Frank dachte nach, warum mochte er HFP eigentlich nicht? Nein, die Frage war irreführend. Warum konnte er sich nicht wie andere für eine in der Welt zu groß geratene Kinderhilfsorganisation begeistern?

Er verzog den Mundwinkel. Es lag an den Kindern. Die mochte er nicht. Auch wenn es toll, richtig und schick war, ihnen zu helfen, ging ihm diese Nummer am Arsch vorbei. Für Kinder fehlte ihm das Familien-Gen. Bei anderen war das in Ordnung, aber er brauchte keine hungrigen Mäuler am Tisch, die ihn dabei störten, sich Sportsendungen anzusehen.

»Major, was ist besonders an Renier?« Vielleicht gab sie ihm eine Antwort.

»Er ist reich.«

»Nur reich?«

»Sehr reich.«

»Ich habe es verstanden ... Hat er seinen HFP-Jahresbeitrag nicht bezahlt?«

»Wie meinen Sie das?«

»Ähm ...« Frank stellte die Frage schneller, als er über die Worte nachgedacht hatte. »Sie tragen eine HFP-Nadel am Revers.« Jeder aus ihrem Team tat das. Konnte er etwa einen goldenen Schimmer in ihren Augen erkennen? Nein, das war nur eine Spiegelung. Für einen Moment hatte das seltsam ausgesehen.

»Für unsere Kinder.« Noch nicht einmal bei dem Satz lächelte sie. »Bitte erläutern Sie Ihre Frage.« Locker ließ sie trotzdem nicht. Auch die Männer an ihrer Seite sahen Frank an. Ähnlich wie früher in der Schule, als er einen Moment später vom halben Footballteam eine in die Fresse bekam.

»Warum wartet ein Sonderkommando auf Renier? Warum rufen wir ihn nicht einfach an und vereinbaren einen Termin? Ich meine, wir sind in Portugal. Das ist Europa und keine Pirateninsel.«

»Wir sind zu seinem Schutz hier.« Laszlo gab sich noch nicht einmal Mühe, glaubwürdig zu klingen. Führte sie ein Killerkommando an? Von einem Deputy Director des FBI nach Lissabon entsandt? Das war doch Irrsinn! Vasquez hatte ihm sogar ausdrücklich befohlen, alle Register zu ziehen, um Giovanella Muscat nach New York zu bringen. Diese Mission war in dieser Ausprägung doch niemals von einem Richter abgesegnet worden.

»Schutz ... na dann.«

»Sie glauben mir nicht?«

»Ich bin kein religiöser Mensch.« Frank würde sich nicht aus der Reserve locken lassen.

»Sie wissen wirklich nicht, wer Leroy Matin Renier ist, oder?«

»Nein.«

»Er ist reich, einflussreich und Mitglied im europäischen HFP-Verwaltungsrat. Er bekleidet seit dreißig Jahren ein Förderamt. Millionen Kinder haben ihm ihre Zukunft zu verdanken.«

»Ähm ...« Mit dieser Antwort hatte er nicht gerechnet. Die *Human Future Project*-Initiative war inzwischen ein weltweit umfassendes Netzwerk und der Inbegriff der Korrektheit. HFP-Führungskräfte stellten höchste ethische Ansprüche an sich selbst. In den letzten hundert Jahren gab es in ihrem Kreis noch nicht einmal den Ansatz eines Skandals. Keine Steuerdelikte, keine Sex- und Drogenpartys, es hatte noch nicht einmal eine schmutzige Scheidung gegeben.

»Agent Rees, glauben Sie wirklich, dass ein solcher Philanthrop das amerikanische FBI zu fürchten hat?« Da war wieder dieser Schimmer in Laszlos Augen, den Frank nicht zuordnen konnte.

»Und wie passt Jake Merdon in das Bild?« Warum suchte Renier ihn? Oder der Unbekannte, der für die Reise nach Lissabon seinen Gleiter benutzte.

»Er ist ein Terrorist.«

»Hundertsiebzehn Jahre alt.«

»Ein Detail, das keine Rolle spielt. Es geht um den Schutz von Renier. Wir sind hier, wenn die Situation eskaliert.«

»Und diesen Schutz kann die portugiesische Polizei nicht leisten?« Die Story war bisher alles andere als rund. Renier verfügte über ausreichende Mittel, um sich privat beschützen zu lassen.

Laszlo antwortete nicht.

A.D. 2018

DER FREMDE

Lange hatte er darüber nachgegrübelt. Nun hatte er eine Entscheidung getroffen. Jake würde versuchen, seinen Vater zu kontaktieren.

Sein Dad lebte in New York, und er kannte die Adresse. Zehn Blocks von seinem derzeitigen Aufenthaltsort entfernt. Eine ordentliche Strecke, aber er hatte ja nichts anderes vor, und die Bewegung würde ihn warm halten. Also marschierte er los.

Es war noch früh am Morgen, und nur wenige Passanten waren auf den Straßen unterwegs. Jake zog seinen Hoodie tief ins Gesicht, niemand beachtete ihn. Einmal fuhr ein Streifenwagen an ihm vorbei, die Cops darin starrten allerdings nur stur geradeaus und stellten keine Gefahr dar.

Es wäre gut gewesen, seinen Vater anzurufen, besser als überraschend aufzutauchen, aber es war durchaus denkbar, dass er vom FBI überwacht wurde. Nein, Jake musste es anders anstellen, warten, bis sein Vater das Haus verließ, und ihn dann auf der Straße ansprechen, am besten in einer größeren Menschenmenge. Vielleicht konnte ihm sein Vater etwas Geld geben oder ihm ein Prepaidhandy besorgen.

Jake wusste nicht, ob sein Vater inzwischen einen Job gefunden hatte und morgens das Haus verließ oder ob er noch immer arbeitslos seine Tage auf dem Sofa verbrachte und

Football im Fernsehen anglotzte. Nun, er hatte keine Wahl und jede Menge Zeit. Er würde es herausfinden.

Als er in die Gegend kam, in der sein Vater wohnte, wurden seine Schritte langsamer. Hier standen alte verwahrloste Wohnblocks, deren schmierige Wände von Graffitis bedeckt waren. Es roch nach Abfall, Pisse und Verzweiflung. Sein Dad schien es nach der Scheidung nicht gut erwischt zu haben, so einen Abstieg hätte er ihm allerdings niemals zugetraut.

Früher hatte er getrunken, ab und zu gekifft, viel Geld beim Pokern verloren, aber das hier war etwas ganz anderes. Das hier war das Ende. Kein Wunder, dass er kein Geld schickte. Wahrscheinlich hatte er selbst nichts. Jake konnte sich beim besten Willen nicht vorstellen, wie es sein Dad schaffen sollte, aus diesem Elend wieder herauszukommen. Und dann war da ja noch die Tatsache, dass er gar nicht sein leiblicher Sohn war … dieses kleine Detail hätte Jake am liebsten für immer vergessen.

Er blickte sich heimlich um. Niemand zu sehen. Gern wäre er zu den Briefkästen hinübergegangen, um nachzusehen, ob auf einem davon der Name Merdon stand, aber das war zu auffällig, falls das Haus überwacht wurde. Ihm blieb keine andere Wahl, als zu warten.

Jake ging die Straße ein Stück entlang, fand eine schmutzige Parkbank und setzte sich hin. Von hier aus hatte er freien Blick auf den Hauseingang, er würde seinen Vater sehen, sobald er das Gebäude verließ.

Die Situation seines Vaters deprimierte ihn. Okay, seine eigene Lage war ebenfalls schlimm, aber er war noch jung, vielleicht gab es eine Chance für ihn, heil aus dieser Sache rauszukommen. Aber sein Dad schien das Ende des Weges erreicht zu haben.

Circa drei Stunden später wurde die Haustür des Blocks geöffnet. Ein Mann trat ins Freie, blinzelte in die trübe Morgensonne, fuhr sich mit den Fingern durch das wirre Haar, so als wolle er es in Ordnung bringen. Das Gesicht war schmal, fast hager und wirkte zwanzig Jahre älter, als Jake es das letzte Mal gesehen hatte.

Der schlanke Körper schlotterte in einem fadenscheinigen Anzug, der viel zu dünn für die morgendliche Kühle war. Unter den linken Arm hatte er eine Mappe geklemmt. Das und der Anzug ließen vermuten, dass sein Vater auf dem Weg zu einem Vorstellungsgespräch war. Jake sah ihn genauer an. So wie sein Dad wirkte, würde es nichts werden. Niemand stellte einen Mann ein, der derart heruntergekommen war.

Sein Vater wandte sich nach links und ging los. Er bewegte sich direkt auf Jake zu, der seinen Kopf senkte, sodass er nicht zu erkennen war. Direkt hier seinen Dad anzusprechen, war zu gefährlich. Es schien sicherer zu sein, ihm ein Stück nachzugehen und zu beobachten, ob ihnen jemand folgte. Später in der U-Bahn oder im Menschengedränge würde es eine Möglichkeit geben, mit ihm unauffällig Kontakt aufzunehmen.

Sein Vater ging auf der anderen Straßenseite an ihm vorbei, ohne ihn zu beachten. Jake gab ihm zehn Meter Vorsprung, dann erhob er sich. Als er sich in die Richtung wandte, in die sein Vater ging, traf ihn der Geruch mit voller Wucht. Es war, als habe ihn jemand geschlagen.

Der Geruch war süß und schwer. Und er war eindeutig. Sein Vater war infiziert. Er war jetzt einer von ihnen.

Jake stieß einen leisen Schrei aus. Er ballte seine Fäuste so sehr, dass sich die Fingernägel in sein Fleisch bohrten. Alles in ihm verkrampfte. Verzweiflung, so tief wie der Grand Canyon, erfasste ihn, zog ihn in die Dunkelheit.

Das konnte nicht sein. Es durfte nicht sein. Er war sein Vater. Heruntergekommen oder nicht, Loser oder Gewinner des Lebens, es spielte keine Rolle. Er hatte ihn aufgezogen, mit ihm auf dem Wohnzimmerboden gespielt. Stundenlang Baseballs geworfen, die er gefangen hatte.

Niemand war stolzer als er gewesen, als Trainer Sanchez Jake in das Footballteam berufen hatte. Und auch wenn sich Jake an die neue Lebenslage nach der Scheidung gewöhnt hatte, tief in ihm drin hatte er immer gehofft, dass es eines Tages für seine Eltern eine zweite Chance gab.

Das war nun vorbei. Das und alles andere. Sein Vater war zum Feind geworden, und dennoch konnte Jake ihn nicht loslassen. Tränen liefen über sein Gesicht, als er langsam dem Mann nachging, den er immer geliebt hatte.

Sein Dad schien sich kein Taxi leisten zu können, oder er hatte es nicht weit bis zur nächsten U-Bahnstation, denn er trottete unermüdlich die lange Straße hinunter. Jake fragte sich gerade, wo er hinwollte, als ein schwarzer Minivan mit getönten Scheiben neben ihm anhielt. Eine Schiebetür wurde geöffnet. Eine junge Frau stieg aus, trat vor Jakes Vater, der stehen geblieben war.

Die Frau hatte lange schwarze Haare, blutrote Lippen verzogen sich zu einem Lächeln. Dann beugte sie sich vor, und ihre Stirn berührte die seines Vaters. Beide sprachen kein Wort.

Jake stand fassungslos da und musste mit ansehen, wie Serena mit seinem Dad auf eine Art kommunizierte, die er nicht verstand. Noch bevor er reagieren konnte, stiegen beide ein, und der Van brauste davon. Jake sank auf die Knie. Weinte. Fluchte. Beschimpfte sich selbst und alles andere auf der Welt. Irgendwann wurde es auffällig. Vorbeigehende Passanten glotzten ihn an. Ein älterer Herr zückte sein Handy, wahrscheinlich rief er gerade die Cops an. Jake schnäuzte sich die Nase, dann rappelte er sich auf und lief davon.

Dennoch blieb er in der Nähe des Hauses. Immer in der Hoffnung, dass sein Dad zurückkommen würde, dass es eine Möglichkeit gab, mit ihm zu sprechen. Die leise Hoffnung, ihn vielleicht aus den Fängen von HFP retten zu können, hatte sich in ihm breitgemacht, gaukelte ihm etwas vor, von dem er bereits wusste, dass es nicht passieren würde.

Trotzdem harrte er drei Tage aus, dann sah er es ein. Sein Vater würde nicht zurückkehren.

Jake kratzte sich im Gesicht, während er am Hintereingang einer Bäckerei darauf wartete, ein Stück Brot vom Besitzer zu bekommen, das dieser nicht mehr verkaufen konnte und freundlicherweise den Obdachlosen gab. Er war auch noch zweimal zu dem Burgerrestaurant gegangen, aber Bob hatte sich nicht mehr blicken lassen, und der Abfallcontainer blieb verschlossen. Schweren Herzens hatte er eine andere Nahrungsquelle suchen müssen, darum war er seinem Geruchssinn erneut gefolgt und auf die Bäckerei gestoßen. An seinen Vater dachte er nicht mehr, denn dort, wo sich einmal sein Herz befunden hatte, gab es jetzt ein schwarzes Loch, das ihn daran erinnerte, dass alles vorbei war.

Inzwischen bedeckte ein struppiger Bart seine Wangen, die eingefallen wie bei einem Toten wirkten. Jake glaubte nicht, dass ihn jemand erkennen würde, er erkannte sich ja selbst kaum, wenn er sich in einer Schaufensterscheibe betrachtete. Außerdem hatte sich seine Körperhaltung erschreckend verändert. Sein Rücken war vom dauernden auf Bänken hocken gekrümmt, die Schultern hingen schlaff herab, und sein Nacken war überdehnt.

Wie ein verdammter Zombie sah er aus! Neben ihm trat Milan, ein siebzig Jahre alter Serbe, von einem Fuß auf den anderen. Sie hatten sich gestern beim Warten auf die Brotreste kennengelernt.

Jake mochte den Typ nicht besonders.

»Hast du was?«

»Ich trinke nicht, das habe ich dir gestern schon gesagt«, antwortete Jake unfreundlich. Er hatte keine Lust auf ein Gespräch mit ihm, wollte nur das Brot und schnell wieder weg.

»Du solltest trinken, das Leben ist Scheiße …«

Jake blendete das Geschwafel aus und schaute zur Tür des Bäckerladens hinüber, aber da regte sich nichts. Ungewöhnlich. Es war schon nach acht Uhr abends und das Geschäft auf der Frontseite längst geschlossen.

Jake fröstelte. Er schlug die Arme um seinen Körper, aber das half nichts, also begann er, mit den Füßen auf der Stelle zu joggen.

»Was soll das werden? Boxtraining?«, krächzte Milan und kicherte wie ein Irrer.

Jake schüttelte nur stumm den Kopf und sah wieder zum Hintereingang. Dort war die Außenbeleuchtung angegangen, aber nach wie vor rührte sich nichts. Trotzdem war er nun voller Hoffnung, dass es gleich etwas zu essen gab. Auch Milan wirkte nun aufgeregt, hüpfte von einem Fuß auf den anderen.

»Yeah, yeah, yeah«, murmelte er vor sich hin.

In dem Moment geschah es. Ein Geruch, den er nur allzu gut kannte und der alle Alarmglocken in ihm zum Klingen brachte, wehte heran. Süß und schwer – wie der seines Vaters oder von Serena. Jake wirbelte herum …

… aber da war niemand.

»Was ist los?«, schnatterte Milan neben ihm. »Hast du einen Geist gesehen?«

Nicht gesehen, aber gerochen.

Das Brot, der Hunger waren vergessen. In Jakes Kopf wirbelte alles durcheinander. Eine von den Aliens infizierte Person war hier in der Nähe. Es war ein starker Geruch, die Person konnte nicht weit entfernt sein, aber er sah niemanden. Die Hoffnung, dass es tatsächlich sein Vater sein könnte, breitete sich in ihm aus.

Jake drehte sich hastig um, verließ den Hinterhof und ging ein Stück die Straße entlang. Hinter ihm rief ihm Milan etwas nach, aber er beachtete den Penner nicht.

Sämtliche seiner Sinne waren in Alarmbereitschaft, und das Blut rauschte laut in seinen Adern. Wenn es wirklich sein Dad war, den er roch, würde er etwas tun. Was, wusste er nicht, aber diesmal würde er kämpfen und nicht einfach nur zuschauen, wie ihm die Fremden all diejenigen nahmen, die er liebte.

Zum ersten Mal seit dem misslungenen Anschlag auf das HFP-Gebäude spürte er wieder Kraft und Leben in sich. Ein gutes Gefühl.

Es muss etwas mit den genetischen Veränderungen zu tun haben, von denen mir Lee erzählt hat. Mein Körper reagiert auf die Ausströmungen von Pheromonen, geht in einen gesteigerten Modus, der es mir möglich macht, meine Sinne besser einzusetzen.

Jake ging entschlossen los.

Während er hastig die Straße entlanglief, konnte er genau ausmachen, wann der Geruch stärker oder wieder schwächer wurde. Es erinnerte ihn an die Suche nach dem brennenden Haus, aus dem er den alten Mann gerettet hatte. Jake dachte wehmütig daran, damals hatte alles begonnen. Der Vorfall war keine zwei Wochen her, aber es fühlte sich an, als wäre es in einem anderen Leben geschehen.

Zwei Blocks weiter und nachdem er dreimal in Nebenstraßen abgebogen war, hatte er ihn. Es war ein Mann, aber nicht sein Vater. Etwa so groß wie er selbst, zwanzig Kilo schwerer und mindestens dreißig Jahre älter.

Der Mann hatte kurz geschnittene schwarze Haare, die an den Schläfen bereits grau wurden. Er trug einen teuren Anzug, Lederschuhe und einen Mantel, der wahrscheinlich mehr als das Auto seiner Mutter kostete. In der rechten Hand hielt er eine braune Aktentasche einer Nobelmarke, in der anderen einen zusammengerollten Regenschirm, der beim Gehen hin und her schwang.

Enttäuschung machte sich in Jake breit, aber gleichzeitig drängte Zorn aus seinem Inneren nach oben.

Wie hatte mich Skagen genannt? Einen Hunter!

Ja, das war er. Jetzt in diesem Moment. In fünf Minuten würde er vielleicht wieder über sein Leben jammern, aber jetzt gerade fühlte er sich stark … und bereit. Irgendjemand musste für das büßen, was man ihm angetan hatte.

Als Jake sich dem Fremden näherte, wurde der Geruch überwältigend. Dieser Mann war vollkommen infiziert, und die Macht seiner Pheromone sprach davon, dass er ebenso wie Serena jemand war, der andere unter seinen Einfluss bringen konnte.

Der Duft, den er ausströmte, war wie ein Lied, das zum Schlaf rief. Fast schon hypnotisch umgab er ihn wie eine Wolke, die mit ihm durch die Straßen trieb.

Jake spürte, wie der Geruch an seinem Geist zerrte, ihn rief und lockte, aber in ihm war so viel Zorn auf das, was geschehen war, auf das Leben, das er verloren hatte, dass alle Verlockungen wie Wasser an ihm abglitten.

Das vor ihm war der Feind.

Sein Feind.

Der Feind eines jeden Menschen auf dieser Welt.

Die Frage war nur, was sollte er jetzt tun?

Darauf hatte Jake keine Antwort, also folgte er dem Mann durch die einsamen Straßen New Yorks. Sie mussten nicht weit gehen.

Die Umgebung hatte sich verändert, ohne dass es Jake bemerkt hatte. Sie waren nun in einer kleinen Geschäftsstraße gelandet, in der sich Boutiquen, Schmuckläden, ein hipper Tattooshop, ein Teeladen und mehrere kleine Elektronikstores aneinanderreihten. Dazwischen lud die blinkende Reklame eines Irish Pubs zum Verweilen ein. Jake blickte nach oben zum Schild über dem Eingang, das einen kleinen Kobold mit langem Bart und Zylinder auf dem Kopf in grünem Gewand und einem Topf voll Gold in der Hand zeigte. Warmes Licht fiel durch bleiverglaste Fenster auf die Straße.

Leprechauns Inn.

Der Mann trat, ohne zu zögern, ein. Er hatte sich während der Verfolgung nicht ein einziges Mal umgedreht, und Jake war sich sicher, dass er unbemerkt geblieben war.

Von drinnen erklang irische Musik und das Gemurmel vieler Stimmen. Der Laden schien voll zu sein. Jake überdachte das Risiko, das er einging, beschloss dann aber, es zu wagen. Wenn der Schuppen wirklich so voll war, wie es den Anschein hatte, würde er vielleicht nicht auffallen. Er holte tief Luft und zog die schwere Tür auf.

Drinnen empfingen ihn die Körperwärme vieler Menschen und der überwältigende Geruch von Bier, aber darunter mischte sich ein schwerer, süßer Duft, für den der Mann allein nicht verantwortlich sein konnte.

Jake sah sich um. Von der Decke hingen gusseiserne Lampen, die den Raum in warmes Licht tauchten. An den Wänden waren alte Plakate in Glasrahmen und Schilder britischer Brauereien befestigt.

Die Kneipe wurde von einer mächtigen Holztheke dominiert, deren goldene Zapfhähne funkelten. Rechts davon gab es ein kleines Podest, auf dem sich gerade zwei Musiker mit Gitarre und Geige die Seele aus dem Leib spielten, um gegen den Lärm anzukommen.

In dem Raum, der gerade mal so groß wie eine Doppelgarage war, befanden sich mindestens einhundert Menschen jeden Alters und jeder gesellschaftlichen Schicht, und alle sprachen gleichzeitig. Niemand beachtete ihn. Jake zog die Kapuze seines Hoodies vom Kopf und drängte sich auf der Suche nach dem Mann durch die Menge. Eine junge Frau, kaum älter als er, lächelte ihn an, und er lächelte gequält zurück. Ohne stehen zu bleiben, ging er weiter. Es dauerte eine Weile, bis er den Mann in einer Gruppe von Männern und Frauen ausmachte. Die meisten schienen in den Vierzigern zu sein, aber es gab auch jüngere Personen darunter, die allerdings aufgrund ihrer lässigen modernen Kleidung nicht so richtig ins Bild passen wollten, denn alle anderen trugen Businessoutfits.

Es waren ungefähr ein Dutzend, die da beisammen standen und einen abgeschlossenen Kreis aus Rücken bildeten, während sie die Köpfe eng zusammensteckten. Jake konnte nicht ausmachen, ob da gesprochen wurde, hatte aber nicht den Eindruck, dass die Leute miteinander redeten. Ganz im Gegensatz zu jedem anderen im Raum. Langsam und unauffällig drängte er näher heran.

Der Geruch der Gruppe wurde nun zu einer dichten Wolke, die ihn schließlich komplett einhüllte. Seine Gedanken wurden schwer. Er spürte die Müdigkeit der Straße in all seinen Gliedern. So gern hätte er sich hingesetzt und sich ausgeruht, sich für einen Moment einfach treiben lassen, um zu vergessen.

Seine Hände fielen herab, baumelten neben seinem Körper. Er betrachtete sie, aber sie kamen ihm fremd vor. Jake versuchte, seine Finger zu spüren, aber es wollte ihm nicht gelingen. Eine bleierne Schwere hatte ihn erfasst, war wie eine dunkle Welle, die ihn hinaus aufs Meer des Vergessens ziehen wollte.

Ja, dachte er.

Plötzlich war da eine Stimme neben ihm. Jake zuckte zusammen, wandte sich um. Vor ihm stand ein junger Mann mit rotem Fusselbart, der dem Kobold auf dem Schild vor dem Pub nicht unähnlich sah.

»Was darf ich dir bringen?«, fragte er Jake.

Jake starrte ihn an, wusste nicht, was er sagen sollte, nur dass er etwas sagen, eine Bestellung aufgeben musste, oder der Typ würde misstrauisch werden.

»Ein Bier, bitte«, sagte er dann.

Der junge Mann lachte meckernd. »Ist schon klar. Und was für eines?«

Fuck, richtig, er war in einem Irish Pub. Er hatte zuvor nie so einen Laden betreten. Himmel, was trank man da? Sein Blick fiel auf eine Brauereiwerbung an der Wand.

»Ein Guinness.«

Der andere strahlte. »Kommt sofort, Sir.«

Jake sah ihm nach, wie er sich durch die Menge zur Theke wühlte. Verdammt, er musste hier raus. Wenn die Bedienung darauf bestand, dass er sofort bezahlte – und alles andere konnte sich Jake in diesem Laden kaum vorstellen –, würde er auffliegen. Er blickte noch einmal zu dem Mann und der Gruppe hinüber, die kaum zwei Meter von ihm entfernt zusammenstanden, und hatte das Gefühl, irgendwie Glück gehabt zu haben.

Wenn der Kellner nicht gekommen wäre …

Als Jake an der frischen Luft stand, fröstelte er. Sein Hoodie war zu dünn für diese Jahreszeit, bald musste er sich etwas einfallen lassen. Er hatte immer wieder daran gedacht, New York zu verlassen, aber wo sollte er hingehen? Zudem konnte er in der großen Stadt, in der Tausende von Obdachlosen durch die Straßen zogen, besser untertauchen. Hier war er einer von vielen in einer gesichtslosen Masse, die Millionen zählte.

Nun war auch noch dieser seltsame Mann aufgetaucht.

Der Regen war in feines Nieseln übergegangen. Jake ging über die Straße und stellte sich in einen überdachten Hauseingang. Den Irish Pub behielt er sorgsam im Blick. Warum er das tat, wusste er immer noch nicht, aber es musste sein.

Michael, William und Lee waren tot, und dieser Fremde war einer der Gründe, dass sie es waren, auch wenn er nicht direkt beteiligt gewesen sein mochte.

Geht es mir um Rache?

Nein, er war zu müde und zu erschöpft für große Gefühle, und dennoch stand er hier und wartete darauf, dass der Mann den Pub verließ.

Und was dann?

Jake dachte darüber nach, wie sehr ihn der Geruch des Mannes angezogen hatte, und das obwohl er darauf vorbereitet gewesen war. Wie mochte es da normalen Menschen ergehen, die diese Anziehung nicht riechen konnten, aber unterbewusst darauf reagierten?

Er hatte sich so in seinen Gedanken verloren, dass ihm fast entgangen wäre, wie der Mann, auf den er wartete, gerade allein den Pub verließ und die Straße entlangging. Jake folgte ihm auf der anderen Straßenseite.

Hoffentlich ruft er kein Taxi, sonst verliere ich ihn.

Aber das war offenbar nicht seine Absicht. Der Typ hatte seinen Regenschirm aufgespannt und machte weit ausholende Schritte, so als habe er ein festes Ziel nicht weit von hier. Auch diesmal sah er sich nicht um, und so konnte ihm Jake problemlos folgen.

Nach zehn Minuten erreichten sie einen Apartmentkomplex, der mindestens zwanzig Stockwerke in die Höhe ragte. Ein Glasdach überspannte den Eingang, darin befindliche Lichter verbreiteten einen warmen Glanz, der sich in den Pfützen des Gehwegs spiegelte.

Jake bemerkte die moderne Sicherheitsanlage, die an der Wand neben der Glastür befestigt war.

Der Mann stellte sich davor, tippte einen Code ein, und die Tür glitt geräuschlos zurück. Er betrat die Lobby und wandte sich nach links zu einer Wand, die von in die Mauer eingelassenen Briefkästen bedeckt war. Jake beobachtete, wie der Fremde erneut einen Code in ein Nummernfeld eintippte.

Ein Briefkasten öffnete sich. Offensichtlich befand sich keine Post darin, denn die Hand des Mannes war leer, als er sie wieder hervorzog. Dann ging er zu den Fahrstühlen im hinteren Bereich der Eingangshalle.

Jake hatte genau gesehen, welcher Briefkasten sich geöffnet hatte. Die Lobby war hell erleuchtet, die Briefkästen nur zwei Meter von der Eingangstür entfernt. Als der Mann verschwunden war, presste er sein Gesicht gegen die Glasscheibe, das Licht schirmte er mit seiner rechten Hand ab. Er konnte den Namen deutlich lesen.

Steven Gellard.

Jake zog sich zurück, bevor jemand auf ihn aufmerksam werden konnte.

Hier wohnst du also, dachte er. Dann bezog er auf der anderen Straßenseite seinen Posten. Es würde eine lange, kalte Nacht werden.

A.D. 2118

KLEINE SCHRITTE

Giovanella begann am nächsten Morgen mit einer neuen Session. Einer virtuellen Reise hundert Jahre in die Vergangenheit. In der letzten Nacht hatte sie unruhig geschlafen. Die Geschichte, auf die sie sich eingelassen hatte, war inzwischen größer, als sie es erwartet hatte. Es störte sie vor allem, die Motive der Beteiligten nicht einschätzen zu können.

Sie ballte die Fäuste. Bei niemandem, der im Moment eine Rolle spielte, glaubte sie, dessen Motivation zu kennen. Warum wollte Renier Jake Merdon in der Vergangenheit ausmachen? Was versprach er sich davon? Egal was er erfahren würde, die Konsequenzen daraus wären ohnehin nicht zu verändern. Auf diese zentrale Frage kannte sie keine Antwort. Ebenso Carl, der Androide, Reniers Privatsekretär, der Vorgang mit dem FBI hatte sie tief verstört. Aber Jake Merdon setzte dem Ganzen die Krone auf. Mit welcher Tat hatte er es nur geschafft, das FBI hundert Jahre lang in Atem zu halten? Mit einem missglückten Sprengstoffanschlag, bei dem nur einige Glasscheiben zu Bruch gingen, sicherlich nicht. Da war etwas anderes.

»Sind Sie bereit?«, fragte Carl, der am Bedienpult der Datenbank saß.

»Ja.« Giovanella schloss die Augen. Es war typisch für sie, sich eher über die Motive anderer Gedanken zu machen als über ihre eigenen. Das FBI jagte sie, sie war alleine in Portugal und hatte keinen blassen Schimmer, in welcher Höllenmaschine sie wirklich saß. Ihr Instinkt rief ihr zu, laufe, renne, schnell, jetzt, ohne auch nur eine Sekunde länger zu warten. Das, was sie tat, war gefährlich, das wusste sie. Trotzdem blieb sie sitzen. Neugierig, unruhig, sie wollte es sehen, wollte die Vergangenheit erkunden und natürlich neue Informationen über Jake Merdon sammeln. Er war der fehlende Schlüsselstein, um das Mosaik zu verstehen.

»Ich versuche, Sie wieder an derselben Stelle in New York abzusetzen.«

»Versuchen?« Das falsche Wort! Jeder Satz, der das Wort »Versuch« beinhaltete, während sie in der Horizontalen lag, war schlecht.

»Keine Angst. Die Technik funktioniert. Das klappt schon«, beschwichtigte Carl. Sie konnte ihn aus liegender Position nicht sehen.

»Das klappt schon« gehörte zu den Klassikern berühmter drei letzter Worte.

»Es geht los ... jetzt kommt der Punch!« Seine Stimme streckte sich.

Dunkelheit, Surren, der Geruch frischer Strauchtomaten lag in der Luft. Zu wissen, was passierte, machte es nicht einfacher. Ihr Herzschlag beschleunigte sich. Dann kam die Bahnschwelle, die ihr jemand in den Nacken schlug. Atemlos schrie sie sich in Gedanken an, das war nur Einbildung!

Dann kam der erlösende Sturz ins Wasser. Atmen konnte sie zwar immer noch nicht, aber bekanntlich brauchte sie das hier auch nicht.

»Giovanella, geht es Ihnen noch gut?«, fragte Carl scheinheilig.

»Nein!«, keifte sie zurück.

»Sehr gut. Sie sind wütend. Damit sind Sie aufmerksam. Sie befinden sich in der Matrix. Ich starte für Sie das nächste Szenario.«

Einen Moment später fiel Giovanella als Katze in einer Gasse auf den Boden. Links von ihr ein Müllcontainer, rechts ein Obdachloser, der seinen Rausch ausschlief. Mit frischen Strauchtomaten hatte der Duft hier nichts zu tun. Sie wusste nicht, welche Seite schlechter roch.

»Wo bin ich?«

»In New York.«

Das hätte sie jetzt nicht gedacht. »Geht es auch etwas genauer?«

»Manhattan.«

»Das ist immer noch groß ...«

»Giovanella, so funktioniert das nicht. Sie müssen schon mithelfen.«

»Wie?«

»Suchen Sie ihn. Suchen Sie Jake Merdon.«

»Als Katze, die mit niemandem sprechen kann?« Sie hatte keine Vorstellung, wie sie die Suche gestalten sollte. Alle Ansätze konventioneller Ermittlungsarbeit konnte sie sich schenken.

»Nutzen Sie Ihren Instinkt.«

»Der sagt mir gerade, mich auf eine Schnapsidee eingelassen zu haben. Carl, wie soll ich mich hier zurechtfinden?«

»Bitte, einfach loslassen. Lassen Sie sich treiben. Folgen Sie interessanten Personen ... es ist völlig gleich, womit Sie sich beschäftigen. Lassen Sie sich von Ihrer Intuition leiten. Der Computer wertet in Echtzeit ihre Entscheidungen aus, um neue Details zu rendern. Helfen Sie dem Computer, eine menschliche Spur in der Zeit zu berechnen. Ich bin sicher, dass wir verwertbare Erkenntnisse gewinnen werden.«

»Ähm … ja.« Sie schluckte, was sich als Katze merkwürdig anfühlte. Carls Plädoyer hatte gesessen. Sie musste selbst die Bereitschaft aufbringen, sich auf etwas Neues einzulassen.

»Können Sie Ihren Körper benutzen?«

»Ja.« Sehr gut sogar. Sie sprang beinahe schwerelos einen Mauervorsprung hoch. Welche Frau hatte sich noch nie gewünscht, sich einmal im Leben geschmeidig wie eine Katze bewegen zu können.

»Schauen Sie sich die Stadt an … wir haben Zeit. Nutzen Sie sie.«

Giovanella verstand schnell, sich geschickt durch die Menge der Fußgänger zu bewegen. New York im Jahr 2018 sah völlig anders aus. Die Kleidung der Passanten und die Fahrzeuge, die noch alle am Boden fuhren, sahen merkwürdig aus. Trotzdem war es laut, hektisch, und die Luft roch nach Abgasen.

»Sehr gut, ich habe jetzt eine erste Ortung … der Computer hat Ihre genaue Position ermittelt«, erklärte Carl.

»Nur durch einfaches Herumlaufen?« Verstehen tat Giovanella das nicht. Wenn es eine Simulation war, müsste das System doch jederzeit wissen, wo sie sich aufhielt.

»An der nächsten Kreuzung nach rechts.«

»Okay.« Sie folgte Carls Worten. In der Seitenstraße wurde es ruhiger. Jetzt sah auch sie, in welcher Ecke Manhattans sie sich befand. Ganz in der Nähe war der Central Park. Sie konnte die Bäume riechen. Riechen? Wieso konnte sie überhaupt riechen? Das war echt, keine Einbildung. Vorhin hatte sie sich bereits über den Gestank in der Gasse beschwert.

»Am nächsten Block links …«

»Ich kann den Central Park sehen.« Auch der würde sich in hundert Jahren stark verändert haben. Es gab so viele Details zu erkennen. In der Simulation war es der zehnte August. Eine Digitalanzeige an einer Fassade zeigte das Datum an, ein Freitag, vierzehn Uhr zwanzig. Es gab Tausende Vögel, die über ihr herflogen, und ein Kind, das sogar versuchte, sie zu streicheln. Warum konnte es sie sehen?

»Sie sollten in der Nähe eine Unterführung erkennen. Direkt davor wird es passieren. Dort wird es morgen früh um sieben Uhr achtzehn zu dem tödlichen Angriff auf Steven Gellard kommen.«

»Sie sprechen über etwas aus der Vergangenheit, als ob es noch nicht geschehen wäre.«

»Das ist richtig.« Carl verstand es, sie weiter zu verwirren. Angeblich sollte sie doch unsichtbar sein, was aber nicht stimmte. Später, im Moment war die Suche nach Jake Merdon wichtiger.

Giovanella als Katze benötigte nicht lange, um an den Tatort zu gelangen. Sie erkannte die Stelle aus dem Video. Genau hier war es passiert. Direkt vor einer Unterführung. Nein, hier würde es morgen früh geschehen. Das war nicht einfach zu kapieren. Sie konnte den Boden unter den Pfoten fühlen, registrierte die Wärme der Sonne und den Wind, der ihr durchs Fell strich.

»Hier gibt es nicht viel zu sehen.« Um nicht zu sagen gar nichts. Einige Meter neben ihr befand sich die Absperrung einer kleinen Baustelle. Die Tat würde sich hier erst später abspielen. Da lag auch eine Latte, die Ähnlichkeit mit der Mordwaffe hatte. Am liebsten würde sie das Stück Holz in den Büschen verstecken. Eine sinnlose Aktion, die leider nichts an den bereits geschehenden Abläufen ändern würde.

Apropos sehen, da kam wieder ein Kind auf sie zu. Ein Mädchen. Sie lachte, rannte und hielt sie offensichtlich für ein Stofftier. Einen Lidschlag später war das Kind verschwunden.

Mit ihm die Mutter, der Kinderwagen und alle anderen, die sie gesehen hatte. Dafür gingen jetzt andere Passanten durch den Park.

»Ich denke, ich sollte Ihnen von den Steps erzählen«, sagte Carl, als ob jeder wissen müsste, von was für einem Blödsinn er redete.

»Was zur Hölle sind Steps?« Das wurde immer schräger, als ob jemand der Zeit einen Check mit der Schulter gegeben hätte. »Und was ist gerade passiert? Wo ist das Kind hin? Es konnte mich erkennen und lief auf mich zu. Wieso konnte es mich sehen?« Sie ärgerte sich über diese Entwicklung. Dabei hatte Carl, dieser unverschämte Kerl, anfänglich sogar vorgehabt, sie nackt durch die Gegend laufen zu lassen!

»Das sind zwei Dinge.«

»Bitte?« Als Katze wäre sie ihm am liebsten ins Gesicht gesprungen!

»Steps nennt man Lücken in der Simulation. Dem Computer fehlen Daten, so kann es teilweise zu Effekten kommen, die wie Sprünge im Zeitablauf aussehen. Solche Steps betragen zwischen fünf und dreißig Sekunden, sind aber harmlos.«

»Und die andere Sache? Sie sagten zwei Dinge.« Jetzt wollte sie alles wissen.

»Die Technologie der Datenbank agiert nach dem Prinzip einer reversen Kumulation.«

»Das bedeutet?«

»Das System nutzt vorhandene Daten, lässt sie in der Simulation miteinander wirken und interpoliert daraus neue Erkenntnisse. Deswegen reagieren Personen und andere Tiere mit der Zeit auf Sie. Das System lernt. Jedem Step folgt die Interpolation und abschließend die Bewertung der Plausibilität.«

»Ja …« Giovanella überlegte, ob sie das verstanden hatte. Na ja, mehr oder weniger. Nein, eigentlich doch nicht. Sie wollte es auch nicht.

»Merken Sie sich einfach: Steps sind gut. Sie zeigen, dass wir neue Informationen gewonnen haben.«

»In Ordnung.« Sie stellte ihr Misstrauen nach hinten. Auf der technischen Ebene konnte sie nicht mitreden. »Wie machen wir weiter? Oder soll ich hier bis morgen früh warten?«

»Wäre die einfachste Lösung, funktioniert aber leider nicht. Ich muss Sie in spätestens zwei Stunden zurückholen.«

»Warum?«

»Das System unterstützt nur Reisen bis zu drei Stunden. Danach müssen Sie aus gesundheitlichen Gründen einen Tag pausieren. Sonst bewegen Sie sich auch in der Realität eines Tages wie eine Katze.«

»Verstanden.« Zusammengefasst hörten sich die technischen Erklärungen plausibel an. Giovanella überlegte, sie könnte durch den Park laufen.

»Sehen Sie sich um. Der Central Park war damals ein nettes Plätzchen.«

Der Nachmittag war wunderschön. Sie streifte, ohne groß Aufsehen zu erregen, durch den Central Park und beobachtete die Passanten. Dabei ignorierte sie Mäuse, Heuschrecken und anderes Kleingetier. Auch Kindern versuchte sie aus dem Weg zu gehen, besonders denen, die sich ihr zu stürmisch näherten. Auf einer Wiese liegend ließ sie die Menschen auf sich wirken, New Yorker, die bereits vor hundert Jahren in dieser Stadt gelebt hatten. Allein, dass man gerne hier lebte, sagte viel über eine Person aus.

»Seltsam.« Giovanella dachte nach. Dieser Gedanke kam ihr das erste Mal. Auch in hundert Jahren würde es den großen

Stadtpark noch geben. Die Menschen kamen gerne her, um auszuspannen, die Natur zu genießen oder einfach mit Freunden Spaß zu haben.

Aber zukünftig hatten sich einige Dinge verändert. Die Menschen waren früher anders. Sie lachten, redeten und spielten mehr. Dabei wurde auch Blödsinn erzählt, aber das gehörte zum Big Apple wie die unverwechselbare Skyline. Niemand störte sich an den ganzen Hobbypredigern, Profischwätzern, Möchtegernscharlatanen und fliegenden Straßenhändlern, die vor ihren Augen ihr Glück suchten.

In hundert Jahren würde das alles hier nicht mehr zu bunt sein. Als ob die Stadtbevölkerung kollektiv älter geworden wäre. Nein, das hatte mit dem Alter nichts zu tun, es wurde grauer.

»Hast du von Claire gehört?«, fragte ein junges Mädchen, das sich mit einer Freundin nicht weit von Giovanella auf die Wiese setzte.

»Ne ... was ist denn passiert?«, fragte die andere. Beide waren um die sechzehn, siebzehn, trugen zerrissene Jeans, T-Shirts und Turnschuhe.

»Ist schwanger«, erklärte die größere der beiden, die lange rote Haare hatte. Ein sehr auffälliges Mädchen. Sie war hübsch, aber weniger die klassische Schönheit, sie hatte dafür das besondere Etwas.

»Ne ... echt?« Das zweite Mädchen war kleiner, etwas runder, hatte schulterlange dunkelblonde Haare und war eindeutig Nummer zwei im Team.

»Wenn ich es dir sage!«

»Madison, Claire ist erst siebzehn!«, hielt die Dunkelblonde entgegen, die über die angebliche Schwangerschaft Claires Bestürzung zeigte.

»Und weißt du, von wem sich die dumme Kuh hat anbocken lassen?« Madisons Augen glühten regelrecht. Giovanella musste zugeben, ihre Augen und Ohren in diesem Augenblick nicht von ihr nehmen zu können. Sie konnte fesselnd erzählen.

»Sag!«

»Von Hasan!«

»Ne ... glaube ich nicht!«

»Wenn ich es dir sage! Sein Vater ist außer sich vor Wut!«

»Ist er nicht Botschafter?«

»Ja, ja ... von irgend so einer Kameltreiberbande am Arsch der Welt. Die haben Geld, aber ansonsten mag die niemand!« Madison war nicht gut auf Ausländer zu sprechen. Ein zeitloses Problem.

»Jemand Interessantes gefunden?«, fragte Carl, der alles mitverfolgen konnte.

»Zwei Jugendliche ... nicht der Rede wert.« Ohne sich dessen bewusst zu sein, rutschte Giovanella näher an die beiden Freundinnen heran. Madison roch gut, nach frischen Tulpen, sie mochte das. Es war angenehm, in ihrer Nähe zu sitzen.

»Das sieht anders aus.«

»Nein, nein ... da ist nichts.«

A.D. 2018

HANNAH

Als Gellard das Haus früh am morgen verließ, hätte ihn Jake beinahe verpasst. Kurz vor Morgengrauen war er zusammengekauert auf der Treppe des gegenüberliegenden Hauses in einen leichten Schlaf gefallen und nur durch den Umstand wach geworden, dass ein Taxi laut abbremsen musste, als Gellard, ohne den Verkehr zu beachten, die Straße überquerte.

Sein Blick fiel kurz auf Jake und glitt dann über ihn hinweg. Mit großen Schritten ging er davon.

Jake streckte die verspannten Muskeln und machte sich an die Verfolgung. Dabei konnte er großzügig Abstand halten, denn in der frischen Morgenluft war Gellards Geruch wie ein rotes Band, dem er folgen konnte.

Sie gingen mehrere Blocks weit, dann bog Gellard rechts ab und hielt auf den Central Park zu. Sie betraten den Park von der siebenundsechzigsten Street West.

Der Mann verließ den Weg und kreuzte die Rasenfläche, bis sie zum Sheep's Meadow kamen. Jake war schon mal hier gewesen, aber später am Tag, wenn zahllose Besucher ihre Decken auf der Wiese ausbreiteten, Picknick machten oder Frisbee spielten.

Jetzt am frühen Morgen zogen Nebelschwaden durch den Park, und nur eine kleine Gruppe älterer Menschen übte gemeinsam Qigong. In ihren dunklen Sportanzügen wirkten sie wie Krähen, die sich auf einem umgepflügten Feld niedergelassen hatten.

Gellard beachtete sie nicht, sondern schritt zügig an ihnen vorbei. Jake musste einen Bogen machen, damit nicht auffiel, dass er ihm folgte. Hier auf der weitläufigen Wiese konnte man ihn kaum übersehen, aber wie schon am Tag zuvor wandte sich Gellard kein einziges Mal um.

Jake fragte sich, was der Mann um diese Uhrzeit im Park wollte, aber dann entdeckte er mehrere Personen, die um eine Holzbank herumstanden und ganz offensichtlich auf Gellard warteten.

Der leichte Wind, der die Nebelschwaden vor sich hertrieb, wehte in seine Richtung, und Jake konnte den Geruch dieser Menschen deutlich ausmachen. Es war die gleiche schwere Süße, die auch der Mann ausströmte, der nun direkt auf sie zuhielt.

Jake zählte neun Personen, die sich kreisförmig aufstellten und Gellard in die Mitte nahmen. Jake befand sich nur wenige Meter entfernt und hatte Deckung hinter einer mächtigen Platane gefunden, die seinen Körper komplett verbarg. Er spähte um den Stamm herum und strengte sich an, etwas zu hören, aber keiner von den Fremden sagte auch nur ein Wort. Sie standen bloß stumm herum, beugten sich nach vorn und berührten einer nach dem anderen Gellards Stirn mit dem eigenen Kopf.

Dann, wie auf ein nicht hörbares Kommando, begann jeder, sich langsam um seine eigene Achse zu drehen, während Gellard regungslos erstarrte.

Was geschieht da? Da findet irgendeine Art von Kommunikation statt, aber um was geht es?

Die ganze Szenerie war fremdartig und bizarr. Zehn Personen, die im Nebel einen seltsamen Tanz in Zeitlupe aufführten, der lächerlich gewesen wäre, wenn er nicht gleichzeitig gewusst hätte, dass dort auf der Wiese eine feindliche Rasse Informationen austauschte. Die ganze Szene erinnerte ihn an das Geschehen im Jugendclub in Vernon. Dort hatten Serena und ihre Anhänger einen ähnlichen Tanz aufgeführt.

Zwei Minuten später war der ganze Spuk vorbei. Wortlos gingen die Fremden auseinander, jeder in eine andere Richtung. Lediglich Gellard stand noch einen Moment bewegungslos da, aber dann wandte auch er sich ab und schritt über die Wiese auf einen Weg zu, der ihn aus dem Park bringen würde.

Jake heftete sich wieder an seine Fersen, hielt aber wie schon zuvor Abstand. Er wollte wissen, was als Nächstes geschah, mehr über die Fremden und ihr Verhalten erfahren. Die Frage, warum er Gellard folgte, hatte sich inzwischen erledigt. Er musste es tun.

Für August war es heute Morgen wirklich empfindlich kalt. Früher hatte Jake immer gedacht, New York würde um diese Jahreszeit unter großer Hitze ächzen, aber dieses Jahr schien alles anders zu sein. Viel zu viel Regen und nachts Temperaturen, die einen glauben ließen, der Herbst wäre bereits in die Stadt eingezogen. Jake rieb sich die Hände, während er schräg hinter Gellard herging, der dabei war, den Park zu verlassen und auf eine Unterführung, einen dunklen, kurzen Tunnel, zuhielt.

Als Gellard in den Tunnel abbog, trat im gleichen Moment ein junges Mädchen aus der Dunkelheit heraus. Warum auch immer, sie hatte den Mann übersehen, dessen Augen sich wahrscheinlich noch nicht an die veränderten Lichtverhältnisse angepasst hatten. Beide prallten heftig zusammen und gingen zu Boden. Das Mädchen schrie laut auf, begann, wie wild mit den Füßen zu strampeln.

Jake hatte erwartet, dass Gellard aufstehen und dem Mädchen auf die Beine helfen würde, stattdessen rappelte er sich nur so weit auf, dass er seine Hände um den Hals des Mädchens legen konnte und anfing, sie zu würgen.

Jake blieb fassungslos stehen. Was zur Hölle sollte das?

Das Mädchen stieß ein Röcheln aus. Ihr Geruch, angefüllt mit Panik und Todesangst, erreichte ihn, rüttelte an seinem Geist, ließ ihm klar werden, dass er etwas tun, dass er eingreifen musste, oder Gellard würde das Mädchen töten. Gellard selbst roch nach reiner Mordlust. Schwarz und schwer war dieser Geruch, wie verrottendes Aas.

Jake rannte zu den beiden hinüber. Er packte den Mann mit beiden Händen am Jackenkragen, versuchte, ihn von seinem Opfer herunterzuziehen, aber der Typ beachtete ihn gar nicht, sondern würgte das Mädchen unter sich weiter, das sich kaum noch rührte.

Jake brüllte laut auf, schrie den Mann an, aber der schien ihn gar nicht wahrzunehmen.

Was sollte er jetzt tun? Er musste handeln. Schnell, oder das Mädchen starb, während er seine Zeit damit verschwendete, den Typ anzuschreien. Jake wirbelte herum. Er brauchte eine Waffe, um Gellard aufzuhalten. Irgendetwas, mit dem er ihn stoppen konnte, bevor es zu spät war.

Sein Blick fiel auf eine Bauabsperrung, keine drei Meter von ihm entfernt. Ein Schild warnte vor Kanalarbeiten und wies darauf hin, Abstand zu halten. Das Sperrgitter war aus Metall. Ungeeignet. Aber daneben lagen hölzerne Latten von ungefähr einem Meter Länge und einem Kantenumfang von fünf Zentimeter. Wofür die Dinger verwendet wurden, war nicht ersichtlich, aber es war genau das, was er jetzt brauchte. Jake ließ Gellard los, stürmte zur Baustelle, hob eine der Latten auf und rannte zurück.

Aus dem vollen Schwung der Bewegung heraus schlug er zu. Die Latte krachte in Gellards Genick, der sofort in sich zusammensackte. Jake zog den Mann herunter, dessen Körper schlaff neben dem Mädchen auf den Asphalt rutschte.

Sie rührte sich nicht. Jake kniete sich zu ihr, legte ihr seine Hand auf den Brustkorb, um zu spüren, ob sie noch atmete.

Ja, da war etwas. Eine leichte, kaum wahrnehmbare Bewegung. Er beugte sich zu ihr hinab, da schlug sie die Augen auf. Sie wollte schreien, aber nur ein Röcheln verließ ihren Mund.

»Es ist gut. Es ist alles gut.« Dämlich, aber ihm fiel nichts Besseres ein, um sie zu beruhigen.

»Wo ist er?«, krächzte sie. »Wo ist er?«

»Er kann dir nichts mehr tun.«

»Ist er tot?«

Darüber hatte Jake noch nicht nachgedacht. Der Schreck fuhr ihm durch die Glieder, und er begann, heftig zu zittern.

»Ich weiß nicht«, stammelte er.

Das Mädchen tastete mit geschlossenen Augen nach dem Körper des Mannes. Sie berührte seine Hand.

»Du hast ihn umgebracht«, sagte sie. »Er lebt nicht mehr.«

»Was?«, stöhnte Jake. Sein Blick fieberte zu dem Mann, der sich nicht bewegte, und er spürte tief in sich drin, dass es wahr war. Der Typ war tot.

»Das war kein Mensch«, sagte das Mädchen.

Panik machte sich in Jake breit. Er musste hier weg. Sofort.

»Das war kein Mensch«, wiederholte sie.

Langsam sickerten ihre Worte in seinen Geist.

»Wie meinst du das?«

»Ich habe es gefühlt, als wir uns berührten. Als ich es ihm sagte …«

»Was sagte?«

»Dass er kein Mensch sei, und als ich wissen wollte, was er war, hat er angefangen, mich zu würgen.«

»Was redest du da?«

Jake verstand nicht, wie sie das herausgefunden hatte. Ihn selbst hatte sein außergewöhnlicher Geruchssinn auf Gellards Spur gebracht, aber sie?

»Ich kann es fühlen«, sagte das Mädchen mir rauer Stimme, dann schlug sie die Lider auf, und Jake wich erschrocken zurück. Glanzlose Augen mit unnatürlich blassen wasserblauen Pupillen starrten ihn an. »Ich bin blind, aber ich habe diese Gabe …«, sie zögerte, »… in Menschen hineinzusehen. Es heißt doch, für jeden Sinn, den man nicht hat, entwickelt sich ein anderer.«

Sprachlos kniete Jake neben ihr. Er verstand kein Wort von dem, was sie ihm sagen wollte. Er wusste nur eines, er musste abhauen, bevor jemand kam und die Bullen rief.

Alles war so schnell gegangen. Kaum fassbar, was er getan hatte.

Das fremde Mädchen tastete nach seiner Hand, fand sie, drückte sie. Jake konnte sehen, wie sich ihr Mund überrascht öffnete.

»Du bist anders …« Sie wandte den Kopf dem Toten zu, obwohl sie ihn nicht sehen konnte. »Anders als er und doch …«

Er spürte das Gleiche, denn ihr Geruch unterschied sich stark von dem anderer Menschen, dabei konnte er ihn nicht mal richtig bestimmen. Es war eine Mischung aus Holz und Metall, die eine zarte Süße mit sich trug und ihre Gefühle darunter verbarg.

»Ich muss gehen«, sagte Jake.

»Mein Name ist Hannah.« Sie hielt ihn immer noch fest. »Du hast mir das Leben gerettet. Er wollte mich töten, ich habe es gespürt.«

»Wie gesagt …«

»Ich weiß.«

»Was weißt du?«

»Da ist etwas in dir. Du musst etwas Wichtiges tun. Das kann ich fühlen.«

Ich muss mich verpissen und zwar so schnell wie möglich.

Er antwortete nicht.

»Hilf mir auf«, bat sie.

Jake zog sie auf die Füße. Er betrachtete das Mädchen. Dunkelbraune Haare, etwa einen Kopf kleiner als er selbst, schlank, sehr schlank, mit schmalen Händen und einem langen Hals. Dieser Hals war stark gerötet. Bald würden sich die ersten Hämatome zeigen.

»Siebzehn.«

»Was?«

Sie lächelte zaghaft. »Du wolltest mich fragen, wie alt ich bin.«

Wollte ich nicht. Oder doch?

»Wie heißt du?«, fragte Hannah.

Jake schwieg.

»Du willst mir deinen Namen nicht sagen wegen der Polizei. Du hast Angst, ich würde dich verraten.«

Jake nickte, dann fiel ihm ein, dass Hannah es nicht sehen konnte.

»Ja«, sagte er.

»Ich werde dir helfen, Wie-Auch-Immer-Du-Heißt.«

»Du kannst mir nicht helfen, ich muss abhauen«, widersprach Jake.

»Komm mit mir. Ich bringe dich in Sicherheit. Niemand wird dich finden.«

»Warum?«

»Du hast mir das Leben gerettet, und da ist noch etwas.«

»Was meinst du?«

»Zwischen dir und mir. Ich kann es spüren. Es ist … als würden wir uns schon lange kennen.«

Jake betrachtete sie aufmerksam. Ja, so fühlte sich ihre Nähe an. Er konnte es ebenfalls wahrnehmen, wusste aber nicht, wohin mit diesem Gefühl.

»Ich will nicht drängeln, aber …«

»Ich weiß.« Sie drückte seine Hand. »Siehst du meinen Stock? Er ist mir aus der Hand gefallen, als der Mann mich angegriffen hat.«

Jake blickte sich um. Der Stock lag halb begraben unter dem Toten. Er wälzte Gellard zur Seite und hob ihn auf. Der weiße Stock reichte ihm bis zur Schulter, hatte einen festen Kunststoffgriff und eine Kugelspitze mit einem Drehlager am anderen Ende. Er reichte ihn Hannah.

Das Mädchen zog ihn zurück in den Tunnel, dann bog sie links ab und folgte der Straße. Der Stab pendelte mit seiner Kugelspitze im Halbkreis über den Asphalt, dabei wirkte Hannah sehr zielstrebig.

Jake war erstaunt darüber, wie sicher sich das Mädchen durch die Stadt bewegte.

»Es ist nicht weit«, sagte sie, während beide an einer Fußgängerampel warteten.

»Wohin gehen wir?«, fragte Jake.

»In mein Apartment«, erklärte Hannah. »Gerade mal zwei Zimmer mit Küche und Bad, aber dort wird uns niemand finden, und du kannst dich ausruhen. Ich merke, dass du erschöpft bist.«

Ja, das war er. Mehr als sich Jake selbst eingestehen wollte, aber es war erstaunlich, dass Hannah so etwas spüren konnte.

»Wohnst du allein?«, fragte Jake.

Sie lachte glockenhell. »Nein. Normalerweise ist mein Bruder da, aber er ist für drei Tage nach Florida, um sich für einen Job zu bewerben.«

»Und du? Was machst du?«

Hannah zuckte mit den Schultern. »Nicht viel. Ich versuche gerade, mich zu orientieren. Mein Bruder ist Software-Entwickler, er sorgt seit dem Tod unserer Eltern vor zwei Jahren für mich. Ich habe gerade die Highschool abgeschlossen und würde gern aufs College gehen, aber wohin es uns verschlägt, wissen wir erst, wenn mein Bruder einen Job gefunden hat. Sein letzter Arbeitgeber hat ihn von heute auf morgen gefeuert, und jetzt stehen wir finanziell etwas unter Druck.«

»Das mit deinen Eltern tut mir leid. Woran sind sie gestorben?«

»Verkehrsunfall. Eigentlich sind es nicht meine richtigen Eltern. Ich wurde als Baby adoptiert. Man hat mich vor dem Eingang einer Kirche gefunden. Wer meine richtigen Eltern sind, weiß ich nicht. Für mich gab es immer nur Bob und Regina. Und natürlich Eric, meinen Stiefbruder.«

Während Jake zuhörte, bekam er ein merkwürdiges Gefühl in der Magengegend. Was Hannah da sagte, verunsicherte ihn, ließ Jake ahnen, dass hinter ihrer Begegnung mehr als nur Zufall, vielleicht sogar das Schicksal selbst stand.

Lee hatte ihm von den anderen Hunterkindern in der Zukunft erzählt, aber er wusste nicht mehr, ob Hannahs Name dabei genannt worden war. Damals hatte sich sein Kopf wie Brei angefühlt, und er hatte nur die Hälfte von dem mitbekommen, was Lee berichtet hatte.

Jake blieb stehen. Er legte seine Hände auf Hannahs Schultern und sah sie an. Ihre Lider waren geschlossen, aber sie reckte erwartungsvoll das Kinn nach oben.

»Ist was?«, fragte sie.

»Ja«, antwortete Jake. »Ich wollte dich etwas fragen.«

»Nur zu.«

»Deine Fähigkeit, in andere hineinzuspüren, hattest du die schon immer?«

»Solange ich denken kann. Manchmal war es richtig unheimlich. Wenn ich Menschen berührt habe, habe ich ihr wahres Wesen gespürt, wusste, wer sie waren, egal was sie über sich erzählten. Als kleines Kind hat mich das manchmal in ziemliche Schwierigkeiten gebracht, und meine Mom hat mir gesagt, ich solle das lassen. Sie hat mir verboten, Leute anzufassen und sie dann mit Unfug vollzuquatschen, wie sie immer gesagt hat, aber es war kein Unfug. Eric hat mir geglaubt. Er ist zehn Jahre älter als ich und findet es cool, dass ich so etwas kann. Er sagt immer, wenn es mit dem Programmieren nicht mehr klappt, ziehen wir mit dem Jahrmarkt durchs Land und werden reich durch Wahrsagerei.« Sie grinste.

»Der Mann … ich meine …«

»Ich weiß, wen du meinst.«

»Er hat dich grundlos angegriffen. So wie ich dich verstanden habe, kannte er dich nicht und du ihn auch nicht.« Sie nickte. »Warum hat er das getan?«

Hannah zuckte mit den Schultern. Jake konnte sehen, dass sie seine Frage beunruhigte.

»Vielleicht war es das, was ich gesagt habe.«

»Was hast du gespürt, als du ihn berührt hast?«

»Etwas vollkommen Fremdartiges. So als würde man schwarzes Eis berühren. Ich kenne keine Farben, aber Eric hat sie mir erklärt, und dieser fremde Mann hat sich so angefühlt. Wie der leibhaftige Tod und schlimmer. Er wollte mich töten. Unbedingt. Als er seine Hände um meinen Hals legte, habe ich es gespürt. Wärst du nicht dazugekommen, hätte ihn nichts davon abgehalten.«

Ihre Hand streckte sich nach seinem Gesicht aus. Schlanke Finger fuhren seine Gesichtszüge nach.

»Wie alt bist du?«

»Ich bin Siebzehn … und mein Name ist Jake. Jake Merdon …«

»Warum stellst du mir all diese komischen Fragen?«

»Das ist eine lange Geschichte.«

»Oh, ich mag lange Geschichten. Da ich nicht sehen kann, besteht meine ganze Welt aus Geschichten. Man muss mir alles erzählen, damit ich es verstehe, also Jake Merdon, erzähl mir von dir.«

»Ich denke, hier auf der Straße ist das keine gute Idee.«

Hannah lächelte. »Hörst du es?«

»Was?«

»Das Klopfen. Ich wohne direkt neben einem kleinen japanischen Restaurant, in dem sie selbst gemachte Ramen in allen Variationen anbieten. Morgens stellen sie immer den Nudelteig her, ich weiß nicht, wie sie das machen, aber immer hört man dieses rhythmische Klopfen. Wir sind gleich da.«

Sie nahm ihre Finger von seinem Gesicht, fasste nach seiner Hand und zog ihn mit sich.

A.D. 2118

SIE RIECHT SO GUT

Als Giovanella nach dem Ausflug im Central Park zu Carl in die Realität nach Lissabon zurückkehrte, war sie kaum in der Lage gewesen, einen klaren Gedanken zu fassen. Die Reise hatte sich wie eine dreitägige Sause ohne Schlaf angefühlt. Beim Versuch aufzustehen, hatte er sie stützen müssen. Über fünfzehn Stunden hatte sie danach wie eine Tote geschlafen.

War es das wert? Die Möglichkeit, auf diese Weise eine völlig neue Perspektive einnehmen zu dürfen, wollte sie nicht mehr missen. In der Vergangenheit gab es noch mehr, das sie in Erfahrung bringen wollte. Jake Merdon, sie würde diesen Jungen finden!

Sie fiel erneut auf ihre Pfoten. Auch beim dritten Mal waren die Strapazen, in die Matrix zu gelangen, nicht geringer geworden. Sie wusste nur inzwischen genau, warum sie diese Tortur auf sich nahm.

»Ich bin angekommen.«

»Sehr gut. Es ist beachtenswert, mit welcher Energie Sie agieren. Meine Testkandidaten konnte ich zu keiner zweiten Reise überreden«, erklärte Carl, mit dem sie seit gestern außerhalb der Simulation keine drei Worte gewechselt hatte. Grund genug, miteinander zu sprechen, hätten sie gehabt.

»Denen fehlt es an Motivation.«

Giovanella begann gerade erst. In ihrem Kopf brannte ein

Feuerwerk an Gedanken, wie sie Jake Merdon finden könnte. Sie dachte über den Mord an Steven Gellard nach. Über Frank Rees, der sich in New York an ihre Fersen geheftet hatte, und an Renier, den Mann im Hintergrund. Jeder von denen war ihr Antworten schuldig, die sich im Jahr 2118 nicht finden ließen.

»Mit Ihnen kann man arbeiten. Bitte lassen Sie uns als Erstes den Zeitpunkt abgleichen, an dem Sie angekommen sind.«

Giovanella sah sich um. Carl hatte sie auf einem Autodach abgeworfen. Der Wagen stand an einer Ampel, jetzt fuhr er los. Als Katze kam sie damit klar. Sie sprang auf die gelbe Motorhaube, machte einen Buckel und keifte den verdutzt dreinblickenden Taxifahrer an. Das wollte sie immer schon einmal tun. Dann lief sie mit drei langen Sätzen zum Bordstein.

»Wir haben den elften August, zehn Uhr fünfzehn ... Carl, wir haben die Tötung von Steven Gellard versäumt!« Sehr ärgerlich, das war der letzte bekannte Zeitpunkt, an dem sie Jakes präzisen Aufenthaltsort kannten.

»Das war leider nicht zu verhindern.«

»Können wir die Simulation nicht genau an dieser Stelle starten lassen?« Das sollte doch nicht so schwer sein. Dann hätten sie Jake gefunden und könnten ihm folgen. Computer hatten doch auch ansonsten keine Probleme, ein Video rückwärts laufen zu lassen.

»Das geht leider nicht.«

»Carl, das war unsere beste Chance!«

»Eine Chance, ja, aber nicht die beste.«

»Dann lassen Sie hören.« Jetzt wollte Giovanella gerne mehr über seinen Plan erfahren.

»Giovanella, so funktioniert das System nicht. Die Simulation ist zu komplex, um sie beliebig vor- und zurückzuspulen. Ich war schon froh, Sie zeitnah positionieren zu können.

Glauben Sie mir, das ist eine größere Herausforderung, als Sie vielleicht annehmen mögen. Machen Sie einfach weiter. Die Vorgehensweise mag chaotisch anmuten, aber das ist sie nicht. Bisher leisten Sie hervorragende Arbeit.«

Carls Argumentation war wenig entgegenzusetzen. Alle Zweifel an der Art der Simulation waren unbegründet. Wie sollte sie auch eine neue Technologie bewerten können? Geduld zu haben, gehörte nicht zu ihren Stärken.

»Ich mache weiter.« Aufzuhören war nie eine Alternative gewesen. »Haben Sie einen Vorschlag für mein nächstes Ziel?«

»Nein.«

»Dann nehme ich das Mädchen!«, sagte sie trotzig. Carl wollte sie zu spontanen Entscheidungen bewegen. Jetzt sollte er sehen, wohin das führte.

»Welches Mädchen?«

»Sie heißt Madison.« Sie roch gut. Ein vielleicht hirnrissiger Grund, aber auch kein Argument, die Rothaarige nicht erneut zu beobachten.

»Das Mädchen gestern aus dem Park?«

»Die uns erklärt hat, das Claire schwanger sei. Von Hasan, den sie aufgrund seiner Herkunft nicht mochte.« Eine arrogante Begründung, die Giovanella noch nie tolerieren wollte. »Hasans Vater ist Botschafter, reicht das, um Madison zu finden?«

Ihr hätte das gereicht. Sie hätte sich alle Botschafter in New York vorgenommen, die 2018 akkreditiert waren, und geprüft, wer einen Sohn mit dem Namen Hasan hatte. Dann hätte sie recherchiert, was aus Hasan wurde und an welcher Stelle ein Mädchen mit dem Namen Claire auftauchte. Bei Claire wiederum hätte sie sich die Liste aller Schulkameraden angesehen. Dabei wäre sicherlich ein rothaariges Mädchen mit dem Namen Madison aufgefallen.

»Ich habe sie. Madison Adams. Siebzehn Jahre alt. Sie und Claire besuchen gemeinsam die Léman in Manhattan. Eine teure Privatschule. Auch Hasan al Saud geht auf diese Schule. Sein Vater ist Botschafter Saudi Arabiens. Das Konsulat liegt an der Second Avenue.«

In Ordnung, immerhin wusste Carl, was er tat, er hatte sie gefunden. Der Botschafter und sein vermehrungsfreudiger Sohn standen nicht in ihrem Fokus.

»Wo wohnt Madison Adams?«

Giovanella tippte auf eine der exklusiven Wohnungen am Central Park. Wenn sie nicht in der Stadt wohnte, hätte sie nicht nachmittags gemütlich im Park gesessen, sondern wäre abgeholt worden oder mit dem Bus gefahren.

»Am Lincoln Square, zweihundert Riverside Boulevard, dort wohnt sie gemeinsam mit ihren Eltern. Der Vater ist Jurist, die Mutter Kardiologin.«

»Sie wurde also mit einem goldenen Löffel im Mund geboren?«

Giovanella kam nicht umhin, an ihre eigene Familie zu denken. Als junge Studentin hatte sie in New York in einer WG gelebt und war für die Miete kellnern gegangen.

»Ja ... der jungen Dame geht es nicht schlecht, was nichts daran ändert, dass sie bereits eine stolze Akte bei der Polizei hat.«

»Oh ... was hat sie getan?«

»Sie ist während der letzten beide Jahre drei Mal von zu Hause weggelaufen.«

»Warum?«

»Das lässt sich nicht feststellen. Die Familie ist unauffällig.«

»Was wollte die Polizei von ihr?«

»Warten Sie, ich öffne die Polizeiakte: Diebstahl, Drogenbesitz, Schwarzfahren und Körperverletzung. Es gab zwei Aufgriffe wegen Ladendiebstahl, einmal ist sie in der U-Bahn ohne Fahrkarte erwischt worden, dabei wurde ein Joint in ihrer Tasche gefunden, und der Kontrolleur hat sie angezeigt, da sie ihm das Gesicht zerkratzt hat.«

»Nettes Mädchen.«

Giovanella bekam Zweifel, ob es sich lohnen würde, sie weiter zu beobachten. Sie saß als Katze auf einem Mauervorsprung und genoss den schönen Sommertag. Vor ihr strömte der New Yorker Verkehr vorbei. Überall waren Passanten, als ob die Flut der Menschen hier nie abnahm.

»Der Clou kommt aber noch. Am 13. August 2018, also am Montag, wird ihre Mutter Madison Adams bei der Polizei als vermisst melden. Ihr vierter und letzter Ausflug von ihrem Burgzimmer am Lincoln Square.«

»Wird ihr …« Giovanella schüttelte den Kopf. »War ihr etwas zugestoßen?«

»Das ist nicht bekannt. Madison Adams blieb wie Jake Merdon spurlos verschwunden. Keine Hinweise, keine Spuren und keine Leichen.«

»Ein Zufall?« Nein, das war sicherlich kein Zufall. Jake und sie waren gleich alt.

»Könnte sein … wir sollten Madison Adams beobachten. Ich halte sie für eine interessante Person. Wir sollten an ihr dranbleiben.«

»Da gebe ich Ihnen recht.«

»Sie sehen, Menschen besitzen Intuition, eine Datenbank oder eine KI nicht.«

»Wir haben Samstag und Sommerferien, die dauern noch bis Ende August. Sollen wir sie zu Hause besuchen?« Carls Bemerkung wollte sie nicht kommentieren.

»Das ist ein guter Ansatz. Über die West 70th Street kommt

sie am schnellsten in den Central Park. Dort beginnen wir mit der Suche nach ihr.«

Einen Moment später sprang Giovanellas Wahrnehmung einige Sekunden in die Zukunft, als ob Autos und Passanten sich gleichzeitig ein Stück vorwärtsteleportiert hätten. Der Computer ließ die Datenbank der Simulation wachsen.

»Etwas gelernt?«

»Das System rendert gerade sämtliche Informationen, die wir über Madison Adams haben, um die Simulation zu erweitern.«

»Und deswegen wird die Kleine uns gleich über den Weg laufen?«

Giovanella war keine Softwareentwicklerin, aber diese Logik konnte sie nicht nachvollziehen. Wieso war es bei dieser Datenbank nicht möglich, sich alle verfügbaren Informationen über eine Person anzusehen? Alle Bilder, alle Videoschnipsel und alle Fakten, welche die Datenbank kannte. Warum diese Simulation?

»Wenn die Daten es ermöglichen ... ja. Sie werden es herausfinden.«

»Das werde ich.« Giovanella lief los. Der Weg bis zur West 70th Street würde etwas dauern. Vermutlich sollte sie froh sein, nicht als Katze bis nach East Hampton laufen zu müssen.

Zweifel waren wie ein lästiger Kaugummi, man wurde sie nicht mehr los. Giovanella versuchte, sich auf die Suche nach Madison Adams zu konzentrieren. Es gelang ihr nicht. Der lebensechte Besuch im New York der Vergangenheit trug seinen Teil dazu bei. Alles hier war eine Spur zu echt, zu real und zu perfekt. Sie konnte sich bei aller Fantasie nicht vorstellen, sich nur in einer Simulation zu befinden. Das war wie eine Zeitreise!

Giovanella lief hastig über die Straße. Die Bremsen einer

dunklen Limousine quietschten. Sie sprang vor Schreck zwei Meter hoch. Das war knapp. Sogar das Auto reagierte auf sie. Sie sollte aufpassen, sich nicht überfahren zu lassen.

Am Bordstein angekommen, blieb sie stehen und sah zurück. Das war doch Blödsinn, was Carl ihr erzählt hatte. Dieses ganze technische Gerede, davon stimmte doch die Hälfte nicht.

»Da vorne ist sie«, rief Carl. »Können Sie das Mädchen sehen?«

»Ja.« Das war nicht schwer. Rote Haare, wüst hochgesteckt, zerrissene Jeans, Turnschuhe, eine Windjacke und ein zu großer Rucksack. Dem Gesicht nach war die Milch ihrer Frühstücksflocken sauer gewesen. Da war nichts mehr von dem unbeschwerten Mädchen zu erkennen, das sich am Vortag im Park noch über die ungewollte Schwangerschaft einer Mitschülerin amüsiert hatte. »Da muss etwas passiert sein.«

»Ausriss Nummer vier.«

»Würde passen ... ich hefte mich an ihre Fersen.«

Eine Aufgabe, die als Katze nicht auffiel. Madison lief stur die Straße hinunter. Ihre Mutter würde sie kurze Zeit später als vermisst melden. Giovanella wünschte sich, nicht binnen der nächsten Stunden Zeuge eines Verbrechens zu werden.

»Ich habe bei Madison tiefer gebohrt und bin beim Jugendamt fündig geworden. Die Akten befanden sich zum Schutz des Kindes unter Verschluss. Sie ist nicht das leibliche Kind der Adams. Die Eltern haben das Mädchen adoptiert.«

»Wann war das?«

Giovanella verstand langsam besser, warum sich Madison auflehnte. Auch wenn sie wohlhabend aufwuchs, musste sie vermutlich vor zwei Jahren erfahren haben, dass ihre Eltern nicht ihre echten waren. Sie hatten sie eine Lüge leben lassen. Kein Glanz eines tollen Zuhauses konnte das ungeschehen machen. In dem Moment würde sich jeder fragen, wer er eigentlich war.

»Das kleine Mädchen war damals keine zehn Tage alt. Ihre leibliche Mutter hatte das Kind an einer Bushaltestelle liegen lassen. Zum Glück wurde sie bald gefunden.«

»Das Schicksal meinte es gut mit ihr.«

Giovanella schluckte. Für einen Moment glaubte sie, nicht nur Jake Merdons und Madison Adams Vergangenheit zu erforschen, sondern auch dazu motiviert zu werden, über sich selbst nachzudenken.

Der Streit, der zu ihrer Flucht nach Amerika führte, hatte ähnliche Motive gehabt. Auch sie hatte versucht, mehr über ihre Familie zu erfahren. Warum hatte sie einen amerikanischen Pass, obwohl sie in Europa aufgewachsen war? Wo lagen ihre Wurzeln im Land der unbegrenzten Möglichkeiten?

Ihr mehr darüber erzählen wollten ihre Geschwister nicht. Sie wüssten es nicht, und es interessiere sie auch nicht, hatte sie auf Fragen mehrfach zu hören bekommen. Angeblich war ihr Großvater Amerikaner. Zack. Das war es! Mehr hatte sie nicht herausgekriegt. Auch wenn ihr Großvater ein Arschloch gewesen war, der seine Familie zurückließ, hätte es doch möglich sein können, darüber wie erwachsene Menschen zu sprechen. Madison und sie unterschied nur das Alter, sie war volljährig, als sie vor einigen Jahren in den Staaten ihr Studium antrat. Ein Jahr früher und sie wäre selbst zu einer Ausreißerin geworden.

»Das ist schon merkwürdig«, sagte Carl.

»Was?«

»Normalerweise hinterlassen auch junge Menschen tiefere Fußabdrücke. Über Madison gibt es kaum Informationen. Sie wurde gefunden, adoptiert, ist von zu Hause abgehauen und wurde nie wieder gesehen.«

»Wie Jake.«

»Eine auffallende Parallele. Ich durchforste gerade Tausende von Polizeimeldungen der nächsten fünfzig Jahre. Da ist nichts. Absolut nichts. Ich habe bisher angenommen, dass nur Jake das Kunststück, sich aus dem Ablauf der Zeit zu löschen, fertiggebracht hatte. Aber ihr ist Ähnliches gelungen. In den Jahren zwischen 2020 und 2040 hatte die Polizei riesige Fortschritte gemacht. Es wurde nahezu jeder Mensch identifiziert und sein gewöhnlicher Aufenthaltsort festgehalten. HFP hatte dabei einen maßgeblichen Anteil, sie lieferten die DNA-basierten Scanner, die weltweit zum Exportschlager wurden.«

»Die gab es damals auch schon, oder?«

»HFP steckte 2018 noch in den Kinderschuhen. Der Beginn einer einzigartigen Erfolgsgeschichte.«

»Die nerven.«

»Warum? Sie helfen Kindern auf der ganzen Welt. Kein anderer Konzern steckt seit hundert Jahren den gesamten Gewinn in wohltätige Projekte.«

»Ja, ich weiß.« Das wusste Giovanella natürlich und fand es selbstverständlich auch gut. »Ich sehe die jeden Tag in der Werbung, den Nachrichten und bei uns in der Kanzlei. *Lorey, Hanley, Cooper & Partner* unterstützt HFP pro bono. Sabrina Hanley, meine Chefin, sitzt sogar im Vorstand von HFP.«

»Daher dachte ich, Sie würden HFP schätzen.«

»Ich möchte nicht schlecht über Mandanten sprechen, aber mir sind sie einfach zu laut.« Das war noch eine sehr wohlwollende Formulierung.

»Ich verstehe.«

»Wer helfen möchte, kann das auch leise tun.« Und leise Töne gehörten nicht zum Repertoire des global präsenten *Human Future Projects*.

Giovanella stand jetzt zwei Meter hinter Madison, die auf den Bus wartete. Unter Ausreißern ein beliebtes Reisemittel. Sie bekam einen Anruf.

»Hallo Hasan ... zerbrich dir nicht den Kopf über Claire, ich habe niemandem von dir erzählt. Die macht doch mit jedem herum, der ihr einen Drink bezahlt und hat es nicht besser verdient. Wer weiß schon, von wem die wirklich schwanger ist ... Ja, unsere gemeinsame Nacht war toll ... Können wir uns am Times Square treffen? ... Hast du das Geld für die Tickets? ... Natürlich liebe ich dich.«

In dem Moment machte die Simulation einen kurzen Step. Der Lerneffekt war sogar bei Giovanella angekommen.

A.D. 2018

WEITE WEGE

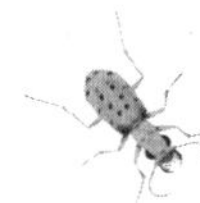

Die Wohnung roch angenehm frisch nach Seife und Waschpulver. Der Geruch sorgte dafür, dass sich Jake noch schmutziger fühlte.

Hannah hatte ihn in ihr Zuhause im vierten Stock geführt und schloss die Tür hinter ihnen. Vor ihm lag das Wohnzimmer mit einer alten, etwas abgenutzten braunen Ledercouch, einem niedrigen Glastisch und einer Essecke mit Tisch und vier Stühlen. Eine Regalwand bedeckte eine Seite des Zimmers, angefüllt mit Büchern, und wie Jake bemerkte, jeder Menge Hörbücher. Einen Fernseher gab es nicht, zumindest sah er keinen. Zwei Türen führten aus dem Raum. Jake konnte einen Teil der Küche sehen, die andere Tür war verschlossen. Wahrscheinlich lag dahinter das Schlafzimmer.

»Willkommen«, sagte Hannah leise.

»Danke«, erwiderte Jake ebenso leise. Er fühlte sich unwohl mit seiner seit Tagen getragenen Kleidung und dem kratzigen Bart im Gesicht.

»Hast du Hunger?«

Er nickte, dann fiel ihm ein, dass Hannah die Bewegung nicht sehen konnte.

»Ja.«

»Ich mache uns Frühstück. Du kannst ins Bad gehen und

dich duschen, wenn du willst. Ich lege dir ein paar Sachen von meinem Bruder raus, die kannst du anziehen, während ich deine Klamotten wasche.«

Jake fand es erstaunlich, wie normal sich Hannah benahm, aber vielleicht war es einfach ihre Art, mit dem Erlebten umzugehen, oder sie hatte schon Schlimmeres durchgemacht.

Noch immer konnte er ihre Gefühle nicht erriechen, sie blieben vor ihm verborgen. Seltsam. Warum versagte gerade bei ihr seine neue Fähigkeit?

Er betrachtete ihren Hals, der sich langsam violett und blau verfärbte. Fast konnte man meinen, Gellards Fingerabdrücke darauf zu sehen.

»Danke«, sagte Jake. »Aber bitte mach dir keine Mühe wegen mir.«

»Das ist schon okay. Außerdem fühle ich mich einsam, wenn mein Bruder nicht da ist. Ich komme zwar klar, aber ein wenig gruslig ist es schon.«

»Trotzdem bist du allein in den Park gegangen«, stellte Jake fest.

»Wenn Eric fort ist, schlafe ich nicht richtig. Ich musste raus, an die frische Luft … aber jetzt haben wir genug geplaudert. Du gehst duschen, und nachher erzählst du mir deine Geschichte.«

Hannah führte ihn durch den Gang zum Badezimmer. »Im Schrank findest du Handtücher. In der Duschkabine steht alles andere, was du brauchst. Die Klamotten bringe ich dir rein.« Sie lachte hell auf. »Keine Sorge, ich werde dir bestimmt nichts weggucken.«

Jake musste ebenfalls lachen. Es tat gut, alle Sorgen für einen Moment auszublenden und so zu tun, als wäre er ein ganz normaler Teenager.

»Ich würde mich gern rasieren. Meinst du …«

»Im Spiegelschrank findest du alles.«

»Danke«, sagte Jake.

Hannah lächelte, dann ließ sie ihn allein.

Zu duschen war wie eine Befreiung von Körper, Geist und Seele. Mit dem Dreck der Straße wusch Jake auch einen Teil seiner Sorgen ab. Lange stand er unter dem heißen Wasserstrahl, fühlte, wie die Wärme über seinen Körper flutete und das Blut in seinen Adern zu zirkulieren begann. Nachdem er seine Haare gewaschen und sich rasiert hatte, fühlte er sich besser.

Er hatte abgenommen. Kein Wunder. Durch die eingefallenen Wangen wirkte er älter, aber das war okay. Noch während er unbekleidet vor dem Waschbecken stand, kam Hannah herein.

»Du bist bestimmt nackt«, kicherte sie.

»Hannah!«

»Komm zum Frühstück. Du bist schon seit einer halben Ewigkeit im Bad.«

Sie hatte den Frühstückstisch angerichtet. Das Toastbrot dampfte noch, ein Geruch, der Jake das Wasser im Mund zusammenlaufen ließ. Hannah hatte Butter, Marmelade und Honig hingestellt. Außerdem gab es Milch und Cornflakes. Und Kaffee. Endlich wieder Kaffee. Jake stürzte sich auf das Frühstück.

Nachdem er fünf Scheiben Toast gegessen hatte, hielt er zum ersten Mal inne.

»Tut mir leid.«

»Was? Dass du Hunger hast?«

»Ja.«

Sie winkte ab. »Quatsch, iss dich satt, aber erzähl mir endlich, was hier los ist.«

Jake hatte fünfzehn Minuten lang gesprochen, ohne dass Hannah ihn ein einziges Mal unterbrach. Als er endete, herrschte sprachlose Stille am Tisch.

»Und du denkst, ich wäre ebenfalls ein Hunter?«, sagte Hannah schließlich.

»Wenn ich alles richtig einordne – ja.« Er fasste nach ihrer Hand, drückte sie sanft. »Wie ich und Skagen wurdest du als Baby ausgesetzt, gefunden und adoptiert. Wir sind alle gleich alt, haben besondere Fähigkeiten, die uns von anderen unterscheiden. Sinne, die uns erstaunliche Fähigkeiten verleihen. Hunter-Fähigkeiten. Wir wurden geschaffen, um nicht infizierte Menschen zu jagen.«

»Aber ich bin blind«, widersprach Hannah.

»Vielleicht war das nie geplant. Vielleicht ist etwas schiefgegangen, aber vielleicht bist du auch noch viel besonderer als ich. Du kannst nur durch eine Berührung die Wahrheit in Menschen erkennen, das kann sonst niemand außer dir.«

»Ich kann … ich will das nicht glauben. Nein, ich bin ein ganz normales Mädchen, das …«

»Du warst es. Bis heute, aber dann hat Gellard versucht, dich umzubringen. Einfach so, schon vergessen? Ihr seid euch nie zuvor begegnet, es gibt also keinen Grund dafür, und trotzdem wollte dieser Arsch dich töten. Gellard hat die Bedrohung, die du für ihn, für seine Art darstellst, wahrgenommen und instinktiv reagiert. Die Welt, aus der die Aliens stammen, ist anders als unsere. Ich denke, dort ist das

Jäger-Beute-Prinzip ausgeprägter, und man bekommt keine zweite Chance.«

»Das vermutest du nur.«

»Wenn doch nur Lee noch am Leben wäre. Sie könnten wir fragen. Ohne sie sind wir komplett aufgeschmissen.«

Hannah stöhnte. »Das ist doch alles verrückt. Eine Frau aus der Zukunft, die Kinder einhundert Jahre zurück in die Vergangenheit bringt, und diese Kinder nehmen den Kampf gegen eine außerirdische Bedrohung auf. Mein Bruder lacht sich schlapp, wenn er das hört.«

Jake sah sie an. »Hannah, du darfst es ihm nicht sagen. Er darf auch nichts von mir wissen, dass ich hier war und so, nur dann bist du in Sicherheit.«

Sie öffnete ihre Lider. Die blassen wasserblauen Augen richteten sich auf ihn. »Ich hänge da mit drin.«

»Nein, niemand weiß, dass wir Gellard getötet haben.«

»Bist du dir da so sicher?«

Hannah hatte den Laptop ihres Bruders aus dem Schlafzimmer geholt, und Jake hatte sich durch sämtliche News geklickt, aber keine Meldung über einen ermordeten Mann nahe des Central Parks gefunden. Zwei Stunden lang hatte der Frieden gedauert, dann brach der Sturm über ihn herein.

Erneut gab es ein Video von ihm. Aufgezeichnet von einer der Überwachungskameras im Park. Es zeigte ihn, wie er mit einer Holzlatte auf Gellard einschlug. Die Qualität der Aufnahme war mies, trotzdem hatte man ihn identifiziert.

Jake Merdon, gesuchter Terrorist und Raubmörder.

Raubmord? Verdammte Scheiße, wir haben den Typ nicht beraubt. Was wollen die mir da anhängen? Das war Notwehr!

Hannahs Identität wurde nicht genannt. Die Medien vermuteten in ihr die gleiche Person, die auch auf dem Video aus der Nacht des Anschlages zu sehen gewesen war. Ein Aufruf ging an die Bevölkerung heraus, sich bei den Behörden zu melden, wenn man die junge Frau erkannte.

Jake erzählte Hannah, was er im Internet über sie gefunden hatte.

»Du meinst, die wissen nicht, wer ich bin?«, fragte sie.

»Ja, aber das wird nicht lange so bleiben. Die News sind voll mit deinem Bild, und auch im Fernsehen läuft die Sache bestimmt schon.«

»Und die haben nichts davon gesagt, dass dieser Mann mich umbringen wollte?«

»Nein, kein Wort. Die Aufzeichnung zeigt nur, wie ich Gellard erschlage.«

»Was machen wir jetzt?«

»Ich muss so schnell wie möglich von hier verschwinden. Du bleibst hier, wenn die Cops kommen, erzählst du ihnen die Wahrheit, also den Teil, dass dich Gellard umbringen wollte und ich dir geholfen habe. Sie werden deinen Hals sehen und erkennen, dass du die Wahrheit sagst.«

»Das ist doch Unsinn, Jake. Das passt nicht zusammen. Warum habe ich nicht selbst die Behörden verständigt? Warum bin ich vom Tatort geflohen? Warum habe ich dir Unterkunft und Essen gegeben?«

»Sag, ich hätte dich gezwungen. Du …«

»Niemals«, stieß Hannah heftig aus. »Das kauft mit keiner ab. Ich stecke da mit drin, und so wie es aussieht, habe ich keine Wahl. Die, wer auch immer das ist, haben das Video manipuliert und stellen die Sache als Raubüberfall hin. Mich machen sie zu deiner Komplizin. Du glaubst doch nicht im

Ernst, dass sie mich wegen ein paar blauen Flecken am Hals davonkommen lassen? Nein, sie sperren mich die nächsten zwanzig Jahre wegen Beihilfe zum Mord ins Gefängnis.«

Jake gab ihr stumm recht. So würde es kommen. Ihre Gegner waren von HFP unterwandert. Niemand war an der Wahrheit interessiert, für die es sowieso keine Beweise gab. Gut riechen zu können, war nichts, was man bei Gericht als Verteidigung vorbringen konnte, und alle Infizierten waren biologisch gesehen normale Menschen. Jake glaubte nicht, dass es im Jahr 2018 schon ein wissenschaftliches Verfahren gab, das den Alienvirus aufspüren konnte, sonst wäre es längst entdeckt worden.

»Ich rufe jetzt meinen Bruder an«, sagte Hannah.

»Was? Was willst du ihm sagen?«

»Na, alles, was du mir erzählt hast und was passiert ist.«

»Er wird dir niemals glauben.«

»Aber er wird sich Sorgen machen, wenn er es aus den Nachrichten erfährt.«

»Noch weiß man nicht, um wen es sich bei der zweiten Person handelt. Wir müssen erst mal aus der Wohnung raus, am besten die Stadt verlassen. In New York werden die Behörden jeden Stein umdrehen, jetzt wo sie wissen, dass ich noch hier bin.«

»Dann nimmst du mich also mit?«

»Ja, ich denke, uns bleibt tatsächlich keine Wahl. Pack ein paar Sachen zusammen. Nichts Großes, keinen Koffer, das wäre zu auffällig, vielleicht einen Rucksack oder eine Einkaufstasche. Wir haben keine Zeit mehr, meine Klamotten zu waschen. Kann ich die Sachen hier anlassen?«

»Klar.«

»Hast du Geld?«

»Nicht viel, aber zwei Kreditkarten.«

»Die können wir nicht benutzen.«

»Doch, können wir. Im Augenblick noch. Wenn die Behörden wüssten, wer noch an der Tat beteiligt war, wären sie längst hier. Die Straße runter gibt es einen Geldautomaten, wir heben was ab, damit wir uns ein Taxi nehmen können.«

»Ein Taxi? Das ist zu auffällig …«

»Zug scheidet aus, die Polizei überwacht bestimmt die Bahnhöfe. Gleiches gilt für die Busse in der Innenstadt, also bleibt nicht mehr viel übrig, und du willst ja wohl kein Auto stehlen, oder?«

»Nein, ich weiß nicht mal, wie man das macht. Aber mal ehrlich, der Gedanke, ein Taxi zu nehmen, gefällt mir nicht.«

»Wir fahren nur bis Newark, dann wechseln wir auf einen Überlandbus, der uns in einen anderen Staat bringt.«

Jake musste zugeben, dass Hannah einen messerscharfen Verstand hatte, wenn es darauf ankam. *Stille Wasser sind tief …*

»Und wohin?«

»Das ist egal. Irgendwohin, Hauptsache, weg.«

»Denkst du nicht, Newark liegt zu nahe an New York City?«

»Sie können nicht alles überwachen, wir müssen es versuchen. Zwei Teenager, die ein Taxi nehmen, um von Manhattan ein Ziel anzufahren, das weiter als Newark liegt, wäre zu auffällig. Der Taxifahrer würde sich in jedem Fall an uns erinnern, und die Polizei hätte kein Problem, unsere Spur zu finden.«

»Kann ich mal telefonieren?«

»Wen willst du anrufen?«

»Amy, ich habe dir von ihr erzählt. Ich kann mein Handy

nicht benutzen, muss aber wissen, was bei ihr los ist, wie sich die Dinge in Vernon Hill entwickelt haben.«

»Okay, aber bitte beeil dich. Ich bin schon ganz unruhig.«

Jake nahm das Telefon und ging ins Badezimmer. Mit zitternden Fingern wählte er Amys Telefonnummer. Sie hob beim zweiten Klingeln ab.

»Ich bin's«, sagte er.

»Oh, Jake. Wo bist du? Was ist das für eine Nummer?«

Er erzählte ihr, was geschehen war. Dass er seinen Vater und Serena zusammen gesehen hatte, erwähnte er nicht. »Ist bei dir alles in Ordnung, Amy? Meinst du, sie hören dich ab? Ist dein Telefon sauber?«

»Wenn sie mich im Verdacht hätten, wären sie längst hier gewesen, um mich wegen dir zu befragen.«

Kurz herrschte Stille, dann fragte Amy: »Was hast du jetzt vor?«

»Mit dem Taxi nach Newark, dann irgendeinen Bus nehmen. Nach Kanada wäre optimal, aber sie überwachen bestimmt die Grenzen. Amy?«

»Ja?«

»Warum bist du nicht nach Malta geflogen?«

»Jake, ich habe keinen Reisepass und einen zu beantragen, dauert Wochen. Außerdem brauche ich die Zustimmung meiner Eltern dafür. Ich habe versucht, mit ihnen über Malta zu reden, die sind total ausgeflippt. Wahrscheinlich halten sie mich jetzt für eine Aussteigerin, die keinen Bock mehr auf das normale Leben hat. Sie haben mich allen Ernstes gefragt, ob ich Drogen nehme, sogar geplant, mich zum Arzt zu schleppen, damit ich einen Test mache, aber das konnte ich ihnen Gott sei Dank wieder ausreden.«

»Dann kommst du also nicht weg?«

Stille.

»Ich kann nicht, es ist etwas passiert.«

»Was? Was ist los?«

»David ist verschwunden. Er ist am Nachmittag wie immer in den Jugendclub gegangen, aber abends nicht nach Hause gekommen. Nachdem er die ganze Nacht nicht aufgetaucht ist, haben meine Eltern die Polizei verständigt. Die Cops waren im Club, aber da will ihn niemand gesehen haben.«

»Haben sie auch Serena befragt? Was hat sie gesagt?«

»Serena ist ebenfalls verschwunden. Die Behörden haben das als Ausflug zweier verliebter Teenager abgetan, die schon wieder auftauchen werden, sobald das erste Feuer niedergebrannt ist. Das hat meine Eltern etwas beruhigt, aber wir beide, du und ich, wissen, dahinter steckt etwas anderes.«

»Amy, umso wichtiger ist es, dass du abhaust … denk doch mal nach, die andere Seite verlässt ihre Deckung, fühlt sich sicher und kümmert sich nicht mehr darum, was andere über sie denken. Erst das Verschwinden von meinem Klassenkameraden Thomas Meller, dann der Mordversuch an Robertsons Schwester, und nun ist David weg. Da braut sich was zusammen, ein Sturm, und du bist mittendrin. Du musst da weg!«

»Ich kann meine Eltern jetzt nicht allein lassen, es ist auch so schon schwer genug für sie.«

»Amy, verdammt, es geht um dein Leben!«

»Denkst du, das weiß ich nicht?«, schrie sie ins Telefon.

Jake holte tief Luft. »Deine Eltern haben ihren Sohn verloren. Selbst wenn David wieder auftaucht, ist er nicht mehr der Junge, den sie großgezogen haben, und früher oder später wird ihnen das bewusst werden. Wenn dir etwas passiert, dann …«

»… haben sie niemanden mehr«, vollendete Amy leise den Satz.

Dreißig Sekunden vergingen, dann sagte Amy: »Soll ich zu dir kommen? Sollen wir uns irgendwo treffen?«

»Nein, Amy, das ist zu gefährlich. Das ganze Land sucht mich, bei mir wärst du nicht in Sicherheit. Du musst die USA verlassen.«

»Okay, ich versuche es.«

»Amy?«

»Ja?«

»Ich liebe dich.«

Sie zögerte. »Ich dich auch, Jake, aber spielt das noch eine Rolle?«

»Wir haben sonst nichts mehr.«

Amy unterbrach die Verbindung.

Hannah drückte dem Taxifahrer die geforderten fünfzig Dollar in die Hand und gab ihm noch fünf Dollar Trinkgeld. Der Mann, ein vierzigjähriger Pole, der, wie er erzählt hatte, vor zwei Jahren nach New York gekommen war, bedankte sich überschwänglich und winkte ihnen zum Abschied. Jake lächelte gequält zurück, dann wandte er sich um und orientierte sich.

Die Raymond Plaza in Newark war um diese Zeit voller Menschen und Fahrzeuge. Jedermann schien irgendwo herzukommen oder hinzuwollen. Das machte es leicht, im Getümmel unterzutauchen. Der einzig heikle Moment war der, als Hannah zwei Fahrkarten für den Greyhound-Bus nach Bellows Falls, Vermont, kaufte. Sie trug eine Sonnenbrille, aber trotzdem war offensichtlich, dass sie blind war, so wie sie sich mit ihrem weißen Stock am Ticketschalter anstellte. Jake hatte die Fahrkarten besorgen wollen, aber das erschien Hannah zu gefährlich, jemand konnte ihn trotz Baseballcap und dunkler Brille erkennen. Alles war glattgegangen. Die Frau am Schalter hatte nicht mal aufgeblickt, als Hannah das Ziel nannte, und ihr die Karten wortlos ausgehändigt.

Sie hatten Vermont ausgewählt, da der Bus innerhalb der nächsten Stunde abfuhr. So mussten sie sich nicht allzu lange an der Station herumtreiben und blieben im Nordosten der USA, in der Nähe der kanadischen Grenze, von der Jake im Stillen noch immer hoffte, sie irgendwie überwinden zu können.

Der Fahrpreis hielt sich auch im Rahmen, knapp neunzig Dollar für jeden von ihnen. Hannah hatte vierhundert Dollar aus dem Geldautomaten gelassen, nach Bus und Taxifahrt würden ihnen also noch zweihundertfünfzig Dollar bleiben. Damit waren die nächsten Tage abgedeckt, danach mussten sie sehen, wie sie weiterkamen.

In einem kleinen Supermarkt in der Nähe der Busstation kauften sie Sandwiches und Wasser ein, denn sie hatten sich vorgenommen, den Bus nur in absoluten Ausnahmefällen zu verlassen.

Als sie zurück zur Abfahrstelle ihres Busses kamen, war der Greyhound schon da, aber die Türen waren noch geschlossen. Jake ging näher heran und betrachtete das blau-weiße Fahrzeug mit dem berühmten Windhundlogo auf den Seiten und wünschte sich nichts sehnlicher, als einzusteigen und endlich wegzukommen.

Als er sich wieder zu Hannah umdrehte, stand neben ihr ein rothaariges, auffallend hübsches Mädchen, das ihm ein umwerfendes Lächeln schenkte.

Sie streckte ihm, ohne zu zögern, die Hand entgegen und sagte: »Hallo Jake, ich bin Madison. Schön, dich kennenzulernen.«

A.D. 2118

DUFTSPUR

Giovanella saß im Bus eine Reihe hinter Madison und sah dem rothaarigen Mädchen auf die Finger. Sie spielte unruhig mit dem Smartphone. Alle paar Sekunden blickte sie auf den Screen, stellte fest, keine neuen Nachrichten bekommen zu haben, sah kurz aus dem Fenster, um einen Moment später wieder aufgeschreckt den Posteingang zu überprüfen. So sah jemand aus, der vor seinem Leben weglief.

»Was ist mit ihr?«, fragte Giovanella. Da Katzen noch nie reden konnten, hörte sie auch im Bus niemand. Nur Carl konnte sie verstehen, der ihren Ausflug wie schon zuvor in der Simulation überwachte.

»Sie wirkt innerlich zerrissen.« Carls Beschreibung war wieder einmal zutreffend. Alles, was der Androide sagte, machte Sinn. Genau das war das Problem. Die Zweifel, nur eine Simulation zu erleben, hatte sie nie restlos verdrängen können. Ihr fehlte jegliches Verständnis, wie ein Computer solche Abläufe simulieren konnte. Das war Irrsinn! Entweder sie erlebte eine nur für sie virtuell erzeugte Realität, wofür sie keinen Grund kannte, oder das war eine Zeitreise, wofür ihr ebenso jegliche Argumente fehlten, diesen ungeheuerlichen Verdacht zu begründen.

»Wir sollten dem Mädchen noch eine Weile folgen«, sagte Carl.

»Einverstanden.« Das war im Moment die beste Option. Merkwürdig war allerdings, dass obwohl der Bus gut gefüllt war – darunter auch einige junge Männer –, niemand von der hübschen Rothaarigen Notiz nahm. Es sah sie niemand an, es setzte sich niemand zu ihr, und sie wurde auch von niemandem angesprochen. Eine leere Reisetasche auf dem Sitz hätte mehr Aufmerksamkeit erzeugt.

Während des Studiums hatte Giovanella in öffentlichen Verkehrsmitteln unzählige unschöne Erlebnisse erfahren dürfen. Jeder Idiot war scheinbar damals der Ansicht gewesen, bei der italienisch anmutenden jungen Frau landen zu können.

Anders Madison, die wie ein Geist aus dem Fenster sah. Sie roch unsichtbar. Sogar Giovanella empfand plötzlich das Bedürfnis, das Interesse an ihr fallen zu lassen und sich neuen Aufgaben zuzuwenden.

Die Erlösung – am Times Square stieg Madison aus und sah sich um. Giovanella hinterher, es fiel ihr schwer, sich auf die Verfolgung zu konzentrieren. Auch wenn sie eine drei Meter lange Raubkatze gewesen wäre, die mit gefletschten Zähnen in ihren Nacken atmete, wäre es Madison nicht aufgefallen. Das Mädchen suchte jemanden. Natürlich tat sie das. Sie suchte Hasan, den Jungen, mit dem sie sich verabredet hatte. Das Telefonat mit ihm hatte eine Seite an ihr offenbart, die Giovanella erschrocken hatte. Madison hatte sich als ein intrigantes Miststück gezeigt.

Dann passierte es, Giovanella glaubte für einen Moment, Drogen genommen zu haben. Wow, dieser Flash hätte sie beinahe von den Pfoten gehauen. Es roch nach … sie konnte überhaupt nicht beschreiben, was sie gerade mit ihrer empfindlichen Katzennase wahrnahm. Das war pure sexuelle Energie!

Woher kam das? Sie hob den Kopf, die Duftspur konnte sie nicht verfehlen. Es war Madison, die plötzlich wie das schiere Verlangen roch. Die Rothaarige wirkte umwerfend. Jeder Mann drehte sich nach ihr um, wie auch die Frauen, die dafür offen waren.

Besondere Freude zeigte ein südländisch aussehender junger Mann. Groß, schlank und mit einem kurzgetrimmten Vollbart. Er lachte Madison an, als ob vor ihm die Sonne aufgegangen wäre, während er wie in einem schlechten Film aus einem Porsche Cabriolet stieg. Hasan, der eine imposante Präsenz zeigte, nahm sie in den Arm und küsste sie.

»Madison, endlich.« Hasan brauchte nur zwei Worte, um zu zeigen, wie verliebt er in sie war. Er stand völlig unter ihrem Bann.

»Ich habe dich vermisst«, antwortete Madison schüchtern, schutzbedürftig und anschmiegsam. Wer hätte ihr in diesem Moment kein Lächeln geschenkt.

»Geht es dir gut?«

»Ich habe Angst.« Ihre Stimme flackerte regelrecht, während ihr Duft jeden Mann im Umkreis von zwanzig Metern durchdrehen ließ.

»Das brauchst du nicht. Ich kann dich beschützen. Dein Vater wird dich nie wieder schlagen!«

»Er hat es heute Morgen wieder getan ...« Sie begann sogar zu weinen. Selbst Hundewelpen hätten in diesem Moment keine Chance gegen sie gehabt.

»Sobald du in Riad bist, stehst du unter meinem persönlichen Schutz!«

»Wirklich?«

»Ich liebe dich«, erklärte er wie der Mann, der er vielleicht in einigen Jahren sein würde. Jetzt war die Inszenierung seiner

Potenz eine Nummer zu groß für ihn. Daran änderte auch der schöne Oldtimer nichts. Ein Verbrenner, die würde es 2118 auf den Straßen New Yorks nicht mehr geben.

»Ich liebe dich doch auch.«

»Hier ist das Ticket.« Er gab ihr einen Briefumschlag. »Du kannst dir ein Taxi nehmen, und wir treffen uns am Flughafen. Die Maschine geht erst in neun Stunden. Ich muss vorher noch etwas erledigen. Hast du Geld?«

»Ja«, antwortete sie kleinlaut.

»Wie viel?«

»Genug.«

»Zeig mir dein Bargeld!«

»Hasan, bitte, du tust so viel für mich, ich möchte dein Geld nicht nehmen. Ich kann das Taxi zum Flughafen selbst bezahlen.« Aus der Jeans heraus zog sie einige zerknüllte Dollarnoten.

»Das sind doch nicht mehr als vierzig. Nein, nein, du bist jetzt mein Mädchen.« Dann zeigte er den Inhalt seiner Hosentasche. Er hatte deutlich mehr zu bieten und hielt ihr ein Bündel Hunderter unter die Nase. »Das sind viertausend, nimm es, um Geld brauchst du dir keine Sorgen mehr machen!«

»Ich liebe dich!«, flötete sie, während sie das Geld einsteckte. In Hollywood hätte sie für die Leistung einen Oscar bekommen.

»Bis später!« Dann verschwand der wunderschöne Prinz aus Tausend und einer Nacht wieder auf seinem deutschen Rennteppich mit Flat-Six-Boxer-Motor. Giovanella staunte immer noch.

Der Moment, in dem sich alles änderte, erinnerte an eine kalte Dusche. Der betörende Duft fiel von Madison ab wie welkes Laub, das vom ersten Herbstwind über die Wiese getragen wurde. Jetzt roch sie wieder wie die Person, die im Bus alleine in der Reihe saß: unnahbar und distanziert. Als ob sie sich eine magische Tarnkappe übergezogen hätte.

Die Simulation sprang einige Sekunden in die Zukunft, dann warf sie das Flugticket in den Müll und stieg in den Bus nach Newark.

»Wie macht sie das?« Giovanella glaubte kaum, was sie gerade erlebt hatte. Und dabei wollte sie sich nicht über Madisons Charakter auslassen, der die eine oder andere kleine Schwäche zeigte, sondern über ihr Talent, ihren Körpergeruch so radikal, so schnell und so zielgerichtet ändern zu können.

»Ich habe keine Ahnung. Giovanella, Sie müssen dem Mädchen unbedingt folgen!«, rief Carl. Natürlich würde Giovanella das tun. Sie schaffte es noch rechtzeitig, in den Bus nach Newark zu springen, bevor sich die Türen schlossen.

In Newark angekommen wirkte Madison so entspannt wie vor einem langen Sommerwochenende. Wow, dieses Mädchen verstand es nicht nur, andere zu täuschen, sondern auch sich selbst. Eine faszinierende Person, aber bitte, wo war die Verbindung zu Jake?

Giovanella legte sich bereits die Worte zurecht, die sie Carl an den Kopf werfen wollte. Die Spielerei in der Simulation mochte beeindruckend sein, brachte sie aber dem erklärten Ziel keinen Schritt näher. Sie war wütend und fühlte sich hinters Licht geführt. Da war noch mehr, sie konnte es spüren, ihr Instinkt schrie sie förmlich an, endlich die Augen zu öffnen.

Madison vertrieb sich die Zeit und sprach mit einem blinden Mädchen. Hannah war ihr Name. Giovanella hörte den beiden nicht zu. Das langweilte sie. In ihrem Kopf drehte sich alles um die zentrale Verbindung, die alle Bruchstücke dieser Geschichte zu einem sinnvollen Bild vereinte.

Dann drehte sich ein Junge zu ihr, der Giovanellas kleines Katzenherz mindestens für zwei Schläge aussetzen ließ. Anscheinend begleitete er Hannah. Madison streckte ihm freundlich die Hand entgegen und setzte einen bemerkenswerten Duftschwall ab. »Hallo Jake, ich bin Madison. Schön, dich kennenzulernen.«

»JAKE!«, rief Giovanella, um im selben Moment zu realisieren, dass er sie nicht hören konnte. Wie hatte sie ihn übersehen können? Er musste doch schon Minuten dort gestanden haben. Sie hatte so viele Fragen. Wohin er ging? Wie er verschwinden konnte? Warum das FBI ihn jagte?

»Meinen Glückwunsch, Giovanella, Sie haben es geschafft. Unglaublich, aber Ihr Instinkt ist eine Wucht. Ich hätte das nicht hinbekommen«, erklärte Carl.

»Carl, nicht jetzt ...« Giovanella wollte hören, über welches Thema sich die drei unterhielten. Carl konnte warten.

»Hallo Madison.« Jakes zuvor konzentriert wirkendes Gesicht lockerte sich. Auch seine angespannten Schultern fanden wieder eine ruhigere Position. Männer! Giovanella war sich sicher, dass sein erster Gedanke garantiert nicht jugendfrei war. Madison brauchte zwei Sekunden, um ihn um den Finger zu wickeln.

»Jake, Madison ist wie wir, ich habe sie berührt«, sagte die blinde Hannah. Erst jetzt stellte Giovanella fest, dass die beiden Mädchen sich an der Hand hielten. »Ich konnte sehen, wer sie ist. Wir können ihr vertrauen. Ich habe ihr von den Aliens erzählt. Sie wird uns helfen. Sie ist ein Hunter!«

»*Was* hast du getan?« Anscheinend hatte Jake ein Problem mit dieser Erklärung. Wie Giovanella, die sie nicht verstand.

Seine Mimik schwankte zwischen Zuneigung für Madison und Unverständnis für seine Gefährtin. Offensichtlich hatte

Hannah über Dinge gesprochen, die sie besser für sich behalten hätte. Hatte sie wirklich das Wort »Aliens« benutzt? »Hannah, du sagst jetzt kein Wort mehr!«

»Aber wir brauchen Hilfe!« Hannah kämpfte.

»Ja ... und wir müssen vorsichtig sein!« Immerhin zeigte Jake, auch nach dem Blutsturz in seinen Unterleib noch auf ein durchblutetes Resthirn zugreifen zu können.

Alles drehte sich. Ohne sich dagegen wehren zu können, spürte Giovanella, aus der Simulation zurückzuschnellen. Beim nächsten Atemzug befand sie sich bereits wieder in ihrem Körper. *Bitte noch nicht,* dachte sie, aber da war es schon vorbei. »Ich muss bei ihm bleiben, ich muss mit Jake reden!«

»Das geht leider nicht ... Sie wissen doch, es ist nur eine Simulation.« Carl stand direkt neben ihr. »Ist alles in Ordnung mit Ihnen?«

Giovanella versuchte, ihre aufgewühlten Gedanken in den Griff zu bekommen. Es ging zu schnell. Warum hatte Carl sie umgehend zurückgeholt? Auch wenn sie nicht mit Jake reden konnte, hätte doch die Begegnung mit ihm weitere Informationen liefern können. Ihn nur an der Bushaltestelle getroffen zu haben, sagte nichts aus. Seine Motive zu verschwinden und seine Karriere als FBI-Most-Wanted-Star der nächsten Dekaden verbargen sich immer noch in den Wirren der Zeit.

»Nichts ist in Ordnung!« Sie schüttelte den Kopf. »Ich bin fit! Ich brauche keine Pause, Sie können mich direkt wieder starten lassen!« Giovanella hatte ihn gefunden und würde ihren Job beenden! Sie wollte sofort wieder zurück nach Newark!

»Das ist nicht notwendig. Giovanella, Sie haben es geschafft. Die Aufgabe ist erfüllt! Sogar viel schneller, als ich es erwartet habe. Ihre Performance hat mich begeistert. Ich werde Leroy

Matin Renier vorschlagen, Ihnen einen großzügigen Bonus auszuzahlen. Den haben Sie sich verdient!« Carls freundliches Gesicht versuchte vergeblich, sie zu beruhigen. Er berührte ihre Hand, die sie aufgebracht zurückzog. Sie hatte im Moment nicht die Absicht, sich zu beruhigen.

»Nein, nein, Carl, da liegen Sie falsch! Völlig falsch! Die Aufgabe hat gerade erst angefangen! Erst jetzt sind wir in der Lage, in Ihrer tollen Simulation Antworten zu finden!«

»Was meinen Sie damit?« Ihr letzter Satz hatte seinem Glücksbärchengesicht einen Sprung verpasst.

»Das war doch niemals eine Simulation!«

»Ich kann Ihnen im Moment nicht folgen … was soll es denn gewesen sein?«

»Eine solche detaillierte Verhaltensweise kann man nicht simulieren. Man kann sie fälschen, ja, das könnte ich mir sogar vorstellen. Also Carl, habe ich gerade eine Lüge erlebt? Hat sich jemand diese lebensechte interaktive Show für mich ausgedacht? Haben Sie, hat Renier ein Vermögen ausgegeben, um eine junge New Yorker Juristin vorzuführen?«

»Nein, Giovanella, das verstehen Sie falsch! So ist es nicht! Mir liegt Ihr Wohl am Herzen. Was Sie erlebt haben, hat sich vor hundert Jahren genau so zugetragen, wie wir es gesehen haben. Sie können sich überhaupt nicht vorstellen, wie wichtig Ihre Mitarbeit war. Wie wichtig sie immer noch ist. Glauben Sie mir, Sie haben die Speerspitze in einem Kampf geführt, um uns alle zu retten!«

»Retten?« Giovanella stand von der Liege auf. Carl wich zurück. »Vor wem? Hannah sprach von Aliens! Carl, ich bitte Sie! Und was bitte soll ein Hunter sein? Ehrlich, die Show war beeindruckend, aber mit der Pointe haben Sie übertrieben!«

»Es ist kompliziert …« Carl wich aus.

»Carl, reden Sie endlich mit mir!« Giovanella war es leid, hingehalten zu werden.

»Sie sollten mit meinem Chef, mit Leroy Matin Renier sprechen.«

»Wo ist er? Wo ist Renier?« Das wollte sie bereits die ganze Zeit tun. Es war ein Witz, sie jetzt mit einem Schulterklopfen und einem fetten Trinkgeld zurück nach New York schicken zu wollen.

»Ich werde versuchen, ihn für Sie zu erreichen«, sagte Carl, ohne dabei mehr Gesichtsmuskeln als zum Sprechen notwendig zu benutzen.

Eine Stunde später. Giovanella hatte sich geduscht, ein cremefarbenes Kostüm angezogen, das Carl ihr bereitlegen ließ, und wartete in einem der Besprechungsräume an der Spitze des Dreizacks, der vor Lissabon aus der unruhigen See ragte.

Der Versuch, den Sturm ihrer Gedanken in den Griff zu bekommen, drohte zu scheitern. Es waren immer wieder dieselben Fragen an Jake, die sie beschäftigten. Wohin er ging? Wie er verschwinden konnte? Warum das FBI ihn jagte?

Dazu kamen neue Fragen, deren unbekannte Antworten nicht minder in ihrem Kopf brannten. Welches Ziel verfolgte Renier? Was hatte Carl ihr wirklich gezeigt? War sie in der Zeit gereist? Und warum, um Himmels willen, wurde sie aus dem Spiel genommen?

»Giovanella?«, fragte eine körperlose Stimme, die den Raum ausfüllte. Ein panoramaverglaster Konferenzraum, in dem über zwanzig Leute Platz gefunden hätten.

»Ja.« Sie sah sich um, aber da war niemand.

»Es ist schön, Sie kennenzulernen. Gestatten Sie, dass ich mich vorstelle. Mein Name ist Leroy Matin Renier. Ich bin froh, dass Carl Sie für unsere Sache gewinnen konnte. Der heutige Durchbruch hat mich überwältigt. Vielen, vielen, lieben Dank.«

»Sir.« Giovanella rang nach Luft. Allein Reniers Stimme drückte sie an die Wand. Sie spürte seine Präsenz bis in die Haarspitzen. Wie früher in der Schule, wenn der Rektor sprach und man als Kind schwieg. »Es ist mir eine Ehre.«

»Ich habe Sabrina Hanley bereits zu Ihrer besten Mitarbeiterin gratuliert. Sie werden einen großzügigen Bonus bekommen.«

»Sir.« Sie klaubte all ihre Kraft zusammen. »Es sind noch wichtige Fragen offen, ich ...«

»Giovanella, natürlich sehen Sie noch nicht das ganze Bild, und ich wäre froh, Ihnen mehr erzählen zu können. Bitte seien Sie sich der Relevanz Ihrer Arbeit versichert. Was Sie gemeinsam mit Carl geschafft haben, daran sind andere zuvor gescheitert. Gute Leute, aber nicht so gut wie Sie.«

»Aber Sir!« Giovanella fühlte, wie sie zunehmend kleiner wurde.

»Jetzt liegt es an anderen, ihre Arbeit zu leisten. Sie, meine liebe Giovanella, sollten sich einige Tage Urlaub gönnen. Lesen Sie ein gutes Buch, schwimmen Sie im Meer oder genießen Sie ein vorzügliches Abendessen.«

»Es ist aber ...«

»Danke. Nochmals vielen, vielen, lieben Dank. Sie haben mir mit Ihrer Arbeit geholfen, einen Lebenstraum wahr werden zu lassen. Danke. Danke. Leben Sie wohl. Giovanella, ich habe Carl angewiesen, Ihnen jeden Wunsch zu erfüllen, der in meiner Macht steht.«

»Sir, danke, ich würde gerne ...« Giovanella bemerkte schnell, dass Renier sie nicht mehr hören konnte. Das durfte doch nicht wahr sein! Das Gespräch war vorbei, bevor es angefangen hatte.

Der Dank, das Geld, die freundlichen Worte lösten sich in Luft auf. Ohne zu verstehen, warum er Jake Merdon finden wollte, war es nur leeres Gerede. Dabei spielte es auch keine Rolle, ob sie nun eine Simulation oder wirklich eine Zeitreise nach 2018 erlebt hatte.

»Verdammt!« Giovanella zog die Mundwinkel nach unten. Sie war noch nicht fertig mit dieser Geschichte!

A.D. 2018

FARBEN, DIE KEINE FARBEN SIND

Als die Zellentür aufging und Caleb zurückgebracht wurde, stand Skagen mit dem Rücken an die Wand gelehnt und betrachtete ihn neugierig. Calebs Augen waren gerötet, es war offensichtlich, dass er geflennt hatte.

»Und, was hat sie gesagt?«, fragte er.

Caleb schniefte. »Mrs Winter darf mich nicht mit nach Hause nehmen. Die Männer haben es verboten. Sie hat mir geraten, alles zu erzählen, was ich weiß und warum ich in der Nacht beim HFP-Tower war, aber niemand glaubt mir, dass es mir die Stimme in meinem Kopf befohlen hat. Ich lüge doch nicht.«

»Was noch?«

»Die Untersuchungen laufen, haben sie mir immer wieder gesagt. Solange müsse ich hierbleiben, aber es könnte auch sein, dass ein Richter denkt, ich hätte etwas Böses gemacht, dann würde ich eine lange, lange Zeit in dieser Zelle verbringen. Ich mag nicht hier sein.«

Caleb begann erneut zu weinen. Skagen ging zu ihm und legte ihm die Hand auf die Schulter. »Mir gefällt es hier auch nicht.«

»Nach dir haben sie mich auch gefragt. Ob wir uns von

früher und so kennen. Dann haben sie mir Fotos gezeigt von deinen Freunden. Sind die echt tot?«

»Ja, leider.« Skagen schluckte. »Was hast du ihnen über mich gesagt?«

»Dass ich dich vor hier nie getroffen habe.«

Vor hier? Er spricht wie ein kleines Kind.

In den letzten vier Tagen hatte er Caleb heimlich beobachtet. Hunter hin oder her, der Typ war schwachsinnig oder auf der Entwicklungsstufe eines Sechsjährigen stehen geblieben. Irgendetwas war bei seiner genetischen Modifikation schiefgegangen. Ständig murmelte er vor sich hin, sprach von irgendwelchen Farben oder starrte stumm auf dem Rücken liegend zur Zellendecke.

Caleb und er hatten nur wenig miteinander gesprochen, denn jeder Satz, den man zu Caleb sagte, endete in einem minutenlangen wirren Monolog, dessen Inhalt er wahrscheinlich selbst nicht verstand.

»Waren deine Brüder auch da?«, fragte Skagen und hoffte, dass die Antwort kurz ausfiel.

»Nein.« Caleb verzog den Mund. »Wahrscheinlich sind sie wegen der Männer nicht gekommen, deren Farbe keine Farbe ist.«

Was soll dieser Bockmist schon wieder bedeuten?

Gegen jedes bessere Wissen fragte Skagen: »Was meinst du?«

»Na, die Fremden.«

»Ich verstehe kein Wort.«

»Die Nichtmenschen.«

Das Blut schoss in Skagens Gesicht. In seinen Ohren konnte er plötzlich den eigenen Herzschlag hören.

Was hat dieser Schwachkopf da gesagt?

»Was meinst du mit ›Nichtmenschen‹?«, fragte er aufgeregt.

Caleb sah ihn erstaunt an. »Ich dachte, du kannst es auch sehen.«

»Was, Caleb? Was sehen?«

Seine Stimme klang schrill, er musste sich beruhigen oder sein Zellengenosse würde dichtmachen, sich in eine Ecke verkriechen und wäre die nächsten Stunden nicht mehr ansprechbar.

Das waren Anfälle, wie ihm Caleb im Nachhinein erklärt hatte. Zwei davon hatte er in den letzten vier Tagen schon gehabt. Jedes Mal wenn Skagen zu laut oder zu aggressiv mit ihm gesprochen hatte. Einmal war es lediglich darum gegangen, wer morgens als Erster das Waschbecken benutzen durfte. Das andere Mal hatte Skagen ihm beim Essen gesagt, er solle nicht die ganze Zeit vor sich hin murmeln, während er versuche, den Gefängnisfraß herunterzuwürgen.

»Erklär mir das doch bitte noch mal mit den Farben.«

Caleb sah in vorwurfsvoll an. »Das habe ich schon.«

Ja, aber da habe ich dir nicht zugehört.

»Bitte.«

»Okay.« Caleb holte Luft. »Jeder Mensch ist von Farben umgeben, an diesen Farben kann man sehen, wer er ist und wie er sich gerade fühlt. Du …«, er deutete mit dem Finger auf Skagen, »… bist rot.«

»Das heißt?«

»Zornig.«

»Und das kannst du sehen?«

»Ja, es ist wie eine Wolke, die aus deinem Körper strömt.«

Als Skagen die Worte hörte, fiel das letzte Teil des Puzzles an die richtige Stelle und ergab plötzlich ein Bild. Es war ungeheuerlich. Caleb war definitiv ein Hunter, auch wenn er es selbst nicht wusste. Seine Fähigkeit war unglaublich.

Er kann Pheromone sehen!

Es musste so sein. Daher das dauernde Geschwafel über Farben und wer wie leuchtete.

»Zum Beispiel ist Mr Green, der Wärter, der uns gestern zum Duschen begleitet hat, in Bill verliebt und Bill in ihn.«

»Wer ist Bill?«

»Der Mann. Der gestern beim Essen bei uns am Tisch saß.«

Skagen versuchte, sich zu erinnern, wie der Kerl ausgesehen hatte. Blonde Haare, blasses Gesicht, mehr war da nicht.

»Allein ist einer grün und der andere blau, aber wenn sie beieinanderstehen, werden sie zu der Farbe Orange. Das ist Liebe«, erklärte Caleb inzwischen munter weiter.

»Du meinst … ein Wärter und ein Gefangener …?«

Caleb nickte ernst. »Sie berühren sich auch heimlich.«

Skagen war vollkommen verblüfft. Auf einmal machte alles Sinn. Nein, nicht alles.

»Was meinst du mit den Farben, die keine Farben sind?«

»Die Nichtmenschen haben eine Farbe, die eigentlich keine Farbe ist oder alle Farben zusammen. Es ist, als wären sie von einer wabernden durchsichtigen Seifenblase eingehüllt, die schimmert. Sehr schön für viele Menschen, die sich davon angezogen fühlen. Ich mag das aber nicht. Es ist nicht richtig. Vielleicht sogar böse. Die Männer, die mich heute befragt haben, waren davon umgeben.«

»Hatten diese Männer so kleine Anstecker an der Jacke?«

»Nein.«

Komisch. Skagen hätte wetten können, dass die Vernehmungsbeamten unter HFP-Einfluss standen.

»Die waren nicht an ihrer Jacke, sondern an ihren Hemden«, sagte Caleb dann. »Drei weiße Buchstaben auf rotem Grund.«

Volltreffer.

»Und diese Männer … diese Fremden haben keine Farben wie wir?«

»Nein. Auch Mrs Winter nicht mehr. Sie war immer grau, jetzt ist sie alle Farben und keine. Wie die Nichtmenschen.«

Und darum haben sie Calebs Stiefmutter erlaubt, ihn zu besuchen, sie sollte ihn beeinflussen, alles zu verraten, was er weiß.

Eine neue Frage tauchte auf. »Wissen deine Eltern, dass du Farben sehen kannst?«

»Das sind nicht meine Eltern, meine richtige Mom und mein richtiger Dad sind tot. Sonst wäre ich bei ihnen und nicht bei Mrs Winter.«

»Ist schon klar. Wissen die Winters von deiner Fähigkeit?«

»Ja, aber bisher hat sie das nie interessiert, heute schon. Heute hat mich Mrs Winter danach gefragt. Sie wollte alles darüber wissen.«

»Und hast du es ihr verraten?«, fragte Skagen aufgeregt.

»Nein«, sagte Caleb sichtlich stolz. »Sie gehört ja jetzt zu den Nichtmenschen.«

Skagen atmete hörbar aus.

»Was ist, habe ich etwas falsch gemacht?«, wollte Caleb wissen. Die Verunsicherung war ihm anzusehen.

»Oh nein«, sagte Skagen. Er klopfte Caleb auf die Schulter. »Das hast du sogar sehr gut gemacht.«

Caleb strahlte.

»Wie viele von den Wärtern haben keine Farben?«

»Zwei. Mr Hyman und Mr Skones.«

»Caleb?«

»Ja?«

»Du weißt, dass wir hier raus müssen. Aus dem Gefängnis. Da sind die Männer, mit denen wir uns geprügelt haben, die wollen uns wehtun.«

Caleb riss die Augen auf, sagte aber nichts.

»Deshalb habe ich mir einen Plan ausgedacht, wie wir hier abhauen können, aber ich brauche deine Hilfe.«

»Okay.«

»Wenn Mr Skones uns heute zum Hofgang abholt, müssen wir dafür sorgen, dass er unsere Zelle betritt.«

»Das macht er nicht«, widersprach Caleb.

»Eben darum müssen wir uns einen Trick ausdenken, damit er es tut. Auf dem Gang sind Videokameras, die alles überwachen, aber unsere Zellen sind sauber.«

Caleb schaute sich um. »So sauber auch nicht.«

»Ich meine, hier gibt es keine Kameras, und so kann niemand sehen, was wir tun«, sagte Skagen.

»Was wollen wir denn machen?«

Skagen erklärte ihm den Plan. Er musste alles drei Mal wiederholen, bis er das Gefühl hatte, dass Caleb ihn verstand.

Fünfzehn Minuten lang sprach er auf ihn ein, aber eines sagte er ihm nicht. Dass er nicht vorhatte, Caleb mitzunehmen.

Zwei Stunden später war es so weit. Der Hofgang stand an. Die Gefangenen wurden jeweils paarweise von einem Beamten nach draußen begleitet, wobei ihnen zur Sicherheit Handschellen angelegt wurden.

Caleb und er waren bisher jeden Tag für eine Stunde nach draußen gebracht worden, wo sie sich in der Nähe des Zaunes, deutlich sichtbar für die Wärter auf den Wachtürmen, aufgehalten hatten. Skagen wollte dadurch vermeiden, dass ihn Pablos Freunde angriffen, und Caleb hatte sich einfach an ihn gehängt.

Skones war ein merkwürdiger Typ. Mit kalten Fischaugen und einem Gesicht, das keinerlei Regung zeigte.

Jetzt wusste Skagen auch, warum er von Anfang an eine Abneigung gegen den Mann gehegt hatte. Skones war infiziert. Ein Alienwirt. Wie viel Menschliches noch in ihm steckte, konnte man nicht einmal ahnen, aber laut Caleb war er ein Nichtmensch, also längst zur Seite des Feindes gewechselt.

Als Skones die Zelle entriegelte, lag Caleb regungslos auf dem Boden. Weißer Schaum sickerte aus seinem Mundwinkel, die Beine zuckten unkontrolliert.

Skagen kniete neben ihm und rüttelte an seiner Schulter, aber Caleb reagierte nicht. Skones sah verwirrt auf beide herab. Offensichtlich war er mit der Situation überfordert.

»Er braucht Hilfe«, sagte Skagen weinerlich. »Ich glaube, er stirbt.«

Der Beamte trat einen Schritt nach vorn. Dann noch einen. Als er außerhalb des Sichtfeldes der Kamera im Gang war, griff ihn Skagen an.

Er sprang mit einem Satz auf und schlug mit der Faust gegen den Hals des Wärters, so wie es ihm Lee gezeigt hatte. Die Blutzufuhr zum Gehirn des Mannes wurde innerhalb einer Sekunde unterbrochen. Er konnte nicht einmal mehr schreien. Skagen fing ihn auf, als er zu Boden sackte.

»Du kannst jetzt aufstehen«, rief er Caleb zu. »Hilf mir, ihm die Sachen auszuziehen.«

Caleb wischte sich die Zahnpasta vom Mund, dann zog er dem bewusstlosen Beamten die Schuhe, die Socken und die Hose aus. Skagen entkleidete den Oberköper des Mannes.

Dann schlüpfte er blitzschnell in die Kleidung des Wärters und legte Caleb die Handschellen an. Den Beamten drapierten sie auf einem der Betten mit dem Gesicht zur Wand. Es sollte so aussehen, als schlafe da ein Gefangener, was tagsüber untersagt war, aber wen kümmerte das in einem Knast dieser Größenordnung.

Gemeinsam traten sie vor die Zelle. Die ganze Aktion hatte keine zwei Minuten gedauert. Skagen hielt den Kopf gesenkt, sodass die Kameras sein Gesicht nicht erfassten. Als er und Caleb die erste verschlossene Tür auf dem Gang erreichten, tat er so, als wische er sich mit dem Ärmel über das Gesicht und sagte: »Ein Gefangener für den Hofgang.«

»Wo ist der andere?«, schnarrte es aus dem Lautsprecher.

»Hat wohl das Mittagessen nicht vertragen. Scheißt sich gerade die Seele aus dem Leib und wollte deswegen nicht mitkommen.«

Ein heiseres Lachen erklang. Die Tür wurde entriegelt. Skagen schob Caleb hindurch. Weiter ging es den Gang entlang, dann eine Metalltreppe ins Erdgeschoss hinunter. Kurz darauf standen sie vor einer weiteren verschlossenen Tür. Skagen zog wieder seine Show ab. Inzwischen lief ihm der Schweiß in Strömen über das Gesicht, also war die Sache nicht ganz so gespielt.

Die ganze Zeit machte Caleb keinen Mucks. Er plapperte nicht wie sonst vor sich hin, sondern verhielt sich wie ein vorbildlicher Gefangener. Skagen dankte allen Göttern in allen Himmeln dafür.

Nach einer weiteren Tür erreichten sie den Hof. Hier würde er Caleb zurücklassen müssen. Skagen hatte sich bei den letzten Hofgängen gut umgesehen und dabei einen schwer bewachten Ausgang entdeckt, durch den die Wärter andere

Gebäude erreichen konnten, die nicht zum Gefängniskomplex selbst gehörten.

Skagen wusste nicht, wohin ihn dieses Tor führen würde, aber er vermutete, dass sich irgendwo dahinter die Parkplätze der Vollzugsbeamten und Zivilangestellten befanden. Wenn alles klappte, würde er ein Auto knacken und dieses verfluchte Gefängnis über die einzige Brücke verlassen, die die Insel mit dem Festland verband.

So weit der Plan. Eine Million Dinge konnten schiefgehen, aber er musste es zumindest versuchen.

»Bleib stehen«, sagte er zu Caleb. »Ich nehme dir jetzt die Handschellen ab.«

»Und dann?«, fragte Caleb erwartungsfreudig.

»Bleibst du hier stehen, bis ich wiederkomme.«

»Du lässt mich allein?«

»Nur für einen Moment. Ich muss die Lage checken, einen Fluchtweg suchen.«

Tränen traten in Calebs Augen. »Du kommst nicht zurück.«

»Natürlich, nur ein winziger Augenblick, dann bin ich wieder da.«

»Nein, deine Farbe hat sich verändert. Sie ist jetzt schwarz, du lügst.«

Die Uniform begann zu jucken. Skagen hatte das Gefühl, jeder auf dem verdammten Hof und auf den Wachtürmen starrte ihn an. Das hier dauerte viel zu lang. Ein Wärter quatschte nicht mit Gefangenen herum.

»Ich gehe jetzt«, sagte er entschlossen.

»Ja.«

»Was ›ja‹?«

»Geh ruhig. Ist schon okay.«

»Ich komme wieder.«

Caleb wandte sich ab. Skagen sah, wie die Schultern des Jungen bebten. Klar, der Typ flennte schon wieder.

Er musste los, konnte keine Rücksicht nehmen. Zu zweit hatten sie keine Chance, hier rauszukommen, aber allein war es möglich.

Skagen marschierte los. Er zwang sich, langsam zu gehen. Der Schweiß strömte seinen Nacken hinab, selbst in seinem verdammten Arsch sammelte er sich schon.

Er überquerte den Hof. Die Gefangenen wichen ihm aus. Niemand sprach ihn an. Als er das Tor erreichte, blickte er noch einmal zurück.

Das hätte er nicht tun sollen.

Zwei Hispanics näherten sich Caleb von hinten. Der Junge schaute auf den Boden, bemerkte sie nicht. Einer von den Kerlen hatte etwas in der Hand, das im Sonnenlicht aufblitzte. Es war klar, was da ablief. Die Typen wollten Caleb abstechen.

Einen kurzen Moment lang dachte Skagen, dass ihm das Attentat nutzen würde. Alle, besonders die Wärter auf den Türmen, wären abgelenkt, und er konnte im entstehenden Tumult nach so einer Tat vielleicht sogar leichter den Hof verlassen. Aber dann wurde ihm klar, dass er das nicht tun würde.

Skagen brüllte laut: »Fuck!«

Dann rannte er zurück.

A.D. 2118

MIT DER RUTE

Giovanella war stinksauer. Renier und seine rechte Hand Carl hatten sie ausgebotet. Angeblich, weil ihre Arbeit so erfolgreich und unbeschreiblich wertvoll gewesen sein soll. Das war ein Witz!

Die Worte des medienscheuen Milliardärs hatte sie nicht vergessen, wie er als Reinkarnation des Weihnachtsmanns zu ihr gesagt hatte: Und vielen, vielen lieben Dank, dass Sie so dämlich waren, sich von Carl und mir zum Narren halten zu lassen!

Sie tobte, verzog die Mundwinkel und wünschte Carl einen Kabelbrand in die Eingeweide. Zu Renier fielen ihr im Nachhinein noch unfreundlichere Worte ein. Öffentlich geäußert hätten die Beschimpfungen sie als Anwältin ihren Job gekostet.

Wer glaubte dieser Mistkerl eigentlich zu sein? Nur weil er reich war, konnte er sich nicht alles herausnehmen! Was wollte er sich mit seinem Geld überhaupt kaufen? Etwa sie? Nein, das funktionierte nicht. Giovanella Muscat konnte man nicht kaufen!

Sie stand auf dem Praça do Comércio unter einem Triumphbogen in Lissabon und blickte auf die Reiterstatue von Don José. Gleiter überflogen sie, nicht so viele wie in New York, aber die Stadt war dennoch eine Metropole. Am Horizont ragte Reniers Dreizack aus dem Wasser. Der Komplex sollte doch im Meer versinken. Sie hätte nie nach Europa zurückkehren dürfen!

Das mobile Display in ihrer Handtasche vibrierte. Das tat es bereits seit einigen Minuten. Sie war im Moment nicht zu sprechen. Es interessierte sie auch nicht, wer etwas von ihr wollte! Sie überlegte die ganze Zeit, wie sie Leroy Matin Renier kriegen konnte. Auge in Auge wollte sie ihm gegenüberstehen. Dann würde er sie nicht mit seiner väterlichen Art in die Ecke stellen können. Er würde Farbe bekennen müssen. Nur wie wollte sie ihn aufspüren? Im Netzregister stand sein aktueller Aufenthaltsort nicht. Für dieses Problem würde sie eine Lösung finden müssen.

Sie nahm das Display aus der Tasche. Alte Gewohnheiten wurde man nicht so schnell los. Es gab Dutzende Meldungen. Gott und die Welt versuchten, sie zu erreichen. Na ja, Gott war nicht dabei, und von den anderen wollte sie nichts wissen. Die sollten ihr nicht auf die Nerven gehen. Allen voran Sabrina Hanley, ihre Chefin aus New York. Mist, das konnte sie nicht bringen. Giovanella wählte ihre Nummer.

»Giovanella, endlich, ich hatte mir schon Sorgen gemacht. Bist du noch in Lissabon?«

Sabrina Hanley benötige weniger als eine Sekunde, um das Gespräch anzunehmen. Das war überraschend für eine Frau, die selbst nicht mit ständiger Erreichbarkeit glänzte. Man gelangte ansonsten nur auf ihre Box und wurde im besten Fall zwei Tage später von einem ihrer Assistenten zurückgerufen.

»Ja, in Lissabon.«

Bei ihr musste Giovanella sich trotzdem melden. So war die Hackordnung bei CP. Ärgerlich, aber sie konnte es nicht ändern. »Sabrina, Sie haben versucht, mich zu erreichen?«

»Natürlich, stell dir vor: Leroy Matin Renier höchstpersönlich hat mich angerufen und dich in den höchsten Tönen gelobt!«

»Danke.«

Giovanella wollte den Mist jetzt nicht wieder hören. Tolle Anwältin, bla, talentiert, bla, bla, und natürlich hatte sie eine ganz besonders wertvolle Arbeit abgeliefert, bla, bla und bla!

»Ich hab schon viel erlebt, aber das heute war etwas Besonderes. Er hat mir für dich einen so unverschämt hohen Bonus gezahlt, dass ich ernsthaft darüber nachdenke, dir die Höhe nicht zu verraten. Giovanella, du musst mir versprechen, dass du nicht direkt kündigst und einige Jahre Urlaub machst!«

»Ja, ja ... versprochen.«

Geld war im Moment das Letzte, das sie interessierte. Urlaub war ebenfalls keine Motivation. Sabrina hätte ihr Reniers Kopf versprechen können, dann hätte sie zugebissen, aber dieser Wunsch würde unerfüllt bleiben.

Sabrina erzählte etwas, nannte eine Summe, lobte sie, lobte sie erneut, stellte ihr die nächste Beförderung in Aussicht, lobte sie abermals, versprach ihr eine unglaubliche Karriere und sagte andere Dinge, die Giovanella nicht berührten. Sabrina redete, lobte sie zwischendurch, redete weiter, so lange, bis es peinlich wurde.

»Danke.«

Giovanella schaffte es, das Gespräch zu beenden, ohne ihre Chefin vor den Kopf zu stoßen. So hoffte sie zumindest. Ein diplomatischer Kraftakt, bei dem drei Jahre ihrer Lebenszeit im Stress verdampft waren. Jetzt war es wieder ruhig.

»Einen schönen Guten Tag«, hörte sie jemanden von der Seite sagen. Die Ruhe währte nicht lange. Sie drehte den Kopf auf die Seite. Mist! Es gab nur wenige Personen, die sie im Augenblick noch weniger an ihrer Seite haben wollte als Renier, Sabrina oder Carl.

»Agent Rees ...«

Unglaublich! Wie und warum war dieser Idiot nach Lissabon

gekommen? Wegen ihr? Portugal lag nicht gerade im Zuständigkeitsbereich des FBI.

»Mrs Muscat, gut, Sie zu treffen. Ich würde mich gerne mit Ihnen unterhalten«, erklärte der großgewachsene Agent, als ob sie sich schon seit Jahren kannten. Was sie nicht taten. Seine Augen leuchteten, fast könnte man meinen, er hätte am Meer den wahren Glauben erfahren.

»Wie haben Sie mich gefunden?« Oder hatte Giovanella eine Lampe auf dem Kopf, deren Lichtkegel bis nach New York reichte?

»Das FBI ist gut vernetzt.«

»Mit wem?«

»Wir schützen unsere Quellen ebenfalls.«

»Agent Rees, was wollen Sie von mir?«

Nein, nein, nicht nach dem Ärger heute. Sie würde mindestens drei Tage mit einer Decke über dem Kopf in einem Bett benötigen, um sich wieder von Leuten wie Rees die Laune verderben lassen zu wollen.

»Ich sagte es bereits, reden.«

»Kommen Sie zur Sache. Über Jake Merdon?« Sie würde ihm sicherlich nicht berichten, was sie erlebt hatte. Das würde ihr ohnehin niemand glauben.

»Wie wäre es mit Leroy Matin Renier?«

»Rufen Sie ihn doch einfach an … im Gegensatz zu Merdon lebt er noch. Vielleicht bekommen Sie einen Termin.«

»Sie waren in seinem Forschungszentrum.«

»War ich das?«

Sie musste Rees unbedingt loswerden. Ihm zwischen die Beine zu treten, würde ihr bei dem dicken Hals, den sie hatte, nur kurzzeitig Linderung verschaffen.

»Wir haben Sie beobachtet.«

»Das glaube ich Ihnen sogar.« Giovanella traute Rees noch ganz andere Dinge zu.

»Wussten Sie, dass nach Renier gefahndet wird?«, fragte er und sah sie mit großen Augen an.

»Agent Rees, ich bin nicht mehr seine Anwältin. Ich habe mein Mandat abgeschlossen.«

Dass Renier Ärger mit den Behörden hatte, überraschte sie nicht. Seine Probleme waren aber nicht mehr ihre Sorgen.

»Mrs Muscat, Sie sind Juristin und kennen die Regeln. Kooperieren Sie mit dem FBI. Ansonsten könnte Ihre Karriere ein jähes Ende finden.«

»So wie Ihre?« Obwohl die Idee, das FBI zu benutzen, um Renier zu finden, Charme gehabt hätte.

»Was reden Sie da?«

»Miniaturdrohnen im Büro einer unbescholtenen Anwältin der größten Kanzlei New Yorks ... Agent Rees, der Schuss könnte nach hinten losgehen!«

Die Idee, Rees zu benutzen, gefiel ihr sogar gut! Der ehrgeizige Vollpfosten hatte sich eine Abreibung verdient.

»Ich habe Rückendeckung.«

»Die werde ich mir in New York gerne ansehen. Genau wie den Richter, der Ihre Maßnahmen abgesegnet hat.« Darauf freute Giovanella sich schon. »Und jetzt lassen Sie mich in Ruhe. Ich bin müde und möchte in mein Hotel.«

Morgen früh sollte sie nach New York fliegen. CP hatte ihr eine Suite gebucht und stellte den VIP-Gleiter der Kanzlei. Sie überlegte, wie sie das FBI für die Suche nach Renier ausnutzen konnte. Zu nah wollte sie die Behörde nicht an sich herankommen lassen.

»Das kann ich nicht gestatten.« Rees baute sich vor ihr auf.

»Bitte?«

Sie glaubte sich verhört zu haben. Aber auf die Art machte er es ihr einfach. Sie musste sich überhaupt nichts einfallen lassen. Rees und sein Ego würden ihr in die Karten spielen.

»Ich habe die Order, Sie umgehend nach New York zu bringen!«

»Können Sie das nicht morgen früh machen?« Jetzt spielte Giovanella mit ihm.

»Ähm ... wie, morgen?«

»Dann komme ich freiwillig mit. Sie können bei mir mitfliegen. Ist ein VIP-Gleiter, der hat eine gut gefüllte Bar.« Sie ließ den Agent stehen. Er sah ihr nach. Der Fisch war am Haken. »Meine Suite ist im Hilton. Sie können sich gerne vor meine Tür setzen.«

Das Besondere an Luxushotels dieser Kategorie war, dass man versuchte, Gästen in den teuren Suiten jeden Wunsch zu erfüllen. Giovanella hatte nicht gezögert, das CP-Spesenkonto für diese Übernachtung etwas in Schwung zu bringen, und buchte direkt einen weiteren Tag Aufenthalt, um ausschlafen zu können.

In der Nacht hatte sie sich zudem Kopfschmerztabletten, Schlaftabletten, Aspirin, einen Puls-Mess-Chip, ein stabiles Klebeband, zwei Fellhandschellen, ein Seil und einen Bambusstock auf das Zimmer bringen lassen. Es gab so gut wie nichts, was der Concierge ihr nicht beschafft hätte.

Sie trug frühlingsgelbe Pumps und ein weißes Kostüm, das ihr Carl noch besorgt hatte. Schlechten Geschmack konnte man dem Androiden nicht nachsagen. Der Rock und die Bluse passten, wenn sie auch knapp geschnitten waren. Solche Kleidung sorgte dafür, nie zu vergessen, nur kleine Mahlzeiten zu sich zu nehmen.

Es klopfte an der Tür. Sie blickte auf die Uhr. Es war halb neun. Die Sonne war vor einer halben Stunde aufgegangen. Hatte sie noch Zweifel an ihrem Vorhaben? Nein, hatte sie nicht.

»Wer ist da bitte?«

»Zimmerservice. Ich bringe das Frühstück.«

Giovanella öffnete die Tür und ließ den Etagenkellner herein. Rees saß mit verknittertem Gesicht im Flur auf einem Stuhl. Der Trottel hatte die ganze Nacht dort zugebracht. Das hätte er auch gemütlicher haben können. Sie hatte nicht die Absicht, vor dem Frühstück zu türmen, das, nun auf dem Tisch stehend, wunderbar roch.

»Frühstück?«, fragte sie den FBI-Agent, der so aussah, also ob er einen Kaffee gebrauchen könnte. »Es reicht für uns beide.«

Er nickte und betrat die Suite. Giovanella fühlte sich wie die Hexe in Grimms Märchen, die den fetten Hänsel in die gute Stube lockte. Sie gab dem Kellner ein großzügiges Trinkgeld und schloss die Zimmertür. Zeit zum Spielen. »Bitte, das Frühstück steht im Esszimmer. Bedienen Sie sich.«

»Essen Sie nichts?«, fragte Rees, während er bereits das erste Hörnchen im Mund hatte.

»Später ... nehmen Sie sich.« Sie fürchtete, dass alles, was über eine Tasse Kaffee hinausging, das weiße Kostüm zum Platzen brachte.

»Das ist gut!«, stellte er kauend fest.

Sie nickte, natürlich war das gut. CP würde vierhundertfünfzig Dollar für dieses morgendliche Festmahl auf der Zimmerrechnung vorfinden.

»Agent Rees, ich würde gerne noch einmal von vorne anfangen.«

»Bitte?«, fragte er, während ihm ein Stück gebratener Speck aus dem Mund hing.

»Die Dinge haben sich geändert«, erklärte Giovanella todernst.

»Ähm … ja. Was ist denn passiert?« Obwohl seine Neugierde erwachte, tat das seinem Appetit keinen Abbruch.

»Das ist im Detail nicht so wichtig. Für Sie ist nur relevant, dass Leroy Matin Renier nicht mehr mein Mandant ist und ich natürlich mit dem FBI kooperiere.« Mit Speck fing man Mäuse.

»Ich bin sprachlos.« Er stecke sich einen besonders knusprig gegrillten Streifen in den Mund.

»Ich habe allerdings eine Bitte.« Das war die Pointe an ihrem Plan.

»Welche?«

»Ich helfe Ihnen, Renier zu stellen, möchte aber nicht mit dieser Aktion in Verbindung gebracht werden. Ich bin Anwältin, mein Ruf würde Schaden nehmen.« Das stimmte sogar.

»Ich denke, das kann ich beim Deputy Director für Sie arrangieren.«

»Agent Rees, ich möchte das mit Ihnen allein durchziehen. Sie bekommen den gesamten Ruhm. Ich möchte auch in keiner FBI-Akte als Informant auftauchen.«

»Ähm … ja.«

»Sie überlegen?«

»Wenn wir das hinbekommen … ich dürfte dann keine Hilfe der lokalen Behörden anfordern und mich auch nicht in der Zentrale melden.«

»Die Hilfe werden Sie nicht brauchen.« Es war wichtig, Rees zu isolieren.

»Was haben Sie für mich?«

»Bekommen Sie Zugriff auf Telefon-Verbindungsdaten der NSA?« Hoffentlich würde auch dieser Teil ihres Plans aufgehen. Deswegen brauchte sie Rees.

»Ja, ich kann anfragen. Normalerweise helfen die uns.«

»Tracken Sie ein Telefonat.«

»Dazu brauche ich Details ... die NSA überwacht alles, aber das sind so viele Daten, dass wir ohne passende Selektoren nichts finden werden.«

»Gestern. Eine eingehende Verbindung mit Reniers Forschungszentrum, vierzehn Uhr fünf bis vierzehn Uhr sieben. Das Gespräch wurde geführt aus einem der oberen Besprechungsräume. Finden Sie den Anrufer ... dann können Sie Renier lokalisieren.« Giovanella konnte sich solche Details gut merken.

»Gibt es hier ein Terminal?«, fragte Rees.

»Am Schreibtisch.« Sie zeigte auf eine leere Arbeitsfläche.

Rees hatte sich an der holografischen Umgebung des FBI angemeldet und mittels einer Gesichtserkennung authentisiert.

»Ich starte die NSA-Anfrage, mein Auftrag wurde quittiert. Warten Sie, gleich erfahre ich, ob ich die Verbindungsdaten ohne Bestätigung meines Vorgesetzten abfragen darf. Ja, darf ich. Die aufgeführten Selektoren sind harmlos. Hier kommen auch bereits Treffer ... vierundzwanzig Gespräche, die zu der Zeit in den Gebäuden angenommen wurden.«

»Möchten Sie noch einen Kaffee?«, fragte sie. Sie hatte bereits eine gesunde Schlafmischung für ihn vorbereitet. Mit Aspirin gegen die Kopfschmerzen, die er nach dem Aufwachen bekommen würde. Die Wirkung sollte nicht lange auf sich warten lassen.

»Gerne.« Rees arbeitete konzentriert weiter und trank, ohne sonderlich auf die Tasse zu achten. Sehr gut. Die Zeit lief ab jetzt. Giovanella hatte nur einen Versuch, Renier zu finden.

»Können Sie die Etage eingrenzen?«, fragte sie.

»Leider nein …« Er trank weiter. »Die Firewall verhindert eine genaue Lokalisierung. Wir haben nur vierundzwanzig Leitungen, die zu diesem Zeitpunkt mit der Außenwelt verbunden waren. Die Inhalte sind verschlüsselt. Wir können Sie öffnen lassen, aber das dauert mit der Brute-Force-Methode je Hack eine Stunde.«

»Brut was?«, fragte sie.

»So nennt man den Hack, wenn massive CPU-Ressourcen eingesetzt werden, um einen Schlüssel zu errechnen.«

»Nennen Sie mir die Gegenseiten. Wo kamen die Gespräche her?« Die richtige Formatierung der Daten dauerte einige Minuten.

»Zwei kamen aus Russland.«

»Nein.« Das war nicht Reniers Kragenweite.

»Australien.«

»Zu weit weg.« Auch kein Treffer.

»Eine dreihundert Fuß Jacht vor Malta …« Rees begann, stark zu gähnen.

»Das ist er!«

»Ich lade die Daten auf ein Pad. Damit können wir das Schiff auch in Bewegung orten. Er hat einen Fehler gemacht, ich hab sein Telefon gefunden. Es sendet. Ich hätte von diesem Mann erwartet, dass er seine Spuren besser verwischt. Wir kriegen ihn, ich …« Er schüttelte sichtlich überrascht den Kopf. »Irgendwie geht es mir nicht gut.«

»Warten Sie, legen Sie sich kurz auf mein Bett.« Sie half dem erheblich schwereren Mann ins Schlafzimmer, der dort angekommen wie ein frisch gefällter Baum umfiel. Aufs Bett. Treffer!

»Schlafen Sie gut.« Giovanella lächelte. Rees hatte für die Abhöraktion in New York noch einen bei ihr gut. Sie zog ihn aus, steckte seine Kleidung, seine Schuhe und seine Waffe in den Wäscheschacht.

Dann klebte sie ihm den Kreislaufmonitor auf die Brust und stellte die Notfallfunktion an, sodass, wenn er gesundheitliche Probleme bekam, automatisch der Hotelnotruf aktiviert wurde. Sie wollte ihn nicht umbringen. Anschließend legte sie ihm die Handschellen an, drehte ihn auf den Bauch und fesselte ihn an die Bettpfosten.

Den Bambusstock legte sie demonstrativ neben seinen nackten Hintern und drapierte mit ihrer benutzten Unterwäsche die Nachttischlampe. Sie öffnete auch die Minibar, nahm zwei Alkoholfläschchen und schüttete sie über Rees aus. Wenn sie ihn befreiten, würde er erst mal einige Stunden damit beschäftigt sein, diese Situation zu erklären. Den Vorsprung würde sie nutzen, um Renier zu finden!

Giovanella nahm das Pad-System, ihre Handtasche und verließ die Suite. Wenn man sie später auf Rees ansprechen sollte, würde sie von einer wilden gemeinsamen Nacht erzählen. Eine Story, bei der er als FBI-Agent schlechter aussehen würde als sie.

A.D. 2018

DIE STIMME

»Woher willst du wissen, dass sie ein Hunter ist?«, fuhr Jake Hannah an. »Bis heute morgen hattest du keine Ahnung davon, dass du selbst einer bist, und jetzt kommt eine Wildfremde daher und du verrätst ihr gleich alles, sogar unsere richtigen Namen.«

»Jake …«

»Wahrscheinlich ruft sie gerade die Bullen an, und bald wimmelt es hier von Cops.«

Madison war bereits in den Bus gestiegen, um Plätze für sie zu reservieren, wie sie gesagt hatte. Vielleicht hatte sie auch Jakes Ärger gespürt, nachdem es zunächst so ausgesehen hatte, als wäre alles okay.

Jake verstand seine Reaktion ja selbst nicht. Er war hin- und hergerissen bei dem Gedanken, Madison zu vertrauen. Und ihr Geruch machte ihn schier wahnsinnig. Auf eine positive Art und Weise. Madison roch ein wenig wie Serena, aber die Schwere der Süße darin fehlte. Sie strömte einen Duft nach Sonnenschein und einer Blumenwiese aus, einladend, sich auszuruhen, zu verweilen, glücklich zu sein.

Niemals zuvor hatte Jake etwas Derartiges wahrgenommen, und auch wenn er spürte, dass Madison und ihr Duft nicht zusammenpassten, fühlte es sich gut an, in ihrer Nähe zu sein.

»Jake …«

»Was hast du gefühlt, als du sie berührt hast?«

Jetzt, wo er sich nicht mehr direkt in Madisons Nähe befand, fiel es ihm leichter, zornig auf Hannahs Unvorsichtigkeit zu sein.

»Sie ist wie du, fremd und vertraut zugleich. Jake, ich habe mit ihr gesprochen. Madison ist siebzehn. Sie wurde als Baby an einer Bushaltestelle zurückgelassen und später adoptiert. Kommt dir das irgendwie bekannt vor?«

»Trotzdem …«

»Was trotzdem?«, zischte Hannah. »SIE IST EIN HUNTER! Versteh das doch.«

»Wir sind auf der Flucht.«

»Das ist sie auch. Vor ihrem Leben, sagt sie.«

»Und genau so etwas …«

»Jake, das reicht. Ich steige jetzt ein. Mach, was du willst.«

Hannah wandte sich um, legte ihre Hand auf das Blech des Busses und tastete sich zur Einstiegstür vor. Kurz darauf war sie im Bus verschwunden. Jake fluchte stumm, dann ging er ihr hinterher.

Madison hatte Plätze in der hinteren Reihe des Busses belegt und lächelte ihm freundlich entgegen. Als Jake ihr näher kam, verflog sein Ärger. Dieses Mädchen roch einfach unglaublich gut. Er hätte sich gern zu ihr gesetzt, aber Hannah hatte bereits Platz neben ihr genommen und plauderte munter auf das fremde Mädchen ein.

Jake setzte sich in die gleiche Reihe und zwängte seine langen Beine unter den Sitz vor ihm. Es waren nur wenige Fahrgäste an Bord, und die saßen alle weiter vorn. Sie waren hier hinten also relativ ungestört. Kurz darauf verkündete der Busfahrer die Abfahrt. Noch während er über Fahrdauer und geplante Stopps redete, vibrierte Jakes Handy in seiner Hosentasche. Jake zuckte zusammen.

Wie konnte das sein? Sein Smartphone war abgeschaltet, der Akku leer. Er hatte nicht daran gedacht, das Gerät beim Aufenthalt in Hannahs Wohnung zu laden. Wozu auch, er konnte es sowieso nicht benutzen. Mit zitternden Händen zog er das Handy hervor und starrte verblüfft auf das Display, das nun nicht mehr schwarz war, sondern sein übliches Hintergrundbild zeigte. Auf dem grünen WhatsApp-Symbol war eine kleine rote Eins zu sehen, die ihm anzeigte, dass eine Nachricht eingegangen war. Jake brauchte zwei Anläufe, um das Symbol mit dem Finger zu treffen.

Hallo Jake, stand da. Ich bin Carl.

Jake glotzte auf die Nachricht, die in ihrer Skurrilität schon fast witzig war. Was sollte er jetzt tun? Sein Verstand riet ihm, das Handy sofort wieder auszuschalten, sein Gefühl sagte ihm, dass es wichtig war, es nicht zu tun.

Du bist bestimmt überrascht und auch ein wenig verunsichert, überlegst, was du jetzt tun sollst, aber ich bitte dich, mir kurz deine Aufmerksamkeit zu schenken.

Wie kann das sein?, tippte Jake ein. Das Handy war ausgeschaltet und der Akku leer.

Bitte schau auf die Anzeige.

Der Akku war wieder voll. Hundert Prozent Ladestand. Jake kratzte sich verwirrt am Kopf.

Haben Sie das gemacht?

Ja, und bitte duze mich.

Wer bist du?

Carl, wie ich schon sagte.

Was willst du von mir?

Ich will dir helfen, aber zunächst möchte ich dich bitten, Kopfhörer zu benutzen und direkt mit mir zu sprechen. Es dauert zu lange, bis du deine Nachrichten eingetippt hast. So viel Zeit haben wir nicht, es gibt viel zu tun.

Jake verstand kein Wort und nein, er hatte keine Kopfhörer dabei. Sein Blick fiel auf Madison, die noch immer mit Hannah redete. Jake beugte sich zu den beiden hinüber.

»Hat jemand von euch Kopfhörer dabei?« Er beschloss, Carls Kontaktaufnahme vorerst zu verschweigen. Erst musste er herausfinden, was der Typ von ihm wollte und ob für sie Gefahr bestand, bevor er Hannah und Madison damit beunruhigte. »Ich würde gern ein wenig Musik hören. Keine Sorge, das GPS ist ausgeschaltet, und ich bin offline.«

»Ich habe welche«, sagte Madison und kramte in ihrer Handtasche herum. Sie reichte Jake die Earphones.

»Danke.« Er wandte sich wieder ab.

Als er die Kopfhörer einstöpselte, hörte er eine männliche Stimme. Angenehm, weich, vertrauenswürdig.

»Du kannst jetzt direkt mit mir sprechen«, sagte sie. Es ist sicher. Ich habe dein Handy gegen jede Ortung abgeschirmt.«

»Wie machst du das?«, flüsterte Jake leise.

»Bitte halte das Mikrofon dichter an deinen Mund, sonst verstehe ich dich nicht.«

Jake drehte sich zum Fenster, sodass Hannah und Madison nicht sehen konnten, dass er ins Handy sprach.

»Wie machst du das?«, wiederholte er.

»Es ist ganz einfach, tut jetzt aber nichts zur Sache. Jake, ich möchte, dass du verstehst, dass ich auf deiner Seite bin. Ich weiß von deinem Kampf gegen die Außerirdischen, von Michael, William, Lee, Skagen und auch von Amy. Ich werde dich ab jetzt unterstützen, wir haben Großes vor.«

»Was? Woher weißt du das? Und was haben wir vor?«

»Eins nach dem anderen. Zunächst einmal musst du wissen, dass sich Skagen im Gefängnis auf Rikers Island befindet. Er hat dort Caleb, den fünften und letzten Hunter, gefunden.«

»Dann ist Madison tatsächlich eine von uns?«

»Das ist sie. Skagen ist in Gefahr, aber wichtiger noch, nach einem gescheiterten Fluchtversuch soll er in zwei Tagen in ein Hochsicherheitsgefängnis verlegt werden. Dort hätte ich keinen Zugriff mehr auf Informationen über ihn.«

»Aber jetzt hast du sie?«

Jake war ganz aufgeregt. Er fühlte, dass sich etwas im Gleichgewicht der Kräfte verändert hatte. Auch wenn er noch nicht wusste, ob er Carl vertrauen konnte, war doch eines klar: Dieser Fremde verfügte über Möglichkeiten weit außerhalb dessen, was er tun konnte. Offensichtlich beobachtete Carl die Geschehnisse und konnte auf Informationen zugreifen, die ihm nicht zur Verfügung standen.

»Bist du ein Hacker?«, stelle er die naheliegende Frage.

»So etwas Ähnliches«, kam es zurück. »Aber wie gesagt,

das spielt jetzt keine Rolle. Ich möchte, dass du etwas tust. Jetzt und hier.«

»Was?«

»Ruf Amy an.«

»Wie bitte? Wenn ich das tue, besteht die Gefahr, dass mich die Behörden orten können.«

»Werden sie nicht, wie gesagt, ich kann das verhindern.«

»Und was willst du von Amy?«

»Sag ihr, dass sie Vernon Hill verlassen muss. Noch heute. Sie ist dort nicht mehr sicher.«

Eine eiskalte Hand griff nach Jakes Herz. »Was meinst du damit?«

»Das zu erklären, wäre jetzt zu kompliziert. Glaub mir einfach.«

»Amy kommt dort nicht weg. Jedenfalls …«

»Das weiß ich.« Die Stimme aus dem Handy wurde eindringlicher. »Ich habe für alles gesorgt. Hör mir gut zu, ich werde dir jetzt erklären, was du zu ihr sagen sollst. Mach keinen Fehler, ihr Leben hängt davon ab.«

Jake keuchte. »Du machst mir eine Scheißangst.«

»Die solltest du auch haben. Hör zu. Ich erzähle dir, was du tun musst.«

Vier Minuten später wandte sich Jake an die Mädchen. »Ich muss jetzt telefonieren. Es ist wichtig.«

Hannah öffnete den Mund, wollte etwas sagen, aber Jake ließ sie erst gar nicht zu Wort kommen.

»Hannah, glaub mir, ich weiß, was ich tue. Es besteht keine Gefahr für uns.«

»Wen rufst du an?«

»Amy.«

Dann drehte er sich um und wählte Amys Nummer. Es dauerte eine Ewigkeit, bis sie abnahm.

»Ich bin's«, sagte Jake.

»Jake? Gott sei Dank ... Du rufst mich von deinem Handy an?«

»Ja, aber es ist sicher. Wie geht es dir? Ist David inzwischen aufgetaucht?«

»Nein.«

»Amy, du musst dort weg. Heute noch.«

»Das Thema hatten wir schon.«

»Ja, aber es ist dringender als zuvor. Ich wollte es dir eigentlich nicht sagen, um dich nicht noch mehr zu beunruhigen, aber ich habe versucht, Kontakt mit meinem Vater aufzunehmen ...« Er schluckte schwer. »Serena war da. Er ist jetzt einer von ihnen. Ich habe es gerochen.«

»Oh mein Gott«, stöhnte Amy. »Jake, das ...«

»Ich weiß, was du sagen willst, aber dafür ist jetzt keine Zeit. Ich glaube, Serena jagt uns. Es ist nur eine Frage der Zeit, bis sie bei dir auftaucht. Noch weiß sie nicht, dass wir zusammengehören, aber sobald sie davon erfährt, bist du in höchster Gefahr, also hör mir gut zu: Innerhalb der nächsten dreißig Minuten wird ein Expressdienst dir einen großen Umschlag liefern. Darin befindet sich ein maltesischer Reisepass auf den Namen ›Amy Muscat‹. Weiterhin zwei Flugtickets. Das erste bringt dich von Chicago nach Washington. Der Flug geht um fünfzehn Uhr fünfunddreißig. Du hast in Washington ein paar Stunden Aufenthalt, bevor du am späten Abend mit British Airways weiter nach Malta fliegst.«

»Jake ...«

»Nein, Amy. Du machst das. Dein Leben ist in Gefahr.«

Daraufhin schwieg sie, und Jake sprach weiter.

»In dem Umschlag befinden sich außerdem sechshundert Dollar in bar, ebenso eintausend Euro in kleinen Scheinen. Darüber hinaus wirst du Bankunterlagen der Bank of Valetta entdecken. Du hast dort ein Konto mit einem Guthaben von zweihunderttausend Euro. Eine Unterschriftenprobe von dir wurde hinterlegt. Auf den Unterlagen der Bank kannst du dir deine Unterschrift als Amy Muscat ansehen. Bitte nutze die Zeit, um dir diese Signatur anzueignen.«

»Jake, ich verstehe nicht … wie hast du das gemacht?«

»Ich habe Unterstützung gefunden.«

»Von wem?«

Er erzählte ihr von Carl.

»Du glaubst einer Stimme aus dem Handy?«

Bevor Jake etwas darauf sagen konnte, meldete sich Carl zu Wort.

»Amy Watson, hier spricht Carl. Hör mir bitte gut zu …«

»Nein, das werde ich nicht.« Jake konnte ihre Aufregung spüren.

»Du wurdest als Tochter von Henrik und Verena Watson am 5. Januar 2002 geboren. Dein Vater ist der Sohn eines bekannten IRA-Rebellen, der am 3. März 1976 in Belfast erschossen wurde. Das ist auch der Grund, warum dein Vater und sein Bruder Irland verlassen haben.«

»Wie kannst du das wissen? Niemand …«

»Als du sechs Jahre alt warst, wurde deine Katze Sammy von einem roten Transporter überfahren. Du warst dabei, hast alles gesehen.«

Jake konnte hören, wie Amy nach Luft schnappte. Wenn es noch möglich war, Informationen über Amys Großvater zu finden, so gab es keine Erklärung für diese Aussage, die mit Sicherheit nirgends festgehalten worden war. Carl schien jetzt in Fahrt zu sein, denn er sprach sofort weiter.

»Deine Mutter Verena leidet an einem genetischen Defekt, der ihr später im Alter noch Probleme bereiten wird. Sie hat versucht, den Befund vor dir geheim zu halten, aber du hast das Schreiben des Arztes zufällig entdeckt und weißt Bescheid.«

»Das habe ich nie jemandem erzählt.«

»Doch, mir.«

»Was?«, stöhnte Amy. »Ich kenne dich überhaupt nicht.«

»Noch nicht.«

Einen Moment herrschte Schweigen. Jake war vollkommen verwirrt. Woher hatte Carl diese Informationen? Der Typ war geradezu unheimlich.

»Amy, du bist jetzt bereit zu tun, was Jake dir gesagt hat. Es ist von enormer Bedeutung, dass du es tust. Heute!«

»Ich …« Ein Geräusch war zu hören. »Es klingelt an der Tür.«

»Das ist der Paketdienst mit den Unterlagen. Öffne ihm.«

Amy sprach mit jemandem, dann meldete sie sich wieder. »Man hat mir einen großen Umschlag gebracht.«

»Packe nicht zu viel ein und vor allem leichte Kleidung. Um diese Jahreszeit ist es sehr warm in Malta.«

Carl unterbrach die Verbindung.

»Was hast du gemacht?«, zischte Jake verärgert. »Ich wollte noch mit Amy sprechen. Sie davon überzeugen …«

»Sie wird fliegen. Ich weiß es. Wir können jetzt unsere Zeit nicht mit Plaudereien verschwenden. Amy muss packen, und wir haben zu tun.«

»Was hast du vor?«

»Zunächst wirst du Hannah und Madison erklären, wer

ich bin und dass ich auf eurer Seite stehe. Dann …« Carl machte eine künstliche Pause.

»Was dann?«, fragte Jake.

»Halten wir den Bus an und steigen aus.«

»Wie bitte?«

»Wir müssen zurück nach New York.«

A.D. 2118

BLUMEN FÜR SIE

Giovanella hatte sich von dem CP-Gleiter am Hotel abholen lassen und flog nun mit hoher Geschwindigkeit und minimaler Flughöhe über das Mittelmeer. Die autonome Flugsteuerung des Gleiters stellte zum Glück keine Fragen und hielt zielstrebig auf Malta südlich von Sizilien zu. Die verbleibende Flugzeit betrug nur noch wenige Minuten. Sie hatte zudem die Kommunikation mit der Flugsicherung unterbrochen. Niemand sollte von ihrer Reise erfahren.

Malta, warum Malta? Giovanella mochte die Insel, auf der sie geboren wurde, wollte aber trotzdem nicht wieder dorthin. Dafür war zu viel passiert. Das Leben auf Malta war ihr einfach zu klein.

Reniers Vierhundertsiebzig-Fuß-Jacht war ein Dreimaster und lag in der Blauen Lagune, eine Bucht auf Comino. Das schönste Fleckchen Erde im westlichen Mittelmeer. Malta, Gozo und Comino, so nannten sich die drei Inseln, die zu dem europäischen Zwergstaat gehörten.

Die Kennung, die sie die ganze Zeit anpeilte, war immer noch aktiv und sendete munter weiter. Ein grober Fehler, wenn man nicht gefunden werden wollte.

Renier wurde nachlässig.

»*Leite Landemanöver ein*«, erklärte die synthetische Stimme der Flugsteuerung.

Giovanella beobachtete an einem Borddisplay aus dem Gastraum, wie die Geschwindigkeit abnahm.

Die See war ungewöhnlich ruhig für Januar. Das Wetter konnte in dieser Jahreszeit auch auf einer Sonneninsel ziemlich ungemütlich werden. Es würde aber bei der Landung auf Wasser keine Probleme geben. Wobei der Gleiter das Wasser nicht berühren, sondern in der Bucht einen Meter darüber schweben würde.

Giovanella sah aus dem Fenster. Die *Instabil*, so der Name der Segeljacht, hatte geankert. Es machte niemand an Bord Anstalten, ihren Gleiter dabei aufzuhalten, dicht an den Bug heranzufliegen. Sie hätte sich ohnehin nicht stoppen lassen. So viel war sicher.

»*Landemanöver erfolgreich abgeschlossen*«, erklärte das Steuerungsmodul, dann öffnete sich die Tür. Die Sonne blendete sie. Was sie hier tat, war völlig verrückt, aber auch ohne Alternative. Sie verließ den Gleiter. Mit ihren Pumps in der Hand ging sie über einen kurzen Ausleger an Bord.

»Ich habe Sie erwartet«, erklärte ein Mann um die vierzig, sportlich schlank, groß, braunhaarig mit grauen Schläfen, Dreitagebart, beiger Leinenhose und einem weißen Hoodie, mit dem HFP-Logo auf der Brust. »Ich denke, die brauchen Sie hier nicht.« Er nahm ihr die Schuhe ab. Die hellen Holzplanken unter ihren Füßen waren von der Sonne handwarm.

Giovanella verkniff sich einen Kommentar zu HFP und überlegte, was er damit sagen wollte, dass er sie erwartet hätte. Na ja, vermutlich meinte er, den Gleiter beim Anflug auf dem Radar entdeckt zu haben. Eine seltsame Begrüßung.

»Befindet sich Leroy Matin Renier an Bord?« Sie wollte direkt zur Sache kommen. Erst jetzt sah sie, dass der Typ ebenfalls keine Schuhe trug und seine Haut stark gebräunt war.

»Ja.«

Sehr gut, Giovanella freute sich, ohne es zu zeigen. »Ich würde ihn gerne sprechen.«

»Weswegen?« Dafür, dass er an Bord nur für das Zusammenlegen der Seile verantwortlich war, sah er sie eine Spur zu aufdringlich an.

Sie musste deutlicher werden. »Mein Name ist Giovanella Muscat, ich bin Juristin und …«

»… arbeiten in New York.« Er fiel ihr wenig höflich ins Wort. »Giovanella, ich hoffe, Sie so nennen zu dürfen, mir ist bekannt, wer Sie sind. Was ich nicht weiß, ist, warum Sie an Bord gekommen sind.«

»Es ist wichtig!« Der Kerl machte sie nervös. Sie wollte endlich mit Renier sprechen und keine Zeit mit einer Hilfskraft vergeuden.

»Natürlich ist es das. Hätten Sie ansonsten dem CP-Gleiter eine neue Route verpasst und wären unter dem Radar nach Malta geflogen?« Er drehte sich um und ging zu einer Sitzgruppe. »Bitte, nehmen Sie Platz.«

»Oh …« Sie stutzte, war der Typ etwa Renier selbst? Sie hatte einen weitaus älteren Mann erwartet. »Sie sind sehr gut informiert.«

Nein, das konnte er nicht sein. Sie hatte erst vor Kurzem Bilder im Internet über ihn recherchiert, und unter der Vielzahl möglicher Reniers war dieses Gesicht sicherlich nicht dabei gewesen.

»Ja.« Mit der Hand zeigte er auf einen weißen Ledersessel.

»Sind Sie Leroy Matin Renier?«

»Nennen Sie mich Matin.«

So ein mieser Start. Giovanella hatte sich benommen wie eine arrogante Zicke. »Sir, es ist mir eine Freude, Sie …«

»Kein Sir, Matin, bitte.«

»Ähm ... ja.« Sie atmete angespannt aus. Dieser Mann entsprach noch nicht einmal im Ansatz dem, was sie erwartet hatte. Wobei sie ihre Erwartungshaltung auch nicht hätte beschreiben können.

»Haben wir gestern miteinander gesprochen?« Erst langsam realisierte sie, dass es die gleiche Stimme war. Nur das Bild in ihrem Kopf hatte nicht gestimmt.

»Ja.« Er lächelte. Ein Wort, eine Geste, und er hatte die Oberhand. Giovanella verkaufte sich gerade nicht so tough, wie sie es geplant hatte.

»Sir ... ähm ... Matin, leider hatten wir bisher nicht die Möglichkeit, uns persönlich zu treffen.« Dieser Blick, er hatte dunkle, starke Augen, die durch ihren Schutzpanzer zu blicken schienen. Nein, nein, schrie sie innerlich auf! Sie war so dumm, so unendlich dumm! Die offene Kennung, das war kein Fehler gewesen. Er wollte ihr absichtlich die Möglichkeit geben, ihn zu finden. Dieser Mann hatte auf sie gewartet.

»Das ist richtig.«

Giovanella sollte wenigstens anfangen zu schwimmen und nicht hilflos in der peinlichen Situation herumstrampeln. Sie war nicht hier, um sich wieder blenden zu lassen. Sie wollte Antworten. »Matin, Sie wollten, dass ich Sie auf dem Schiff finde.«

»Wollte ich das?«

»Sie haben gestern über eine offene Kennung mit mir gesprochen. Sie ...« Das war eine Frechheit! »Sie wussten vom FBI, von Rees, und dass dieser Idiot mir auf den Fersen war! Aber wie konnten Sie davon ausgehen, dass ich die NSA einschalte, um ...«

»Giovanella, Informationen sind sehr wertvoll in unserer Zeit.

Ich wusste nicht, wie Sie es anstellen würden, aber ich musste lachen, dass Special Agent Frank Rees mit Fellhandschellen an Ihrem Hotelbett gefesselt ein Nickerchen macht.«

»Sie haben mit mir gespielt!« Sie überkam der spontane Wunsch, ihm eine Ohrfeige zu verpassen. Rees wie einen großen Hund vor einer Reise schlafen zu legen, hätte auch schieflaufen können. Körperlich wäre sie dem stämmigen Agent niemals gewachsen gewesen.

»Ich habe Sie motiviert.«

»Ist das für Sie ein Unterschied?«

»Unsere Zeit ist knapp. Haben Sie mich aufgesucht, um über Frank Rees zu sprechen?« Jeder Aal war besser zu packen als dieser Mann.

»Nein.« Sie versuchte, sich zu entspannen, was ihr im Augenblick schwerfiel. »Jake Merdon.«

»Sie haben ihn gefunden, das war eine sehr gute Arbeit. Carl sagte, dass es ohne Ihre Unterstützung nicht funktioniert hätte. Noch einmal ... vielen, vielen lieben Dank dafür.«

»Nein ...« Sie schüttelte den Kopf, nicht wieder diese leere Worthülse. »Matin, ich bin nicht zu Ihnen gekommen, um mir ein Lob abzuholen! Wieso haben Sie mich direkt nach dem Kontakt mit Jake Merdon abgezogen? Es war zu diesem Zeitpunkt völlig offen, wie und wann er verschwunden ist!«

Matin lächelte. Ein attraktiver Mann, aber das spielte keine Rolle. »Er interessiert Sie?«

Ja, wollte sie aus ganzem Herzen brüllen, das tat er! Sie musste unbedingt erfahren, was aus ihm wurde. Aber die Reaktion wäre im Moment unpassend gewesen. »Es war unprofessionell, mein Mandat auf diese Art zu beenden.«

»Haben Sie oft Probleme, Ihr Temperament im Griff zu behalten?«

»Das ist …« Wieder so eine Frechheit. Ruhig, sei ruhig, schrie sie sich innerlich zu. Giovanella fühlte sich wie eine Klaviersaite, auf der er nach Belieben die Tasten drückte.

»Es fällt Ihnen schwer, Ungerechtigkeiten zu ertragen, oder?«

»Ich möchte Antworten!« Drei Worte, in der Situation eher unbeholfen geäußert, waren ihr letzter Versuch, nicht an Matins Präsenz zu ertrinken.

»Das sehe ich.« Er lehnte sich entspannt zurück. »CP, die größte und bestbezahlte Ansammlung bis aufs Blut korrupter Individuen in New York, hat einem Engel ein neues Zuhause geschenkt.«

»Was soll das denn jetzt?«, brach es unkontrolliert aus ihr hervor. Sie konnte ihr Unverständnis über diesen Mann nicht länger zurückhalten. Wieso beleidigte er jetzt ihre Kanzlei?

»Ich hätte Sabrina Hanley keinen schlimmeren Schmerz zufügen können, als sie zu loben und mit einem Bonus zu überschütten, der sogar ihr Jahreseinkommen als Partner übersteigt.«

»Aber …« Keine Chance, dagegen kam sie nicht an. Welche Rolle spielte seine Chefin? Beide engagierten sich für HFP. Matin trug sogar einen Werbe-Hoodie mit deren Logo auf der Brust.

»Glauben Sie, dort etwa Gerechtigkeit zu finden?«, fragte er.

»Antworten …«, stammelte sie. »Ich suche Antworten.« Die Gedanken in ihrem Kopf spielten gerade Flipper.

»Giovanella, dann müssen Sie auch lernen, die richtigen Fragen zu stellen.«

Sie sah ihn schweigend an.

»Die Frage, was aus Jake Merdon wurde, ist unwichtig. Auch Madison, Hannah oder Steven Gellard stehen nicht im Mittelpunkt. Niemand von denen ist in der Lage, Ihrem Wunsch nach Gerechtigkeit nachzukommen.«

Was sollte sie dazu sagen? Wie ein Häufchen Elend saß sie in dem Sessel.

»Warum stellen Sie nicht die Frage, welche Rolle *Sie* spielen? Denken Sie, ich habe Sie zufällig ausgewählt? Weil Sie Juristin sind? Oder sogar weil Sie eine CP-Visitenkarte haben?«

Sie presste die Lippen zusammen. Das war zu viel, zu nah und viel zu intensiv. Über ihre Rolle hatte sie selbst bereits nachgedacht, ohne dabei auf eine befriedigende Antwort zu kommen.

»Giovanella, haben Sie sich nie gefragt, wer Sie sind? Ich meine Sie, Sie persönlich. Ohne das teure Kostüm, ohne die dreitausend-Dollar-Pumps und ohne Ihre Ausbildung an einer Eliteuniversität.«

»Ich bin ein Mensch ...« Auch über diese Antwort hatte sie nicht nachgedacht. Sie kam einfach. Giovanella hielt ihre emotional empfundenen Ansichten nicht mehr zurück. Bei ihm war es nicht möglich, etwas vorzugeben, das sie nicht war.

»Ja ... und eine beeindruckende Frau dazu. Sie sind fähig zuzuhören, Sie sehen genau hin, und Sie verstehen schnell, sehr schnell.«

»Die Einschätzung ist nett, ich kann sie aber im Moment nicht bestätigen. Matin, wohin wollen Sie mich führen?«

»Giovanella, leider werden Dinge geschehen, die Sie um einiges mehr fordern werden. Das sage ich nicht, um mich wichtigzumachen oder Sie einzuschüchtern. Ich sage es, weil es so kommen wird.«

»Sie reden vom FBI?« Rees würde sicherlich nicht gerade glücklich mit dem heutigen Tag sein.

Er legte sich die Hand auf die Brust. »Das FBI ist nicht das Problem.«

»HFP?« Was hatte jetzt die humanitäre Hilfsorganisation damit zu tun?

»*Human Future Project* ... aber lassen Sie uns zuerst über Sie sprechen.«

»Sie wissen doch bestimmt alles.« Giovanella gab sich nicht der Hoffnung hin, Matin noch etwas Neues über sich erzählen zu können.

»Sie auch?«

Sie schüttelte nur den Kopf.

»Giovanella Muscat, Sie wurden auf Malta geboren, oder? Der Name ist typisch für die Insel.«

»Ich konnte ihn mir nicht aussuchen.« Ihre Familie leider auch nicht. »Bitte, ich möchte nicht über meine Eltern oder Geschwister reden.«

»Einverstanden. Eine andere Frage, glauben Sie, dass Freiheit einen Preis hat?«

»Sie ist unbezahlbar.«

»Ja ... wir sollten das nicht vergessen. Giovanella, ich möchte Ihnen etwas schenken.«

Sie lächelte. »Was?«

Matin stand auf, öffnete die Tür zum unteren Wohnbereich der Jacht und nahm einen Blumenstrauß von einem Tisch. Gelbe Rosen, sie hatte den Duft, der auf sie einströmte, vorher nicht wahrnehmen können.

»Gefallen Sie Ihnen?« Matin kam wieder auf sie zu. Die Intensität der Blumen war unbeschreiblich. »Der vermutlich teuerste Strauß der Welt.«

»Wie soll ich das verstehen?«

»Für andere mag das exzentrisch wirken, aber ich habe viel Geld in meine Rosenzucht gesteckt. Sie würden mir die Summe nicht glauben. Aber Geld spielt dabei keine Rolle. Wir haben ja eben zusammen festgestellt, dass Freiheit unbezahlbar ist. Nicht wahr?«

»Ich kann Ihnen nicht folgen.« Na ja, das tat sie bereits die ganze Zeit nicht. Er warf ihr im Minutentakt neue Rätsel vor die Füße.

»Ich liebe den Geruch.«

»Er ist betörend intensiv.« Direkt vor ihrem Kopf war er sogar stärker als alles andere, was sie bis dahin erlebt hatte. Mit jedem weiteren Atemzug wurde ihr Herzschlag schneller.

»Giovanella, finden Sie mich anziehend?«

»Ich ...« Sie hätte mit dem Atmen aufhören müssen, um sich der Wirkung der gelben Rosen zu entziehen. Matin war anziehend, aber sie würde sicherlich nichts mit ihm anfangen.

»Sie suchen nach Worten, um das plötzliche Verlangen in sich zu erklären?«

Sie stöhnte kurz. Das war wie Tausende kleine Nadelstiche auf ihrem Bauch. Ihre Brustwarzen richteten sich auf, und zwischen ihren Beinen entstand eine unpassende Wärme. Sie kämpfte dagegen an.

»Ihr Wille ist beachtlich ...«

»Das ist nicht so, wie es aussieht!« Alles änderte sich in diesem Moment. Alles, worüber sie zuvor mit Matin gesprochen hatte, war bedeutungslos. Sogar Jake Merdon war ihr egal. Alles, woran sie denken konnte, war, seine Haut zu schmecken. Sie konnte sich nicht erinnern, wann sie sich das letzte Mal derart intensiv danach gesehnt hatte, berührt zu werden.

»Geht es Ihnen gut?«

»Ja ... es ist nur ...« In dem Moment setzte auch das letzte bisschen Anstand in ihr aus, und sie fiel Matin um den Hals. Die gelben Rosen landeten auf dem Boden. Sie küsste ihn. Nein, sie verschlang ihn. Fuhr ihm mit der Zunge über die Lippen, wollte ihn verzehren und schmiegte sich dicht an Matin, um ihn mit jeder Faser ihres Körpers spüren zu können.

»Es sind Pheromone.« Mit diesen drei Worten war die Magie vorbei. Erst jetzt bemerkte Giovanella, dass er ihre stürmischen Avancen nicht erwidert hatte. Zurückgewiesen hatte er sie allerdings auch nicht.

»Ich ... bitte entschuldigen Sie.« Oh Gott, war das peinlich. Am liebsten wäre sie in die Bucht gesprungen und am Meeresgrund sitzen geblieben. »Das bin ich nicht ... nein, nein ... so bin ich nicht.« Sie hatte sich noch nie einem Mann wie eine Bordsteinschwalbe an den Hals geworfen.

»Pheromone sind natürliche Botenstoffe. Tiere, Pflanzen und Menschen nutzen sie, um zu kommunizieren.« Matin wirkte cool, als ob sie ihm zuvor nur die Hand gegeben hätte. »Die Aussage, sich gut riechen zu können, kommt nicht von ungefähr.«

»Aber ... ich ...« Giovanella bemerkte, dass sich bei dem Zwischenfall drei Knöpfe ihrer ohnehin knappen Bluse gelöst hatten. Mit einer Hand versuchte sie, den Büstenhalter zu verdecken, die andere hielt sie vor den Mund. Ihr Kopf fühlte sich an wie ein brennender Heißluftballon.

»Giovanella, Sie haben nicht die Beherrschung verloren. Ich habe sie mithilfe von genetisch manipulierten Pheromonen dazu angestiftet, mich zu küssen. Es tut mir leid ... aber wie sollte ich es Ihnen anders zeigen.«

»Sie!« Jetzt knallte sie ihm eine. »Das war ...« Sie suchte nach den passenden Worten. Sie hätte, ohne eine Sekunde zu zögern, mit ihm geschlafen. »... eine Unverschämtheit!«

Er bewegte sich keinen Zentimeter von der Stelle. »Die Ohrfeige habe ich verdient. Giovanella, was Sie gerade erlebt haben, war nicht die Zurschaustellung meines Egos. Ich habe Ihnen eine Waffe gezeigt. Wir werden angegriffen.«

»Was, wer soll uns angreifen?« Sie verdrehte ratlos die Augen.

»Es sind Aliens, die sich Menschen durch Pheromone zu ihren Untertanen machen.«

»Das ist doch Blödsinn!« Giovanella ging einen Schritt zurück. Obwohl ... Hannah, Jake Merdons Begleiterin, hatte auch von Aliens gesprochen. Was sollte das denn jetzt bitte für eine wilde Geschichte sein?

»Es wird Krieg geben, und glauben Sie mir, die Reihen der Menschen, die eine natürliche Immunität gegenüber deren Lockstoffen haben, sind nicht prall gefüllt.«

»Ich verstehe gar nichts von dem, was Sie da sagen. Ich sollte jetzt gehen.«

»Warten Sie noch einen Moment.«

»Warum?«

»Darum.« Matin zeigte auf vier militärische Gleiter, die eine Sekunde später aus dem Nichts auftauchten. Zwei an jeder Seite des Schiffs schwebten dicht über dem Deck. Einsatzkräfte sprangen auf das Schiff. »Ich hätte gerne länger mit Ihnen gesprochen, aber leider werden Sie die letzten Schritte ohne mich gehen müssen. Verlieren Sie nicht den Glauben an sich. Wir sind nicht viele, aber Sie sind nicht alleine.«

»Pulizija! Ebda moviment! Niżżel l-art!!«, schrie ein Mann in schwarzer Kleidung, der mit der Waffe in der Hand auf Matin zulief. Das war ein Sondereinsatzteam aus Malta. »Polizei! Keine Bewegung! Runter auf den Boden!«, folgte in ihrer Sprache. Sie hatte es bereits beim ersten Mal verstanden.

Jetzt packte auch Giovanella jemand am Nacken und drückte sie mit der Nase unsanft auf die Holzplanken. Sie schrie spitz auf. Es tat weh. Ihr Kopf dröhnte. Der Ausflug in ihre alte Heimat war vorbei. Die gelben Rosen konnten sich gegen die herannahenden Stiefel nicht wehren und wurden zertrampelt. Sie hatte keine Ahnung, was jetzt mit ihr passieren würde.

»Leroy Matin Renier, Sie sind verhaftet. Giovanella Muscat, Sie sind ebenfalls verhaftet«, erklärte Frank Rees, dem es augenscheinlich gelungen war, die Fellhandschellen loszuwerden und seine Hose wiederzufinden.

A.D. 2018

VORBEREITUNG

»Bist du verrückt?«, sagte Hannah. »Ich steige doch nicht aus dem Bus aus und fahre wieder zurück nach New York. Wir haben es mit viel Glück aus der Stadt rausgeschafft. Dahin zurückzugehen, wäre der Wahnsinn.«

»Carl sagt, wir müssen es tun.«

»Carl, Carl, Carl«, echote Hannah. »Da redet jemand über das Handy mit dir, und du bist gleich bereit zu glauben, dass er auf unserer Seite steht. Das Ganze könnte auch eine Falle sein.«

»Nein«, widersprach Jake. »Wenn die Behörden wüssten, wo wir sind, würden sie den Bus stoppen und ihn von einem Sondereinsatzkommando stürmen lassen. Außerdem, denk daran, was er für Amy getan hat. Das kann nur jemand, der Macht und Einfluss hat.«

»Und viel Geld und noch mehr Informationen«, sagte Madison.

»Hannah hat dir unsere komplette Geschichte erzählt?«

»Ja. Wow. Das ist vielleicht abgefahren. Aliens, die eine Invasion vorbereiten, und wir sind die Einzigen, die davon wissen.«

»Es gibt noch Skagen und Caleb.«

»Wir sind alle gottverdammte Helden«, kicherte Madison.

»Findest du das lustig?«

»Nein.« Madison wurde wieder ernst. »Aber total crazy. Ich bin ein Hunter. Cool. Ich wusste ja schon immer, dass ich etwas Besonderes bin, aber dass ich aus der Zukunft stamme und genetisch verändert wurde … Boy, das ist wirklich strange.«

Jake sah sie an. Er kannte Madison erst seit zwei Stunden, aber sie trieb ihn jetzt schon in den Wahnsinn. Auf der einen Seite stieß ihn ihre Oberflächlichkeit ab, andererseits fühlte er sich ständig zu ihr hingezogen. Und, Teufel auch, sie roch so unglaublich gut. Nach diesem Duft konnte man geradezu süchtig werden.

»Madison?«

»Ja?« Ihre unfassbar grünen Augen blickten ihn an. Jake fühlte sich wie ein Softeis, das in der Sonne zu schmelzen begann.

Reiß dich zusammen, Junge. Vor wenigen Minuten hast du noch mit Amy telefoniert. Egal wer dieses Mädchen ist, dein Herz gehört einer anderen.

»Hast du irgendwelche besonderen Fähigkeiten?«, fragte er. »Etwas, das dich von anderen unterscheidet?«

Sie nahm eine Locke ihrer roten Haare und drehte sie auf den Finger. Sie sah zuckersüß aus. »Ehrlich gesagt, ist alles an mir anders. Ich kann singen, bin ziemlich sportlich …«

»Das meine ich nicht.«

Madison zog eine Schnute. »Was meinst du dann?«

»Hat dir Hannah gesagt, wo unsere Besonderheiten liegen?«

»Ja, aber mit so etwas kann ich nicht dienen … dafür bin ich klug.«

Genau, und eingebildet bis zum Gehtnichtmehr.

Jake stöhnte innerlich auf. »Okay, verschieben wir das

Thema auf später. Vielleicht hast du einfach noch nicht entdeckt, über welche Fähigkeiten du verfügst.«

»Also, eine Fähigkeit gibt es da«, schnurrte Madison und sah ihn verführerisch an. »Frag mal Hasan.«

Wer zum Henker war Hasan? Ihr Lover? Hier ging es um das Ende der Welt und dieses Mädchen baggerte ihn an. Obwohl, so ganz unerfolgreich war sie damit nicht. Kurz war ein Bild in Jakes Kopf aufgeblitzt, bei dem Madison sehr wenig anhatte, eigentlich nichts und er … Verdammt, er musste damit aufhören.

»Okay, ich sage es noch mal«, begann Jake einen neuen Versuch. »Wir müssen machen, was Carl uns sagt. Er ist unsere einzige Chance, etwas zu ändern. Wenn wir ihn ignorieren, werden wir unser Leben auf der Flucht verbringen. Gejagt von Menschen, die wir retten wollten, und bedroht von einer außerirdischen Rasse, die unsere Welt einnehmen will. Ich denke also, wir haben nicht allzu viele Alternativen zu seinem Vorschlag. Außerdem hat er einen Plan und …«

»In Ordnung«, sagte Hannah. »Du hast mich überzeugt, und ich vertraue dir. Wir steigen aus, aber ganz sicher halten wir nicht auf offener Strecke an. Das wäre viel zu auffällig. Wir warten bis zum nächsten Stopp und verlassen dann den Bus ganz offiziell.«

Jake atmete auf. »Was sagst du, Madison?«

»Ich bin dabei.«

Ja, aber warum bist du das? Du kennst uns nicht, bringst dich selbst in Lebensgefahr, ohne richtig zu verstehen, was hier los ist.

Zum ersten Mal, seit er ihr begegnet war, dachte Jake darüber nach, dass Madison ihm und Hannah etwas vorspielte. Vielleicht war sie gar nicht so naiv und oberflächlich, wie sie tat, oder sie wusste einfach viel mehr, als sie zugab. Jake spürte, dass er ihr nicht vertrauen konnte, obwohl alles in ihm danach rief, es zu tun.

Es ist dieser verfluchte Geruch, den sie ausströmt, der bringt mich noch um den Verstand ...

Dabei hatte Jake das Gefühl, dass dieser mal stärker und wieder schwächer war, je nach Madisons Laune, aber vielleicht täuschte er sich da auch.

»Wann hält der Bus wieder?«, fragte er.

Madison zog einen Flyer aus dem Netz an der Rückseite des Sitzes vor ihr und schlug ihn auf.

»Hartford ist der nächste reguläre Stopp«, sagte sie. »Da müssen wir dann raus.«

Jakes Handy vibrierte. Eine weitere Textnachricht von Carl.

Ihr seid noch im Bus. Warum?

Jake blickte verblüfft auf das Display seines Smartphones. Carl wusste exakt, wo sie waren. Wahrscheinlich trackte er sein Handy und verfolgte ihre Fahrt in Echtzeit. Erstaunlich, was der Typ draufhatte.

Wir mussten uns erst absprechen. Außerdem erschien es uns zu auffällig, den Bus anzuhalten. Wir steigen an der nächsten Haltestelle aus.

In Ordnung. Das wäre dann Hartford. Ich melde mich gleich wieder.

Das Display wurde schwarz.

»War er das?«, fragte Madison.

»Ja.«

»Und?«

»Er meldet sich wieder.«

»Um was zu tun?«

»Keine Ahnung«, erklärte Jake ungehalten. »Er wird es uns sagen.«

Madison blickte ihn verärgert an. Offensichtlich war sie es nicht gewöhnt, so behandelt zu werden. Scheiß drauf … da war plötzlich wieder dieser Duft, stärker als zuvor, vielleicht sollte er sie nicht ganz so hart angehen. Wer so roch …

Das Handy vibrierte.

Hast du es schon herausgefunden?, fragte Carl.

Was?

Madisons unglaubliche Fähigkeit.

Abgesehen von ihrem tollen Aussehen ist da nichts. Und … sie riecht gut.

Genau das macht sie stark.

Ihr Geruch?

Sie strömt Pheromone in ungeheurer Stärke aus. Ihr ist nicht bewusst, dass sie es tut, aber sie manipuliert damit Menschen. Sobald sie etwas will, dringt ihr dieser verführerische Duft aus allen Poren, und sie kriegt, was sie will. Sie selbst denkt, sie wünsche sich nur etwas und bekomme es, weil sie so ein bezaubernder Mensch ist, aber genau so ist es nicht. Madison ist alles andere als bezaubernd. Sie ist ein manipulatives Biest, aber sehr wichtig für unsere Mission.

Dann kann sie das, was unsere Feinde auch können?

Ja, sie ist ihnen absolut ebenbürtig. Das Problem dabei ist, dass sie auch versuchen wird, ihre Verbündeten zu beeinflussen, ohne es selbst zu merken. Besonders du bist durch deinen empfindlichen Geruchssinn in Gefahr. Bei Hannah hat sie es am schwersten, denn zum einen kann Hannah nicht gut riechen, dann ist sie eine Frau, und durch ihre Blindheit kann Madison sie auch nicht durch ihr Äußeres beeindrucken. Eine Pause trat ein, dann tauchten neue Sätze auf. Caleb ist für Madison unerreichbar, er lebt in einer eigenen Welt, aber Skagen wird, entschuldige den Ausdruck, voll auf sie abfahren.

Was können wir tun?, tippte Jake ein.

Sei achtsam.

Wie geht es jetzt weiter?

Während wir plauderten, habe ich ein paar Dinge in die Wege geleitet. In Hartford steht ein Taxi für euch bereit. Der Fahrer ist illegal im Land, er wird keine Fragen stellen.

Woher weißt du das?

Seine Fahrerlizenz ist gefälscht. Außerdem habe ich seinen Funkverkehr abgehört. Er nennt sich Abdul Rafeh, ist angeblich Pakistani, spricht aber Hindi mit seinem Kollegen in der Zentrale. Ihr müsst euch also keine Gedanken darüber machen, erkannt zu werden.

Wohin bringt er uns dann?

Ich habe ein kleines Haus am Stadtrand gemietet, in der Nähe des Trinity Colleges. Dort seid ihr vorerst sicher, und wir können einen Plan zur Befreiung von Skagen und Caleb ausarbeiten. Ein Lieferdienst versorgt euch mit Lebensmitteln aus einem nahe gelegenen Supermarkt. Madison soll die Waren annehmen, nach ihr wird nicht gefahndet.

Heißt das, die Behörden wissen jetzt von Hannah?

Ihre Identität ist bekannt. Sie gilt als Mittäterin bei der Ermordung von Steven Gellard.

Aber es war kein Mord. Ich habe sie nur verteidigt.

Die Cops sehen das anders. Auch das FBI hat sich eingeschaltet, weil nach dir in Zusammenhang mit einem terroristischen Akt gefahndet wird. Man geht davon aus, dass Hannah die Person auf dem Überwachungsvideo in der Nähe des HFP-Towers ist, das in der Nacht des Anschlages aufgenommen wurde.

Jake dachte darüber nach, ob er Hannah diese neue Entwicklung verraten sollte. Letztendlich konnte er ihr es nicht verschweigen, denn ihr Leben wurde dadurch bedroht. Er seufzte.

Ich schlage vor, du informierst Madison und Hannah über das weitere Vorgehen.

Wie schon zuvor wurde das Display schwarz. Jake wandte sich an die Mädchen, erzählte ihnen von dem Taxi und dem angemieteten Haus. Dann berichtete er Hannah, dass nun ebenfalls nach ihr gefahndet wurde.

Hannah antwortete nicht, sondern senkte den Kopf, legte beide Hände in den Schoß und rührte sich nicht.

»Hast du mich verstanden, Hannah?«, fragte Jake leise nach.

»Sie hat dich gehört«, sagte Madison und legte dem blinden Mädchen den Arm um die Schulter. »Gib ihr einen Moment.«

Das Haus sah aus, wie die anderen Häuser in der Straße. Hartford hatte sich während der Taxifahrt als Kleinstadt mit Charme erwiesen. Alte Häuser, hohe Bäume, alles ließ den Besucher glauben, er habe Amerika verlassen und wäre in Mittelengland gelandet.

Als Jake aus dem Taxi stieg, fiel ihm als Erstes die massive Bauweise des Hauses aus rotbraunen Backsteinen auf. Weiße Fensterrahmen verstärkten den freundlichen Eindruck, und die spätblühenden Büsche, die man im Vorgarten gepflanzt hatte, verströmten einen angenehmen Duft.

Die Sonne hatte inzwischen die Regenwolken vertrieben und schien warm vom Himmel herab. Endlich einmal passte das Wetter zur Jahreszeit, und Jake fror nicht mehr. Hinter ihm stützte Madison die blinde Hannah und führte sie zum Gehsteig.

Hannah hatte auf dem Rest der Fahrt kein einziges Wort mehr gesprochen, aber Jake wusste, dass sie ohne Unterbrechung an ihren Bruder dachte, den die Behörden inzwischen wahrscheinlich aufgespürt und mit den Ereignissen konfrontiert hatten.

Jake konnte ihre Unruhe nachfühlen, ihm ging es ja mit seiner Mutter nicht anders, die bestimmt vor Sorge um ihn durchdrehte.

Auch wenn Carl behauptete, sein Handy wäre vor einer Ortung abgeschirmt, wusste Jake jedoch, dass seine Mutter mit Sicherheit abgehört wurde. Das zu wissen, machte es ihm unmöglich, mit ihr zu sprechen und von dem zu erzählen, was geschehen war.

»Wollen wir?«, fragte er die Mädchen, nachdem das Taxi davongebraust war.

Madison nickte, Hannah schwieg.

Sein Handy vibrierte.

Der Schlüssel liegt unter der Fußmatte.

Carl hatte also erneut den Funkverkehr des Taxis abgehört und wusste nun, dass der Fahrer seine Fracht in Westhartford abgeliefert hatte.

Gemeinsam gingen sie die geteerte Einfahrt zum Haus hoch. Jake hob den Fußabtreter an.

»Wie originell«, ätzte Madison.

Jake ignorierte sie, nahm den Schlüssel und schloss die Tür auf.

Der Geruch von frischer Sauberkeit und Putzmitteln wehte ihm entgegen. Hinter der Tür ging es direkt ins Wohnzimmer, in dem ein großes schwarzes Ledersofa den Raum dominierte. Darum gruppierten sich gleichartige Sessel, die ziemlich bequem aussahen.

Der Glastisch davor glänzte im hereinfallenden Sonnenlicht, darauf lag der Flyer des Supermarktes, von dem Carl gesprochen hatte. Daneben Broschüren über Lokalitäten in der Gegend.

Madison führte Hannah zur Couch, damit sie sich setzen konnte, dann nahm sie die Flyer in die Hand.

»Boah, habe ich einen Hunger. Leute, da gibt's einen Pizzalieferdienst. Wie sieht's aus, wer hat Lust auf Quattro Stagioni?«

»Meinst du nicht, dass das ein wenig zu gefährlich ist?«, sagte Jake. »Lebensmittel kann man vor der Tür abstellen lassen. Niemand wird uns sehen, aber eine Pizza … da klingelt es und …«

»Mann Jake, stell dich nicht so an. Niemand kennt mich, ich habe nichts verbrochen …«

Ich auch nicht, trotzdem werde ich gejagt.

»… und verdammten Hunger. Bis die Lebensmittel geliefert werden und wir uns was gekocht haben, kann es noch ewig dauern. Ich ruf jetzt an.«

Jake stöhnte auf. »Ist das für dich okay, Hannah?«

»Ja«, sagte die nur.

»Also dann. Ich würde sagen, doppelt Käse und eine Extraportion Schinken und natürlich die Family Size, wir müssen ja nicht auf unser Gewicht achten.« Sie kicherte. »Keine Panik, entspann dich, Jake. Ich benutze das Festnetztelefon des Hauses.« Sie hob das Mobilteil von der Station. »Und bezahle bar. Es wird keine Spuren geben.«

Madison tippte die Nummer ein, dann legte sie voll los. »Also, ich will, dass diese Pizza der Hammer ist, quasi *The godfather of pizza*, ist das klar? Okay, eine Familien…«

Plötzlich hörte sie auf zu sprechen und lauschte in den

Hörer. Jake sah, wie sich ihre Lippen zu einem stummen »Oh« formten. Dann legte sie langsam den Hörer auf die Station, als wäre beides aus hochzerbrechlichem Glas.

»Was ist los?«, fragte Jake.

»Carl hat die Verbindung unterbrochen.«

»Hat er etwas zu dir gesagt?«

Madison starrte ihn an, als sehe sie ihn zum ersten Mal. »Ja.«

»Was hat er gesagt?«

»Es gibt keine Pizza. Ich soll mit den Kindereien aufhören.«

A.D. 2118

ZUGRIFF

Oh nein, dachte Frank, als er die Augen öffnete und bereits mit dem ersten Gedanken realisierte, dass ihn das trickreiche Miststück verladen hatte. Traue nie einer Anwältin, gegen diese goldene FBI-Regel hatte er verstoßen. In dem Kaffee musste etwas drin gewesen sein, das ihm die Schuhe ausgezogen hatte. Die Wirkung war brachial gewesen. Er hatte kaum mehr als eine halbe Tasse getrunken und sich danach keine zehn Minuten auf den Beinen halten können. Wie er es ins Bett geschafft hatte, war ihm ein Rätsel. Sicherlich war Muscat inzwischen über alle Berge.

»Oh nein!«, sagte er nun laut, als er bemerkte, sich nicht herumdrehen zu können. Das durfte doch nicht wahr sein, er lag immer noch auf dem Bauch. Dieses Luder hatte ihn mit Handschellen an die Bettpfosten gefesselt. Jeweils eine an jedem Handgelenk. Die Beine hatte sie freigelassen. »Handschellen, mit Felleinsatz? Echt jetzt?«, sagte er wütend.

»OH! NEIN!«, schrie er, als ihm leidlich bewusst wurde, auch noch nackt zu sein. Betäubt, gefesselt und bis auf die Haut ausgezogen! Schlimmer hätte sie ihn nicht demütigen können. Oh, das würde sie ihm bezahlen! Und wenn es die letzte Tat war, die er in seinem verfluchten Leben zustande brachte.

»OHH! NEIN! NEIN, ICH BRINGE SIE UM!«, brüllte er, als er den Alkohol in seinen Haaren roch. Whiskey und Wodka, das ganze Bett war damit getränkt. Jetzt wurde ihm klar, was die Inszenierung für ein Ziel hatte. Er versuchte, sich auf der linken Seite einen Überblick zu verschaffen, was sie noch getan haben könnte, um ihn wie den größten Idioten des zweiundzwanzigsten Jahrhunderts aussehen zu lassen.

»Nein ...«, fügte er seinen bereits geäußerten wutvollen Verneinungen leise hinzu. Die Verzweiflung bahnte sich ihren Weg. Über dem gläsernen Lampenschirm der Nachttischbeleuchtung hing ein königsblaues Spitzenhöschen, natürlich ohne den niedlichen Hintern dieser Teufelin darin.

Jeder, der das Hotelzimmer betrat, würde annehmen, dass die adrette Anwältin mit dem schneidigen FBI-Agent eine erquickende Party gefeiert hätte. Was natürlich nicht so war!

Es klopfte an der Tür. Was nun passierte, war nicht mehr zu verhindern. Jemand entriegelte von außen das Schloss, öffnete und betrat den Raum. Frank wäre am liebsten unsichtbar geworden. Ein Wunsch, der bei einhundertzwölf Kilogramm Lebendgewicht nicht in Erfüllung gehen sollte. Er wartete nur auf den ersten Kommentar. Das war so peinlich!

»O que aconteceu?«, fragte eine weibliche Stimme, die bereits nach dem zweiten Wort zu kichern anfing. Sehr lustig.

»Können Sie mich verstehen?« Franks Portugiesisch war etwas eingerostet.

»Was ist passiert?«, wiederholte die Frau in seiner Sprache. Frank konnte aus seiner misslichen Lage nur ihre dunkelblaue Arbeitskleidung sehen.

»Hören Sie, ich bin FBI-Agent. Ich bin überfallen worden. Bitte befreien Sie mich, ich muss sofort meine Dienststelle verständigen.«

»Claro. Você tem as chaves?«

»Bitte?«

»Sorry. Haben Sie die Schlüssel? Ich meine, die für die Handschellen?«

»Nein.« Sonst hätte er kaum gefragt.

»Vou pegar um cortador de fio«, erklärte das Zimmermädchen und verschwand wieder. Hoffentlich hatte sie etwas gesagt, um ihn zu befreien.

Frank litt, dieser Tag würde ihm sein restliches Leben nachrennen. Frank Rees, der im Dienst eine kleine Party feierte und sich dabei von einer durchtriebenen Anwältin hatte abzocken lassen.

»Mit Hose sehen Sie besser aus«, sagte Major Elvira Laszlo, die, während sie mit ihm sprach, ihre Waffe kontrollierte und durchlud. Ihre kühle Präsenz hätte im Sommer die Klimaanlage ersetzt.

»Ja ... ich hab es verstanden«, antwortete Frank, der jetzt schon einige deftige Scherze über sich ergehen lassen musste. Inzwischen trug er selbst dunkle FBI-Kampfkleidung und einen Kevlar-Körperpanzer. Den Spott konnte er nicht verhindern, zum Glück hatten aber weder Major Laszlo noch Deputy Director Vasquez an seiner Version der Ereignisse gezweifelt. In dem Moment, als sie verstanden hatten, dass die Anwältin sich auf direktem Wege zu Leroy Matin Renier befand, war sein Fauxpas kein Thema mehr.

»Ma'am, die Kennung ist klar zu orten. Wir können die *Instabil* ausmachen. Die Jacht liegt vor Malta. Sie ankert in einer kleinen Bucht«, erklärte einer von Laszlos Leuten, der in dem Gleiter an einer Systemkonsole arbeitete. Sie flogen mit hoher Geschwindigkeit über das Mittelmeer.

»Sehr gut«, antwortete Vasquez, die sich als Projektion mit ihnen an Bord des Überschallgleiters befand. »Wie viel Vorsprung hat die Anwältin?«

»Dreiundachtzig Minuten«, antwortete Frank, dreiundachtzig Minuten voller Schmach. Das würde er der Anwältin heimzahlen.

»Verbleibende Flugzeit der Einsatzkräfte?«, fragte Vasquez, die alles wissen wollte.

»Sieben Minuten«, antwortete der Operator.

»Delta?«

»Sie wird nur sechzehn Minuten mit ihm allein an Bord sein. Dann sind wir da. Das ist ein gutes Zeitfenster ... wir werden sie überraschen«, erklärte Major Laszlo. Von der Frau wollte Frank nicht gejagt werden. »Ich habe auch mit den maltesischen Behörden gesprochen. Sie unterstützen uns. Wir haben die Erlaubnis, gemeinsam mit einem Sondereinsatzkommando der lokalen Polizei den Zugriff vorzunehmen. Das Rendezvous ist in fünf Minuten und vierzig Sekunden. Wir werden uns mit vier Gleitern im Stealth-Mode nähern.«

»Ist Gegenwehr zu erwarten?«, fragte der Deputy Director. Wenn ja, würde es ungemütlich werden.

»Die *Instabil* ist eine scheißgroße Segeljacht. Wir haben einen Satelliten ausgerichtet. Auf dem Ding kann man mühelos eine Gatling-Maschinenkanone oder Flugabwehrraketen unterbringen.«

»Major Laszlo, das Leben der beteiligten Agents und der kooperierenden maltesischen Einheiten hat Vorrang vor dem Zugriff!«

»Ma'am. Sobald wir die Lasererfassung von Flugabwehrsystemen registrieren, feuern wir. Die Anzahl der Besatzung und eine mögliche leichte Bewaffnung sind ebenfalls unbekannt. Wir sind auf alles gefasst. Das Schiff wird am Bug und Heck von zwei maltesischen Teams gestürmt. Wir sichern ab und bilden die Reserve.«

»Haben die auf Malta heute Morgen Heldenmut zum Frühstück gehabt?«

»Ma'am ... das war die Bedingung. Es musste schnell gehen, ich habe nicht versucht, es ihnen auszureden.«

»Ich verstehe.«

»Major, die Kennung ist stabil. Die senden weiter, als ob sie ein Leuchtturm wären. Wollen die uns mit dem Signal einweisen?«, fragte der Mann am Display. »Rendezvous mit den lokalen Einsatzkräften in zwei Minuten.«

Frank horchte auf. Ein Zugriff, der zu einfach war, hatte immer einen faden Beigeschmack. Hoffentlich war das keine Falle.

»Major, bleiben Sie auf der Hut! Ich bleibe online ... lasse Sie aber jetzt agieren.« Dann schaltete Vasquez sich still.

»Ma'am.« Major Laszlo drehte sich zum Team. Aus ihrer Tasche holte sie sich einen Apfel. Frank kannte niemanden, der ihm, während er einen Apfel verspeiste, Ehrfurcht einjagen konnte. Sie schaffte es. Ihre sieben Mann starke Privatarmee hing ihr an den Lippen. »Sobald auf dem Schiff der erste Schuss fällt, gehen wir rein. Wir entern die Mitte. Priorität hat Renier. Ich will ihn lebend. Mit der Anwältin könnt ihr, wenn ihr Lust habt, die Fische füttern.«

»Huaahh!«, riefen die Männer. Special-Ops-Teams der Marines agierten in dieser Gruppenstärke. Das waren SEALs, sieben Leute, eine Kampfeinheit, dachte Frank, beim FBI gab es ein solches Verhalten nicht.

»Major, Kennung stabil, es gibt keine Abwehrmaßnahmen auf der Jacht. Sie ankert und macht keine Anstalten auszulaufen. Die Malteser Polizei hat Drohnen am Schiff. Wir registrieren nur zwei Personen auf dem Achterdeck. Identifikation erfolgreich. Giovanella Muscat und Leroy Matin Renier bestätigt. Keine Waffen und keine weiteren Gefahrenquellen. Rendezvous mit kooperierenden Einheiten in drei, zwei, eins. Rendezvous erfolgreich. Der Verband ist komplett. Stealth-Modus aktiv. Die können uns nicht sehen. Der Zugriff erfolgt in sechzig Sekunden.«

»Pulizija! Ebda moviment! Niżżel l-art!!«, schrie ein maltesischer Polizist und lief mit der Waffe in der Hand auf Matin zu. »Polizei! Keine Bewegung! Runter auf den Boden!«

Der Zugriff lief perfekt. Die Malteser Polizisten waren auf Zack. Renier und die Anwältin wurden arretiert, während andere Kräfte das Schiff sicherten. Niemand konnte vor dem Gesetz flüchten.

»Okay ... wir können an Bord«, sagte der Operator. Die Ausstiegsluke des Gleiters öffnete sich, und Frank sprang heraus. Er war der FBI-Agent der Mission, was jetzt kam, war sein Job.

»Leroy Matin Renier, Sie sind verhaftet. Giovanella Muscat, Sie sind ebenfalls verhaftet«, sagte Frank, nicht ohne eine gewisse Befriedigung. Niemand würde ihn zum Affen machen und damit ungestraft davonkommen. Die Rute, die sie ihm auf das Bett gelegt hatte, hatte er als Souvenir behalten.

Valletta. Polizeipräsidium. Formalitäten abarbeiten. Die Zusammenarbeit lief reibungslos. Beide Verhafteten wurden erkennungsdienstlich behandelt. Der Haftbefehl für Renier kam aus Washington: Bildung einer terroristischen Vereinigung. Da die Anwältin Frank angegriffen hatte, war es kein Problem, einen Haftbefehl aus Lissabon und einen aus Washington zu erwirken: ebenfalls Bildung einer terroristischen Vereinigung. Bei beiden würde es am nächsten Tag heftige Gegenwehr von CP, der New Yorker Großkanzlei geben, aber damit durfte sich der Staatsanwalt herumschlagen.

»Special Agent Rees?«, fragte Major Laszlo, die man selten

ohne Apfel sah. Die Reste warf sie gerade in einen Flurmülleimer.

Er sah sie an, er hatte alle digitalen Formulare für die Überführung zusammen. Sie konnten aufbrechen.

»Haben Sie eine Minute für mich?«, fragte sie.

»Klar.«

Sie öffnete die Tür zu einem leeren Büro und gebot ihm, den Raum zu betreten. Er begleitete sie. An der Wand hing ein HFP-Poster mit maltesischem Text. Hilfe hatte viele Sprachen. Die Hilfsorganisation gab es auf der ganzen Welt.

»Setzen Sie sich.« Laszlo machte es ihm vor. Im Raum gab es einen Schreibtisch und zwei Stühle, die noch aus dem letzten Jahrtausend stammten.

»Was gibt es?«

»Ich wollte Ihnen etwas erzählen.« Sie spendierte ihm sogar ein Lächeln. »Agent Rees, die Lage bleibt ernst. Daran hat auch die Verhaftung von Renier nichts geändert. Wir stehen kurz vor einem gewaltigen Terroranschlag, der Millionen Tote fordern könnte, und wir wissen nicht genau, mit wem wir es zu tun haben.«

»Wir können Renier verhören.«

»Das werden wir. Aber das soll nicht Ihr Problem sein. Es geht um Giovanella Muscat.«

»Dieses Miststück!« Franks Gesichtszüge fielen mit der Nennung ihres Namens nach unten. Er würde sie erwürgen, wenn er die Gelegenheit dazu hätte.

»Das ist sie.« Sie rümpfte die Nase. »Also, ich möchte offen zu Ihnen sein, wenn sie mir angetan hätte, was Sie ertragen mussten, wäre ich mächtig angepisst!«

»Glauben Sie mir, das bin ich.« Seine Fantasie drehte Pirouetten bei der Vorstellung, wie er sie betrafen wollte. Er würde sich für das hübsche Lockenköpfchen wirklich etwas einfallen lassen.

»Agent Rees, wir gehen davon aus, dass es in wenigen Tagen zu kriegsähnlichen Zuständen in New York kommen könnte.«

»Bitte, ist es so ernst?« Das hätte Frank jetzt nicht erwartet. Aber Major Laszlo würde schon wissen, wovon sie sprach. Deputy Direktor Vasquez hatte ihm auch bereits vom Ernst der Lage berichtet. Schließlich waren sie der Anwältin nicht zum Spaß nach Europa gefolgt.

»Ja ... Polizei, FBI, Homeland, CIA, alle werden bis zum Hals in der Scheiße stecken. Wir erwarten, dass die Justiz teilweise nicht mehr arbeitsfähig sein wird. Das wird höchstwahrscheinlich zur Folge haben, dass kriminelle Individuen wie die korrupte Anwältin nicht angeklagt werden.«

»Mist!« Daran hatte Frank überhaupt nicht gedacht. So ein Elend. »Dann kommt sie damit ungeschoren davon?« Es war eine unerträgliche Vorstellung, Muscat in ihren teuren Klamotten frei durch die Stadt laufen zu sehen.

»Ja ... für CP wird es dann ein Leichtes sein, sie rauszuholen. Wenn sie nicht schon vorher freigelassen wird. Wie gesagt, es wird ernst. Vom FBI wird jeder gute Mann gefordert, unsere Heimat zu verteidigen ... das können Sie mir glauben.«

»Können wir das nicht verhindern?« Umso länger Frank über diese Situation nachdachte, desto wütender wurde er. Die Anwältin hatte ihn gedemütigt, dafür musste sie bestraft werden.

»Nicht wir ... *Sie* können das tun.« Major Laszlo spitzte die Lippen und sah ihm in die Augen. »Agent Rees, jetzt werden Männer gebraucht, die bereit sind, Verantwortung zu übernehmen.«

»Das bin ich!«

»Wir werden Renier und die Anwältin getrennt in die Staaten überführen. Bei Renier ist es notwendig, ihn durch Spezialisten verhören zu lassen. Die Anwältin brauchen wir nicht.«

»Was habe ich zu tun?« Frank würde seine Pflicht erfüllen. Solche Menschen wie Renier durften nicht gewinnen. Er würde kämpfen.

»Sie werden Giovanella Muscat begleiten. Nehmen Sie den CP-Gleiter, der ist nett eingerichtet. Wenn Sie in New York ankommen, werden Sie erzählen, dass ihr erneut die Flucht gelungen ist.«

»Sie wird nicht flüchten.« Frank hatte nicht vor, sich erneut täuschen zu lassen. Er wäre nicht so dumm, ihr die elektronische Halsfessel abzunehmen, die sie gerade tragen durfte.

»Natürlich wird sie das nicht. Frank, sie wird nicht flüchten können, weil Sie ein Patriot sind und die Sache in die Hand nehmen.«

»Weil ich ein Patriot bin ...« Jetzt verstand er, welche Option Major Laszlo ihm offerierte. Er würde einfach die Aufgabe des Staatsanwalts, des Richters und der Geschworenen in Personalunion übernehmen. Die Idee gefiel ihm. Er lächelte.

»Es gefällt Ihnen?«

»Oh ja!« Muscat würde wie Wachs in seinen Händen sein. Sie sollte lernen, was es bedeutete, eine Schmach zu erleiden. Er würde sich den gesamten Flug über Zeit lassen.

»Wenn Sie in New York ankommen, werde ich Ihre Aussage bestätigen ... In ein paar Tagen wird niemand mehr eine Anwältin vermissen, die auf die Schnapsidee kam, vor Verzweiflung in den Atlantik zu springen. Sie ist eine Terroristin, verblendet, fanatisch und irre, die sich eher selbst tötet, als auszusagen.«

»Major Laszlo, betrachten Sie diese Angelegenheit als erledigt.« Frank war sich sicher, mit Giovanella eine sehr interessante Zeit zu erleben. Die beste ihres Lebens.

»Sehr gut … ich wusste, dass ich mich auf Sie verlassen kann. Ich erkenne gute Männer, wenn ich sie sehe.« Major Laszlo gab ihm die Hand und verließ danach den Raum.

Frank lehnte sich zurück und lächelte. Er hatte die Fellhandschellen und die Rute behalten. Das war eine gute Idee gewesen. Das Spielzeug würde schneller wieder zum Einsatz kommen, als er erwartet hatte.

A.D. 2018

ZUGRIFF

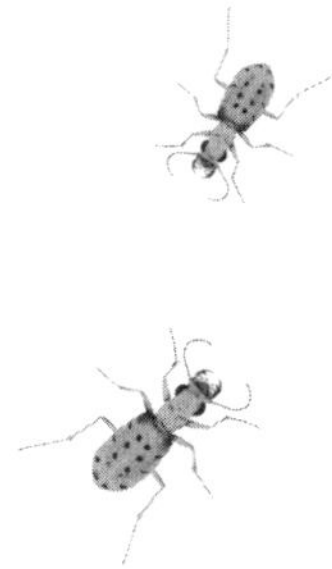

»Hier muss es sein«, sagte Jake. Google Maps zeigte an, dass sie den Punkt erreicht hatten, dessen Koordinaten Carl ihnen gesandt hatte. »Bist du bereit, Madison?«

Sie wandte sich vom Beifahrersitz zu ihm. Eine abgesägte Schrotflinte lag auf ihrem Schoß.

»So was von bereit. Die Knarre ist absolut geil. Ich wollte schon immer mal so ein Ding in der Hand halten.«

»Madison, wir wollen niemanden verletzen.«

»Wenn du glaubst, das geht, bitte, an mir soll es nicht liegen.«

»Hannah, was ist mit dir? Alles okay?«

Das blinde Mädchen auf dem Rücksitz nickte. »Es tut mir leid, dass ich euch nicht helfen kann und dass ihr das ganze Risiko allein eingehen müsst.«

»Mach dir darüber keine Gedanken. Wenn alles klappt, wie wir es geplant haben, musst du dich um Caleb kümmern. Carl hat gesagt, er wäre ein komplizierter Typ, der zu unerwarteten Reaktionen fähig ist. Von Schreikrämpfen bis hin zu apathischen Anfällen ist alles bei ihm drin. Jemand muss ihn beruhigen, falls die Sache heftig wird.«

»Ich werde es versuchen.«

»Gott sei Dank funktioniert die Klimaanlage«, sagte Madison. »Draußen ist es affenheiß.«

Carl hatte den Minivan, in dem sie jetzt saßen, besorgt und vor ihre Haustür stellen lassen. Alle hatten die Luft angehalten, als Madison rausgegangen war, den Schlüssel und die Fahrzeugpapiere entgegengenommen hatte. Der Typ, der ihnen den Wagen brachte, warf einen kurzen Blick auf ihren Führerschein, dann stieg er in ein Begleitfahrzeug der Verleihfirma und fuhr davon.

Die Waffen waren zwei Stunden später durch einen Transportdienst geliefert worden. Verpackt in einem neutralen Karton, der nicht verriet, was sich darin befand.

Jake staunte immer wieder, wie gewieft Carl vorging. Offenbar nutzte er alle Möglichkeiten des Internets, buchte ein Haus, bestellte einen Mietwagen und sorgte für ausreichende Bewaffnung. Wie er Letzteres hinbekommen hatte, war Jake allerdings ein Rätsel. Er vermutete, dass Carl sich in das Computersystem eines Waffenhändlers gehackt hatte, um dann entweder eine schon gebuchte Bestellung umzuleiten oder selbst eine Bestellung im System zu hinterlegen.

Jake gefiel es ganz und gar nicht, dass sie Waffen bei der Befreiung von Skagen und Caleb einsetzen mussten. Genug Menschen waren gestorben oder verwundet worden, aber wie Madison es ausgedrückt hatte, konnten sie ja nicht mit Waffeleisen und Lockenstab einen Gefangenentransport stoppen.

Das war auch so eine Sache. Carl hatte gesagt, dass er dafür sorgen würde, dass die Kolonne, bestehend aus einem gepanzerten Van und einem Begleitfahrzeug des FBI, genau an dieser Stelle, an der sie sich nun befanden, anhalten würde. Wie er das anstellen wollte, hatte er natürlich nicht gesagt.

Jake sah auf die Uhr seines neuen Handys. Noch sechs Minuten.

»Macht euch bereit. Vernetzt eure Handys mit den Earphones und steckt sie in eure Ohren.«

Noch etwas, das sich Carl ausgedacht hatte.

Statt der Pizza, die sich Madison wünschte, waren drei Handys der neuesten Generation geliefert worden. In den Verpackungen der Geräte hatten sie teure kabellose Bluetooth-Kopfhörer gefunden, über die Carl mit ihnen während des Überfalls kommunizieren und Anweisungen geben konnte.

Jake wusste nicht, ob es sich um Prepaidkarten handelte, vermutete aber, dass Carl einfach Verträge auf die Namen nichtexistierender Personen abgeschlossen hatte. Auf seine Frage, warum sie nicht einfach Funkgeräte benutzten, hatte Carl erklärt, er könne nur über das Internet mit ihnen kommunizieren. Warum das so war, hatte er nicht erläutert.

Madison, Hannah und Jake fummelten die Earphones in ihre Ohren. Alle Handys waren eingeschaltet. Carl meldete sich sofort.

»Seid ihr bereit?«

»Ja«, sagten alle drei.

»Gut.« Carl konnte sie also ebenfalls hören. »Jake, hast du dich mit der Waffe vertraut gemacht?«

»Ich habe mir die YouTube-Videos angesehen, die du mir vorgeschlagen hast … aber du weißt, dass ich noch nie geschossen habe.«

Er blickte auf die Maschinenpistole in seiner Hand. Das Ding war mattschwarz, sah futuristisch aus und wog keine vier Pfund. Im Magazin steckten vierzig Patronen. Ersatzmagazine hatte er eingesteckt.

»Das ist nicht schwer. Vergiss nur nicht, die Waffe rechtzeitig zu entsichern, sonst hast du ein Problem.«

Fast hätte man meinen können, Carl kicherte, aber das tat er natürlich nicht.

»Noch einhundertzwanzig Sekunden. Wenn der Gefangenentransporter und das Begleitfahrzeug auftauchen, sende ich einen ultrahohen Ton über die permanente Funkverbindung der beiden Fahrzeuge. Das ist sehr schmerzhaft, aber noch stärker sind der Überraschungseffekt und die Auswirkungen auf die Psyche. Die Menschen in den Autos werden versuchen, sich die Ohren zuzuhalten, und vielleicht die Kontrolle über die Fahrzeuge verlieren. Ich vermutete aber, dass es ihnen gelingen wird, trotz der Schmerzen die Autos kontrolliert zum Stehen zu bringen. Dann seid ihr dran. Madison, wie besprochen übernimmst du den Gefangenentransporter. Bedroh die Beamten darin mit deiner Waffe, aber sei freundlich zu ihnen, bitte sie, dir die Schlüssel für die Gefangenenkabine im Heck zu geben.«

»Ehrlich, Carl, ich kapier nicht, warum ich auch noch nett zu denen sein soll? Ich denke, eine abgesägte Schrotflinte ist überzeugend genug.«

»Tu es einfach! Es ist von eminenter Bedeutung, dass du sie darum bittest.«

Jake sah, dass Madison einen Schmollmund zog, aber sie sagte: »Okay, ich mach's.«

»Jake, du weißt, was du zu tun hast?«

»Ja, ich soll die Beamten im Begleitfahrzeug beschäftigen, damit Madison Caleb und Skagen befreien kann.«

»Schieße ein bisschen herum, damit sie im Wagen bleiben, aber versuch, niemanden zu verletzten, sonst gibt es ein Blutbad.«

»Alles klar.«

Sein Magen fühlte sich an, als hätte er sich in einen Luftballon verwandelt, der durch die Speiseröhre aufsteigen wollte. *Hoffentlich muss ich nicht kotzen,* dachte er. Scheißaufregung. Sein verdammter Puls raste, das Blut rauschte in seinen Ohren. Er roch Hannahs Angst und Madisons Erregung. Es war ein fast sexueller Duft, der zusätzlich an seinen Nerven zehrte. Dieses Mädchen war nicht normal, sie schien sich tatsächlich auf die kommenden Ereignisse zu freuen.

»Noch sechzig Sekunden!«, verkündete Carl.

Madison grinste ihn an. »Yeah, jetzt geht's gleich los.« Sie küsste den Lauf ihrer Waffe. Was für eine Spinnerin!

Vor ihnen auf der einsamen Landstraße tauchten in der gleißenden Sonne die Schemen zweier Fahrzeuge auf, die direkt auf sie zuhielten.

Sie hatten ihren Minivan im Schatten der Unterführung abgestellt. Jake war sich sicher, dass die Männer in den Fahrzeugen ihn nicht sehen konnten.

Die Autos brausten heran.

Noch eine halbe Meile.

Zweihundert Meter.

Einhundert Meter.

Dann geschah es.

Der vordere zivile Wagen des FBI brach nach links aus, schleuderte und kam mit kreischenden Bremsen zum Stehen. Der Gefangenentransporter dahinter konnte ihm nur mit Mühe ausweichen, schlingerte und wurde so abrupt abgebremst, dass sicherlich alle im Fahrzeug wild herumgeschleudert wurden.

Dann trat Stille ein. Nichts rührte sich.

»Los!«, befahl Carl. »Jake, ich schalte jetzt den schmerzhaften Ton in den feindlichen Fahrzeugen ab. Die Wächter im Transporter müssen Madisons Bitte hören können, und ich will nicht, dass die FBI-Agenten das Fahrzeug verlassen, weil sie es darin nicht mehr aushalten. Steigt aus!«

Jake riss die Fahrertür auf und sprang aus dem Wagen. Neben ihm tat Madison das Gleiche. Sein Blick fiel kurz auf Hannah, aber die rührte sich nicht.

»Ton wird abgeschaltet in drei … zwei … eins. Jake, fang an zu schießen, Madison, renn.«

Während Madison losstürmte, schob Jake den Sicherungshebel herunter. Er stellte auf Einzelschuss und fing an, in Richtung des FBI-Fahrzeuges zu schießen. Die Waffe zuckte erstaunlich wenig in seinen Händen und lag ruhig darin, während er sich alle Mühe gab, nicht den schwarzen Ford zu treffen, sondern nur knapp daneben zu feuern. Der Geruch des Kordits war atemraubend.

Da auf der Mündung ein Schalldämpfer befestigt war, konnte er Madison gut hören, die den Gefangenentransporter erreicht hatte und die Fahrertür aufriss.

»Guten Morgen, meine Herren«, sagte sie sanft. »Würden Sie mir bitte …« Irgendetwas stimmte nicht, denn plötzlich wurde Madisons Stimme hart: »Scheiß drauf. Wir kommen nicht in Frieden, und jetzt raus aus der Karre und auf den Boden mit euren Alienärschen. Hände auf den Rücken.«

Jake blickte hinüber, sah noch, wie einer der Beamten aus dem Fahrzeug taumelte. Dann dröhnte die Schrotflinte los. Offensichtlich hatte der zweite Wärter auf dem Beifahrersitz nach seiner Waffe gegriffen, denn Jake hörte Madison fluchen. Dann verlangte sie vom Fahrer die Schlüssel für die Hecktür.

Jake konnte das Geschehen nicht weiterverfolgen, denn Carl meldete sich in seinem Kopfhörer. Überraschenderweise klang er nicht verärgert oder angespannt. Seine Stimme war ruhig und konzentriert, so als habe er schon vorher geahnt, dass es zu Gewalt kommen würde.

»Jake, in zwei Sekunden wird der Fahrer des FBI-Fahrzeugs die Tür seines Wagens aufreißen und dahinter in Deckung gehen. Es ist von eminenter Bedeutung, dass du, wenn du auf ihn schießt, nicht den Motor des Fahrzeuges triffst.«

Warum?, fragte sich Jake, aber bevor er eine Antwort finden konnte, sprach Carl weiter: »Der andere Agent wird gleichzeitig versuchen, die Straße zu überqueren, um im Straßengraben Deckung und eine Position zu finden, damit sie euch ins Kreuzfeuer nehmen können. Wenn ich sage ›jetzt‹, schießt du auf den Mittelstreifen der Straße, genau zwischen dem Fahrzeug und dem Graben.«

Eine Sekunde verging. Dann brüllte Carl »Jetzt« in sein Ohr. Keinen Moment zu früh oder zu spät.

Der FBI-Agent auf dem Beifahrersitz ließ sich aus der Tür fallen, sprang auf und rannte los, musste aber sofort wieder zurückweichen, als ihn Jakes Kugeln empfingen.

Das wird wohl nichts mit dem Kreuzfeuer, dachte Jake und spürte, wie ein Grinsen seine Lippen verzog.

»Jake! Spring einen Meter nach rechts ... Jetzt!«

Ohne zu überlegen, tat er es. Ein Kugelhagel schlug in den Asphalt an der Stelle ein, an der er gerade noch gestanden hatte.

»In zwei ... drei ... eins ... HINWERFEN!«, befahl Carl.

Jake warf sich auf den Boden. Der Aufprall war hart, aber dadurch verfehlte ihn eine Kugel, die ihm sonst den Kopf weggeblasen hätte.

Im Kopfhörer hörte Jake, dass Carl gleichzeitig Madison Anweisungen gab und ihr erklärte, wie die Hecktür zu öffnen war.

Wie macht er das? Er kann doch nicht alles überwachen? Wo ist dieser Typ? Wie sieht er uns?

Eine neue Salve Schüsse der Agents erklang, hinter ihm wurde ihr Fluchtfahrzeug im Heck getroffen. Das Rücklicht zersprang in tausend Splitter.

Carl gab Hannah, die noch immer im Mietwagen saß, die Anweisung, das Fahrzeug zu verlassen und zum Gefangenentransporter zu kriechen. Noch während er mit ihr sprach und ihr die Richtung wies, hörte Jake gleichzeitig seine Stimme in den eigenen Earphones.

Verrückt!

»Jake, halt ihr den Rücken frei, aber triff nicht den Wagen!«

Er verstand nicht, was das sollte. Beide Agents waren hinter dem Fahrzeug in Deckung gegangen. Wie zum Teufel sollte er sie in Schach halten, wenn er absichtlich die ganze Zeit danebenschoss? Er tat es trotzdem.

Plötzlich war in seinem Kopfhörer die Hölle los. Alle brüllten irgendwie gleichzeitig. Jake warf einen Blick zum Gefangenentransporter hinüber, wo Madison die Hecktür aufriss. Skagen sprang heraus. Jake konnte sehen, dass seine Ohren bluteten. Er brüllte Madison an, dann wandte er sich um und zog einen schlanken Jungen auf die Straße, der die Hände vor die Augen geschlagen hatte und laut schluchzte.

Das muss Caleb sein, dachte Jake. Noch immer schoss er im Einzelfeuer dicht an dem FBI-Fahrzeug vorbei. Seine Schüsse wurden nicht erwidert.

Skagen schrie Madison an, ihm ihre Waffe zu geben, aber sie weigerte sich. Daraufhin riss er ihr die Schrotflinte einfach aus der Hand und wandte sich um. Er, Madison und Caleb waren durch den Transporter geschützt, der zwischen ihnen und den Agents stand, aber da entdeckte Jake, dass Hannah in die falsche Richtung kroch. Statt auf den Gefangenentransporter zuzuhalten, robbte sie jetzt in Richtung des zivilen FBI-Fahrzeugs. Carl schien ihr keine Anweisungen mehr geben zu können. Die Funkkopfhörer waren ausgefallen.

Aus dem Augenwinkel sah Jake, dass der Agent auf der Beifahrerseite sich aufgerichtet hatte und nun auf Hannah zielte. Jake wirbelte herum und feuerte, ohne nachzudenken. Die Kugeln durchschlugen die Fahrzeugtür, und der Mann ging kreischend zu Boden. Seine Waffe fiel ihm aus der Hand und schlingerte über den Asphalt.

Hannah kroch in ihrer Panik noch schneller in die falsche Richtung. Nur wenige Meter trennten sie von dem verbliebenen Agent, da stürmte Skagen todesmutig los. Im Zickzack überquerte er die Straße, warf sich direkt neben dem FBI-Fahrzeug zu Boden und feuerte die Schrotflinte ab. Der Agent hinter der Fahrertür wurde gegen den Wagen geworfen, dann sackte er wie in Zeitlupe daran herunter und rührte sich nicht mehr.

Für einen Moment herrschte atemlose Stille. Dann war Carls Stimme wieder in seinem Kopf.

»Sorry, ich hatte die Verbindung zu euch verloren …«

Jake fluchte laut, aber Carl ließ sich davon nicht beeindrucken. »Es ist den FBI-Agents gelungen, mit der Zentrale Funkkontakt aufzunehmen. Während wir reden, ist ein Polizeihubschrauber auf dem Weg hierher. An Bord befindet sich ein Scharfschütze, der die Anweisung hat, euch aufzuhalten, koste es, was es wolle. Er hat den ausdrücklichen Befehl, auch einen finalen Schuss einzusetzen, wenn er die Gelegenheit dafür bekommt.«

Finaler Schuss konnte nur bedeuten, dass der Mann sie töten durfte, wenn es möglich war.

Jake hielt den Atem an. Seine Hände begannen, unkontrolliert zu zittern. Ihm wurde übel.

»Der Hubschrauber erreicht uns ... jetzt!«, sagte Carl mir ruhiger Stimme.

Ein leises Flappen war plötzlich zu hören, als der Helikopter knapp über ihre Köpfe hinwegbrauste. Jake zog automatisch den Kopf ein, aber der Hubschrauber war schon ein paar Hundert Meter weiter und flog jetzt eine waghalsige Kurve.

Carls Stimme ertönte. »Madison, Jake und Caleb, zurück zum Mietwagen. Ihr müsst sofort von hier weg!«

»Was ist mit Skagen und Hannah?«, schrie Jake, ohne zu wissen, ob Carl ihn bei dem Krach, den der Hubschrauber machte, überhaupt hören konnte. Eine Antwort bekam er trotzdem, wahrscheinlich ahnte Carl seine Sorgen.

»Ihr müsst euch trennen. Der Hubschrauber kann nur ein Fahrzeug verfolgen. Hannah, du und Skagen, ihr steigt in den FBI-Wagen und fahrt in südliche Richtung davon. Sag es ihm, Hannah, Skagen kann mich nicht hören. Jake, Madison, Caleb, ihr nehmt die entgegengesetzte Richtung.«

Carl musste es nicht zweimal sagen, denn eine ganze Salve von Schüssen schlug vor Jake in den Boden. Asphaltbrocken wurden herausgerissen, flogen zischend davon.

Während er sich herumwarf und zum Mietwagen sprintete, kam ihm ein Gedanke. Carl hatte die ganze Zeit von ihm verlangt, darauf zu achten, dass das FBI-Fahrzeug nicht getroffen wurde.

Er muss gewusst haben, dass wir den Wagen zur Flucht brauchen.

Aber wie konnte er das wissen? Konnte Carl in die Zukunft sehen? Und warum schien es so, als wäre er überall gleichzeitig, sehe alles und wisse stets, was als Nächstes zu tun sei?

Jake erreichte den Mietwagen, riss die Tür auf und sprang auf den Fahrersitz. Hinter ihm schob Madison Caleb auf die Rückbank. Der Junge schluchzte laut und murmelte etwas von Menschen und Farben, die keine Farben waren. Jake verstand kein Wort von dem Gebrabbel.

Er drehte sich um. Madison starrte ihn vom Rücksitz an. Zum ersten Mal, seit er sie kannte, wirkte sie nicht cool und selbstbewusst. Jetzt saß da ein Mädchen mit bleichem Gesicht, das die Gewalt selbst miterlebt hatte, die sie sonst nur aus Actionfilmen kannte, wenn sie mit einer Coke und einer Tüte Chips in Sicherheit auf dem Sofa saß.

»Wir müssen los«, sagte Jake schlicht. »Bist du bereit?«

»Was ist mit Hannah und Skagen?«

»Du hast Carl gehört.«

Sie nickte.

Jake startete den Motor. Er legte den Gang ein und fuhr mit quietschenden Reifen los, jagte in die Unterführung hinein, die ihn aus dem Sichtfeld des Hubschraubers brachte.

Als er einen letzten Blick in den Rückspiegel warf, sah er Skagen geduckt zu Hannah rennen. Er packte sie unter den Armen und zog sie zum FBI-Fahrzeug, dann waren die beiden aus seinem Blickfeld verschwunden.

A.D. 2118

WIE EIN TIER

Giovanella wurde von zwei maltesischen Justizmitarbeitern, mit einer elektronischen Fessel am Hals arretiert, in den CP-Gleiter gebracht. Diese Gefangenensicherung galt als umstritten, sorgte aber dafür, jede Aufsässigkeit im Ansatz zu ersticken. Wenn sie es versucht hätte, würden Stromstöße ihre Muskeln lähmen und sie sabbernd auf den Boden befördern.

Auf diese Art hatte sie nach Valletta sicherlich nicht zurückkehren wollen. Die behandelten sie wie eine Schwerverbrecherin. Ob Rees die Ereignisse am Morgen in Lissabon glaubwürdig erklären konnte? Sie hätte bei seinen Rechtfertigungen gerne zugehört. Aber ja, er hatte es hinbekommen, sonst wäre sie jetzt nicht in dieser misslichen Lage.

»Bilqegħda!«, sagte die Frau, die sie die ganze Zeit fest am Oberarm packte und vor sich herschob. Eine stämmige Person mit Bart, die in ihrem letzten Leben vermutlich ein Mann gewesen war.

Giovanella sparte sich zu antworten. Dass sie sich hinsetzen sollte, hatte sie verstanden. Die Vollzugsbeamtin drückte sie in den Ledersessel des CP-Gleiters und aktivierte den Du-bleibst-jetzt-sitzen-Modus an der Halsfessel. Kein weiteres Wort, die Frau und ihr Kollege verließen den Gleiter.

Die Überstellung nach New York würde sie nicht abwenden können. Die hatten sie bisher nicht kommunizieren lassen.

Juristisch war das ein Witz. Sobald sie CP darüber informierte, würde sie wegen Formfehler binnen Stunden freikommen.

Special Agent Frank Rees betrat den Gleiter. Er wirkte noch größer, als sie ihn in Erinnerung hatte. Sein Gesicht war zu einer Maske erstarrt: leblos, kalt und entschlossen. Er sagte kein Wort, verhielt sich, als ob er alleine war, und machte es sich in einem Sessel zwei Meter gegenüber von ihr gemütlich. Die Türen des Gleiters schlossen sich, und die Fuhre setzte sich langsam in Bewegung. Giovanella hatte gehofft, nicht nur mit ihm nach New York zurückfliegen zu müssen. Er schlug gemächlich das Bein über das andere und legte seine behaarten Hände auf die Armlehnen.

Sollte sie etwas sagen? Sie war unsicher. Er sah sie an, nein, er sah durch sie hindurch. Sie beobachtete ihn, was hatte er vor? Die hohe Stirn schimmerte matt. Seine kurzen blonden Haare waren millimetergenau geschnitten.

Jede Porzellanpuppe hätte in diesem Moment mehr von ihrer Motivation preisgegeben. Er war nach ihrem Frühstücksdate heute Morgen vermutlich nicht mehr gut auf sie zu sprechen. Das war nicht schwer zu bemerken, alles andere behielt er für sich.

Giovanella fühlte sich elend. Der Rock ihres Kostüms war schmutzig, das Oberteil lag noch auf einer Bank. Sie hatte es nicht mit auf der Jacht gehabt. Da bei ihrer Bluse drei Köpfe abgerissen waren und sie nicht der ganzen Welt ihre Unterwäsche zeigen wollte, hatte man ihr einen Schal gegeben. Ein Stück feingewebten Wollstoff, in dem sie sich erfolglos zu verstecken versuchte. Wenn nicht gerade einer der Polizisten heimlich Damenschuhe stahl, standen ihre Pumps noch aufs Matins Schiff. Zudem waren ihre Knie aufgeschürft, sie hatte ein blaues Auge, und mindestens ein Zahn wackelte.

Schlimmer aber noch sah es in ihr aus. Mittlerweile konnte sie sich nicht mehr erklären, warum sie sich so in die Suche nach Jake Merdon hineingesteigert hatte. Bereits bei der Zusammenarbeit mit Carl hatte sie Grenzen überschritten, und alles, was danach kam, entzog sich erst recht jeglicher Rationalität. Sie hatte immer angenommen, jemand zu sein, der seine Emotionen im Griff hatte. Sie wollte nicht ihr Leben für einige leidenschaftliche Momente wegwerfen. Dennoch hatte sie genau das getan. Es hatte ihr nicht genügt, Jake zu finden, nein, sie wollte auch wissen, warum er von der Zeit verschluckt wurde. Und nach dem erfolgreichen Abschluss des Mandats hatte sie sich nicht mit dem Lob und dem Geld zufriedengegeben. Nein, sie wollte Matin zur Rechenschaft ziehen, weil er sie in ihrem Eifer gestoppt hatte. Das war naiv gewesen! Dumm! Teenager während der Pubertät taten so etwas, aber doch keine erwachsenen Frauen mit vierundzwanzig Jahren. Sie war Anwältin!

Aber dem nicht genug. Sie war sogar so dumm, einen FBI-Agent hereinzulegen. Das allein war eine nicht widergutzumachende Dummheit gewesen. Und was hatte sie getan? Sie musste ihn nackt in Wodka tunken und mit Handschellen ans Bett fesseln.

Und die Krönung war dann Leroy Matin Renier! Giovanella war sich sicher, die einzige Juristin mit Harvard-Abschluss zu sein, die wegen eines gelben Blumenstraußes die Kontrolle über sich verlor. Binnen einer Sekunde hatte sie sich in eine Nymphomanin verwandelt. Das war unentschuldbar, peinlich und unglaublich billig gewesen!

»Kaffee?«, fragte Frank Rees, der sie aus ihrem inneren Monolog weckte. Er stand auf und ging zur Bordküche des Gleiters.

Sie nickte und hatte keine Ahnung, über was sie mit ihm sprechen sollte. Sicherlich nicht über das Wetter. Sie könnte sich entschuldigen. Ob es helfen würde? Sie wusste es nicht. Wollte sie es? Nein, er war trotzdem ein Idiot! Würde sie erneut tun, was sie getan hatte? Eine schwierige Frage.

Giovanella versuchte, die Antwort in sich zu ergründen. Das hatte nichts mit Rationalität zu tun. Mit Schrecken erkannte sie, dass sie nicht zögern würde, Rees ein zweites Mal vorzuführen. Da war etwas in ihr, das sie nicht kontrollieren konnte.

Ihr war nicht mehr zu helfen. Von dem Teil ihrer Familie, den sie nicht kannte, war vermutlich die halbe sizilianische Mafia dabei, die Malta als ihre Ferieninsel betrachteten. Dieses kriminelle Erbe hatte sie heute eingeholt.

»Bitte.« Er gab ihr die Tasse und setzte sich wieder hin.

»Danke«, antwortete sie kleinlaut. Kaffee war keine Lösung, aber er beruhigte.

»Wissen Sie überhaupt, mit wem Sie sich vorhin auf der Jacht getroffen haben?« Er beendete die unnatürliche Stille.

»Leroy Matin Renier.« Sie sah ihn an und überlegte kurz, ob sie eine andere Antwort auf seine Frage hätte geben sollen. Nein, so wie er sie gestellt hatte, würde er es nicht verstehen. Wie hätte sie ihm auch ihre Erlebnisse in der simulierten Vergangenheit glaubhaft erklären sollen.

»Das ist sein Name … ich meine, wissen Sie auch, wer dieser Kerl ist? Ist Ihnen überhaupt klar, in welche Machenschaften er verwickelt sein soll?«

»Er ist ein Milliardär … und er war mein Mandant.« Mehr hatte sie als Anwältin nicht zu interessieren, sofern andere Angelegenheiten ihres Mandanten den Fall nicht tangierten. Das wäre Sabrina Hanleys Statement zu diesem Punkt gewesen. Eine gesunde, wenn auch moralisch nicht immer einwandfreie Haltung.

»Heute Morgen wollten Sie mir noch weismachen, dass Sie

mit ihm fertig seien. Sie wollten sich sogar für etwas revanchieren. Haben Sie mir etwas vorgemacht? War das alles gelogen?«

Sie hielt sich an der Tasse fest. Wie sollte dieser Idiot auch verstehen, warum sie dem Schicksal von Jake Merdon nachgegangen war? Die Erlebnisse während der Simulation konnte sie Rees nicht vermitteln.

»Hat es Ihnen die Sprache verschlagen?« Rees fand Stück für Stück zu dem Mistkerl zurück, für den sie ihn bereits seit ihrer ersten Begegnung hielt.

Giovanellas ganzer Körper verspannte. Sie verspürte Angst. Angst, sich nicht wehren zu können. Während dieses Fluges konnte sie keine Hilfe erwarten. Er war FBI-Agent, nach den Ereignissen würde er sie so lange verhören, wie es ihm in den Kram passte.

»Giovanella!« Er stellte seine Tasse neben dem Sessel ab und stand auf. »Ich sage Ihnen jetzt etwas, und ich rate Ihnen zuzuhören!«

Ohne es verhindern zu können, fing ihre linke Hand an zu zittern.

»Sie sind am Ende!« Er zog sein Sakko aus und begann, die Ärmel seines Hemdes hochzukrempeln. »Sie haben einen FBI-Agent angegriffen. Sie dürften sehr gut wissen, wie das Strafmaß darauf lautet.«

Dass sie das wirklich wusste, half ihr nicht, sich zu beruhigen. Was hatte er vor? Sie empfand Rees bereits sitzend als bedrohlich, stehend verstärkte sich dieser unangenehme Eindruck noch.

»Aber ich kann Ihnen versichern: Ich werde Sie nicht anzeigen! Es war doch nur ein Spaß, oder? So eine kleine Neckerei unter Freunden? Giovanella, wir sind doch Freunde, nicht wahr?«

Sie schluckte. Ihr Mund war trocken. Sie würde weiter zurückrutschen, wenn die Halsfessel es ihr ermöglicht hätte. Er kam näher. Nein, nein, er sollte verschwinden!

»Sie werden sich als Mitglied einer terroristischen Vereinigung verantworten müssen. Es soll sogar Tote geben, habe ich gehört, auch wenn es mir im Moment noch schwerfällt, an kriegsähnliche Zustände in den Staaten zu glauben.«

Giovanella musste ihre Angst in den Griff bekommen. So würde sie zu einem Opfer werden. Sie musste sich wehren. Kämpfen. Matin hatte von diesem Krieg, der ihnen bevorstand, gesprochen. Sie wusste nicht, auf welcher Seite sie stand.

»Hören Sie auf damit!«, schrie sie ihn an. Sie stand mit dem Rücken an der Wand. Weiter zurück ging es nicht. Sofort spürte sie, wie das Halsband sie lähmte. Sie stöhnte, krächzte und fand sich im nächsten Augenblick zuckend am Boden wieder. Zum Schreien fehlte ihr die Kraft. Jede Muskelfaser in ihr brannte. Sie wollte sich wehren. Dagegen ankämpfen. Nicht aufgeben. Aber das machte es nur noch schlimmer.

»Oh … haben Sie noch nie eine Reflexfessel getragen? Wie es aussieht nicht. Also, ich habe mir sagen lassen, dass dagegen anzukämpfen, noch nie geholfen hat. Da werden sogar aus drogensüchtigen Straßenschlägern friedliche Lämmchen.« Rees lachte. Er stand vor ihr, sah ihr Leid und lachte.

Giovanella lag am Boden und rang nach Luft, sie hatte den Eindruck, am Nacken an eine Stromleitung angeschlossen zu sein.

Gefühlte Minuten später regte sie sich nicht mehr. Der Schmerz hatte nachgelassen. Sie atmete flach und bezweifelte, den Flug nach New York zu überleben. Ihre ohnehin zerrissene Bluse hing aus dem Rock heraus, der wiederum nicht mehr ihre

Oberschenkel bedeckte. Jetzt sah sie aus, wie sie sich fühlte, zerfleddert. Rees stand immer noch vor ihr und grinste. Ihm hatte ihre Breakdance-Einlage anscheinend gefallen. Sie bot ihm schließlich ausreichende Einblicke.

»Sie haben Talent ... leider keine Haltung. Wissen Sie, es kommt immer auf die Haltung an.«

Giovanella fuhr sich mit der Hand über den Nacken, sie konnte kaum noch den Kopf bewegen. Dabei stellte sie überraschend fest, die Reflexfessel nicht mehr zu tragen. Er musste sie ihr eben abgenommen haben. Es konnte gut sein, dass sie zwischenzeitlich das Bewusstsein verloren hatte.

»Ich habe Sie davon befreit. Ehrlich, ich habe noch nie jemanden erlebt, der sich so lange dagegen gewehrt hat. Tut das nicht weh? Sie sehen ja, es ist nicht möglich standzuhalten.« Rees spielte mit der Reflexfessel und ließ sie um seinen Finger kreisen.

Giovanella riss sich zusammen, richtete sich auf und versuchte mit fahrigen Fingern, sich wenigstens den Rock wieder an die richtige Stelle zu rücken. Sie stöhnte vor Anstrengung, das kostete mehr Kraft, als sie aufbringen konnte.

»Fühlt sich mies an, wenn man weiß, in so einer Lage wie ein Stück Fleisch beobachtet zu werden, oder?« Er biss sich auf die Lippe und rümpfte die Nase. Das war ein ganz schlechtes Zeichen.

Giovanella kämpfte, stützte sich ab, brachte alle Kraft auf, die sie hatte, um sich wieder auf den Sessel zu ziehen. Ihr Atem ging schnell. Sie war fertig mit der Welt. Rees hatte gewonnen. Das war's! Sie würde aufgeben, kapitulieren, die weiße Fahne schwenken. Sollte sie doch ein großes schwarzes Loch verschlingen. Dann wäre es endlich vorbei.

Nein, nein! Das war nur eine Frage des Willens! Sie wusste nicht, woher dieser Impuls kam. Da waren plötzlich gelbe Rosen. Sehen konnte sie die Blumen nicht. Aber riechen. Sie rochen wunderbar. Da war noch Kraft in ihr. Sie schrie. Sie brüllte wie ein Tier! Sie würde weiterkämpfen!

»Wow ... da lebt ja noch etwas!«, stellte Rees voller Spott fest. »Haben Sie mich gerade angeschrien? Wollen Sie mich etwa fressen?«

»War das alles?«, keifte sie ihn an. Sie wollte das ganze Programm erneut buchen. Das war doch bisher nur Spaß! »Mehr hast du nicht drauf?«

»Oh, Giovanella, sind wir endlich beim Du angekommen. Glaub mir, du hast keine Ahnung, wozu ich in der Lage bin!«, schrie er sie an.

»Du bist ein Schwächling!« Ihn zu beleidigen, verschaffte ihr eine unglaubliche Befriedigung. Sie stand mit zitternden Beinen auf und forderte ihn heraus. Mehr als ein Auge brauchte sie nicht, um diesen Versager im Blick zu behalten. Da waren Rosen, alles war voller Rosen, ihr Duft erfüllte die Kabine. Die Blumen waren ihre Verbündeten.

»Ich zeige dir, wie schwach in bin!« Rees stand ebenfalls auf, ging einen Schritt auf sie zu und streckte sie mit dem Handrücken nieder. Als ob er mit einem Hammer auf einen Topf schlug. Dann packte er mit seiner Pranke ihren Hals und zog sie wieder hoch. Zog sie dicht an ihn heran. Hob sie mit einer Hand in die Höhe. Ihre Füße verloren den Kontakt zum Boden. Sie krächzte, rang nach Luft und klammerte sich an seinen Unterarm. Er roch nach Schweiß. Nein, das war sie selbst.

»So schwach bin ich, mein kleines Lockenköpfchen!« Dann warf er sie wie ein nasses Handtuch in den Sessel.

»Schwächling!« Giovanella hatte nicht vor aufzugeben. Er würde sie töten müssen. Vorher würde sie nicht die Waffen niederlegen!

Er kam ihr näher, beugte sich über sie. Das war nah, zu nah. »Glaubst du wirklich, dass dich jemand vermissen wird? Ich kann mit dir machen, was ich will! Und niemand, absolut niemand wird nach dir fragen!«, rief er ihr ins Ohr. Dabei lief sein Speichel ihren Hals herunter. Er würde sich jetzt nehmen, was sie ihm nicht verwehren konnte.

Sie atmete schnell. Keine Angst, sie wollte keine Furcht haben! Körperlich war sie ihm nicht gewachsen, aber ihre Seele würde er ihr nicht nehmen können. Sie war stärker als alles, was er ihr antun konnte.

»Du schmeckst nach …«

Mit der Zunge fuhr er über ihren Mund. Sie ließ es angewidert über sich ergehen. Dann drückte er seine Lippen auf ihre. Mit seinem ganzen Körpergewicht dahinter. Das war erniedrigend. Aber das reichte ihm nicht. Er griff ihr an den Oberschenkel und zerrte an dem Rock.

»Hör auf!« Giovanella schlug nach ihm, traf aber nur seine Brust. »Aufhören!«

Mit einer Kopfnuss brach er ihre letzte Gegenwehr. Sie taumelte. Alles dröhnte. Er schlug sie erneut. Sie hatte den Schlag noch nicht einmal kommen sehen. In ihrem Mund schmeckte sie Blut.

»Du gehörst jetzt mir!«, rief er schnaubend. Sie hörte Stoff reißen. »Ich habe noch was gut bei dir nach deinen ganzen Spielchen. Das verstehtst du doch, oder?«

Sie versuchte, in ihre Gedanken zu flüchten. Ihre letzte Bastion. Dort wollte sie aufstehen und wie die Frau, die sie sein wollte, den Gleiter verlassen. Das war alles nur eine Frage des Willens. Sie konnte mehr Leid ertragen, als Rees ihr zufügte. Davon war sie überzeugt.

»Jetzt zapple nicht so rum!«

Er riss ihr die Bluse vom Körper und öffnete seinen Gürtel. Egal was er jetzt tat, er würde sie nicht wirklich berühren.

Blumen, überall in ihren Sinnen sah sie Blumen. Wie auf der Jacht von Matin. Gelbe Rosen, sie erkannte den Geruch wieder.

A.D. 2018

DURCH DAS LICHT ...

Skagen trat das Gaspedal voll durch. Der Motor jaulte auf, alle vier Räder drehten durch, dann schoss der schwarze Ford wie ein Rennpferd nach vorn.

Vor und hinter ihnen schlugen Kugeln in den Asphalt. Es war reines Glück, dass der Wagen nicht getroffen wurde. Skagen konnte den Hubschrauber erst sehen, als er sich zurückfallen ließ. Wie eine düstere Libelle tauchte er im Rückspiegel auf. Das Flattern wurde lauter, als der Heli wieder aufholte und sich in dreißig Meter Entfernung neben sie setzte. Skagen drehte den Kopf nach links und sah direkt in das Gesicht des Scharfschützen, der nun sein Gewehr mit Zielfernrohr in Anschlag brachte und auf ihn richtete. Skagen trat voll auf die Bremse.

Der Hubschrauber flog an ihnen vorbei, mehrere Schüsse jagten in den Asphalt, rissen ihn regelrecht auf.

Verdammt, der Typ ging auf Nummer sicher und hielt sich erst gar nicht mit gezielten Schüssen auf, sondern versuchte, sie von der Straße zu fegen.

Während der Helikopter in einer Meile Entfernung eine enge Kurve flog und nun direkt auf sie zuhielt, riss Skagen das Lenkrad nach rechts, überquerte den Seitenstreifen und fuhr über ein abgeerntetes, trockenes Getreidefeld. Helle Staubwolken wurden aufgewirbelt, die dem Piloten hoffentlich die Sicht nahmen und zumindest dafür sorgten, dass der Schütze sie nicht ins Visier nehmen konnte.

Leider war das Feld nicht allzu groß. Obwohl Skagen wild im Zickzack fuhr und dadurch die Staubentwicklung noch erhöhte, raste er jetzt auf einen Bewässerungskanal zu. Der Kanal schien tief und breit zu sein, keine Chance, irgendwie darüber hinwegzukommen. Skagen wendete so scharf, dass Hannah gegen die Beifahrertür gepresst wurde. Der Ford schlingerte wild, kurz fanden die Reifen keinen Halt, dann ging es mit über achtzig Meilen zurück zur Landstraße.

Als Skagen wie eine Mittelstreckenrakete auf die Straße schoss, wurden er und Hannah mit einem heftigen Ruck nach oben geschleudert. Beide stießen sich die Köpfe an. Hannah entfuhr ein spitzer Schrei, egal, er musste zusehen, das Fahrzeug unter Kontrolle zu behalten. Skagen spürte, dass ihm erneut Blut aus den Ohren sickerte, aber er schob jeden Gedanken daran beiseite.

Wo war der verdammte Hubschrauber?

Er wandte den Kopf nach links und rechts, schaute nach vorn und in den Rückspiegel. Nichts zu sehen. Verzweiflung und Wut kochten in ihm hoch. Skagen warf einen kurzen Blick auf seine Beifahrerin, die mit ihrem Handy in der Hand und Kopfhörern in den Ohren zitternd neben ihm saß.

»Wer bist du?«, brüllte er sie an. Sie zuckte zusammen.

»Hannah.«

»Kennen wir uns?«

»Ich bin ein Hunter wie du, Jake, Madison und Caleb.«

»Madison? Ist sie das Mädchen, das mich aus dem Transporter befreit hat?«

»Ja.«

»Wie habt ihr mich gefunden, und was war das für ein beschissener hoher Ton, der beinahe mein Trommelfell zum Platzen gebracht hat?«

»Das war Carl. Er hat den Ton erzeugt und über Funk in die Fahrzeuge geleitet, damit sie anhalten.«

»Wer zur Hölle ist Carl?«

Noch bevor er eine Antwort bekam, jagte der Hubschrauber plötzlich wild taumelnd am Wagen vorbei. Er flog in kaum zehn Meter Höhe, und es schien, als habe der Pilot die Kontrolle über den Heli verloren.

Der Hubschrauber zog plötzlich steil nach oben, kippte dann seitlich ab und raste dem Boden entgegen, wo er in einer gigantischen Feuerzunge explodierte. Keine hundert Meter von ihnen entfernt. Der Rotor wurde abgerissen und zischte direkt über ihre Motorhaube hinweg. Metallsplitter surrten hinterher.

»Was war das?«, fragte Hannah.

Skagen hielt den Wagen an und starrte verblüfft auf das brennende Trümmerfeld.

»Der beschissene Hubschrauber ist abgestürzt«, meinte er erschrocken. »Keine Ahnung warum. Eben war er noch …«

»Das ist Carl«, sagte Hannah.

Skagen wandte sich ihr zu. »Wie meinst du das?«

»Er hat den Hubschrauber zum Absturz gebracht. Wahrscheinlich auf die gleiche Art, wie er zuvor die Fahrzeuge auf der Landstraße gestoppt hat.«

»Ich wiederhole meine Frage, *wer* ist Carl?«

»Ich spüre, dass wir immer noch stehen«, sagte Hannah. »Wir sollten weiterfahren, zusehen, dass wir hier wegkommen.«

Als sie wieder über die Landstraße bretterten, erzählte sie

ihm, wie Carl mit Jake Kontakt aufgenommen und ihnen von Skagen und Caleb erzählt hatte. Davon, dass er über unglaubliche Informationen und Möglichkeiten verfügte und ihnen im Kampf gegen die Aliens beistehen wollte.

»Und ihr vertraut ihm?«, fragte Skagen, nachdem sie ihre Zusammenfassung beendet hatte.

»Bisher hat sich alles als wahr und richtig erwiesen, was er uns gesagt hat, und dass du jetzt hier neben mir sitzt, anstatt in einem Hochsicherheitsgefängnis zu verrotten, sollte Beweis genug für seine guten Absichten sein.«

Skagen warf einen Blick in den Rückspiegel. Weit hinter sich sah er eine wabernde schwarze Rauchwolke zum Himmel steigen. Von Verfolgern keine Spur.

»Wo soll ich hinfahren?«, fragte er Hannah.

»Hat das Auto ein Navi?«

Skagen blickte auf die Armaturen. »Ja, das Ding zeigt mir an, dass wir uns irgendwo südlich von Trenton befinden.«

Hannah hob ihr Handy an den Mund. »Carl? Kannst du mich hören?«

»Du kannst mit ihm sprechen? Warum hast du das nicht gleich gesagt?«, schimpfte Skagen.

»Es sollte gehen und … ich habe in der Aufregung nicht daran gedacht, okay?«

»Ich höre dich, Hannah«, meldete sich eine ruhige Stimme aus dem eingebauten Lautsprecher.

»Skagen und ich …«

»Ich weiß, wo ihr seid.«

»Wie kann er das wissen?«, raunte ihr Skagen zu. »Es hätte ebenso gut sein können, dass wir in die andere Richtung fahren.«

Noch bevor Hannah ihm antworten konnte, sagte Carl:

»Mach dir darüber keine Gedanken, Skagen. Viel wichtiger ist, dass die Behörden den Absturz des FBI-Hubschraubers registriert haben und nun dabei sind, Straßensperren zu errichten. Die erste erwartet euch in fünf Meilen. Davor gibt es eine Abzweigung Richtung Bensalem, die müsst ihr nehmen, aber die Schlinge zieht sich zu. Ich werde jetzt mit Jake Kontakt aufnehmen und einen Treffpunkt für euch alle vereinbaren. Ich melde mich wieder.«

»Der Typ ist mir unheimlich«, sagte Skagen, während er über die Landstraße raste.

»Das ist er, aber er gehört zu den Guten.«

Skagen spähte nach vorn. Der Asphalt flirrte in der Hitze der Sonne, die fast direkt über ihnen stand. Keinesfalls wollte er die vorgesehene Ausfahrt verpassen.

Da. Dort war sie. Kaum auszumachen.

»Halt dich fest!«, rief Skagen Hannah zu, dann schlug er das Lenkrad ein. Wieder schlingerte der Wagen, und wieder gelang es Skagen, ihn auf der Straße zu halten. Mit noch höherer Geschwindigkeit ging es weiter.

Der Belag der Nebenstraße war schlecht, sehr schlecht, mit vielen Löchern. Hannah und er wurden hin und her geworfen.

»Ich glaube, mir wird schlecht«, sagte Hannah.

»Musst du kotzen?«

»Weiß nicht, mir ist so übel.« Sie würgte.

Erst jetzt wurde Skagen bewusst, dass diese wilde Jagd in einem bockenden Fahrzeug für Hannah die Hölle sein musste, da sie nichts sehen konnte. Als sie bei dem Überfall auf ihn zugekrochen war, hatte sie immer wieder um Hilfe gerufen und geschrien, dass sie blind sei. In diesem Moment hatte er sich gefragt, was ein behindertes Mädchen bei einer

Gefangenenbefreiung zu suchen hatte, aber für Fragen war bisher kaum Zeit gewesen. Vielleicht sollte er das jetzt nachholen, um sie abzulenken.

»Wenn du ein Hunter bist, was hast du für Fähigkeiten?«, rief er gegen den Lärm an, den der Wagen machte.

»Ich kann die Wahrheit erspüren, wenn ich jemanden berühre, egal was er sagt.«

»Und was bringt das?«, rief er.

Sie zuckte mit den Schultern. Skagen betrachtete sie kurz, ohne den Blick zu lang von der Straße zu nehmen.

Hannah sah ziemlich bleich aus.

»Was ist mit dem anderen Mädchen? Was kann sie?«, fragte er.

»Keine Ahnung. Ich glaube, Carl weiß mehr über sie, als er uns sagt, Jake vielleicht auch. Sie selbst hat keinen Schimmer davon … Ehrlich gesagt, hält sich Madison insgesamt für etwas Besonderes. Sie ist zwar nett, aber ziemlich arrogant.«

Und sie sieht fantastisch aus.

Als Madison die Tür des Transporters aufgerissen und ihn aufgefordert hatte auszusteigen, sah sie wie eine lebendig gewordene Göttin aus. Das rote lockige Haar wehte um ihr schönes Gesicht, das durch die Aufregung gerötet war, und ein wildes, verwegenes Lächeln lag auf ihren vollen Lippen.

Was für ein Mädchen!

Plötzlich erklang Carls Stimme erneut.

»In einer Meile rechts abbiegen, dann nach achthundert Yards erneut rechts. Die Polizei hat inzwischen mehrere Straßensperren in unmittelbarer Umgebung errichtet.«

Was? So schnell? Es konnten keine zehn Minuten vergangen sein, seit der Hubschrauber abgestürzt war. Skagen spürte, wie ihm flau im Magen wurde. Vielleicht musste nicht nur Hannah kotzen.

»Ich habe Kontakt zu Jake aufgenommen. Treffpunkt für alle ist Philadelphia. Dazu später mehr. Skagen, hier abbiegen.«

Skagen bremste ab und riss das Lenkrad herum, dann gab er wieder Stoff.

Verflucht, dachte er. *Dieser Typ kann uns echt sehen, unsere Flucht verfolgen. Woher sonst kann er wissen, dass ich die Abzweigung erreicht habe?*

»Jetzt erneut rechts, dann vier Meilen geradeaus.«

»Müssen wir mit einem weiteren Hubschrauber rechnen?«, rief Skagen.

»Nein, derzeit nicht. Der nächstgelegene Flughafen, auf dem das FBI Hubschrauber platziert hat, liegt weit westlich von hier, und es ging dort keine Anfrage auf Unterstützung ein. Ich kontrolliere den Funkverkehr der FBI-Zentrale mit den Kräften vor Ort.«

»Kannst du die Verbindung nicht unterbrechen oder irgendwie stören?«

»Nein, das FBI darf nichts von meiner Existenz wissen. Das ist von eminenter Bedeutung, denn in der Zukunft bin ich auf Anonymität angewiesen. Ich habe noch viel zu tun und darf nicht daran gehindert werden, es zu tun.«

Das klang ja merkwürdig und rätselhaft. Carl wurde ihm immer unheimlicher. Eine Minute lang herrschte Schweigen im Fahrzeug, dann sagte Carl mit Gelassenheit in der Stimme: »Vor uns liegt eine Polizeisperre.«

»Was?«, kreischte Skagen panisch auf.

»Es gibt keine Möglichkeit, sie zu umfahren oder umzudrehen.«

»Ich lasse mich auf keinen Fall aufhalten«, brüllte Skagen. »Nichts und niemand bringt mich zurück ins Gefängnis.«

»Davon kann keine Rede sein«, erwiderte Carl ruhig. »Es handelt sich um vier schwer bewaffnete Polizisten. Sie benutzen ihre beiden Fahrzeuge als Absperrung und haben sie quer auf die Straße gestellt. Man kann ihnen nicht ausweichen. Links und rechts sind tiefe Wassergräben, die euch sofort stoppen würden, solltet ihr es versuchen. Skagen, du musst jetzt genau tun, was ich dir sage.«

»Was? Was soll ich tun?«, schrie Skagen.

»Gib Vollgas!«

Der Wagen beschleunigte auf sechzig Meilen, dann siebzig, dann achtzig.

»Diese Geschwindigkeit halten. Nicht schneller werden, aber auch nicht langsamer. Es ist wichtig, dass du im exakten Winkel und mit der richtigen Geschwindigkeit auf die Polizeisperre auftriffst. Die beiden Fahrzeuge stehen sich schräg gegenüber. Zwischen ihnen gibt es eine Lücke von circa einem Meter, diese Lücke musst du treffen. Wenn alles klappt, werden die Autos zur Seite geschleudert, und du hast freie Fahrt.«

»Und wenn nicht?«, brüllte Skagen erregt.

»Dann wird euer Fahrzeug Totalschaden erleiden und ihr beide schwer verletzt.«

»Scheiße!«, fluchte Skagen.

»Meinen Berechnungen zufolge sollte es klappen.«

Vor ihm im Dunst tauchte die Polizeisperre auf. Ein Polizist stand mit einem blinkenden Stoppsignal in der Hand auf der Straße, von den anderen Beamten war nichts zu sehen. Wahrscheinlich hielten sie sich mit angelegten Waffen in Deckung der Fahrzeuge, deren Blaulichter eingeschaltet waren.

»Eine Frage noch, Carl …«

»Ja?«

»Wie kannst du das alles sehen?«

Ein munteres Lachen erklang aus dem Handy. »Ganz einfach, ich habe einen alten NASA-Satelliten umgeleitet und überwache die Szene mit hochauflösenden Kameras aus achthundert Kilometer Entfernung.«

Das ist unglaublich, dachte Skagen.

»HALTEN SIE DAS FAHRZEUG AN!«, ertönte eine Stimme über Megaphon.

Skagen spürte, wie ein Grinsen seine Lippen verzog. Er drehte den Kopf zu Hannah. Still und bleich saß sie neben ihm. »Nimm den Kopf runter«, sagte er ruhig.

»ACHTUNG! WENN SIE NICHT ANHALTEN, WERDEN WIR VON UNSEREN SCHUSSWAFFEN GEBRAUCH MACHEN!«

Keine Viertelmeile mehr.

Etwas schlug mit ungeheurer Wucht in den rechten vorderen Scheinwerfer ein, dessen Splitter in alle Richtungen davonflogen. Eine Millisekunde später hörte Skagen den Schuss.

Noch einhundert Meter.

»Geschwindigkeit halten«, meldete sich Carl. Seine Stimme klang entspannt, so als habe er gerade mitgeteilt, dass am nächsten Tag mit Regenschauern zu rechnen sei. Skagen presste die Kiefer aufeinander.

Plopp!

Plopp!

Plopp!

Mehrere Kugeln schlugen gleichzeitig in die Motorhaube ein. Irgendetwas zischte. Dann bohrte sich ein Schuss an der Stelle durch die Frontscheibe, an der Hannah gerade noch aufrecht gesessen hatte. Ein wildes Spinnennetz erschien darauf, Glassplitter regneten auf Hannah herab. Sie kreischte.

Die Straßensperre war da.

Zwei Fahrzeuge, schwer und stabil. Der Cop mit dem Stoppschild brachte sich mit einem weiten Satz in Sicherheit.

Da komme ich nie durch.

Trotzdem nahm er den Fuß nicht vom Gaspedal.

»FUCK!«

Der Aufprall war ziemlich heftig. Skagen wurde mit Wucht gegen das Lenkrad und wieder in den Sitz zurückgeschleudert. Hannah schrie so laut, dass es in seinen Ohren schmerzte. Seine Hände verloren kurz den Kontakt zum Lenkrad, aber gleich darauf packten sie wieder zu.

Der Ford bohrte sich regelrecht zwischen den Polizeifahrzeugen hindurch, kam ins Schlittern, jagte auf den Straßengraben auf der linken Seite zu, aber Skagen riss das Lenkrad herum und brachte den Wagen wieder unter Kontrolle. Dann gab er Vollgas und raste davon.

Als er einen Blick in den Rückspiegel warf, sah er zwei Polizisten, die ihre Waffen anhoben und feuerten, aber sie wurden nicht getroffen.

»Sind wir durch?«, wimmerte Hannah.

»Ja«, brüllte Skagen laut auf. »Wir haben es geschafft. Du kannst wieder hochkommen.«

Hannah rappelte sich auf, fuhr sich mit der Hand über das Gesicht, sagte aber nichts weiter.

»Auf nach Philadelphia«, meinte Carl trocken.

Sie waren noch zwei Meilen vom Stadtrand entfernt, als Skagen merkte, dass etwas mit dem Fahrzeug nicht stimmte. Nach wie vor fuhren sie über verschiedene Landstraßen in Richtung Philadelphia, aber jedes Mal wenn Skagen nach dem Abbremsen beschleunigte, nahm der Wagen das Gas schwerer an.

Eine weitere Meile später drang plötzlich weißer Dampf unter der Motorhaube hervor, und die Geschwindigkeit fiel rapide ab.

»Was ist los?«, fragte Hannah ängstlich.

»Eine der Kugeln muss den Kühler getroffen haben, wir verlieren Kühlflüssigkeit, und der Motor erhitzt sich.«

»Das heißt?«

»Wir kommen mit dem Wagen nicht mehr weit.«

»Das ist richtig«, meldete sich Carl. »Aber es gibt auch gute Nachrichten. Die Polizei hat im Moment eure Spur verloren. Zwei Hubschrauber sind aufgestiegen, aber die suchen weiter nördlich nach euch und stellen somit keine Gefahr dar.«

»Wir haben gleich kein Fahrzeug mehr«, meinte Skagen bitter. »Und zu Fuß wird es schwer, hier wegzukommen.«

»Vor dir liegt ein weitläufiges Industriegebiet, dort könnt ihr den Wagen unauffällig abstellen. Folgt bitte meinen Anweisungen.«

Sie rollten mit immer weiter abnehmender Geschwindigkeit durch breite, kaum befahrene Straßen, vorbei an mächtigen Fabriken mit hohen Schornsteinen, aus denen weißer Rauch quoll. Trotz des Sonnenscheins sah es aus, als hätte die Welt plötzlich ihre Farben verloren. Es war wie in einem Schwarz-Weiß-Film der Vierzigerjahre. Von draußen drang erhitzte Luft ins Fahrzeuginnere, die bitter schmeckte, dabei herrschte eine fast unnatürliche Stille, so als finde das Leben gerade woanders statt.

Der Motor kochte inzwischen, aber Carls Stimme blieb ruhig, so als wisse er ganz genau, wie lange die Karre noch durchhalten würde.

»Die nächste Straße rechts abbiegen.«

Skagen manövrierte in eine schmale Straße, die von alten verrosteten Eisenbahnschienen gekreuzt wurde. Es rumpelte, als er darüberfuhr.

»In zweihundert Metern auf der linken Seite befindet sich ein altes Fabrikgelände. Das Metalltor steht offen. Fahr hinein und dann in die große Halle, die direkt hinter dem Tor liegt.«

Alles sah verwahrlost aus, nach Zeiten, die längst vergangen waren. Der Gestank wurde stärker. Jetzt roch es auch noch nach Fäulnis und Exkrementen. Skagen lenkte den Wagen durch das schwere Eisentor. Hier wurde der Asphalt von wild wucherndem Gras durchbrochen. Überall lag Papier herum, Plastikfetzen wehten über den Platz vor der Fabrik.

»Geradeaus.«

Der Wagen begann jetzt zu ruckeln, dann ging der Motor aus. Sie rollten noch zum Fabriktor, bis der Ford endgültig stehen blieb.

»Ich höre den Motor nicht mehr«, sagte Hannah. »Sind wir da?«

»Ja«, meinte Skagen.

»Öffne das Fabriktor, du wirst sehen, es lässt sich noch bewegen. Dann schieb den Wagen in die Halle, damit er aus der Luft nicht zu entdecken ist«, gab Carl vor.

Skagen stieg aus und versuchte es. Mit lautem, ächzendem

Kreischen ließen sich die beiden Torflügel auf ihren Metallschienen zur Seite bewegen. Weit genug, dass der Ford hindurchpassen würde.

Zurück beim Fahrzeug sagte er zu Hannah: »Du musst aussteigen.« Er nahm ihre Hand und half ihr. »Bleib hier stehen.«

Er fasste durch das offene Seitenfenster nach dem Lenkrad und lehnte sich mit seinem ganzen Gewicht nach vorn, so stark er konnte. Zentimeter für Zentimeter begann der Wagen zu rollen. Nach einem Meter ging es etwas leichter, und Skagen stieß die angehaltene Luft aus.

Als er den Ford durch das Tor in die Halle geschoben hatte, war er nass geschwitzt. Er atmete kurz durch, dann holte er Hannah und führte sie in die Fabrik. Mit dem Handy in der Hand blieb er stehen und schaute sich um.

Die Halle war leer geräumt. Abfall lag herum. Durch zerbrochene Glasscheiben im Hallendach fiel Licht ins Innere, ließ Staubflocken in der Luft flirren. Es war unendlich still. Skagen konnte Hannahs Herzschlag hören.

»Wie sieht es hier aus?«, fragte sie.

»Prima«, meinte Skagen. Er wollte sie nicht beunruhigen, und letztendlich spielte die Umgebung für Hannah keine Rolle.

»Was machen wir jetzt?«, fragte sie weiter.

Carl meldete sich zu Wort. »Geht ans Ende der Halle. Dort befindet sich eine Tür, dahinter eine Treppe, die zwei Stockwerke in die Tiefe führt.«

»Was wollen wir da?«, fragte Skagen. »Sollten wir nicht so schnell wie möglich zum Treffpunkt kommen?«

»Genau das haben wir vor.«

»Kapier ich nicht.«

»Es gibt nur einen Weg dorthin, ohne von der Polizei gefasst zu werden.« Carl machte eine kleine Pause, bevor er weitersprach. »Durch die Kanalisation.«

A.D. 2118

KÜSS MICH

Es gab Momente im Leben, die konnte man nicht erklären. Noch nicht einmal im Ansatz wusste sie, was sich vor ihren Augen abspielte. Unbarmherzig hatte das Schicksal nach ihr gegriffen. Gegen diesen vor Testosteron triefenden Bullen hatte sie keine Chance, so dachte sie zumindest bis vor wenigen Sekunden.

Aber es kam anders. Völlig anders. Trotz zerrissener Bluse und hochgeschobenem Rock bedeckten noch BH und Slip ihre Intimzonen. Sicherlich nicht, weil Rees Einsicht zeigte. Nein, das Schwein wollte sich rücksichtslos nehmen, was er in seinem Wahn begehrte. Dass er dabei ein Verbrechen beging, hatte ihn nicht zurückgehalten. Der Typ war völlig durchgedreht, schlimmer als wenn er Drogen genommen hätte. Zehn Jahre oder länger drohten ihm für diese Tat.

Und wie stand es jetzt um ihn? Gut sah er nicht aus. Überhaupt nicht. Er kniete vor ihr und litt elendig. Er hustete mit hochrotem Kopf und schüttelte sich, als ob er sich an einem alten Autoreifen verschluckt hätte. Nein, doch eher an der Niedertracht, mit der er sie geschlagen und gedemütigt hatte. Er rang nach Luft und hörte gar nicht mehr auf zu husten.

Das Schauspiel hätte sie sich noch länger ansehen können. Rache schmeckte süß. Es ging aber nicht um Vergeltung. Dafür war die Situation zu ernst. Sie dachte darüber nach, welche

Optionen ihr blieben, um ihre Haut zu retten. Das war wichtiger. Wegzulaufen machte in einem Gleiter keinen Sinn. Links Abbiegen leider auch nicht. Sie tippte auf dem Navigationspanel herum. Die Eingabe war gesperrt. Aber sie durfte nicht länger warten, sie musste sich gegen ihn wehren.

Giovanella sprang auf, rannte zur Bar und kam mit einer verschlossenen Whiskeyflasche in der Hand zurück. Eine schwere Schmuckflasche, das Glas war fingerdick. Sie sah Rees an und holte aus. Er hustete ohne Unterlass weiter. Keine Gnade! *Wie du mir, so ich dir,* dachte sie. Aber war sie auch in der Lage, es ihm mit gleicher Münze heimzuzahlen? Ihn jetzt ohne ein weiteres Wort zu erschlagen?

Sie zögerte. Er hätte es verdient. Verdient, bestraft zu werden! Der Schlag mit der Flasche würde ihm den Schädel brechen. Es roch immer noch nach Rosen. Aber ihn töten? Nein, sie war keine heimtückische Mörderin.

Warum Rosen?

Für einen Moment spielte der hustende Rees keine Rolle mehr. Warum glaubte sie, in einem Meer aus gelben Rosen zu schwimmen? Die Situation überforderte sie. Das war doch völlig verrückt. Niemand, der noch bei Sinnen war, dachte an Blumen, wenn er im Begriff war, einen Menschen zu erschlagen.

Jetzt war sie es, die den Kopf schüttelte. Verlor sie den Verstand?

Nein – nein – das tat sie nicht! Natürlich, jetzt verstand sie es. Das waren Pheromone! Duftstoffe, die sie umgaben.

Matin hatte darüber gesprochen, hatte ihr gezeigt, wie er sie damit manipulieren konnte. Sie sogar dazu gebracht hatte, ihn leidenschaftlich zu küssen. In diesem Moment hatte sie alles an ihm verzehren wollen.

Giovanella stellte die Whiskeyflasche zurück. In Rees' Schädel befand sich ohnehin nur Mist. Da brauchte es keine in Whiskey eingelegten Glasscherben, um sein Erbsenhirn zu tranchieren.

Sie sah sich um. Sie suchte. Woher stammte der Geruch? Woher stammten die Pheromone, die so intensiv nach Rosen rochen? Rees war es sicherlich nicht, der hustete immer noch und roch nach Elend. Auf ihre Frage gab es nur eine Antwort. Sie war es. Daran gab es keinen Zweifel. Sie strömte diesen sonderbaren Geruch aus, der sie verwirrte, aber auch gerettet hatte.

»Wie kann das sein?«, fragte sie sich und suchte nach einer Antwort. Eine Antwort, die sie hier nicht finden würde. Nicht in dem Gleiter und nicht auf dem Weg nach New York.

Sie legte die Hände an ihren Mund. Der Geruch machte ihr Mut, er hatte ihr geholfen durchzuhalten und half ihr jetzt, sich zu konzentrieren. Alles wurde ganz klar. Die Furcht war verschwunden. Was blieb, war eine Antwort. Sie musste sich nur erinnern.

Leroy Matin Renier hatte ihr etwas geschenkt. Eine besondere Gabe. Es war eine Waffe. Eine Waffe aus Pheromonen, um sich gegen Drecksschweine wie Rees zu wehren. Sie musste es seit dem Kontakt mit ihm auf der Haut getragen haben.

Wie das funktionierte, konnte sie sich nicht erklären. Das war wie Magie. Jede Körperfaser von ihr strömte diesen unnachahmlichen Duft aus. Gelbe Rosen, überall vor ihrem geistigen Auge befanden sich gelbe Rosen. Eine betörende Wahrnehmung.

Rees fing sich wieder, die Wirkung ließ nach. Nein, auch wenn sie ihn nicht tötete, würde sie ihn nicht ungestraft davonkommen lassen. Sie lächelte. Wenn ihre Lippen eine Waffe waren, wäre es fatal, sie nicht zu benutzen. Er wollte es doch!

Sie trat dem knienden Rees gegen sie Schulter. Seine Hose hing bereits auf den Knien. Er fiel wie ein nasser Sack vollends zu Boden. Krümmte sich. Er war nicht in der Lage, seine Glieder zu kontrollieren. Sie setzte sich auf ihn und zog die Mundwinkel nach unten. Jetzt wollte sie ihm ein Stück näherkommen!

»So hast du es doch gewollt, oder?« Sie beugte sich über ihn und küsste ihn. Jetzt war sie diejenige, die ihm Gewalt antat.

Er wehrte sich, aber er agierte nur noch wie ein Schatten seiner selbst. Ihm fehlte die Kraft, sie zurückzuweisen. Sie hätte es auch nicht zugelassen. Er war wehrlos wie ein kleines Kind!

Mit der Zunge drang sie in seinen Mund ein. Er sollte erfahren, wie es sich anfühlte, wenn es gegen den eigenen Willen passierte. Sein ganzer Körper fing an zu zittern, als ob er im Winter in Shorts im Schnee sitzen würde.

Das sollte genügen. Giovanella ließ von ihm ab, spuckte ihm Blut ins Gesicht und wischte sich die Lippen mit dem Handrücken ab. Er rang nach Luft, als ob sie ihn mit dem Kopf unter Wasser gedrückt hielt. Das Blut stammte noch von ihrer aufgeplatzten Lippe. Das hatte er ihr angetan, das durfte er daher gerne behalten. An seinen Wangen und am Hals traten unter großer Anstrengung Adern hervor. Er begann zu schreien. Genau diese Reaktion hatte sie sich erhofft. Die Pheromone, die sie stark machten, rangen ihn nieder.

»Rees, zu viel von mir ist nicht gut für dich!« Das Geschrei nervte. Sie nahm die Fetzen ihrer in der Kabine verteilten Bluse und stopfte sie ihm in der Mund. Er sollte die Klappe halten.

Eine Sache nach der anderen. Sie brauchte nach dem Nahkampf einen Moment, um wieder einen klaren Kopf zu bekommen. Sie ging in den Waschraum, um sich das Unheil in ihrem Gesicht anzusehen. Da war nicht nur ein blaues Auge, ihre komplette rechte Gesichtshälfte war grün und lila, die Lippe aufgeschlagen und ihr Kinn blutverschmiert. Sie hatte definitiv schon Mal besser ausgesehen. Die maltesischen Polizisten hatten bei der Verhaftung ganze Arbeit geleistet. Nur die Lippe ging auf Rees' Konto.

Sie wusch sich. Besonders die Stellen, mit denen sie Rees berührt hatte. Ein hoffnungsloses Unterfangen, sie würde diesen Flug in die Staaten ihr restliches Leben nicht vergessen.

Wieder zurück in der Kabine des CP-Gleiters zog sie ihr Kostümoberteil an. Es war klug gewesen, es nicht mit auf die Jacht zu nehmen. Im Gegensatz zum Rest ihrer Kleidung war es heil geblieben. Sie zog auch den schmutzigen Rock aus. Aus ihrer Reisetasche holte sie sich eine Jeans und flache Schuhe. Jetzt fühlte sie sich besser. Heute wollte sie keine Pumps mehr tragen.

Rees lag immer noch am Boden. Er fieberte stark, stöhnte und war unfähig, die Augen offen zu halten. Diese intensive Wirkung hatte sie nicht erwartet. Ihn hatte es regelrecht umgehauen. Würde es noch schlimmer werden? Sie wusste es nicht. Sogar wenn sie es wollte, hätte sie nichts für ihn tun können. Es blieb ihr keine andere Wahl, als zu warten. Würde er sterben? Nein, das glaubte sie nicht. Matin war kein blindwütiger Rachegeist. Er handelte mit Bedacht, als er sie auf die *Instabil* gelockt hatte. Wenn er alle seine Gegner töten wollte, hätte er mit seinem Geld auch eine Söldnerarmee bezahlen können.

Giovanella setzte sich in den Sessel, sah Rees an und dachte an Matin. Was hatte der Milliardär ihr mit auf den Weg gegeben? Was waren das für Pheromone, die Rees gerade die Hölle auf Erden erleben ließen?

»Rees?«

Keine Antwort.

»Kannst du mich hören?«

Nicht einen Ton.

Frank Rees lag mit schweren Grippesymptomen am Boden und schwitzte den Teppich voll. Er fieberte, krampfte und atmete immer flacher. Es war schwer vorstellbar, dass er die Tortur längere Zeit durchhielt.

»Rees!« Giovanella konnte nicht zu ihm durchdringen. Der Typ war fertig.

Warum hatte Matin das getan? Er hatte sie nicht gefragt, nicht um ihr Einverständnis gebeten. Verständlich, sie hätte sicherlich nicht zugestimmt. Ging es ihm nur darum, sie zu beschützen? Nein, wie hätte er wissen sollen, was Rees mit ihr tun würde?

»Es wird einen Krieg geben …«, flüsterte sie. Was hatte er damit sagen wollen? Die Welt war im Jahr 2118 weiter von Kriegen entfernt als in der gesamten Geschichte der Menschheit zuvor.

Das FBI fürchtete einen Anschlag, bei dem Millionen Amerikaner zu Schaden kommen könnten. War das der Angriff, von dem Rees gesprochen hatte? Spinnerei, hätte sie vor einigen Stunden aus voller Überzeugung dazu gesagt. Aber jetzt? Alles hatte sich verändert.

Hatte Matin aus ihr die Überbringerin einer virologischen Waffe gemacht? Warum wurde sie dann nicht krank? Und bei welchem Virus glaubte man, in einem Blumengeschäft zu stehen? Die Geschichte war unrunder als Rees' knallroter Kastenschädel.

Und wo bitte sollte da der Zusammenhang zu Jake Merdon sein? Matin hätte sich weitaus einfacher einen Laufburschen organisieren können, um einen Virus in Umlauf zu bringen. Den ganzen Aufwand mit Carl, mit der Simulation und mit dem Treffen auf der Jacht hätte er sich sparen können. Nein, so einfach war die Antwort nicht. Leider war es nicht möglich, mit Carl, Matin oder Jake zu sprechen. Sie würde dieses Rätsel alleine lösen müssen.

Giovanella prüfte die verbleibende Flugzeit. Sie hatten noch nicht einmal die halbe Strecke geschafft. Ihr blieb Zeit, um über das Terminal an Bord Nachforschungen anzustellen. Sie musste in Erfahrung bringen, warum Matin ihr dieses Schwert in die Hände gelegt hatte.

A.D. 2018

... IN DIE DUNKELHEIT

Am unteren Ende der Metalltreppe meldete sich Carl noch einmal. Skagen hatte sich Hannahs Handy geben lassen und beleuchtete mit der eingebauten Taschenlampe die Wand vor sich.

»Hinter dieser Tür findet ihr einen Kanaldeckel. Öffnet ihn und steigt hinab. Am Grund erreicht ihr die Abwasserkanäle Philadelphias, die sich unterhalb der Stadt über ein gigantisches Gebiet ziehen. Es gibt dort kein Licht, also werdet ihr euch im Dunkeln zurechtfinden müssen.«

Skagen stöhnte innerlich auf. Dunkelheit und Enge hatten ihm schon immer zu schaffen gemacht. Die Aussicht, durch finstere Abwasserkanäle zu waten, ließ in ihm Panik aufsteigen.

»Der erste Kanal ist relativ breit und hoch. Ihr könnt darin aufrecht gehen. Macht euch keine Gedanken, es befinden sich wenn überhaupt nur Industrieabwässer darin, keine Fäkalien und auch die nur in geringen Mengen, denn in diesem Gebiet ist schon lange nichts mehr los. Das alles ändert sich nach circa einer halben Meile. Ab da trefft ihr auf ein Netz von Kanälen. Wichtig: Nehmt den dritten Kanal auf der linken Seite in Richtung Westen …«

Carl sprach weiter und weiter und beschrieb den unterirdischen Weg zum Treffpunkt. Skagen konnte seinen Ausführungen nur schwer folgen, da seine Gedanken immer wieder abschweiften und ihm Bilder von Ratten, Tausendfüßlern und riesigen Spinnen suggerierten. Diesen Tieren in der Dunkelheit zu begegnen, ließ einen Schauer über seinen Rücken laufen.

In dem Moment fiel ihm auf, dass er wohl einen Teil der Wegbeschreibung verpasst hatte, denn Carl sagte gerade: »Viel Glück. Ab hier seid ihr auf euch allein gestellt, denn dort unten werdet ihr keinen Netzempfang haben. Setzt die Taschenlampen des Handys nur ein, um euch zu orientieren, denn sonst hält der Akku nicht allzu lange.«

»Und die anderen sind schon am Treffpunkt, wenn wir dort ankommen?«, fragte Hannah.

»Sie werden da sein.«

Dann war Carl weg. Skagen blickte Hannah an. *Hoffentlich hat sie sich mehr von der Wegbeschreibung gemerkt als ich.*

»Wo ist die Tür?« Hannah hatte die Hände ausgestreckt und tastete umher.

»Direkt vor dir«, sagte Skagen. »Gib mir deine Hand. Ich führe dich.«

Die schwere Metalltür ächzte und kreischte in den Scharnieren, als Skagen sie aufzog. Das Geräusch schmerzte in seinen Ohren, aber er biss die Zähne zusammen.

Hinter der Tür gab es einen kleinen lichtlosen Raum, aus dem ein muffiger Gestank drang. Skagen schaltete die Taschenlampe seines Handys ein. Auf dem Display konnte er sehen, dass der Ladestand des Gerätes vollen Akku anzeigte.

Wie ist das möglich? Wir haben das Handy die ganze Zeit benutzt. Der Akku sollte fast leer sein …

Er schob den Gedanken beiseite. Noch so etwas, das er nicht verstand, aber davon gab es ja inzwischen genug.

Skagen betrat den Raum. Im blanken Boden eingelassen befand sich ein kreisrunder Kanaldeckel mit zwei Griffen an den Seiten. Er packte die Metallgriffe und zog. Der Deckel ließ sich kaum eine Handbreit öffnen, dann wurde er so schwer, dass Skagen ihn wieder loslassen musste. Mit lautem Knall krachte er zurück auf den Schacht. Skagen fluchte laut.

»Was ist?«, fragte Hannah.

»Der Deckel ist sauschwer, ich kriege ihn nicht hoch.«

»Kann ich dir helfen?«

»Gib mir deine Hand. Stell dich da hin. Bück dich. Spürst du den Griff?«

»Ja.«

»Pack ihn mit beiden Händen. Wenn ich ›jetzt‹ sage, lehnst du dich nach hinten und ziehst mit aller Kraft. Okay?«

»Bin bereit.«

»Jetzt!«

Skagen warf sich zurück und zog am Deckel. Neben ihm ächzte Hannah vor Anstrengung, aber es klappte. Sie konnten den Deckel aufstellen und in der dafür vorgesehenen Halterung arretieren. Skagen leuchtete mit dem Handy in die etwa einen Meter breite Öffnung.

Der Lichtschein zeigte eiserne Griffe, die in der Tiefe verschwanden. Der Boden und was sie da unten erwartete, blieb im Dunkeln. Skagen spürte, wie eine Gänsehaut über seine Arme zog. Seine Kehle war wie zugeschnürt, und er schluckte trocken. Angestrengt lauschte er in die Dunkelheit. Nichts zu hören. Gut. Schon mal kein Trippeln und Trappeln von kleinen Pfoten, das beruhigte ihn ein wenig.

»Wie sieht es aus?«, fragte Hannah.

»Da geht es mächtig runter. Ich helfe dir beim Einstieg. Es gibt Eisenklammern, an denen du dich festhalten kannst.«

»Ich hab ein bisschen Angst«, gab Hannah zu.

»Ehrlich gesagt, ich auch. Mit Dunkelheit konnte ich mich noch nie anfreunden. Als ich ein kleines Kind war, musste meine Mutter die Nachttischlampe brennen lassen, damit ich einschlafen konnte. Ohne ging es überhaupt nicht, später wurde es besser, aber mich gruselt es heute noch im Finsteren … Und ich hasse Ratten, Spinnen und alles, was irgendwie krabbelt. Aber bitte verrat es niemandem …«

Sie lachte auf. »Es ist nett, dass du mir das sagst. Dann bin ich ja nicht die Einzige, die sich fürchtet.«

»Ganz im Gegenteil, das da unten macht mir echt Sorge.«

Sie tastete nach seiner Hand und umfasste sie. »Wir schaffen das.«

»Ja«, sagte er leise. Dann räusperte er sich. »Hannah, geh wieder in die Hocke, greif nach dem Rand der Öffnung. Die Metallstiegen liegen genau vor dir. Die erste befindet sich nur eine Handbreit vom Rand entfernt.«

»Du musst mich führen.«

»Das mache ich.«

Hannah musste sich zweimal drehen, bis es ihr gelang, den ersten Fuß auf die Stiege zu stellen. Dann schob sie den zweiten nach unten, während Skagen sie festhielt.

»Jetzt fass mit der linken Hand nach dem Griff«, sagte er. Es gelang Hannah auf Anhieb. »Ich halte dich unter den Achseln, während du die rechte Hand löst und damit ebenfalls nach dem Griff fasst.«

Auch das klappte.

»Du kannst mich jetzt loslassen«, sagte Hannah. »Ich schaffe es ab jetzt allein.«

Langsam verschwand sie in der Tiefe. Skagen leuchtete ihr nach, dann machte er sich ebenfalls an den Abstieg.

Was auch immer da unten verrottete, mit jeder Stufe, die er nahm, stank es mehr nach Verwesung. Vielleicht hatte sich ein Hund oder eine Katze hier unten verirrt und war kläglich verhungert, alles andere mochte sich Skagen gar nicht vorstellen.

Da er sich nicht gleichzeitig an den Metallgriffen festhalten und nach unten leuchten konnte, hatte er das Handy ausgeschaltet und in seine Hosentasche geschoben.

Natürlich war es jetzt stockfinster, sodass er seine eigenen Hände nicht sehen konnte. Die Dunkelheit rüttelte sofort an seinem Nervenkostüm.

Ein leichter Schwindel und eine gewisse Orientierungslosigkeit hatten ihn erfasst. Skagen fühlte sich auf der einen Seite schwerelos in der Finsternis, auf der anderen Seite zog die schwarze Tiefe mit aller Macht an ihm.

Du musst durchhalten!

Setz den Fuß nach unten. Schieb die Hand hinterher.

Fuck!

»Hannah?«, rief er.

»Was?«

»Bist du schon unten?«

»Ja.«

»Wie ist es da?«

Es tat gut, ihre Stimme zu hören, sie wies ihm die Richtung, außerdem kam er sich in dieser Scheißsituation nicht ganz so verlassen vor.

»Ich bin blind. Du erinnerst dich?« Sie lachte hell auf. »Aber ich weiß, was du meinst. Der Boden fühlt sich trocken an. Papier raschelt unter meinen Füßen, ansonsten ist es nicht allzu schlimm, aber es stinkt wie im siebten Kreis der Hölle. Du meine Güte, was riecht da bloß so eklig?«

Als Skagen endlich den Grund erreichte, schaltete er als Erstes wieder die Taschenlampe von Hannahs Handy ein und leuchtete die Umgebung aus.

»Ich bin jetzt neben dir.«

»Was siehst du?«

»Eigentlich nichts. Vor uns liegt die Öffnung einer großen gemauerten Röhre, die in der Mitte einen flachen Kanal hat, der aber nicht gefüllt ist. Rechts und links gibt es so etwas wie Gehwege, nicht allzu breit, aber es reicht, wenn wir hintereinander marschieren.«

»Wie hoch ist die Decke?«

»Mindestens drei Meter. Platz genug, wir werden uns die Köpfe nicht anstoßen.«

»Gut.«

Skagen beruhigte sich wieder ein wenig. Wenigstens war es trocken und nicht so eng oder niedrig, dass sie auf den Knien kriechen mussten. Insgesamt sah die Lage besser als erwartet aus. *Damit* konnte er leben.

»Was stinkt hier so?«, fragte Hannah.

Skagen leuchtete in alle Richtungen.

»Keine Ahnung«, sagte er schließlich. »Ich sehe nichts, was dafür verantwortlich sein könnte.«

»Keine verfaulenden Leichen?«

»Hannah, das ist nicht witzig.«

»Sorry. Sollen wir losgehen?«

»Ja, hier rumstehen macht die Lage nicht besser.«

»Bitte nimm meine Hand. Meinen Blindenstock musste ich im Mietwagen zurücklassen. Ohne ihn komme ich nur sehr langsam voran.«

»Kein Problem.«

Als seine Finger ihre Hand umschlossen, spürte er Hannahs Wärme in sich fließen. Es war ein schönes Gefühl, dann aber warf er einen Blick in die Röhre, und alles zerstob im Nichts.

Sie kamen nur langsam voran. Skagen und Hannah stellten fest, dass es nicht funktionierte, wenn er ihre Hand hielt und sie mit sich zog. Zwei Mal war Hannah von dem schmalen Weg neben dem Kanal abgerutscht und mit dem Fuß umgeknickt. Zwar war nichts geschehen, Hannah hatte sich nicht einmal den Fuß vertreten, aber beim nächsten Mal konnte das ganz anders sein. Skagen wollte keine Verletzung riskieren, mit der sie überhaupt nicht mehr vorankamen, also sagte er Hannah, sie solle direkt hinter ihm gehen und sich am Bund seiner Gefängnishose festhalten.

Nun war zwar die Gefahr abzurutschen gebannt, aber Hannah wurde gezwungen, kleine Schritte zu machen. Das Getippel in seinem Rücken ging Skagen schon nach kurzer Zeit auf die Nerven.

Die Finsternis außerhalb des Lichtscheins des Handys zerrte an seinen Nerven, und seine verfluchten Ohren glaubten immer wieder Geräusche in der Röhre auszumachen. Skagen wurde nervös und gereizt. Die Angst vor dem, was da im Dunkeln vor ihm lag, machte ihn ganz verrückt, und so hatte er Hannah angefahren, als sie ihm versehentlich in die Hacken trat. Skagen wusste, sie konnte nichts dafür, aber er wollte hier nur noch raus.

Nach einer gefühlten Ewigkeit erreichten sie mehrere Abwasserkanäle, die in ungefähr einem Meter Höhe aus der linken Wand ragten. Feuchtigkeit sickerte an der Mauer herab.

»Wir sind an der Stelle, von der Carl gesagt hat, wir müssten den Kanal wechseln«, meinte Skagen. Dann blieb er stehen. Hannah prallte gegen seinen Rücken.

»Sorry«, sagte sie.

Skagen knurrte nur.

»Es ist der dritte Kanal auf der linken Seite.«

»Ich sehe ihn, aber das ist kein Kanal, das ist eine verdammte Abwasserröhre. Kaum einen Meter im Durchmesser …« Er leuchtete hinein. »Feucht und schmierig. Ohne mich.«

»Skagen, wir haben keine Wahl.«

»Ist mir scheißegal, ob wir eine Wahl haben oder nicht, keine zehn Pferde bringen mich da rein.«

»Hör auf, mich anzuschreien. Mir gefällt es auch nicht, aber ich zicke nicht rum. Was ist eigentlich los mit dir? Von uns allen bist du der Einzige, der auf all das vorbereitet war. Lee hat dir von den Aliens und dem Kampf in der Zukunft erzählt, und du konntest dich siebzehn Jahre lang innerlich dagegen wappnen, was geschehen würde. Mein Leben war vor Kurzem noch ganz anders. Ich war ein normales blindes Mädchen, das davon träumte, zu studieren, und jetzt bin ich hier unten mit dir, und du jammerst wie ein Baby, bloß weil du in eine enge, schmutzige Röhre kriechen musst.«

Die Standpauke hatte gesessen. Das waren ja ganz neue Töne von der sonst so leisen Hannah. Aber sie hatte recht, was es auch nicht besser machte. Skagen wurde nur noch unruhiger.

»Weißt du, Hannah. Du hattest wenigstens ein normales Leben. Für mich gab es das nicht. Meine halbverrückte Mutter hat mich Tag und Nacht bearbeitet, mir in den schlimmsten Bildern erzählt, was kommen wird. Vorbereitet? Klar, das hat sie! Sie hat mich echt vorbereitet. Jeden beschissenen Tag. Andere Kinder haben abends Gutenachtgeschichten erzählt bekommen, Lee hingegen hat mir von Aliens berichtet, die die Körper von Menschen übernehmen und willenlos machen. Was meinst du, woher meine Angst vor der Dunkelheit kommt?« Skagen schnaufte. »Erst hat sie mir ihre Horrorstorys erzählt, und dann hat sie das Licht ausgemacht und mich im Zimmer mit meinen Ängsten allein gelassen. Ich habe Lee wirklich geliebt, aber eine gute Mutter war sie nicht.«

»Vielleicht hat sie einfach selbst viel mitgemacht«, meinte Hannah.

»Denkst du, das weiß ich nicht? Durch die Zeitreise in die Vergangenheit war ihr Erinnerungsvermögen durcheinandergeraten. Oftmals war sie sich nicht sicher, was von den Ereignissen tatsächlich geschehen war und was nicht. Auch sie litt unter Albträumen. Fast jede Nacht hat sie im Schlaf geschrien und immer um das Kind geweint, das sie in der Zukunft verloren hat.«

»Es muss schrecklich sein, wenn man nicht nur durch den Raum, sondern auch durch die Zeit von seinem Kind getrennt ist.«

»Einhundert verfluchte Jahre davon getrennt.«

»Wie war das für dich?«

»Willst du mich gerade ablenken?«

Skagen sah, dass sie lächelte. »Es interessiert mich.«

»Sie hat ihren Sohn niemals gesehen, niemals in den Händen gehalten, aber er war immer da. Sie sprach mit ihm, wenn sie glaubte, sie wäre allein. Es war unheimlich. Lee hat versucht, mir alles zu geben, eine Mutter zu sein, aber in ihrem Kopf war etwas kaputt. An manchen Tagen war sie ganz normal, dann lag sie wieder eine Woche lang besoffen auf dem Sofa und brabbelte vor sich hin. Ich habe versucht, sie zu verstehen. Lee wurde im gleichen Alter, wie wir jetzt sind, aus ihrer Zeit gerissen und in die Vergangenheit gespült. Sie hat alles verloren, und ihr blieb nichts im Leben, als mich darauf vorzubereiten, was da kommen würde, und die anderen Hunterkinder zu finden. Sie gönnte sich niemals Ruhe, hatte keine Freunde, nicht einmal eine Affäre. Wir zogen ruhelos von einem Ort zum anderen, immer in der Angst, von den Behörden aufgegriffen zu werden. Weder sie noch ich war registriert, wir hatten keine Sozialversicherungsnummer, Geburtsurkunden und den ganzen anderen Scheiß. Lee hat eine Menge Papiere gefälscht oder sich welche mit falschen Daten besorgt, aber wir wussten immer, wenn man uns überprüfte, würde alles auffliegen.« Er seufzte. »Dann kam die Zeit, als HFP immer stärker wurde, begonnen hat, die Gesellschaft zu unterwandern. Lee konnte nichts dagegen tun. Sie kannte die Zukunft, durfte die Vergangenheit nicht verändern, denn sonst hätte sich *alles* verändert.«

»Das verstehe ich nicht«, gab Hannah zu. »Warum hat sie ihr Wissen nicht öffentlich gemacht?«

Skagen lachte bitter. »Diese Frage habe ich ihr tausend Mal gestellt. Es hat Jahre gedauert, die Antwort zu verstehen … Lee meinte, hier und heute müsse alles so weiterlaufen, wie es war, damit in der Zukunft sie und Travis …«

»Wer ist Travis?«

»Ein alter versoffener Arzt, der entdeckt hat, dass eine Alienrasse dabei war, unseren Planeten zu übernehmen. Erst durch ihn wurden die Ereignisse in Gang gesetzt, die dafür sorgten, dass Lee und die Hunterkinder in die Vergangenheit geschickt wurden. Er selbst hat den Kampf in der Zukunft verloren, sie haben ihn getötet, aber Lee und wir haben die Chance, die Menschheit zu retten. Dazu musste jedoch alles geschehen, was geschehen ist.«

»Ganz schön kompliziert.«

»Das ist es.«

»Und wie geht die Geschichte weiter? Ich meine der Kampf gegen die Aliens?«

»Weiß ich auch nicht, erst mal müssen wir zu den anderen. Zusammen sind wir stärker. Jeder von uns hat eine einzigartige Fähigkeit. Wir sind Waffen, die gezüchtet wurden, um nicht infizierte Menschen aufzuspüren, aber diese Waffen werden sich jetzt gegen ihre Erschaffer richten, denn vor allem anderen sind wir eines ...«

»Menschen«, vollendete Hannah den Satz.

»Ja.«

»Und nun müssen wir in diese Röhre, damit alles passieren kann, was passieren muss.«

»Genau!«

»Du gehst zuerst rein, damit du nicht auf die Idee kommst, mittendrin umzukehren.«

Geschlagene fünf Minuten stand Skagen unbeweglich da, leuchtete in die Röhre und starrte hinein. Dann atmete er tief aus und führte Hannah, die die ganze Zeit geschwiegen hatte, zum Kanal. Er legte ihre Hände auf den Rand.

»Kommst du da allein rein?«

»Das schaffe ich.«

»Okay, ich tue es.«

»Du bist ein Held. Madison soll dir ein Kostüm nähen, wenn wir hier raus sind.«

»Wenn du denkst, das ist komisch ...«

»Mach jetzt, ich bin lange genug herumgestanden.«

Skagen wandte sich um, zog sich hoch und kroch in die Röhre hinein. Drin war es feucht. Eine schmale Wasserspur sickerte in einem feinen Rinnsal hinab und durchweichte seine Hosenbeine. Auf Händen und Knien krabbelte er vorwärts, immer bemüht, das Handy so zu halten, dass er den Weg vor sich ausleuchten konnte, ohne dass es nass wurde.

Als er nach fünf Metern den Kopf drehte, sah er Hannah in die Röhre klettern. Blind oder nicht, sie stellte sich geschickter an als er und hatte in kürzester Zeit zu ihm aufgeschlossen.

»Was ist?«, fragte sie.

»Nichts«, gab er zurück.

»Dann weiter.«

»Hat Carl etwas gesagt, wie lang diese Röhre ist?«

»Nein.«

»Mist …«

Dann ging das Licht des Handys aus.

A.D. 2118

ES WIRD BLUT FLIESSEN

Die autonome Steuerung war gesperrt. Giovanella konnte auf dem Navigationspanel des Gleiters so lange herumtippen, wie sie wollte, sie würde das Flugziel nicht verändern können. Zum Glück war das Terminaldisplay offen. Neben den beiden Clubsesseln im VIP-Gleiter ihrer Kanzlei gab es an der Seite zwei weitere Sitzmöglichkeiten mit einem im Tisch eingelassenen Display dazwischen. Dort konnte sie ohne Einschränkung im Netz Nachforschungen anstellen.

»Na, Rees, wie geht es deinem Schnupfennäschen?«, fragte sie, ohne ihn anzusehen. Das brauchte sie auch nicht, es war gut zu hören, wie er röchelte, schniefte und immer wieder hustete. Geredet hatte er noch nicht. Sie hatte ihm als Vorsichtsmaßnahme mit einer Strumpfhose aus ihrer Reisetasche die Hände auf den Rücken gefesselt. Eine böse Überraschung wollte sie sich sparen. Der FBI-Agent und sie würden in diesem Leben sicherlich keine Freunde mehr werden.

»Nicht wieder HFP ...« Sie musste erst zwei Pop-up-Fenster wegwischen, bevor sie den Browser aufrufen konnte. HFP, die waren überall, meist dort, wo man sie nicht gebrauchen konnte.

Giovanella hielt einen Moment inne, *die waren überall, meist dort, wo man sie nicht gebrauchen konnte,* hatte sie gerade gedacht. Ein sonderbarer Gedanke. Er war so offensichtlich. Es war das verständliche Ziel einer Hilfsorganisation, überall präsent zu sein, aber diese Penetranz war schon erschreckend. Es war nicht möglich, ihnen aus dem Weg zu gehen.

»Welche Rolle spielt ihr in meinem Mosaik?«, flüsterte sie und tat etwas, was ihr zuvor noch nie in den Sinn gekommen war. Sie suchte nach negativen Berichten über HFP: Skandale, Steuerhinterziehung, Klagen von anderen Institutionen, schmutzige Scheidungen der Führungsriege, Bilder mit betrunkenen Menschen oder irgendetwas in der Art.

Sie fand nichts. Sie startete weitere Suchanfragen: Sex, Mord, Körperverletzung, Erpressung, Betrug, Drogen, Missbrauch – sie suchte nach einem Staubkorn auf der weißen Weste dieser edlen Ritter. Aber da war gar nichts. Bei Dutzenden Anfragen gab es nicht einen negativ geprägten Bericht. Es gab noch nicht einmal ehemalige Mitarbeiter, die schlecht über ihren früheren Arbeitgeber sprachen.

»Das ist nicht normal!«

Sie durchforstete Jobbörsen, um herauszukriegen, ob es überhaupt Leute gab, die in der Vergangenheit dort gearbeitet und sich mittlerweile auf Jobsuche befanden oder bereits eine neue Arbeit gefunden hatten.

Noch weniger als nichts. Sie weitete die Suche aus, ohne dass sich am Ergebnis auch nur eine Ecke änderte. Es gab weltweit nicht einen einzigen Mitarbeiter, der die *Human Future Project*-Institution jemals wieder verlassen hatte. Das durfte doch nicht wahr sein! War es möglich, dass Tausende Journalisten, Blogger und auch die Verschwörungstheoretiker auf dem HFP-Auge blind wie ein Maulwurf waren?

»Okay … es geht weiter.«

Giovanella suchte politische Initiativen, die in der ganzen Welt eine Kooperation mit HFP propagierten. Eine einfache Suche. Sie erhielt seitenweise Treffer. Es ging um neue Schulen, neue Spielplätze, neue Kindergärten, neue Ausbildungsprogramme und neue Ernährungsprogramme in strukturschwächeren Zonen. Es gab Programme für Strafgefangene, zur Integration religiöser Minderheiten, zur Stärkung von Frauenrechten, Tierschutz, Naturschutz, Luftschutz, Klimaschutz, Gewässerschutz, Schutz bedrohter Sprachen und zahllose weitere Schutzprogramme für alles, was einem politisch korrekten Hirn sonst noch einfallen könnte. Irgendwie kooperierte jeder mit ihnen. Das waren alles die Guten. Nirgendwo war billige Geschäftemacherei zu erkennen. Es gab auch keine Trittbrettfahrer. Alle waren auf eine gewisse Art mit HFP in einer wohlklingenden Allianz verbunden.

»Jetzt die Opposition …« Enter. Nichts. Es gab im Jahr 2118 nicht einen einzigen Eintrag im Netz, der eine oppositionelle Haltung gegenüber HFP dokumentierte. Keine Kritik, keine Konkurrenz und auch keine üble Nachrede. So viel Zustimmung war einfach nicht normal.

»Ich bin noch nicht fertig!«

Giovanella blickte kurz zu Rees, dessen Zustand konstant schlecht blieb. Der Typ war nach nur einem Kuss sterbenskrank. Wenn das ab jetzt jedem Mann mit ihr so gehen würde, erwarteten sie viele einsame Nächte.

Sie suchte Verbrechen in New York. Durch ihre Arbeit kannte sie die geringe Verbrechensquote in den Staaten. Die wenigen Straftaten, die noch stattfanden, wurden überwiegend in den Metropolen begangen. Aber auch dort meist nur harmlose Dinge. Mittlerweile schaffte es in der Stadt jedes der wenigen Gewaltverbrechen auf die Titelseite der Netzmagazine.

»Ironheart …«

Den Namen hatte sie bereits gehört. Sie klickte dazu einen Beitrag an und fand einen Bericht über Dr. Glen Revero. Einen renommierten Informatiker, der erst vor Kurzem festgenommen wurde. Ironheart stand für eine der letzten vom FBI als gefährlich eingestuften Terrororganisationen. Alle anderen, die früher gefährlich waren, hatte die Zeit verschluckt.

»Glen Revero, wer bist du?«

Giovanella grub sich tiefer ein. Jetzt interessierte sie, wie ein Mann mit Bestnoten vom MIT und hervorragenden beruflichen Perspektiven zu einem Terroristen werden konnte. Die Treffer zu seiner Person waren rar. Das Netz bot ihr aus den letzten Jahren keinerlei Informationen. Da hatte jemand aufgeräumt und alle Einträge verschwinden lassen, die Aufschluss über seinen Werdegang gegeben hätten.

Sie ging zurück bis zu seiner Ausbildung am MIT und fand ein Bild, das Glen Revero als jungen Mann mit anderen Studenten zeigte. Die Stimmung auf dem Bild wirkte ausgelassen.

»Das kann nicht sein ...«

Giovanella verschluckte sich an der eigenen Spucke. Im Vordergrund stand der frisch promovierte Dr. Glen Revero zusammen mit einem gewissen Dr. Travis Jelen. Aber um Jelen ging es nicht. Hinter ihnen in der zweiten Reihe war ein Gesicht deutlich zu erkennen, das sie kannte. Das Bild enthielt dazu keinen Namen, aber den brauchte sie auch nicht. Es war Leroy Matin Renier. Wie konnte das sein? Dieses Bild war datiert auf das Jahr 2079, das war neununddreißig Jahre her, und dieser Mann sah nicht einen Tag jünger oder älter aus, als wie sie ihn heute kennengelernt hatte. Groß, schlank und braune Haare. Für einen Moment hatte sie schon gedacht, Jake zu sehen, was noch weniger möglich war, aber man hätte Jake und Matin durchaus abgekauft, verwandt zu sein.

Als sie Matin auf dem Schiff gegenübergestanden hatte, war ihr diese Ähnlichkeit nicht aufgefallen, aber jetzt und hier wurde sie durch die eingefrorene Mimik deutlich. Giovanella nahm sich vor, später darüber nachzudenken.

»Wer ist Dr. Travis Jelen?«

Jetzt suchte sie nach ihm und fand einen inzwischen achtundsechzigjährigen Arzt und medizintechnischen Informatiker, der in New York lebte. Sein Leben hatte einen tragischen Verlauf genommen. Jelen hatte nach der Scheidung von seiner Frau volltrunken seine eigene Tochter erschlagen und saß dafür sieben Jahre hinter Gitter. Eine Sackgasse, das war nicht der Typ, der sich einer hochkriminellen Hackergruppe anschloss.

Giovanella suchte weiter. Nach mehr Bildern von Leroy Matin Renier aus dieser Zeit. Konnte aber nichts finden.

Sie überprüfte die Metadaten des alten Studentenbildes, es wurde erst vor wenigen Minuten auf eine offene Bilder-Cloud hochgeladen. Dann verschwand es wieder. Weg, einfach so. Jemand löschte es vor ihren Augen. Nein, jemand hatte ihr dieses Bild gezeigt und es direkt danach wieder verschwinden lassen. Da spielte jemand mit ihr. Nein, auch das war falsch, jemand sprach mit ihr!

Auf dem Terminal aktivierte sich ein Bildschirmschoner, auf dem einzelne Begriffe aufleuchteten.

HFP, Aliens, Pheromone, Invasion, Sklaven, Ironheart, Kampf, Hunter, Widerstand, Leben, Familie, Hoffnung, Liebe, Waffe, letzte Kriegerin.

Dann schaltete sich das Terminal wieder in seinen normalen Betriebsmodus.

Giovanella fuhr erschrocken auf. Deutlicher hätte es ihr niemand sagen können. HFP war von Aliens unterwandert, und eine Invasion der Erde hatte begonnen, um die Menschheit zu versklaven. Ironheart gehörte zu den Letzten, die noch Widerstand leisteten.

Und sie sollte die letzte Kriegerin sein? Warum sie? Sie war Anwältin, sie kämpfte mit Worten und nicht mit Waffen. Sie mochte keine Waffen. Und hatte zudem ihr ganzes Leben noch nie eine Pistole angefasst. Wie sollte sie diesen Kampf weiterführen? Indem sie jeden Alien persönlich zu Boden knutschte? Das war doch Irrsinn!

Sie schloss die Augen, die Suche nach Jake Merdon führte sie zu der Frage, wer sie überhaupt war. Warum hatte Matin sie ausgewählt? Diese Aufgabe war zu groß, zu wichtig und zu erdrückend für sie. Das konnte sie nicht schaffen. Sie glaubte, von der Last niedergepresst zu werden.

»Wasser …«, stammelte Rees.

Die Ablenkung kam ihr gerade recht. Sie ging zum Kühlschrank und nahm eine kleine Wasserflasche heraus. Diese reichte sie Rees, der allerdings weder in der Lage war, seinen Arm zu heben, noch sich aufzusetzen. Wie auch, sie hatte ihn gefesselt. Jede von der Pest heimgesuchte Seele im Mittelalter sah besser aus als er.

Giovanella hockte sich auf den Boden, nahm Rees' Kopf auf den Schoß und half ihm zu trinken. Alleine hätte er es nicht geschafft. So sah also die letzte Kriegerin aus, die die Menschheit vor der Versklavung durch blutrünstige Aliens retten sollte. Lächerlich. Sie war noch nicht einmal in der Lage, sich an dem Schwein zu rächen, das sie vergewaltigen wollte. Bei allen Optionen, die sie sich vorstellen konnte, war sie die denkbar ungeeignetste Person, einen derartigen Kampf zu führen.

Nach einigen Minuten ging es Rees wieder besser. Er erholte sich mit ähnlicher Geschwindigkeit, wie er krank geworden war. Sein Gesicht bekam sogar wieder eine halbwegs natürliche Farbe. Davor hatte er blinkend zwischen Leichenblass und Feuerrot gewechselt. Die Strumpfhose hielt seine Hände noch immer auf dem Rücken gefesselt, aber Giovanella hatte ihm geholfen, sich aufzusetzen und den Rücken gegen den Sessel zu lehnen.

»Es tut mir leid ... ich weiß nicht, was in mich gefahren ist. Ich bin FBI-Agent ... bitte, das müssen Sie mir glauben!«, jammerte er los. Dass er sie wieder siezte, machte es nicht besser. »Dieser Geruch, er hat mich wahnsinnig gemacht.«

Giovanella stellte fest, dass der Geruch nach gelben Rosen verflogen war. Sie hatte nicht bemerkt, keine weiteren Pheromone auszustoßen. Konnte sie diesen Vorgang kontrollieren? Konnte sie Männer auf Knopfdruck dazu bringen, sie zu begehren, aber sie auch wieder in Ruhe zu lassen? Wenn ja, traf sie an dem unkontrollierten Vulkan aus Pheromonen, der sie eben noch gewesen war, eine Mitschuld. Sie hatte selbst erfahren, wie die Wirkung einem die Sinne raubte, als sie Matin auf der Jacht küsste. Das Zeug war gefährlich. Sie sollte ab jetzt sehr gut auf ihre Gefühle achten.

»Rees, lass es gut sein. Du brauchst mir deine Ausreden nicht ins Ohr zu schreien«, antwortete sie. Unvermittelt empfand sie seine Stimme lauter als zuvor. Sie hörte, wie er schluckte, wie er atmete, sogar wie er sich mit dem Rücken am Leder des Sessels rieb.

»Bitte?«, schrie er, ohne die Lippen wie einen Schrei zu bewegen.

Er redete wie zuvor, aber seine Stimme klang vielfach lauter. Als ob die ganze Umgebung begann, mit ihr zu kommunizieren. Sie konnte die Klimaanlage des Gleiters hören, die Servomotoren im Boden, die das Leitwerk am Heck steuerten, und die magnetischen Impulstriebwerke, die die ganze Fuhre überhaupt auf dem Atlantik in der Luft hielten.

»Leiser!«

Giovanella erschrak über ihre eigene Stimme. Nicht Rees oder sie hatte lauter gesprochen, sondern sie hörte von dem einen auf den anderen Moment viel besser.

»Okay, schon gut ... ich rede leiser ...«, flüsterte Rees, ohne die Lippen zu bewegen. Sie konnte ihn trotzdem ohne Probleme verstehen.

Was passierte mit ihr? Warum hörte sie plötzlich wie ein Luchs? Sie blickte Rees an, der sie eingeschüchtert ansah. Er hatte Angst vor ihr. Sie konnte es riechen. Die Furcht kroch ihm aus den Poren. Da war noch mehr. Er schämte sich und bedauerte seine Tat. Ob das ehrlich gemeint war? Konnten die Pheromone lügen, die er absonderte? Wohl kaum. Die Furcht, die Scham und das Bedauern über sein Handeln wirkten authentisch. Besser – sie rochen echt.

Giovanella musste etwas ausprobieren, sie konzentrierte sich darauf, Glück zu versprühen. Reines, pures Glück. Wie das riechen sollte, wusste sie nicht, aber ohne es zu testen, würde sie es auch nicht erfahren. Der Geruch einer Sommerwiese kam ihr in den Sinn. Zum Glück nicht wieder gelbe Rosen, die hatten bekanntlich eine andere Wirkung.

Sie lächelte und sah ihm in die Augen. Ob er verstand, was mit ihm passierte? Die Furcht verschwand, er bedauerte seine Taten immer noch, aber jetzt entspannter. Auch Rees lächelte, unwissend, machtlos, er war nicht in der Lage, seine Emotionen zu kontrollieren. Die Sommerwiesen-Pheromone, die sie für ihn ausschied, überrollten ihn. Trotz der angespannten Situation, in der er sich befand, war er nicht in der Lage, sich ihrer animalischen Magie zu widersetzen. Sein Körper spiegelte, was

Giovanella ihm vorgab, auch wenn natürlich viel, viel schwächer. Riechen konnte sie es trotzdem.

»Alles wieder gut?«, flötete sie. Mit nur einem Augenaufschlag war es ihr gelungen, seine Empfindung um hundertachtzig Grad zu drehen. Das war die Macht über Männer, die sich jede Frau wünschte.

Madison.

Sie hatte diese Fähigkeit bereits bei dem Mädchen in der Simulation erlebt.

Er nickte. Hilflos wie zuvor.

»Schön.« Ob das auch in die andere Richtung funktionierte? Sie ließ die beglückende Sommerwiese aus ihren Sinnen verschwinden.

Auf Rees' Reaktion musste sie nicht lange warten. Es dauerte nur Sekunden, bevor ihm seine Unbeschwertheit wie ein Pflasterstein, den er zuvor mit seinen Zähnen aufgefangen hatte, aus dem Gesicht fiel. Da waren sie wieder, die Furcht, die Scham und das Bedauern, die er zuvor empfunden hatte. Nun gepaart mit völligem Unverständnis über seinen abrupten Gemütswechsel. Sie konnte es in seinen Augen sehen, wie sein Verstand nach Antworten suchte, die ihm das Tier in ihm nicht geben wollte.

Giovanella lehnte sich zurück. Das war gut. Sehr gut. Ihr gefielen ihre neuen Talente. Sie war also in der Lage, andere Menschen zu manipulieren. Das war Matins Geschenk für seine Kriegerin gewesen. Dazu passend hatte er ihr ein übernatürliches Gehör und sehr feinen Geruchssinn gegeben.

Was ist das? Giovanella musste zweimal hinsehen. Sie konnte Pheromone nicht nur kontrollieren und riechen, sondern sie konnte sie auch sehen. Ein gräulich roter Schimmer der Furcht stieg als feiner Nebel über Rees' Kopf empor.

Sie ging auf Rees zu, der zurückzuckte. Die Wasserflasche auf der Lehne fiel. Berührte aber nicht den Boden, da sie sie blitzschnell auffing. Sie bewegte sich schneller, als sie denken konnte.

Auch Rees hatte das gesehen, bei dem die Erkrankung nicht mehr zu erkennen war. Er sah aus wie zuvor, benahm sich aber nicht so.

»Wer sind Sie?«, fragte er eingeschüchtert.

Eine interessante Frage.

»Jemand, der wissen möchte, für wen du arbeitest. Wer hat dir diesen Freifahrtschein, mit mir machen zu können, was du willst, gegeben?«

»Ich bin FBI-Agent. Das ist eine Überführung. Von was reden Sie?«

Er log. Seine Worte drangen ihm, während er sprach, als Lügen aus den Poren. Wenn sie es nicht riechen würde, könnte sie es sehen. Eine hässliche, kleine grüne Lüge, die sich aus seinem Nacken erhob.

»Rees, du lügst. Ich weiß es, du weißt es. Möchtest du dich mit mir anlegen?« Sie fuhr mit der Hand durch seine schweißnassen Haare.

Er schüttelte erschrocken den Kopf und verteilte seine in Furcht getränkten Ausdünstungen wie ein Hund, der sein nasses Fell trocknete.

Der Irrsinn ging weiter. Die Berührung, sie gewährte ihr einen Blick in seine Welt. Jetzt konnte sie es sehen. Er hatte nicht nur vor, sie zu vergewaltigen, er wollte sie auch umbringen. Töten wollte er sie und ihre Leiche in den Atlantik werfen. Später hätte er dann behauptet, dass sie geflüchtet wäre.

»WER HAT DIR BEFOHLEN, MICH UMZUBRINGEN?«, brüllte sie ihn an.

»Niemand ... ich wollte Sie nicht töten. Es war Ihr Geruch, der mir die Sinne geraubt hat.« Rees dachte immer noch, sie ungestraft anlügen zu können.

»Blödsinn!« Giovanella war außer sich. Sie konnte eine Frau in seinen Gedanken sehen. Blond, mit scharfen Gesichtszügen. Sie aß einen Apfel. Elvira Laszlo war ihr Name. »Wer ist Elvira Laszlo?«

Erneut nutzte sie Pheromone, um ihren Worten Nachdruck zu verleihen. Wie mit einem Knüppel schlug sie Rees damit ins Gesicht.

»Ich ... ich ...« Er konnte kaum noch sprechen. Sie beruhigte sich wieder, sonst würde sie keine Antwort bekommen. »Ja, ja, es ist richtig. Major Laszlo wollte Sie tot sehen. Ich hätte nicht auf sie hören sollen ... aber sie war zu überzeugend. Renier soll einen Krieg anzetteln, den wir alle erleben werden. Ich gehöre zum FBI, es war meine Pflicht!«

Giovanella ließ von ihm ab. Egal zu welchen fantastischen Dingen sie nun in der Lage war, sie war alleine. Sie brauchte Hilfe. Einer gegen alle funktionierte höchstens in Comic-Verfilmungen.

Sie löste seine Fesseln. Er machte keine Anstalten, sie erneut anzugreifen.

»Dann soll es so geschehen. Du wirst genau diese Story erzählen.« Das war die einzige Möglichkeit. Sie würde alles in ihrem Leben hinter sich lassen müssen. »Offiziell bin ich geflohen, aber Laszlo sagst du, dass du mich getötet hast. Du hast mich erwürgt und meine Leiche ins Meer geworfen!«

»Aber ...«

»Hast du mich verstanden?«

»Ja, ja ... wenn wir in New York ankommen, werde ich es so berichten«, erklärte Rees.

Er war nicht unschuldig. Auch wenn ihre Pheromone der Auslöser waren, hatte er bereits zuvor geplant, sie diesen Flug nicht überleben zu lassen.

A.D. 2018

WAS SOLL ICH FÜRCHTEN?

»Sie müssten längst hier sein«, sagte Madison. Sie saß mit übereinandergeschlagenen Beinen auf der Couch, neben ihr hockte Caleb auf dem Dielenboden und schaute im Fernsehen eine Dokumentation über die Ozeane der Welt an.

Jake warf einen Blick auf sein zufriedenes Gesicht.

Die Fahrt zu dem sicheren Haus in Philadelphia, wie Carl es genannt hatte, war nicht einfach gewesen.

Sie waren von einer wilden Verfolgungsjagd verschont geblieben, und Carl hatte sie rechtzeitig vor Straßensperren gewarnt, sodass sie Ausweichrouten nehmen konnten. Denn niemand kannte ihr Fahrzeug oder wusste, wer sich darin befand. Die Stimme aus dem Handy hatte ihnen mitgeteilt, dass sich die Behörden auf die Jagd nach dem FBI-Fahrzeug konzentrierten, in dem man die flüchtigen Kriminellen und ihre Befreier vermutete.

Trotz der Tatsache, dass er sich jetzt in Sicherheit befand, hatte Caleb die ganze Zeit geweint oder geschrien. Nur in wenigen Momenten war er ruhiger geworden, dann hatte er mit sich selbst über Farben gesprochen. Jake wusste nicht, was es damit auf sich hatte, aber er war für jede Sekunde dankbar, in der Caleb nicht ausflippte.

Während der Fahrt hatte Carl sie über jeden einzelnen Schritt von Skagen und Hannah informiert. Quasi im Livestream hatte er darüber berichtet, dass die beiden eine Straßensperre durchbrochen hatten und nun im Industriegebiet von Philadelphia in die Kanalisation abgestiegen waren, um den Verfolgern zu entkommen. Seitdem hatten sie nichts mehr von Skagen und Hannah gehört, denn Carl hatte die Verbindung zu ihnen verloren, und sie waren nun auf sich allein gestellt.

Während Caleb der Dokumentation folgte, ging Jake unruhig im Zimmer auf und ab. Wo blieben die beiden? Waren sie doch in die Hände der Behörden gefallen?

»Setz dich hin, du machst mich ganz nervös«, meinte Madison. Sie blickte auf den frisch aufgetragenen, kreischend roten Nagellack auf ihren Fingern. »Geil!«, stellte sie fest.

Auch eine Möglichkeit, sich die Zeit zu vertreiben.

Madisons Duft war im Moment nicht aufdringlich, sondern geradezu zurückhaltend und wurde vom Geruch des Nagellackentferners und des Nagellacks selbst überlagert. Jake hatte sich überlegt, sie zu bitten, damit aufzuhören, die Luft im Zimmer zu verpesten, aber er wollte keinen Streit mir ihr riskieren. Nicht wenn seine Nerven so angespannt waren und noch immer das Adrenalin des Überfalls durch seinen Körper rauschte.

Er spürte, wie eine Ader an seiner Schläfe zu pochen begann. Kein gutes Zeichen. Kopfschmerzen waren im Anmarsch.

»Du siehst etwas bleich aus«, sagte Madison.

Jake glotzte sie an. Was wollte sie ihm damit sagen? Machte sie sich etwa Gedanken über seinen Zustand?

Nein, anscheinend war sie nicht wirklich daran interessiert, wie es ihm ging, denn eine Sekunde später waren ihre Nägel wieder interessanter.

Caleb schniefte. »Die machen die Meere kaputt.«

Wahnsinn. Vor uns liegt der Kampf gegen eine außerirdische Rasse, die eine Invasion unseres Planeten vorbereitet, und einer meiner Verbündeten macht sich Gedanken über Umweltverschmutzung, während die andere ihre Nägel lackiert …

»Können wir was zu essen bestellen? Ich habe Hunger«, nörgelte Madison.

Nicht zu vergessen die übrigen Bedürfnisse.

»Der Kühlschrank ist voll, hat Carl gesagt.«

»Hab schon reingeguckt, aber eigentlich hätte ich jetzt Bock auf Chinesisch.«

Jake blieb stehen. Madison ging ihm echt auf die Nerven.

»Willst du selbst den Hörer abnehmen und mit Carl darüber diskutieren, oder soll ich das tun?«

»Mann, jetzt entspann dich mal, du klingst schon wie mein Dad.«

Und du wie eine verwöhnte Göre.

Um sich abzulenken, ging Jake durch das Haus, das Carl für sie angemietet hatte. Es war nichts Besonderes, unauffällig in einer Seitenstraße gelegen, nicht allzu weit vom Zentrum entfernt. Die Gegend hatte schon bessere Zeiten gesehen. Viele der Häuser in der Nachbarschaft standen leer, mit Schildern in der Einfahrt, die lächelnde Maklergesichter und die Worte »Zu verkaufen« zeigten.

Von außen machte das Haus, in dem sie laut Carl eine Weile bleiben würden, nicht viel her, aber das musste es auch nicht. Ganz im Gegenteil, für ihre angebliche WG junger Leute, die studierten oder sich für ein Praktikum in der Stadt aufhielten, war es besser, keinen allzu luxuriösen Eindruck zu machen.

Das Haus war möbliert vermietet worden, verfügte über drei Schlafzimmer, zwei Bäder, einen großen Wohnraum und eine Küche mit Einbaugeräten. Alles da, alles in gutem Zustand, aber abgenutzt. Pfannen und Töpfe mussten sie in jedem Fall ersetzen, denn wer auch immer das Haus vor ihnen bewohnt hatte, Sauberkeit war nicht seine oberste Priorität gewesen.

Wo bleiben bloß Hannah und Skagen? Hoffentlich ist ihnen nichts passiert.

Der Gedanke war kaum zu Ende gedacht, als es an der Tür klingelte. Jake stürmte durch den Flur und riss die Tür auf. Vor ihm standen ein vollkommen verschmutzter Skagen und eine noch schmutzigere Hannah. Beide strömten einen Geruch nach Fäulnis und Verwesung aus, der Jake einen Schritt zurückweichen ließ.

Skagen war bleich wie eine Schneewand. Seine langen schwarzen Haare klebten an den ausgemergelten Wangen, die Lippen waren zu einem schmalen Strich zusammengepresst.

Unter dem Gestank konnte Jake wahrnehmen, dass Skagen zornig war. Sehr zornig.

Hannah hingegen, die seine Hand hielt, lächelte. Jake konnte ihre Freude riechen. Wahrscheinlich war sie froh, es hierher geschafft zu haben.

Jake trat aus der Tür und warf Blicke in beide Richtungen der Straße. Niemand aus der Nachbarschaft zu sehen. Gut so, denn in dem Zustand, in dem sich Hannah und Skagen befanden, sahen sie schlimmer aus als langjährige Obdachlose.

»Kommt schnell rein«, sagte Jake.

»Was für eine verdammte Scheiße«, murmelte Skagen. »Was für eine …«

Er fluchte weiter ohne Unterbrechung.

»Bitte die Schuhe ausziehen«, sagte Madison, die hinter Jake in den Flur getreten war.

Ein vernichtender Blick aus Skagens glühenden Augen traf sie. Sie lächelte ihn an und strömte jede Menge Pheromone aus, doch der Wind, der durch die offen stehende Tür kam, wehte sie davon, ohne dass sie Skagen erreichten.

»Wie geht es euch?«, fragte Jake und schloss die Tür.

»Keine Ahnung«, ätzte Skagen. »Sag du es mir.«

»Ich …«

»Wir sind von den Bullen verfolgt worden. Man hat auf uns geschossen, wir mussten eine Polizeisperre durchbrechen, und dann sind wir stundenlang ohne Licht durch die Kanalisation gekrochen. Also mir geht's prima.«

»Er hat ein wenig Platzangst«, sagte Hannah grinsend. »Und mit der Dunkelheit konnte er sich auch nicht anfreunden. Jetzt weiß er, wie es in meiner Welt ist, und ich glaube, es hat ihm nicht gefallen.«

»Hannah, du bist echt okay, und ich bin dir wirklich dankbar dafür, dass du mir da unten geholfen hast, aber übertreib es nicht. Ich bin nicht gerade in allerbester Stimmung, und ich habe verdammten Durst.«

Sie gingen in die Küche. Jake gab beiden eine Flasche Wasser. Hannah trank in kleinen Schlucken, Skagen zog sich die ganze Flasche rein, ohne einmal abzusetzen.

»Wo ist Caleb?«, fragte er danach.

»Sitzt im Wohnzimmer und schaut in die Glotze«, sagte Jake.

»Ich bin übrigens Madison«, meldete sich Madison zu Wort.

»Ja, ich weiß. Danke, dass du mich aus dem Transporter befreit hast.«

»Gern geschehen.«

Eine neue Wolke Pheromone waberte durch den Raum. Skagen lächelte zum ersten Mal, seit er das Haus betreten hatte. Auch Jake begann, sich zu entspannen, er konnte nichts dagegen tun.

»So, jetzt sind wir also hier. Die fünf Hunterkinder aus der Zukunft vereint. Was machen wir jetzt?«, fragte Hannah.

»Ich denke, erst einmal müssen wir uns erholen. Wir haben harte Zeiten hinter uns. Dann sollten wir Informationen austauschen und einen Plan machen, wie wir den Kampf gegen die Aliens fortführen wollen«, sagte Jake.

Skagens Gesicht wurde zu einer Maske. Madisons Pheromone verloren ihre Wirkung.

»Lass uns von Anfang an ehrlich zueinander sein. Ich mag dich nicht besonders, und niemand hat dich zu unserem Anführer gewählt. Als es hart auf hart kam, am Abend des Anschlags, und die Bullen auf uns geschossen haben, hast du nur dagestanden und nichts getan. Du hast zugesehen, wie meine Mutter erschossen wurde, und dann bist du mit deiner Freundin abgehauen. Glaubst du ernsthaft, ich mache das, was du mir sagst?«

Jake starrte ihn an. Das hier war wichtig. Er riss sich nicht darum, die Gruppe zu führen, aber er war der wahrscheinlichste Kandidat dafür. Hannah blind, Madison manipulativ, Caleb irgendetwas und Skagen zu emotional, um sinnvolle Entscheidungen zu treffen. Er musste sich jetzt durchsetzen, oder sie konnten gleich einpacken.

»In dieser Nacht ging alles durcheinander und vieles schief, aber lass mich eines klarstellen: Ich habe mit meinen Freunden den HFP-Tower angegriffen. Wir waren es, die versucht haben zu verhindern, dass die Aliens ein Signal absetzen.

Du hast wie blöde rumgeballert, riskiert, dass man dich erschießt, und bist schließlich verhaftet worden. Du würdest immer noch im Knast sitzen und die Wände anstarren, wenn ich und die anderen dich und Caleb nicht befreit hätten.« Jake trat so dicht vor Skagen, dass sich ihre Nasenspitzen fast berührten. »Ich frage mich ernsthaft, was du und Lee die letzten siebzehn Jahre gemacht habt. Ihr wusstet von den Aliens, von der bevorstehenden Invasion und welche Rolle HFP dabei einnimmt, und ihr habt nichts unternommen. Ich bin erst vor ein paar Wochen auf die Sache gestoßen, aber ich habe gehandelt. Also würde ich vorschlagen, dass ich da weitermache, wo ich in der Nacht des Anschlages aufgehört habe. Und noch etwas, zwei meiner Freunde sind bei dieser Aktion gestorben, meine Freundin musste das Land verlassen, also erzähl du mir nichts von persönlichen Verlusten. Dass Lee erschossen wurde, tut mir sehr leid, denn ohne sie wären wir heute willenlose Werkzeuge der Aliens. Durch ihre Tat haben wir ein Leben erhalten, ein Leben, für das es sich zu kämpfen lohnt, aber wir sind nicht die Einzigen auf dieser Welt. Alle Menschen sind von der Invasion bedroht, und wir müssen tun, was immer nötig ist, um zu verhindern, dass die Aliens erfolgreich sind. Also schieb dein Ego zur Seite und lass uns zusammen kämpfen.«

Jake trat einen Schritt zurück und hielt ihm die Hand hin. Skagen schaute sie lange an, dann sagte er, ohne sie zu ergreifen: »Schöne Rede, aber ich sehe die Sache anders. Lee hat mich auf das, was kommt, so gut sie konnte, vorbereitet. Ich kann mit jeder Art von Waffen und Sprengstoff umgehen, ein Auto kurzschließen oder ein Computersystem hacken. Was du kannst, hast du uns ja bereits bewiesen. Eine stümperhafte Aktion, die den Tod mehrerer Menschen zu verantworten hat. Deine Freunde, meine Mutter könnten noch leben. Die verdammten Aliens haben ihr Signal abgesetzt, und was immer da jetzt auf uns zukommt, es wird mächtig sein. Ganz sicher lasse ich mir nicht von einem Loser wie dir sagen, was ich zu tun und zu lassen habe. Wenn du das nächste Mal das Gefühl hast, eine Ansprache halten zu müssen, dann geh zum Friedhof und erzähl Michael und William, was du zu sagen hast.«

In Jake löste sich etwas in einer Explosion. All der Stress, die Aufregung und die Strapazen der letzten Wochen suchten ein Ventil und fanden es in Skagen. In seinem hochmütigen Lächeln, in seiner Selbstgefälligkeit, die ihm aus jeder Pore strömte.

Jake brüllte auf, dann warf er sich auf Skagen. Seine Faust knallte in das bleiche Gesicht. Die Haut über dem linken Wangenknochen platzte auf. Blut floss heraus. Durch den eigenen Schwung vorwärts getragen, fiel er in Skagen hinein, der rückwärts taumelnd zu Boden ging und dabei sämtliche Flaschen und Gläser vom Esstisch fegte.

Glassplitter sausten durch die Luft. Hannah schrie auf, als eine der Wasserflaschen sie am Arm traf. Madison kreischte hysterisch, und Caleb schluchzte nebenan laut. Es klang, als heule ein Wolf den Mond an.

Noch während Jake versuchte, das Gleichgewicht wiederzufinden, war Skagen bei ihm. Er bewegte sich mit unglaublicher Geschwindigkeit, wurde zu einem Schemen, zu einem heranrasenden Güterzug, der ihn von den Füßen riss. Beide flogen in den Küchenschrank hinein, der gegen die Wand donnerte. In seinem Inneren ging laut hörbar Geschirr kaputt.

Skagen war nun im Vorteil und rammte Jake die Faust in

den Magen. Mit einem Ächzen entwich die Luft aus Jakes Lungen. Die andere Faust jagte heran und traf ihn hart an der Schläfe. All seine Kraft verließ ihn.

Plötzlich ging der Hausalarm los. Eine ohrenbetäubende Sirene jaulte auf. Skagen ließ sofort von Jake ab und presste beide Hände auf seine Ohren. Er brüllte schmerzerfüllt, sackte auf die Knie. Sein schlanker Körper zittere wie ein Baum im Wind.

Drei Sekunden später war das akustische Inferno vorüber. Das Küchenradio stellte sich von allein an. Im Wohnzimmer nebenan änderte sich das Programm selbstständig, schaltete auf einen nicht benutzten Kanal um. Sämtliche Handys piepten, vibrierten. Die Displays erwachten zum Leben.

Und dann war da Carls Stimme. Zornig drang sie gleichzeitig aus allen Zimmern, aus allen elektronischen Geräten, die einen Lautsprecher hatten.

Es war, als spräche Gott selbst zu ihnen.

»HÖRT DAMIT AUF! SOFORT!«

Jake rappelte sich stöhnend auf. Sein Unterleib und sein Gesicht schmerzten. Er war wütend. Neben ihm kam Skagen wieder auf die Füße. Blut tropfte von seiner Wange auf den Boden. Weiteres Blut sickerte in einer dünnen Spur aus seinen Ohren.

»Das hier muss geklärt werden«, krächzte Jake.

»ES IST SCHON ALLES GEKLÄRT. LANGE SCHON.«

»Was soll das heißen?«

»DAS, WAS ICH SAGE!«

Jake gab nicht nach. »Du und deine rätselhaften Andeutungen«, schrie er. »Davon habe ich die Schnauze voll. Entweder du sagst uns jetzt, wer du bist, oder du kannst dich verpissen!«

Alle Geräte gingen gleichzeitig aus. Die Handys erloschen. Dann schaltete sich ein kleiner Fernseher auf der Fensterbank neben der Spüle ein, ein Würfel von kaum zwanzig Zentimeter Breite.

Der Bildschirm glimmte auf. Ein männliches Gesicht erschien in Schwarz-Weiß. Makellos. Androgyn. Ohne eine sichtbare Regung blickten helle Augen auf Jake.

»Ich bin der, den du erschaffen hast.«

A.D. 2118

WIE EIN SCHMETTERLING

Giovanella hatte Angst.

Sie lebte schon drei Tage auf den Straßen von New York. Seit der Rückkehr aus Europa war sie weder zu Hause, im Büro noch bei Freunden gewesen. Sie hatte nicht geduscht und trug dieselbe Jeans wie am ersten Tag. Es war Januar und bitterkalt. Sie wollte auf keinen Fall entdeckt werden. Die letzten Nächte hatte sie über Heizungsschächten im Parkhaus eines Kaufhauses geschlafen und versucht, sich mit Pappkartons vor zu neugierigen Blicken zu schützen. Ihre lockigen braunen Haare hatte sie bereits am ersten Tag nach ihrer Rückkehr abgeschnitten. Sie wollte auf der Straße nicht als Frau erkannt werden, weswegen sie die Kapuze ihres Hoodies tief ins Gesicht gezogen trug.

Sie hatte mit niemandem telefoniert, keine Nachrichten verschickt und keine ihrer Kreditkarten benutzt. Das Bargeld würde noch für ein paar Tage reichen. Was sie dann machen sollte, wusste sie nicht. Rees hatte seinen Vorgesetzten davon berichtet, sie auf dem Grund des Atlantiks versenkt zu haben, und von dieser schützenden Illusion wollte sie niemanden abbringen. Hätte er es nicht getan, würde man sie inzwischen durch die ganze Stadt jagen. Da sie den Polizisten, während sie mit Gleitern langsam durch die Straßen Streife flogen, zuhören konnte, hätte sie von einer großangelegten Fahndung nach ihr erfahren.

Sie konnte die Aliens riechen. Jeden von ihnen. Es waren Millionen in der Stadt. Eigentlich waren es Menschen, aber die fremdartigen Pheromone drangen ihnen wie eine Krankheit aus jeder Körperpore. Dünne, bläuliche Schlieren, die aus den Kragen ihrer dicken Winterjacken in der kalten Luft kondensierten.

Sie selbst vermied es, auch nur ein einzelnes Duftmolekül entweichen zu lassen. Eine Fähigkeit, die sie praktisch unsichtbar machte. Wer sie nicht gerade anrempelte, übersah sie.

Es war Abend, und sie stand am Times Square. Tausende Passanten strömten an ihr vorbei, ohne von ihr Notiz zu nehmen. Um sich vor der Lautstärke zu schützen, trug sie dicke Ohrenwärmer unter der Kapuze. Die beleuchteten Gleiter flogen wie ein Schwarm Glühwürmchen in drei verschiedenen Ebenen übereinander her. Was sie hier wollte, wusste sie nicht genau. Sie hoffte auf einen Wink, den sie aber nicht bekam.

Giovanella dachte an Jake. Ob er sich ähnlich gefühlt hatte, als er in den Untergrund ging? Das hörte sich immer so verwegen an, jemand geht in den Untergrund, aber es drückte nicht die Einsamkeit aus, die sie im Moment verspürte. Sie würde alles dafür geben, mit Carl oder Matin sprechen zu können. Wo Carl war, wusste sie nicht. Matin war ebenfalls in die Staaten gebracht worden, die Behörden hatten ihn festgenommen. Hoffentlich erging es ihm besser als ihr.

Angeblich war sie seine letzte Kriegerin, aber trotz ihrer unglaublichen Fähigkeiten zu riechen, zu sehen, zu hören, zu fühlen und andere zu manipulieren, wusste sie nicht, wie sie diesen Krieg angehen sollte. Dazu war sie nicht bereit. Bisher hatte sie

Angst gehabt, sich bei jedem Schritt zu verraten und die Aufmerksamkeit der Aliens auf sich zu ziehen.

Sie folgte einer Nachrichtensprecherin, die gerade auf einem riesigen Display an einer Hauswand über das Wetter der nächsten Tage berichtete. Der Winter hatte die Stadt fest im Griff. Es würde nicht wärmer werden. Über die Verhaftung eines bekannten Milliardärs wurde während der letzten drei Tage kein Wort in den Nachrichten gesagt. Die von HFP gleichgeschaltete Presse funktionierte. Auch über sie sagte niemand etwas. Ihre Kanzlei schwieg. Ihre Freunde schwiegen. Niemand von denen, die sie kannten, machte in der Öffentlichkeit ihr Verschwinden publik. Das war äußerst ernüchternd. Jetzt verstand sie auch, wie die niedrigen Verbrechensstatistiken zustande kamen, wenn man solche Ereignisse nach Belieben unter den Teppich kehrte. Oder in ihrem Fall im Meer versenkte.

Giovanella zuckte zusammen, es hatte gerade eine Explosion gegeben. Nicht in unmittelbarer Nähe, aber nah genug, dass sie es trotz der Ohrenwärmer wahrnehmen konnte. Was war das?

Sie sah sich um. Niemand außer ihr reagierte. Wie auch, die von Alienviren infizierten Menschen verfügten nicht über ihre Sinne. Einen Moment später konnte sie Feuer wittern. Schwere Explosionen mit anschließendem Feuer kamen in der Stadt nicht häufig vor. Sie konnte sich, seitdem sie in New York lebte, an kein vergleichbares Ereignis erinnern.

Zwanzig Meter über ihr wurde sie von zwei schnellen Einheiten der Polizei überflogen. Die hielten auf die Quelle der Explosion zu.

»BREAKING NEWS! Bei einem NYPD-Einsatz in Manhattan wurden vor wenigen Minuten sieben Officer bei der Verhaftung

eines mutmaßlichen Terroristen durch eine Sprengfalle getötet!«, erklärte der Nachrichtensprecher in einem Schaufenster, während Luftbilder die brennende Etage eines Hochhauses zeigten.

Giovanella kannte den Tower, der nur sieben Blocks vom Times Square entfernt lag. Gab es einen Zusammenhang? Sie kannte keinen.

»Clay, wie konnte es zu dieser gewaltigen Explosion kommen?«, fragte die Kollegin des Nachrichtensprechers fassungslos. Die Bilder veranschaulichten, wie die Flammen aus der zerborstenen Fassade schlugen. Die Explosion hatte die gesamte Etage zerstört.

»NYPD-Experten vermuten eine Kombination aus Gas und Plastiksprengstoff. Ein Unfall kann nahezu ausgeschlossen werden, das war ein brutaler Terroranschlag!«

Giovanella erschrak. Steckte Matin hinter dem Anschlag? War das der Krieg, von dem er gesprochen hatte? Aber war Menschen in die Luft zu jagen der richtige Weg? Es gab Millionen Infizierte, es war doch keine Lösung, alle zu töten. Sie wusste es nicht. Eine Stimme in ihrem Herzen befahl ihr, sich nicht daran zu beteiligen. Das war nicht ihr Krieg.

Jemand rempelte sie von der Seite an. Giovanella fuhr herum. Sie war nervös und wäre am liebsten als Geist hier gewesen. Ein Wunsch, der außerhalb ihrer Möglichkeiten lag.

»Oh, Entschuldigung bitte«, erklärte eine junge Frau, die offensichtlich keine Augen im Kopf hatte. Giovanella wollte sie gerade zur Schnecke machen. Schwieg dann aber. Das vielleicht sechzehnjährige Mädchen hatte wirklich keine Augen im Kopf. Jedenfalls keine, mit denen sie sehen konnte. Sie war blind. Darüber hinaus kam sie ihr bekannt vor, obwohl sich Giovanella sicher war, dass sie dem Mädchen noch nie zuvor begegnet war.

»Ist nichts passiert.« Die Ereignisse hatten ihr jegliche Unbeschwertheit genommen, die sie noch vor wenigen Tagen hatte. Der Blindenstock des Mädchens lag am Boden. Giovanella bückte sich und gab ihn ihr.

»Danke.« Sie lächelte.

»Soll ich dich aus dem Gedränge herausführen?« Das war in der Stadt nicht der beste Platz für jemanden mit einer Sehbehinderung.

»Nein.« Die wüste Remplerin lachte wieder. Herzlich, ansteckend, Giovanella konnte es nicht verhindern, ebenfalls zu lachen.

»Bitte?«

»Es war nicht einfach, herzukommen. Ich habe schon viele Leute angestoßen, das möchte ich nicht noch einmal tun müssen.«

»Ach so ...« So konnte man es natürlich auch sehen. »Dann viel Spaß noch.« Bei allem, was das blinde Mädchen auf dem überfüllten Times Square vorhatte.

»Nein.«

»Wie nein?«

»Ich wollte dich anrempeln.«

»Warum?« Giovanella schüttelte den Kopf. Ihrem Wissen nach setzte das NYPD keine blinden Ermittler ein, sie war also keine Gefahr.

»Weil ich mit dir sprechen möchte ...«, erklärte die Jugendliche selbstbewusst.

»Wer bist du?«

»Hast du dir die Frage auch selbst gestellt?«, konterte sie.

Giovanella verdrehte die Augen. »Sorry ... dafür habe ich keine Zeit.« Das Mädchen war nicht gut gekleidet. Sie lebte vermutlich schon länger auf der Straße. Gleich würde sie um Geld betteln. »Mach's gut!«

»Giovanella, du brauchst Hilfe.« Das blinde Mädchen wusste zu überraschen.

»Woher kennst du meinen Namen?« Sie blickte nach links und rechts, aber da war niemand, keine Cops, die sie aufgreifen wollten. Es strömten immer noch unzählige Menschen an ihnen vorbei. Die üblichen vernetzten New Yorker Zombiehorden, die sie auch mit ihrem Eigengeruch kaum bemerkt hätten. Jeder war mit etwas beschäftigt, sah auf Displays, führte im Gehen Videotelefonate oder surfte im Netz.

»Soll ich es dir hier erklären?« Ein berechtigter Einwand. Das blinde Mädchen wusste, wie man ihre Aufmerksamkeit gewann.

»Komm mit!« Giovanella nahm sie an die Hand und blieb nach einem Schritt elektrisiert stehen. Sie berührten sich. Dabei wollte sie das Mädchen nur auf die Seite ziehen. Aber das blinde Mädchen zog sie ganz woanders hin.

Mein Name ist Hannah, tönte es. Das war ihre Stimme. Trotzdem klang sie anders. Näher, viel näher, so als ob sie ihr ins Ohr flüsterte.

Ich ... Giovanella war sprachlos. Sie kommunizierten über ihre Gedanken. Keine von beiden bewegte die Lippen, keiner sagte etwas, das ein Dritter hätte hören können.

Ich hätte nicht gedacht, dass es funktioniert. Hannah verstand es, auch in Gedanken zu lachen. Diese Person verfolgte keine bösen Absichten. Giovanella konnte ihr tief in die Seele sehen.

Was funktioniert?, fragte sie in Gedanken. Das war unglaublich.

Wir sind die Einzigen, die das können. Wenn wir uns berühren, können wir gemeinsam denken. Ich bin froh, dich getroffen zu haben.

Wie kann das sein? Giovanella verstand es nicht.

Weil du etwas Besonderes bist! Eine nette Antwort, die nicht weiterhalf. Das war eindeutig die Handschrift von Matin.

Warum wolltest du mich treffen?, dachte Giovanella, die mit ihr an der Hand inmitten der Menschen wie ein Fels in der Brandung stehen blieb.

Wir haben auf dich gewartet.

Wer ist ›wir‹?

Na komm, das weißt du doch.

Ich habe in den letzten Tagen sehr viel erlebt. Hilf mir bitte, von wem sprichst du?

Hast du die Explosion eben gehört?, fragte Hannah.

Ja.

Ich nicht.

Wie?

Ich kann nicht so gut hören wie du.

Aber du weißt von ihr? Was ist dort passiert?

Peter Weinstein hat sich geopfert, um Dr. Travis Jelen, Lee Hastings und Andrew Rain die Chance zu ermöglichen, das HFP Gebäude anzugreifen.

Travis Jelen, den Namen kannte Giovanella. Es war ein Fehler, ihn bei der Recherche zu unterschätzen. War das jetzt Matins Krieg? *Sollen wir ihnen nicht helfen, den HFP Tower anzugreifen?*

Nein.

Warum?

Die Polizei würde uns erschießen.

Und was passiert mit ihnen?

Sie werden erschossen.

Dann könnten wir sie warnen, damit sie den Angriff abbrechen!

Nein.

Das verstehe ich nicht. Das Mädchen mochte wie ein Teenager aussehen, wie einer sprechen tat sie nicht. Sie wusste mehr!

Es ist sehr wichtig ... wir müssen es geschehen lassen. Auf keinen Fall darf sich an den Abläufen im HFP-Tower etwas ändern. Erst danach können wir unseren Angriff durchführen.

Und was tun wir dann? Giovanella sah in die Luft. Weitere starke Polizeikräfte schossen über den Times Square.

Hast du die Gleiter gesehen?

Ja.

In ihnen befinden sich die Polizisten, die unsere Freunde töten werden. Tragisch, aber ohne ihr Opfer würden wir heute nicht hier stehen. Das ist ihre Aufgabe, wir haben eine andere.

Plötzlich wusste Giovanella, warum sie geglaubt hatte, das Mädchen zu kennen.

Hannah, ich habe dich in einer Simulation gesehen. Das war 2018, also vor hundert Jahren. Wie kannst du hier sein?

Ich weiß, es ist kompliziert ... es war keine Simulation. Du bist mit Carl in der Zeit gereist. Was du gesehen hast, war real. Dein Beitrag zu unserem Kampf ist wichtiger, als du dir vorstellen kannst.

Matin nannte mich seine letzte Kriegerin. Jetzt machte vieles einen Sinn. Trotzdem blieben noch Dutzende Fragen offen.

Ich kann dich beruhigen, du bist weder die letzte noch die einzige, aber zweifelsfrei die mächtigste in unseren Reihen.

Ich bin doch kein Hunter! Den Begriff hatte Giovanella bei der Zeitreise an der Busstation aufgeschnappt.

Das stimmt. Sie lachte wieder. *Du bist weit mehr, als wir jemals waren!*

Du sprichst in Rätseln ...

Giovanella, ich möchte dir etwas zeigen. Da ich blind bin, geht es nur auf eine besondere Art. Bitte lass dich von mir führen.

Ja. Sie vertraute Hannah und stand im nächsten Moment körperlos an Frank Rees' Seite.

Was du siehst, ist mein Wissen, wir haben jeden von Frank Rees' Schritten beobachtet. So sah er während des Gesprächs mit Deputy Director Vasquez, ein Alien, und Major Laszlo, ein Hunter der Aliens, aus.

Giovanella sah und hörte, wie Rees über ihren Tod berichtete. Er habe sie erwürgt und ins Meer geworfen, sagte er aus. Er war glaubwürdig, lächelte feist und nahm das Lob für seine Tat entgegen. Keine der beiden Frauen schöpfte Verdacht.

Die Aliens können Menschen manipulieren, aber dennoch kann Laszlo nicht in Rees' Kopf blicken. Noch ist sie der einzige Hunter unserer Gegner.

Aber du kannst in meinen Kopf sehen ..., dachte Giovanella.

Weil du es zulässt ... aber sieh hin. Im nächsten Moment fand sich Rees mit einem Loch in der Brust in einem Plastiksack wieder.

Er ist tot? Giovanella erschrak erneut.

Laszlo brauchte ihn nicht mehr.

Deswegen wurde er getötet?

Sie ist ein Hunter, sie tut, was getan werden muss. Rees hat seine Aufgabe erfüllt. Das war's für ihn. Es gibt genug Menschen, die sie benutzen kann.

Hannahs Erinnerungen änderten sich. Als Nächstes sah sie Vasquez, die in ihrem Bett liegend eine schwere Grippe durchlitt. Dann andere Menschen, die sie nicht kannte, denen es nicht besser ging.

Hat Rees sie mit dem angesteckt, was ich ihm verpasst habe?

Ja. Hannah zeigte ihr über zwanzig andere Infizierte. *Und sechsundzwanzig andere. Dann haben die New Yorker Gesundheitsbehörden die Krankheit isoliert. Sie wissen zwar nicht, was es war, sie konnten aber eine weitere Ausbreitung unterbinden. Da alle Betroffenen sich nach kurzer Zeit wieder erholten, wurde nur eine Doktorandin mit der Erforschung dieser Grippevariante beauftragt.*

War das Matins Plan?

Ja.

Er hat nicht funktioniert. Es sind Millionen, ich kann sie riechen, sehen und mit jeder Zelle meines Körpers fühlen.

Du hast keine Vorstellung über deine wahren Fähigkeiten, oder?

Ähm … nein. Giovanella haderte. *Wir reden von einer Alieninvasion, die bereits vor hundert Jahren begonnen hat. Die Welt ist schon durchdrungen. Der Kampf hat in der Vergangenheit stattgefunden, und wir haben ihn offensichtlich verloren.*

»Giovanella!« Hannah zog sie zurück in die Realität auf dem Times Square. »Du bist wie ein Schmetterling! Befreie dich von dem Kokon, in dem du Jahre deines Lebens zugebracht hast. Du musst nur deine Flügel ausbreiten!«

»Wie?«

»Schreie es heraus!«

»Schreien?«

»Lauter!«, rief Hannah und wich einen Schritt zurück.

Giovanella holte Luft. Sie schrie. Sie schrie lauter. So laut, dass sogar die Menschen kopfschüttelnd einen Bogen um sie machten.

»LAUTER!«, forderte Hannah.

Giovanella schrie sich all ihre Wut aus dem Leib. Ihr wurde warm. Jeglichen Frust, der sich über die Zeit angesammelt hatte. Sie ließ ihn frei. In ihrem Inneren begann etwas zu glühen.

»Kannst du sie sehen? Beschreib sie mir bitte!«, bettelte Hannah.

Links und rechts ihrer Schultern bildeten sich riesige Flügel aus Pheromonen. Jeweils über zwanzig Meter lang und mehrere Meter hoch schlug sie damit durch die Menschenmassen, die sich nur unwissend die Nasen rieben. Einige begannen zu husten.

Giovanella konnte Feuer riechen. So roch also eine Kriegerin. Ihre Flügel waren glutrot und trugen ihre ganze Leidenschaft.

»Sie sind groß! Feuerrot! Es ist unglaublich!« Sie sah damit aus wie ein Engel, der gekommen war, um alle zu befreien. Hier auf dem Times Square würde sie damit Tausende berühren. Der Kampf konnte beginnen.

Rainer Wekwerth & Thariot:
Pheromon
Sie sehen dich
ISBN 978 3 522 50554 3

Umschlaggestaltung: Frauke Schneider
Satz und Innentypografie: Tanja Haaf
Druck und Bindung: CPI books GmbH, Leck
Reproduktion: Digitalprint GmbH, Stuttgart

FSC www.fsc.org
MIX
Papier aus verantwortungsvollen Quellen
FSC® C083411

2. Auflage 2019

WENN DIE MACHT DER GEFÜHLE TÖTEN KANN …

Rena Fischer
Chosen

Die Bestimmte – Band 1
464 Seiten · Gebunden
ISBN 978-3-522-50510-9

Das Erwachen – Band 2
496 Seiten · Gebunden
ISBN 978-3-522-50556-7

Ein Eliteinternat für Hochbegabte – nicht gerade Emmas Traum! Doch dieses Internat ist nicht das, was es zu sein scheint. Alle Schüler haben paranormale Fähigkeiten: Emma findet heraus, dass sie die Gefühle anderer Menschen erspüren kann – sie ist eine Emotionentaucherin. Gerade als sich Emma und Aidan annähern, taucht plötzlich Jared auf, ein ehemaliger Internatsschüler, und weiht sie in ein düsteres Geheimnis des Internats ein. Emma weiß nicht mehr, wem sie trauen kann. Auf einmal bricht eine Rebellion los, und für Emma geht es dabei nicht nur um die große Liebe, sondern um Leben und Tod!

PLANET!

www.planet-verlag.de